Organizadoras: **HOLLY BLACK e JUSTINE LARBALESTIER**

Autores: **MEG CABOT, SCOTT WESTERFELD, CASSANDRA CLARE...**

ZUMBIS X UNICÓRNIOS

Tradução de
RODRIGO ABREU

6ª edição

2017

CIP-BRASIL. CATALOGAÇÃO NA FONTE
SINDICATO NACIONAL DOS EDITORES DE LIVROS, RJ

Z87

6ª ed   Zumbis x unicórnios / organizadoras: Holly Black e Justine Larbalestier; Autores: Meg Cabot... [et al.]; [tradução Rodrigo Abreu]. – 6ª ed – Rio de Janeiro: Galera Record, 2017.

Tradução de: Zombies vs. unicorns
ISBN 978-85-01-09575-6

1. Ficção I. Black, Holly. II. Larbalestier, Justine, 1967-. III. Cabot, Meg, 1967-. IV. Abreu, Rodrigo, 1972-.

12-3027.
CDD: 813
CDU: 821.111(73)-3

Título original em inglês:
Zombies VS. Unicorns

"A Mais Alta Justiça" copyright © 2010 by Garth Nix
"Love Will Tear Us Apart" copyright © by Alaya Dawn Johnson
"Teste de pureza" copyright © 2010 by Naomi Novik
"Buganvílias" copyright © 2010 by Carrie Ryan
"Mil flores" copyright © 2010 by Margo Lanagan
"As crianças da revolução" copyright © 2010 by Maureen Johnson
"O cuidado e a alimentação de seu filhote de unicórnio assassino" copyright © 2010 by Diana Peterfreund
"Inoculata" copyright © 2010 by Scott Westerfeld
"Princesa Bonitinha" copyright © 2010 by Meg Cabot
"Mãos geladas" copyright © 2010 by Cassandra Clare
"A Terceira Virgem" copyright © 2010 by Kathleen Duey
"A noite do baile" copyright © 2010 by Libba Bray

Primeira publicação por Margaret K. McElderry Books,
um selo da Simon & Schuster's Children's Publishing Division

Publicado mediante acordo com Jill Grinberg Literary Management LLC,
Barry Goldblatt Literary LLC e Sandra Bruna Agencia Literária, SL.

Todos os direitos reservados.
Proibida a reprodução, no todo ou em parte, através de quaisquer meios.

Texto revisado segundo o novo Acordo Ortográfico da Língua Portuguesa.

Capa adaptada do design e projeto gráfico de Lauren Rille e Sonia Chaghatzbanian
Ilustração e tipografia de capa copyright © 2010 Josh Cochran
Composição de miolo: Renata Vidal da Cunha

Direitos exclusivos de publicação em língua portuguesa somente para o Brasil adquiridos pela
EDITORA RECORD LTDA.
Rua Argentina, 171 – Rio de Janeiro, RJ – 20921-380 – Tel.: 2585-2000,
que se reserva a propriedade literária desta tradução.

Impresso no Brasil

ISBN 978-85-01-09575-6

Seja um leitor preferencial Record.
Cadastre-se e receba informações sobre
nossos lançamentos e nossas promoções.
Atendimento e venda direta ao leitor:
mdireto@record.com.br ou (21) 2585-2002.

EDITORA AFILIADA

Para Scott Westerfeld, porque não há outra pessoa com quem eu preferiria passar o apocalipse zumbi.
— J. L.

Para Justine, que me arrastou para isso, e a quem sou tão grata.
— H. B.

Sumário

11 Introdução

15 A Mais Alta Justiça
    por

31 Love Will Tear Us Apart
    por ALAYA DAWN JOHNSON

58 Teste de pureza
    por Naomi Novik

76 Buganvílias
    por

110 Mil flores
     por MARGO LANAGAN

142   As crianças da revolução
por MAUREEN JOHNSON

171   O cuidado e a alimentação de seu filhote de unicórnio assassino
por Diana Peterfreund

223   Inoculata
por Scott Westerfeld

255   Princesa Bonitinha
por MEG CABOT

300   Mãos geladas
por Cassandra Clare

322   A Terceira Virgem
por Kathleen Duey

353   A noite do baile
por LIBBA BRAY

Introdução

Desde o início dos tempos, uma questão vem dominando todas as outras:

Zumbis ou Unicórnios?

Bem, certo, talvez não desde o início dos tempos, mas definitivamente desde fevereiro de 2007. Esse foi o mês em que Holly Black e Justine Larbalestier começaram uma discussão acalorada sobre os méritos relativos de tais criaturas no blog de Justine. Desde então, a questão se tornou um fenômeno na internet, gerando numerosos comentários e chegando até mesmo ao YouTube.

Aqui no mundo real, Holly e Justine são frequentemente convidadas a defender, respectivamente, unicórnios e zumbis. A coisa toda ficou tão fora de controle que a única solução foi...

Zumbis X Unicórnios. A antologia.

É isso mesmo, você tem em suas mãos o livro que vai definir o debate de uma vez por todas.

Para Justine é uma questão de metáforas: que criatura simboliza melhor a condição humana? A resposta é obviamente zumbis, que podem ser usados para traçar um paralelo com quase qualquer aspecto de nossa existência. Eles são entropia ambulante. Eles são a ruína degradante do consumismo. Eles são a morte inevitável que encara todos nós. Eles são uma metáfora para escravidão, conformismo e esquecimento. O que são os unicórnios? Um tédio monocromático, pegajoso e fofinho.

Para Holly, no entanto, unicórnios são feras majestosas que são ao mesmo tempo símbolos de cura e assassinos impetuosos com longos objetos pontudos presos a suas cabeças. Eles foram caçados por reis lendários, sua imagem aparece nos brasões e bandeiras de famílias nobres. E eles continuam a fascinar pessoas ainda hoje (muitas vezes na forma de adesivos com arco-íris, admite ela). Além disso, entre um unicórnio e um zumbi, com qual você preferiria ficar preso em uma mina?

Elas passam muito tempo tendo discussões como a seguinte:

Holly: Sério, você não gosta de unicórnios? Que tipo de pessoa não gosta de unicórnios?

Justine: Que tipo de pessoa não gosta de zumbis? O que foi que os zumbis já lhe fizeram?

Holly: Zumbis se arrastam. Eu rejeito coisas que se arrastam. E eles têm pedaços que caem do corpo. Você nunca vê um unicórnio se comportando dessa forma.

Justine: Eu me arrasto. Pedaços caem de mim o tempo todo: cabelo, pele morta. Você está dizendo que me rejeita?

Cherie Priest: Mas, Holly, se você pedir com carinho, um zumbi vai carregá-la nos ombros mesmo que você não seja uma virgem. E é por isso que os zumbis são os melhores.

Justine: Viu, Holly? Ninguém concorda com seu ódio pelos zumbis.

Holly: Mas o chifre de um unicórnio pode curar doenças! Possivelmente as doenças que você pode contrair ao aceitar andar nos ombros de um zumbi.

Justine: Ah, entendi, você é a favor do uso de produtos de unicórnios. Você também está pensando em mandar fazer um casaco de pele de unicórnio? Fico imaginando o que a Sociedade Protetora dos Animais pensa das suas ideias de como explorar os unicórnios... Além disso, zumbis não *têm* doenças. Fico chocada ao saber que você espalha mentiras sobre eles.

Claramente, tínhamos que juntar as mentes mais brilhantes em nosso campo para responder esta questão urgente.

O Time Zumbi, liderado por JUSTINE LARBALESTIER, é formado por:

LIBBA BRAY, que só namora zumbis desde o ensino médio.

Cassandra Clare, que era uma zumbi não praticante até o estresse da antologia a fazer cair de boca nos cérebros.

ALAYA DAWN JOHNSON, que tem sido uma fã de zumbis desde que um grupo deles matou todos seus inimigos do ensino médio.

MAUREEN JOHNSON (também conhecida como Sra. M), que sempre pode ser acalmada quando lhe entregam seu computador, onde então ela passa horas digitando "miolos miolos miolos miolos" no Twitter.

CARRIE RYAN, que fundou o Refúgio Sulista para Zumbis e que ainda assim tem quase todos os seus membros.

Scott Westerfeld, que detém várias patentes de tecnologia de lança-chamas e é o inventor do lenço à prova de zumbis.

Os integrantes do Time Unicórnio de HOLLY BLACK são:

MEG CABOT, que vem participando do rodeio dos unicórnios desde criança.

Kathleen Duey, que foi criada em uma fazenda de unicórnios e aprendeu, quando era uma garotinha, que não se pode confiar neles. Não mesmo.

MARGO LANAGAN, que gosta de unicórnios mais do que de ursos, elefantes, macacos-folha e ratos-toupeira pelados.

Garth Nix, que destila uma aguardente assustadora das lágrimas de unicórnios desprezados.

Naomi Novik, cuja carreira sem precedentes como uma pirata terrestre não poderia ter sido alcançada sem seu navio pirata desenhado por um unicórnio.

Diana Peterfreund, que concluiu seu doutorado em Estudos sobre Unicórnios em Yale com uma dissertação sobre os limites do comportamento partenofóbico na espécie *Monoceros monoceros*.

Como Holly não aguenta ler sobre zumbis e Justine preferiria comer seus próprios olhos a ler sobre unicórnios, fizemos o favor de nos assegurar de que cada história esteja marcada por um ícone de zumbi ou unicórnio. Nenhum fã de zumbis desprevenido vai começar a ler uma história de unicórnios acidentalmente ou vice-versa.

Podemos todos ficar tranquilos.

Especialmente aqueles entre nós que adoram ler sobre zumbis *e* unicórnios, e que agora têm um livro cheio de histórias sobre as duas criaturas, escritas pelos maiores talentos na área.

Se você for forte o suficiente para ler todas, vai saber no final dessa antologia quem é melhor: zumbis ou unicórnios!

Justine: ZUMBIS!!!! (Ganhei.)

"A Mais Alta Justiça"

Holly: Lendas de unicórnios existem em todos os lugares do mundo, em todos os momentos da história. Desde um unicórnio na Pérsia, descrito no século IV como tendo um longo chifre branco manchado de carmesim, até o unicórnio alemão, cujo chifre se ramificava em galhos como o de um veado, ou até o feroz unicórnio indiano, com chifre preto e muito perigoso para ser capturado vivo. Há o kirin, no Japão, com o corpo como o de um cervo, um único chifre e uma cabeça como a de um leão ou lobo. E há o unicórnio medieval europeu, com a barba de um bode e os cascos divididos.

Independentemente da origem, o unicórnio costuma ser considerado uma criatura solitária, cujo próprio corpo possui o poder de curar. As lendas o descrevem como esquivo e belo, feroz e estranho.

Na verdade, tal é a atração misteriosa do unicórnio que originalmente a história que se segue deveria ser uma história de zumbi. De alguma forma, o poder do unicórnio fez com que a própria história mudasse de lado.

"A Mais Alta Justiça", de Garth Nix, fala sobre a associação entre unicórnios e reis. O qilin chinês pressentia a morte de imperadores. O unicórnio heráldico aparece em brasões, incluindo o brasão de armas da Escócia e da Inglaterra. E em "A Mais Alta Justiça", um unicórnio assume um interesse ainda mais direto na família real.

Justine: Isso é tão pouco convincente. Imperadores e reis. Famílias de nobres. Você está apenas dizendo que os unicórnios são esnobes convencidos. Zumbis são o proletariado. Vida longa aos trabalhadores!

Além disso, sua lista global de experimentos genéticos fracassados (um cervo com cabeça de leão? Não deve conseguir nem se equilibrar!) não prova nada sobre a variação dos unicórnios. Todos sabem que os unicórnios são totalmente brancos ou têm as cores do arco-íris. Eca! Zumbis são de todas as raças. Não há nada mais democrático do que zumbis!

É uma mentira deslavada dizer que o poder do unicórnio fez com que a história mudasse de lado. Garth Nix sempre foi um amante de unicórnios! Ele deveria escrever uma história sobre zumbis e unicórnios. Mas ele pisou na bola, não foi? (Queridos leitores, vocês vão notar muitas pisadas na bola do Time Unicórnio ao longo dessa antologia.)

Holly: Zumbis representam os trabalhadores? Uma horda furiosa tentando nos pegar? Isso não me parece muito igualitário.

A Mais Alta Justiça
por Garth Nix

A menina não estava montada no unicórnio, porque ninguém nunca montava nele. Ela estava montada em um palafrém cor de aveia que não tinha nome e puxava um segundo cavalo, um animal velho, cego e quase surdo que há muito tempo tinha recebido o nome Rinaldo e agora era simplesmente Rin. Em alguns momentos, o unicórnio caminhava ao lado do palafrém e em outros não.

Rin carregava a rainha morta em suas costas, quase sem perceber suas contrações e murmúrios e o nauseante fedor de carne apodrecida que escapava pelas ataduras banhadas em mel e especiarias. Ela estava amarrada à sela, mas poderia ter se soltado se tivesse pensado em fazer isso. Ela tinha ficado monstruosamente forte desde sua morte há três dias, depois da intervenção da filha que a tinha trazido a algo semelhante à vida.

Não que a princesa Jess fosse uma bruxa ou uma necromante. Ela não conhecia mais sobre magia do que qualquer outra jovem. Mas tinha 15 anos, era virgem e acreditava no velho conto sobre a fundação do reino que dizia que o unicórnio que tinha ajudado a lendária rainha Jessibelle I ainda estava vivo e honraria o pacto feito há tanto tempo: apareceria em um momento de necessidade do reino.

O nome secreto do unicórnio era Elibet. Jess gritou aquele nome para a lua crescente à meia-noite, da torre mais alta do castelo, e viu algo ondular em resposta sobre a superfície da companheira da terra no céu.

Uma hora depois Elibet estava na torre. Era algo como um cavalo com um chifre se você olhasse de frente, embora ela fosse feita de nuvens brancas e luz do luar. Olhando de lado, era uma criatura mais feroz, com uma forma menos familiar, feita de nuvens de tempestade e escuridão, o chifre mais proeminente e ensanguentado na ponta, como o sol poente. Jess preferia ver um cavalo branco com um chifre prateado, então foi isso que ela viu.

Jess tinha chamado o unicórnio enquanto sua mãe dava seu último suspiro. O unicórnio tinha chegado muito tarde para salvar a rainha, mas àquela altura Jess já tinha outro plano. O unicórnio ouviu e então, com o poder do seu chifre, trouxe de volta uma parte da rainha para habitar um corpo do qual a vida tinha fugido tão rápido.

Eles então partiram para encontrar quem envenenara a rainha e fazer justiça.

Jess parou seu palafrém quando eles chegaram a uma bifurcação no caminho. A floresta real era densa e escura naquelas partes e o caminho não era mais do que uma trilha de terra com cerca de doze passos de largura. Adiante havia uma divisão em dois caminhos mais estreitos.

— Para onde vamos? — perguntou Jess para o unicórnio, que tinha mais uma vez aparecido misteriosamente ao seu lado.

O unicórnio apontou o chifre para o caminho do seu lado esquerdo.

— Você tem certeza? — perguntou Jess. — Não, é só que...

"O outro caminho parece mais usado..."

"Não, não estou perdendo a confiança..."

"Eu sei que você sabe..."

— Falando consigo mesma? — interrompeu uma voz masculina áspera, o único outro som na floresta. Afinal, se o unicórnio tinha falado, ninguém além de Jess ouvira.

O palafrém recuou ao mesmo tempo que Jess se virou e esticou a mão para pegar sua espada. Mas a princesa havia demorado demais, pois um rufião de barba suja encostou uma lança enferrujada em seu torso. Ele sorriu e levantou as sobrancelhas.

— Aqui está uma coisinha apetitosa — disse ele, olhando de soslaio. — Desça do cavalo devagar e nada de truques.

— Elibet! — gritou Jess, indignada.

O unicórnio saiu da floresta atrás do bandido e cutucou levemente a parte de trás de seu colete de couro rasgado com o chifre. As sobrancelhas do homem se levantaram ainda mais e seus olhos se moveram rapidamente para a esquerda e para a direita.

— Abaixe a lança — disse Jess. — Meu amigo é capaz de atacar mais rápido do que qualquer homem.

O bandido grunhiu e abaixou a lança, encostando o cabo no chão coberto de folhas ao seu lado.

— Eu me rendo — resmungou ele, inclinando-se para a frente como se pudesse escapar do chifre afiado. — Largue essa espada e me leve até o xerife. Juro que...

— Fome — interrompeu a rainha.

Sua voz tinha mudado depois da morte. Ela tinha se tornado rabugenta, rouca e consideravelmente menos humana.

O bandido olhou para o rosto coberto por um véu sob o chapéu de peregrino de aba larga.

— O quê? — perguntou ele, hesitante.

— Fome — gemeu a rainha. — Fome.

Ela levantou o braço direito e o cordão de couro que a amarrava à parte traseira da sela se rasgou com um barulho seco. Uma atadura se soltou em seu pulso e caiu no chão após uma série de movimentos circulares, revelando a pele manchada e com hematomas azuis por baixo dela.

— Atire neles! — gritou o bandido enquanto se jogava sob o cavalo de Jess e atravessava a trilha apressado para chegar à segurança das árvores.

Enquanto ele corria, uma flecha voou sobre sua cabeça e atingiu a rainha no ombro. Outra, vindo atrás da primeira, passou ao lado da cabeça de Jess quando ela se jogou para a frente e para baixo. A terceira foi interceptada no ar por um borrão de movimento com um formato que lembrava vagamente um unicórnio. Não havia mais flechas, mas, um segundo depois, ouviu-se um grito vindo da metade do caminho até o topo de um largo carvalho que se agigantava sobre a estrada adiante. Em seguida, um baque alto e oco – um corpo batendo no chão.

Jess desembainhou sua espada e fez o cavalo sair apressado. Ela alcançou o bandido sobrevivente logo antes de ele conseguir se esgueirar entre dois arbustos espinhentos e acertou um golpe forte em sua cabeça com a lateral da lâmina. Ela não tivera a intenção de ser misericordiosa, mas a espada tinha girado na mão suada. O homem caiu sob as patas do cavalo e foi pisado algumas vezes antes que Jess conseguisse virar o animal.

Ela olhou para baixo para se assegurar de que ele estava pelo menos atordoado, mas ao ter certeza disso não perdeu mais tempo com ele. Sua mãe também tinha soltado seu braço esquerdo do cordão e estava rasgando o véu que cobria seu rosto.

— Fome! — gritou a rainha, alto o suficiente para até mesmo o coitado do velho e surdo Rin ser capaz de ouvir.

Ele parou de pastar e levantou a cabeça, suas narinas gastas quase sentindo o cheiro de algo de que ele não gostava.

— Elibet! Por favor... — implorou Jess. — Um pouco mais... devemos estar quase lá.

O unicórnio saiu de trás de uma árvore e olhou para ela. Era o olhar de um professor rígido prestes a conceder um pequeno favor a um pupilo.

— Mais um toque, por favor, Elibet.

O unicórnio abaixou a cabeça, caminhou até a rainha morta e tocou na mulher com seu chifre, impregnando-a com uma nuvem sutil de luz de um sol de verão bem devagar, brilhando na floresta sombria por um breve instante. Impulsionada por aquela luz estranha, a flecha no ombro da rainha se soltou, os hematomas azuis em seus braços desapareceram e a pele brilhou rosada e nova. Ela parou de mexer no véu, se sentou sobre a sela e soltou um ronco relativamente delicado e que parecia humano.

— Obrigada — disse Jess.

Ela desceu do cavalo e foi olhar para o bandido. Ele tinha se sentado e estava tentando limpar o sangue que escorria lentamente sobre seu olho esquerdo.

— Então você se rende, não é? — perguntou Jess, bufando.

O bandido não respondeu.

Jess o cutucou com sua espada e ele foi forçado a olhar para ela.

— Eu devia matá-lo aqui e agora — disse Jess ferozmente. — Da mesma forma que seu amigo.

— Meu irmão — resmungou o homem. — Mas você não vai me matar, vai? Você é do tipo que faz a coisa certa, dá para ver. Leve-me até o xerife. Deixe-o fazer o que precisa ser feito.

— Você provavelmente está mancomunado com o xerife — disse Jess.

— Isso não faz diferença para você, de qualquer forma. Apenas o xerife tem o poder de fazer justiça nesta floresta. É uma floresta do rei, esta aqui.

— Eu tenho o direito à Média e Baixa Justiça, de acordo com o rei — disse Jess, mas mesmo enquanto dizia isso, ela sabia que aquela era a coisa errada a falar. Roubo e tentativa de assassinato na floresta do rei eram questões para a Alta Justiça.

— Uma garotinha como você? Não seja besta — disse o bandido, rindo. — Além do mais, é Alta Justiça para mim. Vou de bom grado com você até o xerife.

— Não tenho tempo para levá-lo até o xerife — disse Jess.

Ela não conseguiu evitar olhar para trás para ver a mãe. Já existiam pontos escuros visíveis em seu braço, como os primeiros sinais de mofo em um pão.

— É melhor me deixar ir, então — disse o bandido.

Ele sorriu, uma expressão que era parte malícia e parte alívio começando a aparecer em seu rosto desgastado pelo tempo.

— Deixá-lo ir? — explodiu Jess. — Eu não vou... O quê?

Ela inclinou a cabeça para olhar para um trecho de sombra nas árvores próximas.

— Você tem a Alta Justiça? Mesmo?

— Com quem você está falando? — perguntou o bandido, nervoso. O olhar malicioso permanecia, mas o alívio estava desaparecendo rapidamente.

— Muito bem. Eu imploro que você, em nome do rei, julgue esse homem de forma justa. Como pôde ver, ele pretendia me assaltar e, talvez, fazer algo até pior. E disse a seu companheiro para atirar.

— Com quem você está falando? — gritou o bandido.

Ele se levantou com dificuldades enquanto Jess recuava, mantendo a espada empunhada e pronta, apontada agora para a barriga do criminoso.

— Seu juiz — disse Jess. — Que acredito que está prestes a anunciar...

Jess parou de falar quando o unicórnio apareceu atrás do bandido, o chifre já atravessando o peito do homem. O bandido deu mais um passo, inconsciente, então sua boca se abriu e ele olhou para a ponta espiralada e afiada que parecia ter brotado do próprio coração. Ele levantou a mão para segurá-la, mas no meio do movimento os nervos e músculos falharam e sua vida estava terminada.

O unicórnio sacudiu a cabeça e o cadáver do bandido se soltou, caindo no chão da floresta.

Jess engasgou um pouco e tossiu. Ela não tinha percebido que tinha parado de respirar. Ela já vira homens serem mortos antes, mas não por um unicórnio. Elibet bufou e esfregou o chifre no tronco de uma árvore, como um passarinho afiando o bico.

— Sim. Sim, você está certa — disse Jess. — Eu sei que precisamos nos apressar.

Jess rapidamente amarrou as ataduras e cordões de sua mãe e ajeitou o véu novamente antes de montar em seu palafrém. Ele tremeu debaixo dela quando Jess tomou as rédeas e olhou para trás com um olho selvagem.

— Upa! — disse Jess, então bateu com suas esporas.

Ela tomou o caminho da esquerda, se abaixando para passar sob um galho.

Eles chegaram ao abrigo de caça do rei ao cair da noite. O lugar tinha sido um forte simples um dia, um retângulo de muralhas de terra, mas o rei construíra um grande salão de madeira no centro dele, complementado com um segundo andar que tinha janelas de vidro, tudo isso coberto com um telhado bastante inclinado feito de telhas vermelho-escuras.

O abrigo-forte ficava no meio de uma grande clareira na floresta, que estava iluminada por vários lampiões pendurados em estacas. Jess fez uma careta ao ver os lampiões, apesar de eles serem exatamente como ela esperava. O abrigo era, afinal de contas, o lugar favorito do pai para seus encontros amorosos. Os lampiões seriam o toque "romântico" dele para sua mais recente e mais importante amante.

Os guardas a viram chegando e possivelmente reconheceram o palafrém. Dois vieram cautelosamente até a beira da floresta, com as espadas desembainhadas, enquanto vários outros observavam das muralhas, os arcos posicionados. O rei não era muito amado pelos seus súditos, por boas razões. Mas seus guardas eram bem pagos e, contanto que ainda não tivessem gastado o último salário, leais.

— Princesa Jess? — perguntou o guarda mais próximo. — O que a traz aqui?

Ele era um guarda novo, e ainda não tinha experimentado o suficiente da corte do rei para endurecer ou ficar tão enojado a ponto de querer apenas voltar às terras de sua família. Seu nome era Piers e ele era apenas um ou dois anos mais velho do que Jess. Ela o conhecia tão bem quanto uma princesa poderia conhecer um criado, pois sua mãe há muito tempo a tinha aconselhado a guardar os nomes de todos os guardas e fazer amizade com eles o quanto antes.

— Oh, fico feliz em vê-lo, Piers — disse Jess, suspirando. Ela apontou para o corpo coberto por um manto e o véu atrás dela. Estava suficientemente escuro para os guardas não conseguirem ver imediatamente as cordas prendendo a rainha. — É a minha mãe. Ela deseja ver o rei.

— Vossa Majestade! — exclamou Piers, e abaixou a cabeça, como fez seu companheiro, um homem que os outros guardas chamavam de Velho Briars, apesar de se chamar Brian e de não ser tão velho. — Mas onde estão seus criados? Seus guardas?

— Estão a caminho — disse Jess. Ela deixou o cavalo seguir vagarosamente adiante, para que os guardas tivessem que se mover para se manter ao seu lado. — Nós viemos na frente. Minha mãe precisa ver o rei imediatamente. É um assunto urgente. Ela não está bem.

— Vossa Majestade, o rei ordenou que ninguém o perturbasse... — disse o Velho Briars, com autoridade.

— Minha mãe precisa ver Vossa Majestade — disse Jess. — Talvez, Piers, você pudesse ir correndo na frente e avisar... deixar o rei saber que nós estaremos com ele em breve.

— Melhor não, garoto. Você sabe o que...

O Velho Briars tinha começado a falar, mas foi interrompido pela rainha, que repentinamente ajeitou sua postura e falou uma única palavra:

— Edmund...

Ou o nome do rei falado de forma tão estranha pela rainha ou o olhar desesperado no pequeno e delicado rosto de Jess fez o Velho Briars parar de falar e abrir caminho.

— Eu irei na frente — disse Piers, de repente cheio de decisão. — Brian, leve Vossas Majestades até o *salão*.

Ele deu bastante ênfase à última palavra, e Jess sabia o que aquilo significava: "Não as deixe ir ao segundo andar", no quarto de cima, para onde o rei indubitavelmente já tinha se recolhido com sua mais nova amante, Lady Lieka — que, ao contrário de Jess, era de fato uma bruxa.

Elas deixaram os cavalos no estábulo caindo aos pedaços perto do portão. O rei não tinha se dado ao trabalho de reconstruí-lo. Enquanto Jess desamarrava a rainha e a ajudava a descer do cavalo, ela viu Brian se esforçar para manter a expressão impassível, sustentar o olhar de quem não está vendo nada que todos os guardas já haviam aperfeiçoado. Da forma como o rei era, os guardas que ficavam do lado de fora normalmente não queriam ver nada. Se queriam observar, ou mesmo participar, eles se juntavam ao seu séquito interno.

A rainha estava murmurando e se contraindo novamente. Jess teve que respirar pela boca para evitar o fedor que se sobressaía ao perfume das especiarias.

— Ed-mund... — falou a rainha, enquanto Jess a levava até o salão. — Ed-mund...

— Sim, mãe — disse Jess, tentando tranquilizá-la. — A senhora vai vê-lo em um instante.

Ela viu Elibet rapidamente quando Brian abriu caminho para deixá-las passar pela grande porta de carvalho que levava ao salão. Piers estava esperando do lado de dentro e se curvou profundamente quando elas entraram. Ele não notou o unicórnio passando à sua frente, fazendo a fumaça da lareira e das velas rodar.

O rei estava sentado à mesa alta como se tivesse estado ali o tempo todo, apesar de Jess poder perceber que ele tinha acabado de jogar um robe de pele vermelha e dourada sobre o camisolão. Lady Lieka, vestindo um robe similar, estava sentada em um banco baixo ao seu lado e derramava vinho tinto no cálice adornado de joias do rei, como se fosse uma empregada qualquer.

Nenhum dos habituais escudeiros do rei estava com ele, o que sugeria uma descida muito rápida do segundo andar. Jess ainda podia ouvir risos e conversas no andar de cima. A ausência de cortesãos e dos guardas internos poderia ser um mau sinal. O rei gostava de plateia para seus atos ilícitos mais comuns, mas preferia privacidade quando o assunto era maltratar a própria família.

— Minha senhora rainha e minha... atenciosa... filha — bradou o rei. — O que as traz a este pobre abrigo?

Ele estava muito irritado, Jess podia perceber, apesar de sua voz não denunciá-lo. Era a forma como seus olhos estavam apertados e a maneira como estava sentado, inclinado para a frente, pronto para rugir e atacar.

— Ed-mund... — disse a rainha, a palavra soando metade como um rosnado e metade como um suspiro.

Ela cambaleou para a frente, Jess correu atrás dela e tirou seu chapéu, o véu saindo junto com ele.

— O que é isso? — gritou o rei, se levantando.

— Edmund... — disse a rainha.

Seu rosto estava cinza e manchado, e moscas se juntavam nos cantos de seus olhos ressecados; todos os sinais de uma morte ocorrida há três dias retornando enquanto a bênção do unicórnio perdia o efeito.

— Lieka! — berrou o rei.

A rainha cambaleou para a frente, os braços esticados, as ataduras se desenrolando atrás dela. A carne se rasgou em seus dedos quando ela os flexionou, ossos brancos refletindo a luz da lareira e das velas.

— Ela foi envenenada! — gritou Jess, irritada. Então apontou de forma acusatória para Lieka. — Envenenada por sua amante! E mesmo morta ela ainda o ama!

— Não! — gritou o rei. Ele subiu em sua cadeira e olhou em volta de forma selvagem. — Leve-a embora, Lieka!

— Um beijo — murmurou a rainha. Ela juntou os lábios e saliva cinza-esverdeada caiu de sua boca enrugada. — Amor... amor...

— Fique calmo, meu anjo — disse Lieka. Ela descansou a mão muito branca sobre o ombro do rei. Sob seu toque, ele se sentou novamente em sua cadeira de espaldar alto. — Você... arranque a cabeça dela.

Lieka estava falando com Piers. Ele tinha desembainhado sua espada, mas permanecia perto da porta.

— Não, Piers! — disse Jess. — Beije-a, pai, e ela vai partir. É tudo o que ela quer.

— Mate-a! — gritou o rei.

Piers cruzou a sala rapidamente, mas Jess levantou a mão de forma suplicante. Ele parou ao lado dela e não seguiu adiante. A rainha continuou cambaleante, murmurando e resmungando enquanto avançava na direção do púlpito, do rei e de Lady Lieka.

— Traidores — resmungou o rei. — Estou cercado de traidores.

— Um beijo! — gritou Jess. — O senhor deve isso a ela.

— Nem todos são traidores, Majestade — ronronou Lieka. Ela falava no ouvido do rei, sem se importar com os tropeços patéticos da rainha enquanto tentava subir no púlpito. — Devo livrá-lo desta viúva?

— Sim! — respondeu o rei. — Sim.

Ele se virou para afastar o olhar, protegendo o rosto com as mãos. Lieka pegou um candelabro de prata de seis braços e sussurrou para ele, as chamas das velas ardendo com mais força em resposta a seu chamado.

— Pai! — gritou Jess. — Um beijo! Isso é tudo o que ela quer!

Lieka golpeou com o candelabro quando a rainha finalmente chegou ao púlpito e continuou cambaleando adiante. As chamas lamberam o vestido e as ataduras lentamente, até que Lieka formou uma garra com a outra mão e a levantou, as chamas crescendo em resposta como se ela tivesse puxado suas cordas secretas.

A rainha berrou e correu para a frente com velocidade surpreendente. Lieka pulou para longe, mas o rei tropeçou e caiu quando tentou sair de sua cadeira. Antes que ele pudesse se levantar, a rainha se ajoelhou ao seu lado e agora, completamente em chamas, o abraçou. O rei gritou e se contorceu, mas não conseguiu se soltar enquanto ela abaixava a cabeça coberta por chamas para um último beijo.

— Aaaahhhh!

O suspiro agradecido da rainha encheu o salão, afogando o engasgado e abafado grito final do rei. Ela caiu sobre ele, o empurrou sobre as tábuas ardentes do púlpito e os dois ficaram imóveis.

Lieka fez um gesto. Os corpos em chamas, as tábuas que soltavam fumaça e a grande lareira no canto da sala se apagaram. As velas e os lampiões bruxulearam, então voltaram a sua luz constante.

— Uma demonstração extraordinária de tolice — disse a bruxa a Jess, que estava parada olhando, sua face ainda mais branca que o rosto pintado de Lieka. — O que você achou que conseguiria?

— Minha mãe o amava, apesar de tudo — sussurrou Jess. — E eu esperava trazer o assassinato de volta para você.

— Mas, em vez disso, você me transformou em rainha — disse Lieka. Ela se sentou no trono do rei. — Edmund e eu nos casamos ontem. Um dia depois da morte de sua mãe.

— Então ele sabia... — disse Jess, resignada. Aquilo não era uma surpresa, não depois de todo esse tempo e dos outros atos do rei, mas ela guardava uma ponta de esperança, agora extinta. — Ele sabia que você a tinha envenenado.

— Ele ordenou que eu fizesse aquilo! — Lieka riu. — Mas devo confessar que não ousei esperar que isso pudesse levar à morte dele também. Tenho que agradecê-la por isso, menina. E também estou curiosa para saber como você trouxe a velha megera de volta. Ou melhor, a quem pediu para fazer isso para você. Não achei que existisse outro praticante das artes que ousaria me desafiar.

— Uma velha amiga do reino me ajudou — disse Jess. — Alguém que espero que vá me ajudar novamente para levar você à justiça.

— Justiça! — disse Lieka, cuspindo a palavra. — Edmund ordenou que eu envenenasse sua mãe. Eu apenas fiz o que o rei ordenou. A morte dele foi causada pela rainha ou, talvez, sendo mais caridosa, por um infortúnio. Além disso, quem pode me julgar agora que sou a maior autoridade do reino?

Jess olhou para o canto mais escuro do salão, atrás do púlpito.

— Por favor — disse então, com a voz baixa. — Com certeza esse é um assunto para a Mais Alta Justiça de todas, não?

— Com quem você está falando? — perguntou Lieka. Ela se virou sobre o assento e olhou em volta, seus belos olhos se estreitando com concentração. Ao não ver nada, ela sorriu e se virou novamente. — Você é mais tola do que sua mãe. Guarda, leve-a embora.

Piers não respondeu. Ele estava olhando fixamente para o púlpito. Jess estava olhando também, enquanto o unicórnio caminhava lentamente até o lado de Lieka e gentilmente mergulhava seu chifre no cálice do rei.

— Leve-a embora! — ordenou Lieka novamente. — Tranque-a em algum lugar escuro. E convoque os outros que estão no segundo andar. Há muito para celebrarmos.

Ela levantou o cálice e bebeu um gole. O vinho manchou seus lábios com um vermelho-escuro e ela os lambeu antes de tomar outro gole.

— O vinho real é do...

A palavra nunca saiu da boca de Lieka. A pele em sua testa se enrugou com perplexidade, seu rosto perfeitamente maquiado ganhando pequenas rachaduras. Ela começou a virar a cabeça na direção do unicórnio e tombou para a frente sobre a mesa, derrubando o cálice. O vinho derramado formou uma poça na beira da mesa e começou a pingar lentamente sobre os pés carbonizados da rainha, que estava caída, abraçada ao seu rei.

— Obrigada — disse Jess.

Ela se jogou no chão, levantando os joelhos para poder ficar pequena e apoiar a cabeça. Ela nunca tinha se sentido tão cansada, tão completamente esgotada, como se tudo tivesse sido sugado dela, toda a energia, toda a emoção e todo o pensamento.

Então ela sentiu o chifre do unicórnio, a lateral dele, não a ponta. Jess levantou a cabeça e foi forçada a se levantar enquanto Elibet continuava a repreendê-la, quase a tirando do chão.

— O que foi? — perguntou Jess tristemente. — Eu disse "obrigada". Acabou, agora, não acabou? A justiça foi feita, assassinos perversos sofreram as consequências. Minha mãe até... até... conseguiu seu beijo...

O unicórnio olhou para ela. Jess limpou as lágrimas dos olhos e escutou.

— Mas tem o meu irmão. Ele será velho o suficiente em alguns anos... bem, seis anos...

"Sei que meu pai não foi um bom rei, mas isso não significa..."

"Não é justo! É muito difícil! Eu ia entrar para a escola do convento de Tia Maria..."

Elibet bateu a pata no chão, nas tábuas, com força suficiente para fazer a laje de pedra sobre as tábuas ressoar como um velho gongo. Jess engoliu seu último protesto e abaixou a cabeça.

— Isso é um unicórnio? — sussurrou Piers.

— Você consegue ver? — exclamou Jess.

Piers enrubesceu. Jess o encarou. Evidentemente os guardas externos de seu pai não seguiam os passos do rei em todos os assuntos, ou então Piers era simplesmente muito novo para ter sido forçado a participar das frequentes bacanais do rei.

— Eu... eu... Há alguém em particular... — murmurou Piers.

Ele olhou para os olhos dela enquanto falava, sem olhar para o chão como um bom criado deveria fazer. Ela notou que seus olhos tinham um tom castanho muito acolhedor e havia algo em seu rosto que a fazia querer observá-lo com mais atenção...

Então ela foi distraída pelo unicórnio, que voltou para cima do púlpito e removeu delicadamente a simples coroa de viagem da cabeça do rei com o chifre. Enquanto a equilibrava ali, partiu novamente na direção de Jess.

— O que ela está fazendo? — sussurrou Piers.

— Estou fazendo justiça — disse Elibet, então deixou a coroa cair na cabeça de Jess e a ajeitou com o chifre. — Acredito que você saberá fazer julgamentos melhor que seu pai. Em todos os aspectos.

— Vou tentar — disse Jess.

Ela esticou a mão e tocou o pequeno e fino círculo de ouro. Aquilo não parecia real, mas nada parecia real. Talvez acabasse se tornando real durante o dia, depois de uma longa noite de sono.

— Faça isso — disse Elibet.

Ela caminhou em volta deles e andou na direção da porta.

— Espere! — gritou Jess. — Vou vê-la novamente?

O unicórnio olhou de volta para a princesa e para o jovem guarda ao seu lado.

— Talvez — disse Elibet, e então desapareceu.

ALAYA DAWN JOHNSON

"Love Will Tear Us Apart"

Justine: Aleluia! Depois de caminhar pelo pântano do velho unicórnio de Garth Nix, você agora poderá ler uma verdadeira história de zumbi. Como Holly entediou a todos ao especificar os diferentes tipos de unicórnio (apesar de todos sabermos que só existem dois tipos: aqueles brancos como se estivessem doentes e os que têm as cores do arco-íris), achei que eu devia lhes mostrar (apesar de ter certeza de que a maioria de vocês já conhece) os diferentes tipos de zumbis.

Primeiro, temos os zumbis inspirados pelo vodu, que são trazidos do mundo dos mortos (ou quase mortos) por magia e são controlados por seus mestres. Então, temos a reinvenção dos zumbis feita por George Romero, que veio com *A Noite dos Mortos-Vivos* em 1968. Os zumbis de Romero são a própria morte — são lentos, se arrastam e é impossível escapar deles. Mais recentemente, vêm surgindo zumbis incrementados que correm, pelos quais eu confesso não ter muita afeição.

Alaya Dawn Johnson é uma de minhas escritoras favoritas e essa história vai demonstrar amplamente por quê. Seus zumbis não são nem possuídos por magia, nem os arrastados comedores de cérebro de George Romero, nem são os zumbis mais rápidos e mais letais dos recentes (e inferiores) filmes. Eles são zumbis que ela mesma criou. Zumbis que podem até mesmo se apaixonar.

É verdade. Você está prestes a ler o que pode ser o mais lindo e intenso romance zumbi de todos os tempos — e é, definitivamente, um dos mais engraçados.

Alguém quer macarrão ao molho de queijo?

Holly: O que eu amo nesta história é que ela praticamente nem é uma história de zumbis! Nada de fedor, nada se arrastando, nada de pedaços caindo, apenas um *pouquinho* de cérebro sendo comido. E, qual é, sou totalmente a favor de aventuras culinárias. Então posso fingir que ela é sobre um fantasma que voltou ou algum tipo de criatura morta-viva de que eu realmente goste.

Justine: Viram? Até mesmo Holly ama os zumbis secretamente.

Love Will Tear Us Apart
por Alaya Dawn Johnson

1. I Bet You Look Good on the Dance Floor

Pense nisso como o melhor macarrão ao molho de queijo que você já comeu. Nada daquele queijo amarelo neon artificial ou farelo de pão. Estou falando de queijo chique, daquele bem caro que vem de Vermont, que estala enquanto derrete naquela crosta gratinada que fica por cima. Imagine que logo antes de você estar se preparando para cair de boca, o macarrão ao molho de queijo começa a falar com você. E ele é muito bacana. Ele gosta de Joy Division mais do que de New Order, tem todos os discos do Sonic Youth e viu você na plateia do último show do Arctic Monkeys, embora você estivesse muito chapado para notar qualquer coisa que não fosse o miojo sabor queijo que você tinha levado de casa e que era claramente de qualidade inferior.

E se, ainda por cima, ele — ele, o macarrão — fosse lindo de verdade? Alto, magro e estranhamente musculoso, com olhos azuis brilhantes e cabelo ruivo? Então, ele tem o cheiro da melhor refeição que você já comeu, mas você meio que quer comê-lo de outra forma. Não dá para fazer as duas coisas. Você não é um necrófilo. Mas um rapaz tem que se alimentar. Talvez você possa apenas dar umas mordiscadas nas beiradas? Uma parte da qual ele não vá sentir falta, e então transar com o resto dele. Comer um braço, ou algo assim. Ele ainda pode foder com um braço. Não tão bem, no entanto. Provavelmente você não gostaria daquilo. Certo, uma das mãos. Quem é que precisa da mão esquerda? Então você se lembra de que Jack — esse é o nome dele, do macarrão ao molho de queijo — joga lacrosse. Foi provavelmente assim que ele conseguiu todos aqueles músculos apetitosos. Você precisa de duas mãos para jogar lacrosse.

Um mindinho? Caramba, é melhor você passar fome.

E estava tudo planejado. Você e Jack tiveram aulas de artes juntos durante as últimas três semanas. Você iria admirar o móbile que ele está fazendo (uma torre de metal retorcido balançando com CDs quebrados e lacres de latas de cerveja), depois iria olhar em seus olhos, convidá-lo a ir até sua casa para jogar Halo, fumar haxixe, ou qualquer coisa, e então devorá-lo na floresta perto da Rota 25. Essa floresta é a área de caça local. Você já fez isso pelo menos uma dúzia de vezes antes, embora não com seus próprios colegas da Escola Edward R. Murrow, seu mais novo colégio.

Gostar tanto da refeição para não ser capaz de matá-la? Essa era a primeira vez.

— Pizzicato Five? — diz você, pegando o fim da frase de Jack. — Quem são eles?

Os olhos dele se acendem. Não literalmente, mas eles ficam muito grandes e você pode ver o azul de suas íris brilhantes e manchadas em volta das pupilas dilatadas. Olhos esbugalhados, é como você normalmente chama aquele olhar.

— Cara, eles são incríveis — diz ele. — Pop Harajuku. Sim, eu sei, você está pensando naquela porcaria da Gwen Stefani, tipo "eu realmente achei que o Jack tinha um gosto melhor", mas não se preocupe, essa parada é demais. É totalmente irônico e pós-moderno. James Bond numa viagem de ácido nipônico num clube de bukkake.

— Uau — diz você, porque honestamente você só consegue lidar com monossílabos a essa altura.

— Ei, podemos ir andando até a minha casa daqui. Quer ir até lá? Tenho alguns dos discos deles.

Então você não chega nem perto da Rota 25, o que é bom. Você não quer comê-lo e ainda dá para sentir o cheiro de suas sobras lá. Toda essa coisa está te confundindo. Você — sei lá — gosta dele. Gosta *gosta* dele. Você acha que já teve uma irmã mais nova que falaria exatamente dessa forma. Não se lembra de comê-la, mas não dá para ter certeza. E o que Jack pensaria se soubesse que você é um monstro que não conseguia nem lembrar se devorou a própria irmã ainda viva?

Então você tenta ser interessante, encantador e basicamente *não ser estúpido*. E entra em uma discussão sobre Belle and Sebastian.

— Claro, gosto de algumas coisas deles — diz ele, sorrindo como se soubesse que você não concorda. — O *Life Pursuit* tem algumas músicas ótimas.

— Cópias afetadas dos Smiths imitando a seriedade avoada de Jonathan Richman sem nada de sua insanidade.

Ele ri e você tropeça na grama.

— Segure-se, Grayson — diz ele.

Jack te dá um olhar demorado e lá vai você novamente, seu coração batendo rápido demais, pupilas dilatando e você realmente não entende isso, mas aquele cheiro dele? Aquele aroma de macarrão ao molho de queijo gratinado? Ele acabou de ficar cem vezes melhor. Quando ele inspira e expira é como se estivesse exalando a essência de sua medula, da cartilagem áspera em suas juntas, do sangue que pulsa enquanto corre sob a pele perto da clavícula.

Ele está cortando caminho por uma floresta atrás da escola, descendo uma antiga trilha de caçadores de cervos ou algo assim e você estava ocupado demais olhando para seu traseiro para prestar muita atenção.

— Ei, em que rua você mora mesmo? — pergunta você.

— É ao lado da Boward. Apenas gosto de cortar caminho por aqui algumas vezes. "I took the one less traveled by, / And that has made all the difference."[1]

— Dylan? — diz você, chutando.

Ele para abruptamente entre duas árvores que ainda têm por volta de metade de suas folhas. Seu sorriso é um pouco triste:

— Robert Frost — diz ele, e você não acha que essa é uma boa hora para mencionar que nunca ouviu falar dele.

Provavelmente mais algum cantor folk emo como Sufjan Stevens.

---

[1] Tradução livre: "Escolhi a menos utilizada, / E isto fez toda a diferença."

— Grayson — diz ele, suas mãos afundadas nos bolsos.

Com qualquer outra pessoa aquilo o faria parecer inquieto, mas com Jack, agora, o gesto parecia mais dizer *"Por favor, me foda"*.

— Sim?

Sua voz sai meio chiada. Você pode sentir o cheiro do sexo iminente como se fosse um mendigo no parque.

Então Jack começa a rir novamente e tira as mãos dos bolsos.

— É engraçado. Todo mundo acha que você é esquisito — diz ele. — Mas você é legal, Grayson.

— Ei, você também.

E você pensa, ok, uma foda teria sido melhor, mas você meio que gosta da ideia de escutar esse disco de viagem de ácido nipônico com ele. Ele ainda tem o cheiro da melhor refeição que você nunca provou.

2. Several Species of Small Furry Animals Gathered Together in a Cave and Grooving with a Pict

A triste história de como eu, Philip A. Grayson, fui infectado com um príon devorador de cérebros e fui subsequentemente parcialmente curado.

Primeira parte. Não sei quem eu era. Não sei como o contraí. O príon, quero dizer, esse pedaço de proteína deturpado e disforme com menos autonomia que um vírus, mas um poder muito maior. Já ouviu falar do mal da vaca louca? Fui informado de que príons só são achados em bactérias gestadas no fundo de aterros a altas temperaturas. Ele tem que entrar no hospedeiro por membranas mucosas. Isso quer dizer que ele tem que ser bebido, cheirado, pingado em seu olho ou inserido em seu ânus. Sim, também não quero saber que merda eu estava fazendo. Já é ruim demais eu me lembrar do meu nome, sério.

Segunda parte. Matei um monte de gente. Comi todos eles, os cérebros primeiro. Não porque preciso de massa cinzenta para sobreviver ou algo assim, mas porque essa é a melhor parte. Não acredita em mim? Simplesmente pergunte à tribo Fore de Papua Nova Guiné. Eles amavam cérebros tanto que quase se mataram com outro príon: encefalopatia espongiforme transmissível. Eles o chamam de kuru. Doença do riso. Isso é o que eu chamo de morrer feliz.

Terceira parte. Meu príon é muito raro para ter um nome. Da mesma forma que o kuru, ele modifica meu comportamento de um jeito muito importante. Bem, não sei se você percebeu, mas ele me faz querer comer pessoas. Na maioria dos casos, ele se livra de todas as funções mais elevadas do cérebro do hospedeiro para fazer com que essa compulsão de comer pessoas funcione melhor. Lobos frontais e obsessão pelo Joy Division tendem a ser bastante incompatíveis com o repentino desejo dominante de comer os olhos de sua namorada.

Quarta parte. Alguns cientistas me capturaram antes que as proteínas alucinadas tivessem a chance de comer muita coisa. Eles me deram uma droga que funcionou parcialmente. Meus príons não podem se reproduzir e não podem devorar meu cérebro, mas ainda estão por ali, saltitando felizes em minha amígdala toda vez que sinto o cheiro de um humano. Os príons me deram alguns feromônios hiperativos, então posso fazer isso de me encostar e sorrir e as pessoas ficam com os olhos esbugalhados, como se elas se transformassem em zumbis ou algo assim. Bem, até eu começar a comê-las. Você provavelmente está se perguntando por que esses cientistas benevolentes teriam me curado parcialmente e então me deixado voltar ao mundo para seduzir e devorar pessoas com minhas funções cerebrais praticamente intactas. Não seja estúpido — é claro que eles não deixaram. Quando perceberam o que tinha acontecido, eles me trancaram em uma cela acolchoada. Devorei o segurança e escapei.

O Fim.

E uma última coisa: quanto ao lobo frontal que os parasitas não devoraram completamente? Perdi o suficiente para não me sentir mal por matar pessoas. A lei da selva e tudo mais. Isso só me aborrece algumas vezes. Como quando elas amam Joy Division. Como quando elas riem.

3. Behind Blue Eyes

A casa de Jack é um pouco intensa. É uma mansão de pedra em sua própria rua sem saída, com segurança no estilo do Pentágono. Um código de dez dígitos para passar pelo portão externo, um código *diferente* de doze dígitos para a porta da frente. Você quase espera que a maçaneta cheque suas impressões digitais.

— Cara — diz você quando a fortaleza parece ter sido invadida —, esse lugar é assustador.

Não há muita mobília, mas cada peça bege e roxa parece ter custado uma fortuna.

Jack encolhe os ombros, um pouco desconfortável.

— Meu pai — diz ele. — Ele é obcecado por segurança. Os amigos não param de ligar para ele para falar sobre um maluco fugitivo que pode estar no Colorado. Ele ficou paranoico.

Você fica enjoado, mas tenta não demonstrar. Aqueles cientistas o seguiram por um ano. Quais são as chances de eles finalmente o terem encontrado agora?

— O que seu pai faz?

— Ele era da CIA — diz Jack. — Quebrou a bacia há cinco anos, então agora ele trabalha com consultoria basicamente.

Quando está subindo a escada, você sente o aroma de pólvora, mas as únicas armas que vê são mais velhas: uma fileira de espadas antigas e modernas penduradas na parede.

— Você sabe usar essas coisas?

Jack suspira.

— Claro. Meu pai me ensinou a usar armas desde que aprendi a andar. Armas de fogo, espadas, artes marciais. Contanto que exista potencial para uma morte violenta, ele está interessado. É tudo besteira, na verdade. Heroísmo falso para que você possa fingir que não está matando pessoas. "Um, dois! Um, dois! Sua espada vorpal / Vai-vem, vai-vem, para trás, para diante!"

— Frost? — diz você, apesar de saber que está errado e mal conseguir esperar para que ele lhe diga isso.

Ele sorri.

— "O Jaguadarte". Lewis Carroll. Meu pai gosta desse porque é sobre matar uma fera diabólica. Quer saber, acho que ele está *feliz* por esse maluco estar solto. Antes disso, ele só queria saber de animais raivosos e torneios de caça em que não se pode matar os animais e... sim. É uma fixação.

Ele olha para longe, fica muito parado e você fica imaginando o que ele não está lhe contando sobre a "fixação" de seu pai. Então ele balança a cabeça e o conduz escada acima. O quarto de Jack é como um imenso dedo médio no cu do resto da casa e seu estilo bege-sobre-branco de um velho yuppie sob medicação. Cada centímetro da parede é coberto por pôsteres. Alguns astros do esporte, mas a maioria são músicos. Pete Townshend com a mão ensanguentada; os Gorillaz, mostrando suas línguas animadas; Johnny Rotten sorrindo como uma fada demoníaca de cabelos vermelhos; todos os integrantes do Devo com aqueles esquisitos trajes espaciais e as expressões vagas e estúpidas. Há um closet no fundo e quando ele abre a porta, você vê alguns milhares de CDs e discos de vinil alinhados perfeitamente contra a parede.

— Tenho algumas centenas de gigas de MP3, mas vinil é melhor, eu acho.

E se você não estava excitado antes...

— Puta merda — diz você. — Isso é incrível.

Ele sorri para você, o estranhamento esquecido.

— Tenho sorte. Contanto que eu pratique, meu pai tende a me deixar em paz.

O sistema de som destruidor inclui um subwoofer do tamanho do seu torso, de modo que as primeiras notas da gravação são apropriadamente ensurdecedoras. Ele se deita em seu carpete bege espesso e então olha para você, um gesto que poderia ser um convite se não fosse tão cauteloso. Então fica imaginando o que ele pensa de você e, se você precisasse de mais provas de que algo estranho está acontecendo aqui, aquilo selaria o acordo. Parte do benefício dos príons devoradores do lobo frontal é não precisar se preocupar com o que diabos as outras pessoas pensam. Isso é uma coisa típica dos humanos. Não do que quer que você tenha se tornado.

Você se senta ao lado dele. Ele sorri um pouco, se apoia nos ombros e fecha os olhos. Você o observa. O cabelo ruivo macio cai sobre a testa dele, quase escondendo uma cicatriz longa e fina que vai desde onde acaba seu cabelo até a orelha esquerda. Ele balança a cabeça no ritmo do vocal agudo e infantilizado, dos ritmos balançantes dos anos 1960 e da atonalidade psicodélica.

— James Bond numa viagem de ácido nipônico — diz você, suavemente.

Ele abre os olhos, e agora eles não estão nem um pouco esbugalhados. Eles estão sérios, ferozes e gelados. Ele parece que pode matá-lo ou beijá-lo. Você prende a respiração, que já era lenta demais, e percebe que não se importa com a escolha dele.

— Sabia que você ia gostar — diz ele.

O ar sai em uma lufada apressada. Você recosta sobre o carpete e olha para dentro de suas pálpebras. Você vê vermelho, como sempre. Músculo, osso e o barulho dos seus enormes molares rompendo aquilo. Isso é o que Jack teria se tornado se não tivesse mencionado Joy Division no fim da aula. E mesmo agora você pode sentir o calor dele ao seu lado, o suave odor a exalar de seus poros, o cheiro que é um pouco de suor e um pouco de sabão e um xampu com um aroma surpreendentemente feminino. Coco? Hibisco? Como alguém que usa xampu de hibisco pode parecer perigoso tão de repente? Ele se move abruptamente. Você espera como se pudesse cair sobre uma lâmina.

Mas não, a porta está se abrindo, alguém mais está na casa. Lentamente, muito lentamente, você se vira.

— Jackson — diz o homem que deve ser seu pai. Ele está vestindo uma calça de brim da mesma cor dos móveis e uma camisa polo marrom. — Seu alvo ainda está limpo.

Se Jack era frio, seu pai era o maldito zero absoluto. As sobrancelhas são tão grandes e espessas que deixam seus olhos fundos em uma sombra escura, como um poço. Sua boca está apertada, não o suficiente para dizer que ele está mal-humorado, mas você bem que quer sair correndo pela janela e dar uma desculpa depois. Jack olha para você e então de volta para o pai. Ele desliga o CD e o silêncio repentino é mais alto que qualquer subwoofer potente. Você pode ouvir a respiração daquele pai, tão lenta e gelada quanto o resto dele. Antigo agente da CIA. Ele era provavelmente a pessoa que cuidava daqueles interrogatórios "incrementados".

— Desculpe — murmurou Jack, irreconhecível. — Já ia fazer isso.

— Estou vendo — diz o homem de gelo. — Acabei de ter notícias de Miller novamente. Aquela criatura que eles estão perseguindo com certeza passou por aqui. Preciso que você esteja pronto.

— Desculpe — diz Jack novamente.

O pai se vira para você agora, com um tom frio de especulação. Você sabe sem nem mesmo tentar que não há nada que seus feromônios especiais possam fazer para derreter esse sujeito. Ele acha que você é uma barata. Ele quer pisar em você. Será que ele pode dizer o que você é só de olhar? Mas não, é impossível. Se soubesse, atiraria em você naquele exato momento e mandaria Jack limpar a sujeira.

O homem de gelo vai embora, seu passo se arrastando levemente. Jack respira fundo a ponto de tremer e bate a porta.

Você assobia.

— Ele é assim todos os dias?

Jack olha para você e então para longe. Seus olhos azuis se dilatam sem qualquer razão e sangue aflora em suas bochechas como rosas. Você engole em seco.

— Ele é... você sabe.

Você tenta imaginar a vida com alguém como aquele homem. Sua incapacidade de imaginar algo assim tem a sensação de algo quebrado, algo sugando e desesperado. Porque você *conhece* o homem de gelo, como apenas uma alma partida pode reconhecer outra.

— "But my dreams, they aren't as empty"[2]. — Você não sabe cantar, então apenas fala. Mas você se lembra do resto do verso. — "As my conscience seems to be"[3].

Jack toma um susto, como se alguém o tivesse cutucado, e então se encosta contra a parede. Ele ri, mas aquilo não soa como uma risada.

— Meu pai odeia The Who — diz ele.

— Seu pai é um babaca.

Por um momento você acha que ele talvez segure sua mão.

4. Maps

Avisei que não sabia quem eu era, mas isso não é estritamente verdade. Nenhum maldito invasor de código genético é tão eficiente. Meu hipocampo sofreu uma boa faxina, mas fragmentos permaneceram. Caramba, até onde sei, eu me lembro de tudo e apenas reprimo isso, como veteranos do Iraque que não conseguem achar Bagdá no mapa. Mas aqui está o que acho que sei. Eu tinha uma irmã. Ela era mais nova do que eu e era burra daquele jeito que irmãs mais novas são burras, o que significa que ela provavelmente vai crescer e trabalhar com neuroquímica e inventar a cura para encefalopatia espongiforme. Mas me lembro de que ela amava *Boy Meets World*, *High School Musical* (todos os três) e os filmes das gêmeas Olsen que saíram direto em DVD (especialmente *Passaporte para Paris*). Nós tínhamos um pai, mas não sei o que ele fazia. Não tínhamos mãe, até onde sei. Papai tinha uma queda por bananeiras. Ele se recusava a comprar bananas comuns, mas trazia para casa qualquer variedade que pudesse achar: algumas pequenas e marrons, outras verdes gigantes e ainda algumas alaranjadas com a polpa tão dura quanto a de

---

[2] Mas meus sonhos, eles não são tão vazios.
[3] Quanto minha consciência parece ser.

uma maçã e tão azeda quanto um limão. Ele tinha uma estufa cheia de bananeiras que davam frutos a cada dois anos e o fruto nunca era comestível. "Elas estão entrando em extinção, você sabe", falava ele para mim e minha irmã no supermercado, batendo nas pencas de bananas prata comuns de cor amarela que ele nunca deixava entrar na casa. "Mais alguns anos e a falta de cuidado vai ter destruído cada bananeira da terra." Por quê? Algum tipo de câncer que as tornava vermelhas e duras como tijolos. Sei de mais detalhes, mas você não quer saber deles. A mesma velha história desde Noé: os humanos são péssimos administradores da terra.

Não me lembro se o comi. Não me lembro de muita coisa até acordar naquele laboratório. Apenas lampejos. Fome atravessando meus músculos como uma coceira que só iria embora se eu arrancasse minha própria pele. Sangue como uma corrente saindo de um lago, quente e enevoado em minhas narinas. E carne, crua e salgada, cheia de ossos que prendiam em minha garganta e cérebros que eu engolia como ostras. Todos são anônimos quando os desmembro. Ninguém tem nome quando os como. Nem mesmo meu pai. Nem mesmo minha irmã.

Nem mesmo Jack.

5. Pulling Mussels (from the Shell)

A garota dois degraus abaixo de você na arquibancada acha que você é bonito. Você é bonito — provavelmente antes mesmo do problema do príon e certamente depois disso. Ela tem cabelo castanho curto e um sorriso bonitinho, mas ficaria melhor sem o aparelho. Aquilo deixa marcas horríveis se ela decidir reagir. Você decide sorrir depois da segunda vez que ela olha para trás e dá uma risadinha. Você tem que comer alguma hora, afinal de contas, e a situação com Jack o deixou, em termos práticos, com fome. O macarrão ao molho de queijo em pessoa está correndo pelo campo agora, gritando com um dos seus companheiros de time para lhe passar a bola enquanto dispara por uma brecha na linha de defesa do time adversário. A camisa verde está encharcada de suor e gruda em seu corpo de uma forma que você sabe que o deixa com os olhos tão esbugalhados quanto os da garota de aparelho. Você escutou sua conversa o suficiente para saber que ela é um bom alvo — está aqui vindo de fora da cidade, visitando alguns amigos. Se fizer tudo certo, pode ser que você consiga ficar no Colorado por mais algumas semanas, pelo menos. É engraçado — você normalmente se preocupa em encontrar uma nova cidade tanto quanto costumava se preocupar antes em encontrar um novo supermercado. Apenas um novo local para comprar carne.

No campo, Jack dá um encontrão violento em outro jogador. Eles caem sobre a grama pisoteada enquanto a bola voa para dentro da rede. O público aplaude, apesar de Jack sofrer a falta. O gol é válido. Jack é muito mais violento no campo do que é fora dele. Mas então você se lembra da forma estranha e ameaçadora com que ele olhou para você por um momento ontem à tarde. Você se lembra da cicatriz na testa dele e do seu pai, o homem de gelo.

No intervalo ele sobe a arquibancada, respirando com dificuldade e sorrindo. Alguns alunos o cumprimentam. Você fica onde está, sabendo que ele o vê e imaginando se ele vai dizer algo. É sábado. Você nunca foi a um jogo antes. O campo inteiro tem um cheiro de algo maduro, centenas de Lanches Felizes ambulantes, falantes e sorridentes e, mesmo a alguns metros de distância, Jack tem um cheiro melhor do que todos eles. Por um momento, você pensa na possibilidade de saltar da arquibancada e comê-lo na frente de toda a multidão. Provavelmente conseguiria dar algumas mordidas antes de a polícia chegar. Talvez eles até usassem força letal, vendo como você é uma fera raivosa e finalmente resolveriam todos os seus problemas. Sua boca se enche de saliva. Jack olha para você.

Você não vai comê-lo. Não importa o que aconteça.

— Grayson — diz ele, com um meio sorriso. Ele sobe a arquibancada e se senta ao seu lado. — Está gostando do jogo?

Você respira muito lentamente. O braço dele esfrega no seu, escorregadio com o suor. Seu pau fica tão furiosamente duro que você só pode torcer para que ele não olhe para baixo.

— Legal — diz você. — Você é sempre tão agressivo assim?

Jack dá de ombros, mas seu sorriso está satisfeito.

— Se preciso ser. Estamos ganhando, não estamos?

— Acho que sim.

Jack olha para você rapidamente, então olha para longe e, mais uma vez, você está fascinado por suas ondas que alternam constrangimento e ferocidade.

— Grayson, sobre ontem... meu pai...

— Ele não está aqui, está? — pergunta você, fingindo estar com medo, embora o homem de gelo realmente o deixe um pouco amedrontado.

Jack ri.

— Meu Deus, espero que não. Meu pai praticamente não suporta atividades extracurriculares. Acha que eu deveria estar treinando... Ei, você quer ir à cidade comigo hoje à noite? Tenho um ingresso sobrando para o show do Modest Mouse.

Isso seria bastante interessante, mesmo sem o bônus adicional de Jack, mas você olha novamente para a garota de aparelho, que agora está conversando com os amigos. A fome está começando a ficar igual à que você sentiu na primeira vez, um desejo que penetra em seus músculos e faz o mundo se tornar vermelho. Você não pode ficar muito mais tempo sem comer.

— Desculpe — diz você. — Não posso.

Você sabe que deveria dar uma explicação melhor. Dever de casa, trabalho comunitário ou um emprego de meio expediente. Mas você não quer mentir para Jack.

Então você o magoa, em vez disso.

— Certo — diz Jack.

Ele afasta o olhar. O jogo vai recomeçar. Jack volta ao campo. Propositalmente, sabendo que ele ainda está olhando, você se move para ficar logo atrás da garota. Você sorri para ela.

— Não a vi por aqui antes — diz você.

Ela fica com os olhos arregalados, e as bochechas parecem coradas. Você pode sentir o cheiro de seu sangue como se ele já tivesse rompido sua pele.

— Vim a passeio, de Boulder — diz ela.

Ela fala outras coisas. Você não consegue escutar muito bem o que ela diz. Jack está olhando fixamente para você da beira do banco de reservas. Mesmo daqui você pode ver o gelo naqueles olhos azuis. Como se ele quisesse matá-lo.

Você combina de se encontrar com a garota — ela tem um nome, mas você tenta não se lembrar dele, é mais fácil assim — no estacionamento em uma hora. Você fala para ela sobre um show para o qual você tem ingressos, em um casarão transformado em casa de espetáculos, logo depois dos limites da cidade, e pergunta se ela quer ir. Você fica imaginando como sempre consegue usar essa tática. Como se nenhuma dessas garotas ou garotos nunca tivessem escutado uma palavra do que os conselheiros da escola tivessem falado sobre segurança em encontros. Algumas vezes você sente vontade de sacudi-los pelos ombros e gritar: "Ei, isso não lhe parece um pouco estranho?".

Que se dane. Você está com fome.

O jogo está quase acabando quando o pai de Jack entra no campo. Ele está mancando de forma mais óbvia agora, mas aquilo não o deixa menos ameaçador. O árbitro para a jogada e grita com o homem de gelo por alguns momentos antes de decidir que aquilo é inútil. Jack não fala nada, apenas sai do campo com os ombros caídos. Você fica imaginando o que aconteceu. Será que ele se esqueceu do treino de tiro novamente? Você espera ele voltar, mas em vez disso ele pega seu equipamento e vai embora com o pai. Ele olha para você uma vez. Você não consegue ver seu rosto de tão longe, mas de alguma forma você sabe que ele está com medo. *Preciso que você esteja pronto*, o homem de gelo disse ontem à tarde. Pronto para matar um monstro?

Você não é tão cuidadoso quanto deveria ser quando encontra a garota depois do jogo. Não checa para ver se alguém os viu saindo juntos. Você nem mesmo se importa em manter uma conversa quando ela entra no carro. As portas estão trancadas. Os príons fizeram seu trabalho — ela entrou em transe: os olhos permanentemente esbugalhados. O pulso dela dispara quando você olha para ela. Você está irritado por ter que fazer isso. Furioso como não ficava desde que acordou pela primeira vez no laboratório. Por causa da vida normal que lhe tinha sido tirada, por causa do maníaco que tinha sido deixado no lugar. Você quer tanto estar naquele show do Modest Mouse com Jack que seu estômago dói. Mas também pode sentir o cheiro da comida ao seu lado e o desejo de comê-la *agora*, no cruzamento a dois quarteirões da escola, é quase esmagador.

Está escuro na hora em que você chega à floresta. A essa altura, mesmo a garota do aparelho está começando a ficar um pouco preocupada, mas você a despista. Você não gosta quando eles gritam. Sério, você realmente não gosta quando eles estão vivos. Melhor simplesmente apagá-los e acabar logo com aquilo. Mas você odeia sujar o carro, então resolve inventar alguma desculpa a respeito do motor ter quebrado e para no acostamento de cascalho. Você sabe por experiência própria que ninguém vai achá-los.

— Ei — diz a garota do aparelho —, acho que quero voltar para casa. Isso é um pouco...

— Sim, espere um minuto. Preciso ver o que está errado com o carro.

Ela meneia a cabeça de forma nervosa. Você sai do carro, finge olhar o motor e volta até a janela dela.

— Algo está soltando fumaça — diz você. — Eu provavelmente deveria chamar um reboque. Você pode sair um segundo? Acho que o número está debaixo do assento.

Ela aquiesce, voltando a ficar tranquila, apesar de você não ter a mínima ideia de por quê. Essa é a pior parte. O último momento em que eles confiam em você, quando em algum lugar deveriam saber que era errado. Ela abre a porta.

Ela sai do carro.

6. Dirty Harry

O guia do assassino em série prudente para evitar as frias, embora burocráticas, garras da lei.

- Mexa-se! Super-heróis os chamam de covis; policiais os chamam de cenas do crime.
- Misture-se. Em Massachusetts, na época da colônia, um quaker vivendo sozinho com seus gatos era um alvo fácil para uma condenação por bruxaria. Na América do século XXI, um estilo de vida solitário ainda é um sinal de desvio de conduta. Tenho por volta de 17 anos, então frequento a escola. Muitas escolas. Você não acreditaria em como é fácil forjar credenciais e todos os professores adoram um bom aluno.
- Varie seus alvos. Eu sei, as vítimas deveriam ser o coração dos assassinatos em série. O erro fatal: todo assassino tem seu tipo favorito. Má ideia. Já comi grandes atletas e velhinhas. Já ataquei funerárias (não recomendado: formol está para os cadáveres assim como as grandes indústrias estão para o queijo cheddar de Vermont). Já até mesmo coloquei um anúncio na internet!

E, finalmente:
- Use seu cérebro! Ou alguém vai comê-lo por você.

7. You Know My Name (Look Up the Number)

A garota encara você. Você a encara. A sensação da fome equivale a facas enfiadas delicadamente em seu estômago e pressionadas através de sua coluna.

E então ela encolhe os braços, dá um passo à frente e o beija. Oportunidade perfeita. Um beijo é como a versão não príon de comer alguém. Mas você apenas fecha os punhos e a beija de volta. Por que não? O aparelho não é tão ruim. Você imagina que ela é Jack. Assim é melhor.

— Grayson — diz Jack. — Afaste-se dela.

A garota se afasta primeiro, olha para trás e grita. Você se vira, um calor repentino aparando as beiras afiadas de sua fome. Jack está parado em frente à espessa fileira de árvores ao longo do acostamento. Ele tem uma arma. Apesar do problema do príon, você não teve muita interação com armas em sua vida. Essa parece grande, preta e lustrosa, e Jack parece saber como usá-la.

— Engraçado, não achei que você fosse do tipo ciumento, Jack.

Ele faz uma careta, mas a vermelhidão manchando seu pescoço e suas orelhas provavelmente não é causada pela raiva.

— Que diabos você está fazendo? Você está nos assaltando?

A voz da garota é tão aguda que ela está praticamente guinchando. Ela estica o braço, como se quisesse abraçá-lo em busca de apoio. Mas você olha para Jack, para sua mão firme e a grande pistola preta, e acha que aquela não deve ser a melhor ideia.

— Estou salvando sua vida — diz ele.

Por um momento você não pode escutar nada — nem seu pulso frenético, nem sua respiração difícil, nem mesmo Jack enquanto ele diz algo à garota e gesticula com a arma.

Você apenas deseja que ele pudesse atirar de uma vez. Você deseja que ele simplesmente o mate.

Mas a garota, agora tremendo, abaixa o capô e abre a porta do motorista.

— As chaves estão na ignição — diz Jack. — Vá para casa.

— Mas o motor...

— Vá.

Ela fecha a porta. O carro liga sem nenhum problema. Ela dá ré no acostamento de cascalho, lentamente a princípio, então tão rápido que quase bate em uma árvore.

Você e Jack estão sozinhos. Ele ainda segura a arma.

— Grayson... é verdade? O que disseram sobre você. O que você...

— Sim, claro que é verdade. Por que outro motivo eu estaria aqui, merda? — Você fecha os olhos. — Seja rápido, certo?

— O que você está fazendo?
— Esperando.
— Estou abaixando a arma.
— Para você poder enfiar sua espada samurai em mim?
— Não vou matá-lo.
— Por que não, cacete?
— Merda, Grayson, abra os olhos!

A arma está em um coldre preso em volta de sua calça jeans. Seu cabelo está espetado com suor seco, mas ele tirou o uniforme de lacrosse. Seu rosto está muito vermelho, como se ele fosse chorar.

— Temos que partir. Despistei meu pai, mas ele vai chegar aqui logo.

Ele se vira sem dizer mais qualquer coisa e adentra a floresta. Ele está calmo, embora você não possa entender como. Quando você o segue, as folhas que estalam e os galhos que se quebram sob seus pés soam como um terremoto. Dez minutos depois, você chega ao carro dele. Está estacionado no meio de uma estrada que é pouco mais que dois sulcos de terra batida. Você entra. Também não sabe muito bem o que mais poderia fazer. Ele dirige de forma suave e cuidadosa, mas ainda assim com a mesma ferocidade constante que você sentiu nele o tempo todo.

— Jack, se você não vai me matar, tem que me deixar ir embora.
— Meu pai decidiu que vai pegá-lo por conta própria. Ele estava louco para que algo assim acontecesse desde que ficou inválido. Não é seguro para você.

Você tem que rir.

— Seguro? Você realmente sabe o que eu sou?

Deve ter algo em sua voz, algum tremor, porque Jack olha para você pela primeira vez desde que vocês entraram no carro.

— Grayson... eles disseram... EEZ é raro, mas existem alguns casos todos os anos.
— EEZ?
— Encefalopatia Espongiforme Zumbi.

Zumbi. É isso que Jack acha que você é.

— Você deveria me matar. Seu pai quer que você me mate, não quer? Não é por isso que estamos fugindo dele?

Você nem reconhece mais a estrada agora. Ele foi para muito longe da via principal, descendo uma longa estrada secundária ladeada apenas por campos de soja e grandes tubos de feno.

— Por que você quer tanto que eu o mate, Grayson?

— Por que você está dando uma carona para um canibal alucinado?

— Cale a boca!

— Por quê? Não é verdade?

— Você está falando exatamente como ele!

— Então talvez ele esteja certo.

Jack abruptamente afunda o pé no freio. O carro derrapa um pouco na estrada deserta antes de tremer até parar. Quando Jack se vira para você agora, está chorando, embora você perceba que ele não sabe.

— Fiquei vendo você decidir não matar aquela garota.

Foi isso o que aconteceu? Você dá de ombros, de propósito.

— Já matei dúzias de pessoas.

— Talvez você tenha mudado.

— Talvez eu não esteja com tanta fome. Talvez ela tivesse cheiro de couve-de-bruxelas.

— Não acredito nisso.

Você está muito perto dele agora. Perto de sua camiseta de manga comprida, da bochecha corada, da arma.

— Por que, Jack?

— Não sei. "Behind Blue Eyes", pop Harajuku e Ian Curtis...

Mãos, lábios, dentes e você tinha se esquecido — não, você nunca tinha conhecido — dessa forma de conhecer alguém, essa dissolução do ser, essa autofagia.

A camiseta de Jack se rasga, mas você é cuidadoso com a pele dele.

8. Sounds of Silence

Ian Curtis se matou no dia 18 de maio de 1980. Você pode achar que isso é uma ironia, levando em consideração que ele era o vocalista de uma banda chamada Joy Division, mas na verdade o nome da banda é uma referência à prostituição nos campos de concentração nazistas. (O que deve explicar por que sua canção mais famosa se chama "Love Will Tear Us Apart".) Ele se enforcou, uma morte por asfixia lenta, de completo desamparo por longos minutos até que Ian misericordiosamente perdeu a consciência. Há certas teorias sobre suicídio que propõem que quanto mais ódio a pessoa sente de si mesmo, mais violento é o método que ela escolhe.

Elliott Smith (cantor folk) enfiou uma faca de cozinha no coração. Nick Drake (cantor folk) escolheu uma overdose de antidepressivos.

Uma diferença qualitativa em ódio próprio? Por favor. Quando você decide acabar com a própria vida, a diferença entre uma arma e uma corda é o tempo que leva para dar o nó.

9. Eat the Music

Vocês ficam em motéis. E não são motéis do tipo que têm letreiros amigáveis em cores primárias e promoções de "crianças grátis!" nos fins de semana. Esses motéis têm placas de neon onde está escrito "temos vagas" e longas fileiras de quartos, idênticos como peças de LEGO. Os pisos dos banheiros são cobertos de sujeira espalhada por esforços preguiçosos de limpeza. Os lençóis são lavados aleatoriamente. No segundo dia você vê uma mancha de sangue que cobre metade do chão. Ela se mistura bem o suficiente com o carpete e você não conta a Jack. Você está com fome e não gosta de lembrá-lo sobre o que você é.

Jack paga pelos quartos e ninguém faz perguntas. Para uma fuga de última hora ele conseguiu se virar bem: alguns milhares de dólares em dinheiro, uma caixa de suprimentos alimentícios de emergência no porta-malas, duas espadas e mais três daquelas armas enormes e pretas. Você quase vomitou quando ele te ofereceu uma. Agora você apenas tenta não olhar para elas.

Você não come carne humana há dez dias. Você poderia ter ficado maluco, mas Jack comprou um pernil de porco em um açougue local. Ele não conseguia olhar em seus olhos quando lhe entregou a peça.

— Está pensando em voltar atrás em seu gesto de caridade? — perguntou você, e sentiu a recompensa oca do silêncio dele.

Carne de porco funciona. Não tão bem quanto carne humana, nem perto, mas pelo menos você pode afastar o pior, a insanidade que te lembra de seus primeiros momentos com o príon. Qualquer que seja a loucura que você sente, qualquer que seja o desejo que você tenha, tudo está associado ao que você e Jack fazem de madrugada sobre lençóis ásperos e a única música que vocês compartilham é o zumbido da máquina de gelo no corredor e o ocasional barulho de caminhonetes acelerando nas estradas do interior. Durante o dia não há olhares demorados, nenhuma tentativa de dar as mãos, nada de beijos de esquimó. Durante o dia, você é um zumbi e ele é seu guardião. À noite ele ainda tem medo do pai, mas ao menos o deixa ver o medo. Aquilo cai sobre ele como um exército, o faz andar de um lado para o outro dentro do quarto, o faz chorar, algumas vezes vomitar. Você odeia o que ele não quer lhe contar e odeia saber ainda assim.

Na terceira noite, o pai dele liga. Essa não é a primeira vez que o celular de Jack toca, não é a primeira vez que ele fica muito parado e muito pálido e você fica imaginando o quanto seu pai, o homem de gelo, fez a ele. Mas dessa vez Jack atende.

— Não vou voltar — diz Jack.

Ele está tentando parecer durão, mas você pode ver seus medos tão claramente quanto pode ver suas cicatrizes à luz da lua.

— Eu o treinei para ser melhor que isso.

Jack gosta do volume do seu telefone da mesma forma que gosta de sua música: bem alto. Posso ouvir cada palavra que seu pai diz.

— Você me treinou para ser um monstro.

O pai dele fica em silêncio por alguns segundos.

— Você está no quarto 303 do Jimmy's Truck Lodge em Osler. Estou a cerca de dez minutos daí. Deixe-me terminar isso, Jackson. Os rapazes da agência têm ordens para matar essa criatura *e* qualquer um que estiver com ele.

— Pai, você não...

— Você tem que me deixar terminar isso.

A ligação cai. Você fica imaginando por um minuto o que ele vai fazer, mas Jack nem mesmo hesita. Ele empurra você pela porta correndo. Não é difícil partir rapidamente — tudo que é importante está no carro. Jack está firme, tão frio e calmo que você fica imaginando quanto tempo vai demorar para ele ficar igual ao pai. Talvez seja essa a questão — não é pelo amor que ele sente por você, não por um senso de justiça, mas por uma última e desesperada tentativa de não se tornar um monstro.

Ele gesticula furiosamente para você.

— Entre!

— Se eu ficar para trás...

— *E qualquer um com ele*, se lembra?

— Seu pai não faria...

— Você vai apostar minha vida?

— Eu poderia morder você. Fazer parecer autêntico.

— Vá se foder, Grayson.

— Por que isso importa? Sou um zumbi, porra. Você acha que essa cura que me deram vai durar para sempre? O que diabos há de errado com você? Deixe seu pai, o homem de gelo, me matar e então poderá fugir para algum lugar e ter uma vida decente com pessoas decentes.

Jack não está firme agora. Ele soca a porta, com força suficiente para doer.

— Você é a única pessoa... Merda! Você sabe, não sabe? Entre no carro. Por favor.

Você o derruba.

É rápido e eficiente, um soco no queixo. Você sabe como incapacitar as pessoas. Ele tem tempo apenas para um olhar arregalado antes de cair em seus braços, inconsciente. Você o carrega de volta para dentro do quarto de motel e rasga a camisa dele. Você resolve que o ombro é o melhor lugar possível. Mas, quando olha para baixo, a luz mostra outra cicatriz, marcas ainda rosadas de pontos atravessando sua clavícula. Você engole a bile e rasga mais a camisa dele. Você espera que aquilo seja suficiente.

O homem de gelo está parado na porta do quarto quando você se vira.

— Então é isso que vocês estavam fazendo? — diz ele.

Claro que você não conseguiria enganá-lo.

— Você imaginou?

— Não. Não mesmo. Acho que eu nunca... não sei o que vão fazer com ele. Não se eles acharem que vocês dois...

— Você interrompeu minha alimentação — diz você.

— Aquilo não parecia se alimentar.

— O que você sabe sobre isso?

Ele inclina a cabeça. Então a balança afirmativamente.

— Certo. Eu o impedi de se alimentar.

Você acha que não está imaginando a ponta de alívio na voz dele, a tensão sutilmente deixando seus braços.

Então ele atira em seu ombro. Você apenas quer que isso acabe de uma vez, mas Jack está gemendo na cama e você passou por muitos problemas por causa dele para arruinar tudo agora. Você corre na direção do homem de gelo, o que o surpreende a ponto de ele cair sobre o concreto do lado de fora. Você passa correndo por ele, sentindo o sangue escorrer em seu braço, mas não muito mais. Os príons são bons com a dor. Alguns outros hóspedes abriram as portas por causa do barulho. O homem de gelo dispara novamente. Ele não acerta você.

Você corre para um grande espaço vazio no fim do terreno. Você não quer tornar isso muito óbvio. Não devia ser muito difícil para ele acertar sua cabeça de longe. Mas os tiros seguintes passam tão longe que você não consegue nem sentir o cheiro do aço.

— Vamos lá — resmunga você, enquanto o homem de gelo fica ali parado.

Então ele cai no chão.

Jack está parado atrás dele, com um hematoma no queixo e a arma soltando fumaça. Há um buraco na parte de trás da cabeça do pai dele e você consegue sentir o cheiro daqui.

— Tudo bem? — pergunta Jack, depois de você correr até ele.

Mas é ele quem está tremendo.

Alguém grita. O recepcionista da noite fala apressadamente em seu celular.

— Acho que a polícia está vindo — diz você.

— Sim. Provavelmente eles vão demorar um pouco.

Vocês dois olham para o cadáver. Jack o joga para dentro do quarto.

— Rápido — diz ele.

Você só tem tempo para o cérebro, mas está tudo bem. É a melhor parte.

10. Shoot Out the Lights

Nós vivemos em um pequeno chalé no México agora, em uma vila tão pequena que apenas os moradores já ouviram falar dela. Há uma praia em que se pode pescar e um mercado para ir uma vez ao mês, a uma hora de distância. Jack falava um pouco de espanhol antes e estamos nos virando muito bem. Nós vamos à cidade para usar a internet, onde Jack vende artesanato mexicano no eBay.

Comprei um violão para ele em seu aniversário, mas no fim sou eu que o toco. Quando pratico, Jack faz piada sobre como ele está ficando bom. Escrevi uma canção para ele e às vezes gosto dela. Ainda não a toquei para ele. Mesmo agora, ainda tenho dificuldade em saber o que o deixará paralisado e gelado. Às vezes acho que uma parte dele me odeia.

Sei que Jack vai me matar se eu comer novamente. Imagino isso algumas vezes, quando fico olhando por muito tempo para uma garota rechonchuda de biquíni e o cheiro dela chega até aquela parte dos príons em meu cérebro e posso sentir a velha fome rasgando minha pele. Imagino ele escutando Joy Division, a voz lúgubre de Ian Curtis quase se arrastando nos alto-falantes, "Do you cry out in your sleep / all my failings exposed"[4], as lágrimas de Jack lambuzam meus lábios e sinto aquela última e extasiada prova dele antes do vai-vem da espada vorpal.

---

[4] Você grita em seu sono / todos os meus fracassos expostos.

"Teste de pureza"

Holly: A origem da associação entre o unicórnio e a virtude vem de muito tempo. De acordo com a lenda, uma jovem menina era mandada na frente dos grupos de caçadores de unicórnios — como é mostrado nas famosas tapeçarias com a criatura — para atrair a criatura com sua inocência e pureza. Assim que o unicórnio descansasse sua cabeça no colo da menina, os caçadores o surpreendiam e, bem, isso era tudo.

Alguns estudiosos sugeriram de forma repugnante que unicórnios são capazes de detectar castidade, embora, de acordo com a literatura, unicórnios tenham sido atraídos não apenas por mulheres que não eram donzelas, mas, em pelo menos um caso, por um garoto perfumado vestido com roupas de mulher. Bem, não acho, como minha coeditora sem dúvida vai sugerir, que isso demonstre que unicórnios são burros, mas sim que eles são atraídos pela bondade interior essencial.

Uma das coisas de que mais gosto em "Teste de pureza", de Naomi Novik, é como ela usa nossas expectativas sobre unicórnios e donzelas e subverte tudo. Além disso, a história é muito engraçada.

Justine: "Teste de pureza" é engraçado porque Naomi Novik está caçoando dos unicórnios. Isso mesmo, Naomi Novik secretamente faz parte do Time Zumbi. Pobre Time Unicórnio, se arrastando nesta disputa. Quase tenho pena deles. (Entendeu? Se arrastando? Você sabe, como zumbis se arrastando? Deixa pra lá...)

Holly: "Teste de pureza" é engraçado porque brinca com a percepção sobre os unicórnios que as pessoas tolas que amam zumbis têm. Ela é nossa agente dupla.

Teste de pureza
por Naomi Novik

— Ah, pare de resmungar — disse o unicórnio. — Não cutuquei você com tanta força.

— Acho que estou sangrando, minhas costas estão doendo e estou vendo unicórnios — falou Alison. — Eu tenho meus motivos, então.

Ela pressionou as bases das mãos contra os olhos e se sentou lentamente no banco do parque. Gastar seu dinheiro de emergência para uma passagem de trem de volta para casa em margaritas no primeiro bar da cidade que não tinha pedido sua identidade tinha parecido uma boa ideia no momento. Ela ainda não estava completamente pronta para dar o braço a torcer, embora a ressaca pesada estivesse ajudando a mudar seu julgamento antes mesmo do unicórnio ter aparecido e a atacado.

O unicórnio era extremamente lindo, com o pelo longo prateado e cascos brilhantes, um charme indescritível e um enorme chifre espiralado de mais de 1 metro de comprimento que deveria estar fazendo a cabeça dele se arrastar no chão, levando em consideração as leis da física. Além disso, ele parecia um pouco irritado.

— Por que um unicórnio? — perguntou Alison ao seu subconsciente em voz alta. Ela não tinha 13 anos ou algo assim. — Quero dizer, dragões são tão mais bacanas.

— Com licença? — disse o unicórnio, com indignação. — Unicórnios matam dragões o tempo todo.

— Sério? — perguntou ela, de forma cética.

O unicórnio bateu no chão algumas vezes com a pata dianteira.

— Tá, normalmente isso só acontece quando eles ainda são pequenos. Mas Zanzibar, o Magnífico matou Galphagor, o Negro em 1014.

— Tudo bem... — disse Alison. — Você acabou de inventar esses nomes?

— Quer saber, cale a boca — disse o unicórnio. — Por mais divertido que pudesse ser passar três semanas corrigindo seus preconceitos enganosos, não há tempo; o bando só me deu três dias e então aquele idiota do Talmazan terá sua chance. E se você o conhecesse, entenderia o absoluto desastre que isso representa.

— Sua chance para quê?

— Achar uma virgem — disse o unicórnio.

— Hum — disse ela. — Talvez ele tivesse mais sorte que você. Não sou...

— Lá, lá, lá! — cantou o unicórnio bem alto, para não escutar as palavras da garota. Ele até tinha uma voz bonita, perfeitamente afinada. — Você nunca ouviu falar em negação plausível? — perguntou o unicórnio, quando ela desistiu de tentar terminar a frase.

— Desculpe, mas ou você não sabe o que "plausível" significa, ou estou me sentindo insultada — disse ela.

— Veja bem — disse o unicórnio —, apenas fique quieta por um segundo e deixe-me explicar a situação.

A ressaca estava se movendo para a frente e para o centro do crânio de Alison e ela estava começando a ficar um pouco preocupada: a alucinação do unicórnio não estava indo embora. Ela fechou os olhos e se deitou de novo no banco.

O unicórnio aparentemente tomou aquilo como um sinal de que poderia prosseguir:

— Certo — disse ele —, então, existe um mago...

— Uau, é claro que existe um mago — disse Alison.

— E ele está capturando filhotes de unicórnio — falou o unicórnio entredentes.

— Quer saber — disse Alison a seu subconsciente —, preciso acabar com isso em algum momento. *Filhotes* de unicórnio já são um pouco demais.

— Não estou brincando — respondeu o unicórnio. — Você acha que eu perderia meu tempo falando com um humano se não fosse sério? De qualquer forma, mago, filhotes de unicórnio, onde eu estava... Ah, sim. Provavelmente ele está tentando se tornar imortal, o que nunca funciona, só que os magos nunca *escutam* quando lhes dizemos isso e preferiríamos que ele fosse impedido antes de arrancar os chifres dos bebês tentando fazer isso.

— Deixe-me adivinhar — disse Alison. — O nome dele é Voldemort?

— Não, que tipo de nome ridículo é Voldemort? — perguntou o unicórnio. — O nome dele é Otto, Otto Penzler. Ele mora no centro da cidade.

— Então para que você precisa de uma virgem?

— Você está vendo mãos nas pontas disso? — perguntou o unicórnio.

Alison abriu uma fresta de um dos olhos, o suficiente para ver que, sim, o unicórnio ainda estava lá, e balançava um casco na frente de seu rosto. Não havia terra no casco, apesar de o unicórnio estar parado no meio de um gramado castigado.

— O que ser virgem tem a ver com polegares opositores? — perguntou ela.

— Nada! — disse o unicórnio. — Mas alguém do bando quer me escutar? Claro que não! Eles saem e pegam a primeira garota de 13 anos que fala de maneira carinhosa com eles e então é aquela história de "A pureza delas vai nos guiar", blá-blá-blá. Vai guiá-los até um monte de filhotes de unicórnios mortos, talvez. Quero um pouco mais de competência em minha heroína.

— Estou bêbada e dormindo em um banco do Central Park — disse Alison. — Isso se adapta a seus critérios?

— Ei? — O unicórnio abaixou o chifre e levantou a manga da jaqueta amassada dela, a que ela estava usando como travesseiro. — Fuzileiros Navais?

A jaqueta tinha saído de um cesto em que tudo custava dois dólares na loja de artigos militares. Ela realmente tinha tentado se alistar, dois dias antes, depois que sua última tentativa de ser contratada pelo McDonald's tinha fracassado. Achara que os recrutas na Times Square estariam tão desesperados por voluntários que não se importariam com a sua idade, mas aquela ideia aparentemente incrível quase tinha terminado com ela sendo entregue à polícia por vadiagem, então, mesmo que o unicórnio fosse uma alucinação, ela não ia deixá-lo saber que estava enganado.

— Como você sabe que não fui dispensada de forma desonrosa? — perguntou ela.

O unicórnio brilhou, o que Alison precisou admitir que era algo bonito de se ver.

— Você é lésbica? Tenho quase certeza de que isso não conta em matéria de virgindade.

— Tenho quase certeza de que *conta* — disse Alison. — E, desculpe, mas não sou.

— Bem, foi só uma ideia — disse o unicórnio. — Vamos.

— Não vou a lugar nenhum sem um café — falou Alison.

Ela queria um banho, também, mas só tinha 19 dólares, então café estava mais dentro de seu alcance.

O unicórnio balançou a cabeça e bufou, então bateu na cabeça de Alison com o chifre.

— Ai! Por que você fez isso? — perguntou ela, e de repente estava completamente acordada, sem fome e se sentia mais limpa do que tinha se sentido depois de duas semanas tomando banho em albergues. — Ah, certo, isso é um truque.

Então ela ficou olhando fixamente, porque estava completamente sóbria, sentada em um banco no Central Park no meio da noite e tinha um unicórnio parado à sua frente.

— Apenas deixe eu conduzir a conversa se encontrarmos outros unicórnios — disse o unicórnio, acompanhando a garota.

Às 4h da manhã, segundo o relógio no outdoor da CNN, mesmo as ruas de Manhattan estavam bem vazias, mas Alison ainda esperava que o unicórnio recebesse pelo menos alguma atenção dos taxistas e dos bêbados indo para casa. Ninguém fez mais do que acenar com a cabeça para ela, ou pelo menos para sua jaqueta dos Fuzileiros Navais.

— Aham.

Ela estava tentando se convencer, sem muita convicção, de que realmente estava tendo alucinações ou ainda estava bêbada, mas estava perdendo a batalha. Ela já tivera sonhos estranhos antes, mas nada como isso, e havia algo desconfortavelmente real sobre o unicórnio. Ele era, na verdade, meio assustador. Quanto mais ela olhava para ele, mais parecia que ele era a única coisa real e que o resto do mundo era um daqueles jogos de computador bastante caros, achatado, com muita cor.

— De onde você veio? Foi, tipo, do Mundo das Fadas, ou algo assim?

O unicórnio virou a cabeça e olhou para ela com seus olhos azuis.

— Sim. Mundo das Fadas — disse ele, derramando sarcasmo. — Mundo das fadas, onde as *fadas* e os *unicórnios* brincam e nunca se ouve nada desencorajador...

— Certo, certo, credo — disse ela. — Você quer que eu compre uma maçã para você ou algo assim? Isso o deixaria menos ranzinza?

O unicórnio bufou e continuou andando com desdém, evitando o excremento achatado deixado por um dos cavalos que puxavam as carruagens.

— De qualquer forma, estamos sempre aqui, vocês idiotas é que não notam nada que não seja esfregado em suas caras. Vocês também nunca viram os elfos e eles ocupam metade das mesas do Per Se todas as noites.

— Ei, Belcazar — disse um gato, passando por eles.

O unicórnio balançou seu rabo de forma muito sutil.

— Alpinistas sociais, esses gatos — disse o unicórnio com uma fungada, depois que eles se afastaram.

— Belcazar? — perguntou Alison, olhando para o rabo do bicho, com um pelo longo e branco e um tufo na ponta, como o de um leão. — Então, se eu ajudá-lo a recuperar os filhotes de unicórnios, tudo isso vai parar, certo? Eu não preciso escutar gatos falando.

— Quem precisa? — perguntou o unicórnio de forma evasiva.

— Por aqui — completou ele, e cruzou o Columbus Circle trotando para pegar a Brodway na direção do centro.

Otto Penzler vivia em Gramercy Park, em uma bela casa de três andares com um jardim de verdade na frente e flores frescas nos parapeitos das janelas.

— Imagino que ele pode usar sua magia para fazer dinheiro, ou algo assim — disse Alison, olhando fixamente entre as estacas da cerca.

Ela andava passando muito tempo em bibliotecas lendo o *New York Times* procurando anúncios de empregos que não ia conseguir, então tinha uma boa ideia do quanto aquele lugar devia valer.

— Só se ele quiser que o Departamento do Tesouro decida que ele é um falsificador — disse Belcazar. — Ele provavelmente tem um emprego. Vamos lá.

O unicórnio pulou sobre a cerca de ferro com um simples e espetacular salto gracioso e trotou até uma janela lateral. Com uma expressão de impaciência, Alison entrou pelo portão frontal destrancado.

— Qual é o plano, exatamente?

Belcazar tocou a janela com seu chifre. As trancas do lado de dentro se moveram sozinhas e a janela se levantou suavemente.

— Você entra pela janela, abre a porta da frente para mim, então nós achamos os filhotes de unicórnio e vamos embora, de preferência antes de o mago acordar — disse ele.

— Hum — disse Alison. — Odeio ter que lhe contar isso, mas ele não os está mantendo presos ali dentro.

— Como você sabe? — perguntou Belcazar.

Alison apontou para dentro da janela.

— Se ele gastou tanto dinheiro com um chão de tábua corrida, não acho que vai deixar um monte de cavalos andarem em cima. Ele tem que tê-los deixado em outro lugar.

No fundo da casa, havia uma porta para um porão fechada com um cadeado. Belcazar se afastou da tranca com uma bufada.

— Ferro frio — disse ele, desanimado.

— Ajudaria se fosse ferro *quente*? — perguntou Alison. — Tenho um isqueiro.

— Muito engraçada, você — disse Belcazar. — Eles devem estar presos aí.

Ele olhou para Alison com expectativa.

Estavam em Nova York, então havia uma loja de ferramentas aberta vinte e quatro horas por dia a alguns quarteirões de distância. O sujeito no caixa tinha uma expressão vaga em seu rosto enquanto entregava a Alison o pé de cabra e colocava uma das últimas notas de cinco dólares dela na máquina registradora. Belcazar tinha parado logo depois de passar pela porta; ele tinha conseguido, de alguma forma, arrumar um espaço entre as escadas dobráveis e os esfregões.

— Se eu for presa por causa disso, você vai ter que me libertar — disse Alison, logo depois de enfiar o pé de cabra na tranca e se apoiar sobre ele.

O cadeado rompeu fazendo um barulho que lembrava um tiro e ela olhou para cima e em volta para se assegurar de que ninguém tinha ficado curioso e enfiado a cabeça pela janela para vê-la invadir o belo porão de um respeitável mago na calada da noite.

— Contrato um duende advogado para você — disse Belcazar. — Vamos rápido, antes que fique claro.

Ela ainda estava sendo cuidadosa ao abrir as portas, tentando ser tão silenciosa quanto podia, movendo-as lentamente. Ela não tinha certeza do que a estava esperando; tudo ainda parecia irreal, a luz da rua produzindo a sombra de Belcazar com o chifre pontudo no chão ao seu lado. Mas você poderia se acostumar a praticamente qualquer coisa, se tivesse tempo para tal, como comer em refeitórios para mendigos e dormir na rua. Unicórnios não eram tão difíceis e invadir o porão de um mago diabólico estava se mostrando mais fácil do que entrar na sala de musculação da escola depois do horário.

As portas se abriram para uma escadaria larga que descia para a escuridão, com aquele tipo irritante de degrau chique que é tão longo que você precisa dar mais um passo para chegar à beira, mas não longo o suficiente para precisar de *dois* passos extras, então você sempre descia com o mesmo pé. Ela não conseguia ver o que estava no fim da escada, mesmo depois de passarem pelo portal.

O chifre de Belcazar emanou uma luz branca enquanto eles desciam, um tipo de luz perolada suave e fria. As paredes eram estranhas, lisas e curvadas, como se quisessem fazer parte de uma pintura de Escher. Parecia que elas estavam querendo se afastar da luz.

— Eca — disse Alison, depois de descer vinte degraus, com o retângulo azul-escuro do céu aberto ficando mais longe do que ela desejava e um fedor podre chegando mais perto. — Isso vai terminar no esgoto, ou algo assim?

— Ah, não; é um ogro — disse Belcazar, parando.

Eles ainda não tinham descido toda a escadaria, mas já podiam ver uma antecâmara, praticamente apenas um patamar, com uma porta no fim. Alison não viu o que Belcazar tinha mencionado até a enorme e encaroçada pilha de pedras ao lado da porta se sentar e descruzar os braços e pernas cinzentos como concreto e piscar seus pequenos olhos pretos de cascalho para eles.

— Hum — disse o ogro, que vinha se arrastando na direção deles.

— O-oh — falou Alison, se afastando rapidamente.

Belcazar apenas ficou parado, no entanto, e o ogro parou a meio metro da escadaria, preso por uma corrente em volta de seu pescoço.

— Hum — disse ele, descontente, esticando em vão seus braços grossos e troncudos na direção dos dois.

— Eles não ficam parados a não ser que você os prenda com uma corrente — disse o unicórnio a Alison de forma um pouco arrogante.

— Obrigada por me ensinar isso! — disse ela. — Agora o que acontece? Você pode matar essa coisa?

— Não — falou o unicórnio.

— Achei que vocês podiam acabar com dragões.

Belcazar bateu firme com seu casco no chão.

— Certo, *teoricamente* eu poderia matá-lo, mas se ele conseguir me agarrar ele é mais forte e não existe muito espaço aqui para me movimentar.

— Bem, não acho que ele vai nos deixar passar se apenas pedirmos com jeitinho — disse Alison.

— Sim — disse o ogro imediatamente. — Deixar passar. Vão em frente.

Ele recuou na direção da parede e acenou com a mão na direção da porta. Ele até tentou oferecer um sorriso esperançoso, cheio de dentes como pedras quebradas.

— Boa tentativa — falou Alison.

— Ahhh — disse o ogro.

— Você é uma militar! — falou Belcazar. — Vai dizer que não tem uma ideia melhor?

— Ah, sim, com certeza. Vou subir, gritar por aí, descobrir alguém em Manhattan com um lançador de granadas e vamos voltar logo em seguida — retrucou Alison, de forma sarcástica.

Ela ficou se perguntando o que um fuzileiro naval de verdade faria. Provavelmente teria atirado com a arma que um fuzileiro naval de verdade estaria carregando e que saberia usar, o que não servia para muita coisa.

— Um jogo de charadas? — disse o ogro. — Eu erro, vocês passam.

— Ele vai cumprir a promessa? — perguntou Alison a Belcazar.

— Claro que não — disse Belcazar. Suas costas se estufaram com uma respiração profunda. — Sabia que devia ter deixado Talmazan fazer isso — murmurou ele, abaixando o chifre, seu traseiro se esfregando de forma desconfortável nos degraus.

— Espere, espere, aguente firme — disse Alison, porque as mãos do ogro eram do tamanho de bolas de basquete e pareciam ter sido esculpidas em rocha sólida.

Ela não queria ver realmente o que elas fariam a Belcazar se ele se aproximasse o suficiente para que o tocassem.

— Achei que você não tivesse uma ideia melhor — disse Belcazar, levantando a cabeça.

E Alison não tinha, a princípio, mas então ela falou com o ogro:

— Você só quer jantar algo que fale, ou aceitaria uma galinha?

O ogro se animou no mesmo instante.

— Big Mac! — disse ele.

— Maravilha — disse Alison, suspirando.

— Isso não vai ser mais do que um aperitivo para aquela coisa — comentou Belcazar, quando eles saíram do McDonald's com o hambúrguer no saco de papel.

— É por isso que vamos recheá-lo de Benadryl esmagado — disse Alison, cruzando a rua na direção da farmácia do outro lado.

Aquilo acabou com o resto do dinheiro dela, mas o ogro deu um salto quando Alison jogou o hambúrguer para ele. Então passou cerca de meia hora comendo o sanduíche lentamente, saboreando cada pequeno pedaço por vez e lambendo os beiços depois de cada mordida. Então ele comeu as batatas, a embalagem e o saco de papel, disse "Hum" e caiu, roncando.

Alison e Belcazar ficaram parados, cautelosos, mas o ogro realmente parecia estar dormindo.

— Espere aqui — disse Belcazar, que foi andando cuidadosamente na direção do ogro.

— Você não vai matá-lo enquanto ele está dormindo! — reclamou Alison.

— Shh! — disse Belcazar, abaixando a cabeça e batendo três vezes no ogro com o chifre.

Luz saía em ondas do chifre, cobrindo o corpo do ogro, fazendo sua pele ficar pálida como concreto secando rápido demais. Ele quase pareceu se acalmar. Os braços, pernas e a cabeça se juntaram, até que as separações se tornaram nada além de rachaduras tímidas em uma rocha encaroçada.

— Não acredito que você está se preocupando com o ogro que queria nos *comer* — falou Belcazar, irritado, levantando a cabeça novamente. — De qualquer forma, ele era apenas uma pilha de pedras para começar. — O unicórnio bufou. — Apenas magos saem por aí tentando transformar pedras em coisas vivas e acham que isso é uma boa ideia. Agora, vamos lá. Vamos achar os filhotes de unicórnio e sair daqui.

Alison cruzou a antecâmara e abriu a porta do outro lado. Ela teve um segundo para perceber que estava olhando para uma parede de pedra vazia — a porta não levava a lugar nenhum. Então o chão caiu debaixo de seus pés e ela ouviu Belcazar relinchar com um pavor perplexo antes de cair embolada com ele e um casco voador acertar sua cabeça.

Alison acordou com a mente totalmente limpa e um horrível gosto na boca. Um homem sorridente de barba branca estava parado ao seu lado, com uma pequena garrafa de vidro marrom em sua mão.

— Assim. Bem melhor — disse ele, e Alison o olhou de lado.

Ele realmente não parecia fazer o tipo mago diabólico, mas então percebeu que estava com os pulsos acorrentados à parede, o que, convenhamos, era uma prova mais clara do que ela desejava, obrigada.

Belcazar estava acorrentado ao seu lado e a luz tinha se apagado no chifre. Ele abaixou a cabeça e bateu com o focinho nela ansiosamente enquanto o mago colocava a garrafa de volta em uma de suas estantes abarrotadas e depois checava um caldeirão fumegante no meio da sala.

— Você está bem? — sussurrou Belcazar.

— Nem um pouco — disse Alison.

O que quer que fosse que Otto, o Mago tinha lhe dado, aquilo não se comparava a ter a sobriedade devolvida por um unicórnio. A cabeça não estava exatamente doendo, mas também não parecia que todas as coisas dentro dela estavam em seus devidos lugares. Ela se arrastou até se sentar com as costas retas contra a parede, correntes chacoalhando. Elas eram bem longas, mas não parecia ser possível se livrar delas.

Otto ajeitou a postura ao lado do caldeirão e balançou uma varinha na direção da parede no fundo da sala. A parede deslizou para o lado.

— Belcazar, Belcazar — disseram algumas vozes fracas, chamando o nome do unicórnio.

Os filhotes de unicórnio estavam presos em uma jaula de ferro, cinco deles amontoados, parecendo tristes, pálidos e amedrontados.

— Certo, certo, parem de choramingar, isso não vai ajudar ninguém — disse Belcazar, batendo com uma pata no chão e soltando faíscas. — Muito bem, mago, deixe de ser idiota. Você não pode se tornar imortal sacrificando filhotes de unicórnio.

Otto riu sem tirar os olhos das novas coisas que estava jogando no caldeirão.

— Sei que os filhotes de unicórnio não são suficientes — disse ele. — Por sorte agora tenho um unicórnio *adulto* e sua virgem escolhida.

— Ah, meu Deus! — disse Alison. — Não sou... ai!

Belcazar tinha acabado de chutar sua coxa.

— Você acredita que é mais difícil encontrar uma virgem do que um unicórnio em Nova York? — acrescentou Otto, jogando mais punhados de ervas e afins no caldeirão. — As pessoas ficam muito desconfiadas se você começa a se aproximar demais de meninas adolescentes. Até tentei procurar na internet, mas tenho quase certeza de que todas as pessoas que responderam estavam mentindo.

— Bem, estou chocada — disse Alison, e então ela começou a se levantar com dificuldade, encostada à parede, porque Otto estava vindo em sua direção com uma tigela e uma faca muito afiada.

— Não se preocupe — disse Otto animadamente. — Só preciso de um pouquinho nessa etapa. O sacrifício de verdade vai ser doloroso, claro — acrescentou ele, tentando se desculpar. — Mas isso ainda vai demorar algumas horas.

As correntes se apertaram, arrastando seus braços para cima da cabeça.

— É melhor essa faca estar limpa — disse Alison, apesar de sua garganta estar seca, enquanto Otto esticava o braço para fazer um corte fino no braço dela e deixava a tigela embaixo.

— Oh, completamente estéril — assegurou Otto, de forma séria, e carregou a tigela de sangue até o caldeirão.

As correntes relaxaram e se afrouxaram novamente.

— Você realmente não é? — sussurrou Belcazar para ela, ansioso. — Porque este seria um momento muito ruim para descobrir que você...

— Não sou mesmo! — retrucou Alison.

— Bom, então provavelmente você deveria...

Enquanto Belcazar falava, Otto virou o sangue no caldeirão e todo seu conteúdo subiu em uma nuvem de cogumelo gigante, com uma fumaça preta que se espalhou e encheu toda a sala.

Otto soltou um berro enquanto o que quer que fosse que ele estava fervendo em seu caldeirão começava a derramar sobre seus sapatos de couro de jacaré e a se espalhar pelo chão. Ele rodopiou e partiu na direção deles com a varinha.

— O que você fez? Como você fez aquilo? Vou arrancar a pele de seus ossos...

Então ele se aproximou o suficiente para que Alison pudesse aplicar a manobra da princesa Leia e jogar as correntes em volta do pescoço do mago.

Ela as apertou e o arrastou mais para perto enquanto seu rosto ficava roxo e vermelho e ela arrancava a varinha de sua mão.

— O que eu faço com isso? — gritou ela para Belcazar.

— Toque minhas correntes! — gritou Belcazar de volta, enquanto Otto produzia barulhos abafados de estrangulamento. A varinha abriu os grilhões de Belcazar, uma luz branca florescendo em toda a sala enquanto ele começava a brilhar novamente.

Na luz, a varinha pareceu se contorcer como uma cobra, brilhando de forma oleosa. Alison tomou um susto e a deixou cair no chão. Belcazar atacou o instrumento mágico, tocando a vareta retorcida com o chifre. Ela soltou um brilho vermelho e um cheiro de ovos podres por um momento, então se transformou em um monte de chamas coloridas.

— Nã-ã-ão — gritou Otto, o "ã" saindo dele como o barulho de um balão de ar esvaziando.

Não era apenas o barulho, na verdade; ele mesmo estava esvaziando, a pele ficando verde-esbranquiçada e os ossos se curvando lentamente para dentro enquanto um horrível cheiro pútrido saía em uma explosão. Alison cobriu a boca com uma das mãos e depois a outra, enquanto dançava freneticamente tentando afastar as correntes dos pedaços nojentos de Otto que começavam a se soltar.

— Fique parada! Você quer que eu acerte seu olho? — perguntou Belcazar, irritado, e então bateu nos grilhões em seus pulsos com seu chifre.

Eles se abriram e caíram no chão, fazendo barulho, junto com os restos da cabeça de Otto, seus dentes se espalhando sobre o chão.

— Isso foi tão inacreditavelmente nojento — disse Alison, tentando não vomitar ou, para evitar que isso acontecesse, olhar muito de perto. — E estou dizendo isso depois de ter dormido em um ponto de ônibus ontem.

— Você pode vomitar depois que sairmos daqui — disse Belcazar, destruindo a tranca da jaula dos filhotes de unicórnio. — Sim, sim, vocês todos estão muito gratos e felizes por terem sido salvos, eu sei — acrescentou ele para os filhotes.

— Estou com fome — disse um dos pequenos unicórnios, saindo da jaula e se sacudindo de cima a baixo.

Seu pelo estava todo embaraçado, cheio de tufos, e então ficou liso e arrumado, belo e brilhante.

— Quero rolar na grama — disse outro filhote.

— Quero um pouco de leite achocolatado — disse outro.

— Leite achocolatado, leite achocolatado — gritaram todos os filhotes, em clamor.

— Nem olhe para mim, estou completamente sem grana — disse Alison, quando Belcazar olhou para ela, desesperado.

— Certo, ninguém do bando pode saber disso, vocês entenderam? — disse Belcazar aos filhotes de unicórnio enquanto eles se cutucavam e se empurravam para alcançar as tigelas que Alison tinha espalhado, seus cascos escorregando e deixando arranhões nas tábuas de madeira. — Eles realmente não deviam estar bebendo isso — acrescentou ele, inquieto.

— Hum — disse Alison, tomando também um copo.

Belcazar olhou para ela de forma sombria e a cutucou no ombro.

— Sirva uma tigela para mim também.

Otto tinha guardado uma bolsa gigante cheia de dinheiro e diamantes no andar de cima, em um cofre na parede que por sorte era feito de aço, para proteger seus pertences roubados que não eram unicórnios.

— Aposto que se ficar com isso vou me meter em encrenca de alguma forma — disse Alison, olhando para o dinheiro enquanto o unicórnio acabava de beber. Ela não tinha contado o dinheiro ainda, mas a bolsa era incrivelmente grande e quase todas as notas eram de mil dólares. — Além disso, oh, meu Deus, nós acabamos de matar aquele cara.

— Ele já estava muito perto da morte para começar — disse Belcazar, levantando sua cabeça e deixando o leite achocolatado pingar de seu focinho —, então acho que ninguém vai sentir falta dele. Passe isso para mim. — Ele bateu na bolsa com seu chifre e todo o dinheiro se embaralhou como um jogo de cartas antes de começar a voltar ao lugar, parecendo mais limpo e mais novo. Os diamantes brilharam brevemente. — Espero que você não esteja planejando gastar isso tão cedo.

— O quê? — perguntou Alison.

— Com certeza não vou levar cinco filhotes de unicórnio para casa *sozinho* — disse Belcazar. — Eles vão acabar em Nova Jersey.

— Bem, onde é sua casa, então? No Bronx? — perguntou ela.

Belcazar ajeitou seu pescoço e jogou a cabeça para trás um pouco, de alguma forma evitando fazer um enorme buraco no teto com seu chifre enquanto balançava sua crina.

— A entrada é no Fort Tryon Park — disse ele.

— Entrada de quê? — perguntou Alison, desconfiada.

— Hum — disse Belcazar —, de casa.

— Mundo das Fadas! — disse um dos filhotes de unicórnio, levantando a cabeça. — Quero ir para casa!

— Mundo das Fadas, Mundo das Fadas! — entoaram os outros.

Alison olhou para Belcazar.

— O nome correto é Terra das Fadas — disse Belcazar de forma inflexível, não soando muito convincente. — Apenas crianças e idiotas chamam de... certo, quer saber, apenas cale a boca e me dê mais um pouco de leite achocolatado.

"Buganvílias"

Justine: Os zumbis de Carrie Ryan seguem à risca o modelo de Romero: a morte que assombra todos nós. Seus mortos-vivos também são uma lembrança de que este debate não é sobre qual criatura é mais bacana ou mais amável, mas sobre qual criatura é capaz de inspirar melhores histórias. Zumbis são claramente muito mais versáteis do que unicórnios. Na história de Alaya, os zumbis eram mais ou menos os heróis; na história de Carrie, eles não são nem vilões nem heróis, mas uma força da natureza que a protagonista deve superar. Se ela for capaz.

(E enquanto faz isso, nossa heroína revela ainda outra das importantes vantagens dos zumbis — eles são muito mais divertidos de matar.)

Holly: Se você acha que zumbis são mais divertidos de matar, você obviamente não conhece as pessoas completamente deturpadas que conheço. Na verdade, "Buganvílias" é um excelente exemplo de uma das coisas sobre os zumbis que mais me cansa — eles nunca param, nunca mudam seu ritmo e, inevitavelmente, sempre vencem. Odeio isso!

Justine: A morte atinge todos nós, Holly. Negação não vai impedir o velho Ceifador.

Buganvílias
por Carrie Ryan

1. ANTES

Ano passado, Iza completou 15 anos e seu pai preparou uma enorme *quinceañera*. Foi a maior festa que qualquer um na ilha tinha visto desde o Retorno e durou uma semana inteira. Cada capitão que queria puxar o saco do pai de Iza para ter acesso a Curaçao — e seu porto ou seu dique seco — fez uma visita em algum momento. Eles colocaram caixas enfeitadas com laços nas mãos de Iza, seus olhos sempre em seu pai para ver se ele aprovava as oferendas.

Eles trouxeram joias para Iza que a faziam tremer só de olhar, imaginando quais pulseiras tinham em algum momento adornado braços reanimados. Eles trouxeram notas de dinheiro sem utilidade de vários países para ela colecionar. Muitos trouxeram livros que Iza mal podia esperar para devorar, todos recheados de homens de cabelos negros e heroínas ruivas.

Mas um dos homens, um velho venezuelano escuro com olhos impossivelmente verdes, trouxe para Iza um jogo que pertencia a seu filho. Ela sabia que era de seu filho, porque o velho obrigou que fosse *ele* quem entregasse o jogo a ela. O garoto fez aquilo com uma fúria em seus olhos que parecia uma emoção muito violenta para ser contida em seu corpo franzino de adolescente.

O jogo veio em uma caixa com as beiradas esbranquiçadas pelo desgaste, o papelão levemente empenado e o nome "Risco" escrito em vermelho desbotado. Não havia instruções e o velho homem passou uma tarde extremamente quente ensinando Iza como jogar antes que tivesse que voltar a seu barco esburacado. O filho se recusou a se juntar a eles e, em vez disso, passou a tarde parado na beira dos penhascos, olhando para o oceano.

Iza passou semanas implorando para que qualquer pessoa jogasse com ela. Alguns dos homens e mulheres que trabalhavam na *landhuizen* tentaram, divididos entre o medo de enfurecer seu pai por não fazerem seus trabalhos e a fúria dele se ignorassem sua filha. Mas eles sempre a deixavam ganhar e, finalmente, Iza os mandava embora.

Ainda assim, toda tarde Iza armava o tabuleiro sobre uma mesa à sombra de uma árvore divi-divi, os homenzinhos vermelhos, amarelos, azuis, verdes, pretos e cinza arrumados em fileiras bem organizadas de acordo com suas patentes. Ela uma vez perguntou a seu pai se ele poderia fazer o velho venezuelano voltar para jogar com ela, mas ele lhe disse que isso era impossível.

— Por quê? — perguntou ela, afastando com um movimento da mão o passarinho de peito amarelo que estava ciscando nos farelos de seu almoço.

— Eu bani seu navio de Curaçao — disse o pai.

As sobrancelhas de Iza se juntaram em uma expressão de descontentamento.

— Por quê? — perguntou ela.

O passarinho voltou, bicando uma casca de pão, mas ela não se importou.

— Porque você me disse que seu filho se recusou a jogar com você — disse o pai.

Ele nem mesmo olhou para ela enquanto se levantava da mesa e ia embora antes que Iza pudesse responder. Ela se sentiu levemente indisposta, o estômago contorcido e embrulhado.

Será que ela não sabia que seu pai tomaria providências se ela lhe contasse sobre a recusa do garoto em jogar com ela? Não tinha sido por isso que ela contou? O passarinho saltitou até o prato abandonado para catar os restos deixados pelo pai e ela não se preocupou em afastá-lo.

Sozinha, tudo o que Iza podia fazer era passar seus dedos de continente em continente sobre o tabuleiro, memorizando a forma de países que não existiam mais. Antes de ir embora, o venezuelano tinha usado uma velha caneta e desenhado um *X* na vastidão azul do mar do Caribe onde Curaçao deveria estar. Iza pressionava seu polegar sobre ele, imaginando se era realmente tão fácil exterminar um mundo inteiro.

2. AGORA

— Você deve ser mais cuidadosa ao sair da *landhuizen*, Iza — diz Beihito a ela uma tarde.

Mesmo depois de tantos anos na ilha, ela não está acostumada à forma como ele pronuncia seu nome, como a palavra "pizza" sem o *p*. Algumas vezes isso a faz se lembrar de quando ela era uma criança, antes do Retorno, quando ela tirava fatias finas e quentes de queijo gorduroso de uma caixa de papelão. Ela fecha os olhos, incapaz de se lembrar do gosto e do calor daquilo.

Iza está deitada com a barriga para baixo no grande píer na base do penhasco e está olhando para a água. Ela já teve um snorkel e uma máscara de mergulho e adorava nadar e explorar os recifes, mas seu pai os tomou quando achou que ela estava se sentindo muito confortável.

Iza range os dentes, pensando na forma como ele ficou parado em seu escritório, um longo dedo se entortando em volta da velha borracha ressecada da alça da máscara, lhe dizendo que ela estava crescida o suficiente para saber que não devia correr tais riscos. Ela se imagina correndo sobre o chão de madeira e arrancando a máscara das mãos dele.

Mas é claro que ela não fez isso, não poderia fazer nem nunca faria uma coisa daquelas.

Iza deixa seus dedos saírem do píer e se esfregarem no topo das ondas que flutuam debaixo da velha madeira empenada.

— Tecnicamente ainda estou na propriedade de meu pai — diz ela a Beihito.

Mas o dia está quente, o sol está batendo em um ângulo cruel e ela não faz muita força para sustentar as palavras. Ela fica observando enquanto três peixes voadores saltam da água e prende a respiração, contando até que o último bate na superfície novamente. *Bulladóe*, pensa, e fecha os olhos, tentando se lembrar de qual era a sensação de voar.

— Seu pai se preocupa com os piratas — diz Beihito a Iza. — Eles têm se aproximado e feito ameaças. Ele quer que você fique segura.

Iza sorri só um pouco. Seu pai mal fala com ela há um mês; ela ouve as palavras dele apenas através dos outros. Iza imagina se ela poderia transformar isso em um jogo: quanto tempo ela pode passar sem falar com ele?

Os joelhos de Beihito estalam um pouco enquanto ele se abaixa, deixando um facão no píer ao lado de Iza. Ela abre os olhos e olha fixamente para a forma como o sol brilha na beira da lâmina.

— Pelo menos até os homens de seus pais matarem os piratas — diz Beihito. — *Permití*.

Iza o faz ficar parado ali, um suspiro se formando nele enquanto espera até ela prometer. Beihito tem muitas outras coisas para fazer e, apesar de amar Iza como *un yiu muhé*, uma vez que nenhum de seus filhos sobreviveu ao Retorno, ela já está velha o suficiente para que seu dia comporte tomar conta dela como uma velha babá cansada.

Iza balança a cabeça, decidindo que não estará mentindo se não disser as palavras.

3. ANTES

Ela sempre ouvia quando os navios piratas passavam pela ilha à noite. Ela podia senti-los em seus ossos, um calafrio suave e doce através da pele. Os gemidos dos *mudo* se misturavam aos seus sonhos, um pequeno toque na beira de sua memória.

Ela acordou uma noite e olhou para a escuridão, a rotação do ventilador de teto cortando o ar.

— Aqui — diziam os sussurros.

Ela saía da cama e se arrastava sobre a grama coberta de orvalho até a beira dos penhascos.

Ela nunca era capaz de ver os navios piratas, apenas ouvi-los enquanto eles deslizavam pela escuridão, os *mudo* agarrados a seus cascos. Mas desde que seu pai fechou o porto, eles estavam se aproximando mais, circulando como *tribons*, provocando e brincando, prontos para se aproximar da ilha em um aviso, com os mastros cortando o ar como barbatanas.

Iza passou os braços em volta do corpo como se estivesse prendendo quem ela era dentro de si, em segurança. Abaixo dela, as ondas batiam, batiam e batiam contra o calcário, invadindo sua ilha.

Ao longe, sob o luar, a forma enorme do navio pirata vagava como um fantasma de saia, lonas e lençóis amarrados sobre os parapeitos e cobrindo o casco. Formas se agrupavam tensionadas debaixo das lonas, pontas afiadas se esfregavam contra o gracioso arco do tecido que ondulava na brisa.

O canto da lona na proa se levantou e Iza viu a dobra de um joelho nu, a curva de um ombro. Mas eram as bocas abertas e os rostos desesperados que ela não conseguia suportar, o som dos gemidos cruzando as ondas e batendo contra os penhascos. Os *mudo* agarrados ao barco, se esticando — sempre se esticando e em necessidade.

A lona se sacudiu e voltou para o lugar, escondendo os corpos presos ao casco, os escondendo até os piratas alcançarem suas presas. Iza viu formas escuras juntas sobre o convés do navio, se reunindo no parapeito. Eles a observavam enquanto deslizavam pela noite e Iza ficou se perguntando o que era pior — os *mudo* ou a lua brilhando nos dentes dos piratas.

4. AGORA

Iza está deitada com as costas sobre o píer, deixando o sol queimar seu corpo enquanto a mão envolve seu tornozelo. Ela está quase pegando no sono e demora a reagir. Seus dedos se atrapalham quando ela tenta agarrar o facão que Beihito deixou e, quando ela solta o pé e consegue ficar sobre os joelhos, o homem já está com metade do corpo para fora da água.

Iza sabe que um *mudo* nunca poderia ter coordenação suficiente para subir no píer. Ainda assim seu primeiro pensamento é acertar a cabeça, enfiar a lâmina até a coluna vertebral.

— Espere — diz o homem, assustado, enquanto os músculos dela se contraem.

5. ANTES

— Por que não os chamamos de zumbis? — perguntou Iza a Beihito um dia.

Isso não foi muito tempo depois de seu pai assumir o controle da ilha e contratar Beihito para tomar conta da plantação e ficar de olho em sua única filha.

— Não é respeitoso — disse Beihito.

Eles estavam parados perto da beira dos penhascos de calcário de Curaçao, observando uma iguana tentar se esconder sem sucesso em um cacto kadushi.

Iza ficava puxando as alças do vestido de verão onde elas deixavam marcas na gordurinha em seus ombros. Logo depois de chegar à ilha, ela ficou grande demais para quase todas as suas roupas e estava cansada da forma como as roupas apertadas a faziam se sentir grande e desajeitada.

— Mas é isso o que eles são — resmungou Iza.

Ela estava começando a se acostumar à ideia do poder de seu pai. Apenas começando a entender que algo no pai a tornava diferente. Ela jogou um morango para a iguana, vendo se conseguia atraí-la.

Beihito apontou para o animal e disse:

— *Yuana*.

Iza balançou a mão, afastando a palavra.

— O que "*mudo*" quer dizer, de qualquer forma?

Ela pronunciou aquilo como a palavra em inglês "*mud*", pensando na forma como o chão ficava depois que a neve derretia em seu antigo lar. Ela queria ver até onde conseguia provocar Beihito. Ela jogou outro morango.

— *Mudo* — corrigiu Beihito, dizendo "mu-do", sem nenhuma ponta de irritação na voz. — Significa "silencioso".

Iza olhou para ele com uma expressão de impaciência.

— Sei disso — disse ela, com as mãos na cintura. Ela odiava que as pessoas falassem com ela como se ela não soubesse de nada. Ela não era mais uma criança desde o dia, meses antes, quando completou 7 anos e viu seu primeiro homem morto se levantar e caminhar.

— Mas eles não são mudos, dã. Eles ainda gemem.

Beihito olhou fixamente para ela, talvez com pena ou simplesmente impaciência.

— Também significa que eles não têm fala, que perderam suas vozes. Eles não têm nada a dizer. Eles perderam quem eles são.

— Eles estão mortos — grunhiu Iza. — Eles não são nada.

Ela pegou um graveto e se aproximou da iguana. Ela esticou o braço para cutucá-la, mas Beihito passou sua mão quente e seca no braço dela, impedindo-a.

Ela ficou olhando para o ponto onde ele a tocou, a pele dele escura e enrugada contra a dela. Ódio se formou dentro dela por ele impedi-la de fazer o que queria. Um ódio que ela sabia que faria seu pai tomar providências caso ela lhe contasse o ocorrido.

— Existem coisas nesse mundo maiores do que você e eu — disse Beihito, então, e ela ficou pensando se havia algo nos *mudo* que ela não conseguia notar. Algo sobre eles que ele compreendia, mas ela não.

Houve então um estalo e um chiado alto. O velho virou Iza para suas costas, ficando entre ela e o kadushi. O galho segurando a enorme iguana se quebrou e o animal começou a cair com seu rabo grosso balançando. Ele se agarrou à beira do penhasco, suas garras se arrastando no calcário até que finalmente conseguiu se agarrar. O galho do cacto caiu nas ondas abaixo.

Beihito a tinha protegido. Iza ficou pensando então se ele sempre a protegeria. Suas bochechas queimavam, seu corpo inteiro tinha um tom vermelho febril se enchendo com a vergonha. Ela se virou e voltou apressada para a casa principal sem agradecer a ele. Ela prometeu naquele momento que aprenderia a ser mais parecida com o pai. Ele nunca agradecia a ninguém.

6. AGORA

Iza pula para a frente e encosta a lâmina afiada da machadinha contra a garganta do jovem exatamente quando ele passa um joelho sobre a beira do píer. Ele congela. Ambos estão ofegantes e olhando um para o outro fixamente. Iza ainda não se deu conta do tempo e se sente zonza e lenta por causa do sono. Ela nota coisas sobre o rapaz que não devia — como a água corre pelo rosto como lágrimas, descendo sobre as maçãs do rosto elevadas. Como seus olhos têm uma cor verde brilhante que não parece combinar com a escuridão da pele dele.

Suas narinas se alargam com cada respiração, lufadas de ar batendo nos dedos de Iza. Os braços dele tremem com o esforço de se segurar na beira do píer, com metade do corpo para fora da água. Ele parece jovem, não ainda um adolescente como Iza, mas com uma idade próxima da dela.

— Por favor — diz ele. — Por favor, prometo que não vou fazer nada. Por favor.

Ele vira a cabeça levemente como se estivesse olhando para o mar aberto atrás dele. Iza não deixa o olhar sobre ele vacilar.

— Quem é você? — pergunta ela. A voz treme um pouco demais, enquanto a adrenalina do susto começa a fazer efeito em seu organismo. Ela cerra os dentes, sabendo que a voz de seu pai nunca tremeria como a dela. — Você é um dos homens do meu pai?

Ela tem quase certeza de que não o reconhece e está bastante certa de que, se ele trabalhasse na *landhuizen*, ela já o teria visto. Ela tem certeza de que se o tivesse visto antes, se lembraria.

Água pinga da bochecha dele no pulso dela e escorre por seu braço.

— Eu estava em um navio — diz ele. — Vi as luzes na ilha enquanto navegávamos por aqui ontem à noite. Eu fugi. Pulei.

Ele engole em seco, sua garganta empurrando a lâmina. Iza pode ouvir o desespero na voz dele, mas aquilo não é uma novidade. O mundo inteiro está desesperado.

— Eles eram piratas — diz ele. — Você não pode deixar que eles me encontrem. Iam me infectar e me prender em seu navio com os outros.

Ele faz uma pausa e passa a língua em seus lábios. Iza quase consegue sentir o gosto do sal.

— Por favor — sussurra ele.

7. ANTES

Quando Iza era nova, ela tinha pesadelos em que os *mudo* estavam vindo atrás dela. Via os dentes da mulher que tinha sido sua babá um dia e a fome dos antigos jardineiros. Porém, mais que qualquer outra coisa, ela os *ouvia*, a necessidade suplicante que eles sentiam por ela. Iza sempre sentia uma dor profunda por causa dos gemidos e um desejo de fazer qualquer coisa para que eles se calassem.

Os homens de seu pai, os *homber mata*, eram bons em seu trabalho e sempre matavam qualquer *mudo* que chegava à costa. Existiram pequenos surtos na ilha através dos anos, histórias de *lihémorto* atravessando em alta velocidade o deserto seco e pegajoso do interior, mas eles sempre acabavam sendo contidos.

Exceto uma vez. Exceto aquele que de alguma forma entrou na *landhuizen*. Ninguém nunca explicou a Iza o que aconteceu, nem mesmo Beihito, e um dia ela parou de implorar por informações quando via as sombras nos olhos dele cada vez que ela tocava no assunto.

Tudo o que Iza sabia era que os *homber mata* mataram o *mudo*, mas foi seu próprio pai que matou a mãe dela. Ela nunca viu a mãe Retornar e, uma vez, alguns dias depois de sua morte, ouviu uma empregada sussurrando para outra que a mãe de Iza nunca tinha sido infectada, na verdade.

Algumas vezes Iza acredita nos rumores de que a mãe nunca fora mordida. Algumas vezes ela quer cortar as gargantas deles por dizerem tais coisas.

Seu pai adicionou mais três camadas de cercas ao lado da *landhuizen* que dava para a terra e substituiu a larga escadaria até o píer flutuante na base dos penhascos por uma escada vertical estreita que os *mudo* nunca conseguiriam subir. Durante meses depois do levante, Iza tinha pavor da água e ficava imaginando eles vindo atrás dela, os dedos saindo da superfície, a pele deles espinhosa e cinzenta.

Ela sentia falta do gosto de sal em sua pele, da forma como o sal fazia sua pele ficar dura e coçando depois que ela se secava ao sol ardente. Ela até mesmo sentia falta do calor dos corais que queimavam. O pai mandou seus homens cavarem uma piscina para ela, mas não era a mesma coisa.

8. AGORA

— Por favor — sussurra o homem novamente.

Os músculos em volta dos braços dele contraem e tremem. Dúzias de pequenas linhas brancas surgem em seu peito como rachaduras no vidro.

O pai de Iza incutiu nela a necessidade de disciplina e ordem; todo dia da vida dela tem sido cheio de regras e restrições.

— É como vamos sobreviver a isso — diz o pai, sempre. — É a única forma.

Ela consegue se lembrar algumas vezes do homem que ele era antes do Retorno, mas não muito. Ele costumava cortar a grama nas tardes de sábado de verão e nos domingos de outono ele abria uma lata de cerveja e comia salgadinhos enquanto assistia aos jogos de futebol americano. Ele sempre a deixava beber o primeiro gole se ela tivesse buscado a bebida para ele na geladeira e ela ainda consegue se lembrar do ardor penetrante da carbonação metálica e do estalo seco da lata se abrindo.

Tudo o que Iza tem que fazer é empurrar a lâmina contra a garganta do homem mais um pouco e então ela vai cortá-lo, ou então ele será forçado a se soltar do píer e cair de novo na água.

Seu pai nunca teria hesitado. Iza consegue ouvir a voz dele em sua cabeça gritando com ela para matar este homem, que ele é perigoso e ela é burra por apenas pensar em deixá-lo viver.

Mas Iza pensa nas histórias de romance que adora e nos piratas que ilustram as capas. Ela pensa em todas as vezes que ficou parada na beira dos penhascos e quis que alguém saísse do mar para salvá-la.

Engolindo, em seco, Iza afasta o facão da garganta dele e recua um pouco no píer, dando espaço para que ele acabe de levantar seu corpo. Ele fica caído sobre as mãos e joelhos, as costas curvadas enquanto respira longamente.

— Obrigado — diz ele delicadamente.

Iza balança a cabeça e se levanta.

— Não — diz ela, ainda segurando o facão na frente de seu corpo. — Os *homber mata* vão matá-lo se o encontrarem.

Ele olha para ela, os olhos verdes profundos em um mar de escuridão. Algo se move dentro de Iza, fazendo com que ela queira ajudá-lo, conhecê-lo e acreditar que as coisas podem ser diferentes do que são. O tremor do desejo e da esperança dentro dela dói tanto que ela pressiona uma das mãos contra o peito para fazê-lo parar.

— Mas existem cavernas — diz ela, apontando com o facão para as paredes de calcário. — Túneis escondidos que o levam além da *landhuizen*. Você pode ter uma chance dessa forma — diz ela rapidamente, com urgência de deixar as palavras escaparem.

As sobrancelhas dele se contorcem, levemente.

— Obrigado — diz ele novamente.

O treinamento do pai volta à sua mente. Ela deveria matar este homem. Ela segura o cabo do facão com mais força, imaginando o sangue escorrendo do pescoço dele e passando entre as rachaduras do píer até chegar às ondas — pétalas perfeitas de escarlate dissipando-se.

A imagem faz Iza se lembrar de quando sua mãe costumava jogar botões de buganvílias dos penhascos e ela afrouxa a mão no cabo do facão de lâmina grossa. Antes que ela possa mudar de ideia, e enquanto as regras de seu pai entram em sua cabeça, ela se vira e anda até o final do píer para subir a escada estreita. Atrás de si, Iza escuta o homem respirando, as pequenas gotas de água pingando no velho piso de madeira desgastada enquanto ela vai embora.

9. ANTES

Iza parou de frequentar a pequena escola de Curaçao há dois anos, quando seu pai declarou que o lugar era inútil. Havia muitas tarefas para serem cumpridas na ilha para que as crianças gastassem dias na escola aprendendo sobre a história da Holanda ou o ciclo de vida da barreira de recifes.

Em vez disso, ele as colocou para trabalhar: todos na ilha trabalhavam para ter o direito de continuarem sendo cidadãos e poderem gozar da relativa paz e segurança. Mesmo as pessoas que moravam lá há muito mais tempo do que Iza e sua família.

É claro que todos trabalhavam menos Iza. Como a única filha do governador, ela era deixada em paz para fazer o que quisesse. Na maior parte do tempo ela não era nada além do fantasma da mãe, andando de quarto em quarto, tentando ficar fora do caminho dos jardineiros, faxineiros, dos *homber mata*, dos guardas e do resto dos homens de seu pai.

Iza então escolheu ler e descobriu um amor pelos livros. Para agradá-la, ou para evitar que ela reclamasse, o pai de Iza deixou claro que estava em busca de livros e que os capitães que quisessem puxar seu saco e conseguir acesso aos portos de Curaçao poderiam começar alimentando o estoque de sua biblioteca.

O capitão de um velho cruzeiro brilhante foi o primeiro a trazer caixas de romances com capas desbotadas e páginas amaciadas pelo tempo. Iza devorou cada um deles.

Eram as histórias de pirata que a deixavam mais animada. Ela passava incontáveis tardes sentada à beira do penhasco de calcário que circundava a *landhuizen* de seu pai, olhando fixamente para o horizonte e esperando que um capitão galante viesse salvá-la. Ele a levaria para longe das regras do pai, da insanidade da mãe e do constante risco de morte. Ele a salvaria e eles velejariam até um lugar esquecido no tempo, um local que o Retorno nunca tocou.

Mas isso foi antes de saber que piratas de verdade prendiam *mudo* a seus cascos. Ou que eles infectavam prisioneiros e os forçavam a entrar em jaulas que eles jogavam ao mar para que os infectados morressem e voltassem à vida como *lihémorto* — o *mudo* que se move rápido.

10. AGORA

Toda noite Iza fica parada na beira do penhasco e olha para a água, raios de tempestade explodindo nas nuvens no horizonte.

— Estamos seguros? — pergunta ela a Beihito.

Essa é a pergunta que Iza fazia a sua mãe todas as noites antes de ela morrer.

A mãe sempre respondia que sim e prometia que o mundo iria se recuperar. Eles matariam as hordas de mortos-vivos e em pouco tempo todos estariam voltando para casa. Um dia ela sentiria o gosto da neve em seus lábios novamente.

A primeira vez que Iza fez essa pergunta a Beihito, ele perguntou:

— Você quer a verdade?

Ela disse que não e ele lhe respondeu que sim, que eles estavam seguros.

Esta noite ela diz:

— Quero a verdade.

Beihito faz uma pausa.

— Não sei — admite ele, finalmente.

As rugas nos cantos de seus olhos estão mais pesadas do que o usual, puxando lentamente seu rosto para baixo. A gravidade age com mais força sobre os problemas do que sobre qualquer outra coisa.

Iza quer perguntar a ele se isso vai acabar, se os *mudo* algum dia irão embora. Mas ela não pergunta. Em vez disso ela observa as ondas baterem nos penhascos como as mãos que empurravam as cercas em volta da *landhuizen* durante a onda de infecção anterior — nunca parando, sempre em necessidade. A água é tão clara que ela imagina se os *mudo* no fundo dela são capazes de ver Beihito e ela. Se eles podem olhar através da superfície e implorar por suas vidas.

Beihito coloca a mão no ombro de Iza.

— *Spera* — diz ele.

Mas ela não tem certeza de que quer ter esperança.

11. AGORA

Hoje à noite na escuridão antes de dormir, quando as estrelas brilham mais, Iza se lembra da neve. Ela se lembra de ficar parada no jardim da sua antiga casa nos Estados Unidos antes do Retorno, olhando para o céu e não vendo qualquer coisa além de flocos brancos flutuando sobre ela e ao redor.

Ela se lembra de segurar a mão da mãe. Se lembra de tudo ser tão branco e puro, tão macio e silencioso.

É uma de suas únicas lembranças que não tem os gemidos dos *mudo* como um zumbido constante ao fundo. Uma das poucas que não tem nem uma ponta do calor implacável de Curaçao.

Ela deixa aquilo a empurrar para o sono, caindo cada vez mais fundo nas dobras da ofuscante branquidão fria.

Iza acorda com a percepção de que algo está errado. Ela estava sonhando com o navio pirata. Desta vez, no entanto, em vez de ser a vivaz donzela em perigo que é salva pelo pirata, ela está presa ao navio com os *mudo*. Ela podia sentir o jato d'água enquanto o navio cortava os mares, o sal queimando os talhos em seus braços onde as cordas e correntes a prendiam ao casco cheio de craca. À sua volta se contorciam os ossos mortos e afiados que cortavam a pele e se encostavam à água. Mas ela não era um deles; ela ainda estava, de alguma forma, viva. Em seu sonho, Iza abriu a boca para gritar e pedir misericórdia, mas tudo o que saiu dela foram gemidos.

No exato momento em que ela se levanta sobressaltada da cama, tudo está confuso e Iza não consegue dizer o que é sonho e o que é a realidade. Ela leva muito tempo para perceber que os gemidos do sonho ainda estão reverberando pela casa. É quando ela escuta o barulho de pés batendo no chão de madeira do lado de fora do quarto, no corredor. Quando ela escuta o primeiro grito cortar a escuridão.

O pai de Iza a treinou para isso e ela pula da cama. Seus dedos tremem enquanto ela tenta lembrar o que tem que fazer primeiro. Ela corre até a porta. O pânico começa a tomar conta de seu corpo e ela engole em seco uma vez atrás da outra. Ela acende a luz, mas nada acontece. Ela mexe no interruptor para cima e para baixo, para cima e para baixo, e ainda nada acontece.

Mesmo que a ilha esteja sem eletricidade, a *landhuizen* pode funcionar com geradores. Iza não entende por que eles não foram ligados, por que ela não consegue escutar o zumbido deles do lado de fora da janela. A noite se torna muito escura, fechada e claustrofóbica. Ela tem a sensação de que está debaixo d'água e não consegue respirar. Ela está prestes a escancarar a porta, atrás de ar, quando algo se choca contra a entrada.

Unhas arranham enquanto algo, ou alguém, no outro lado tenta entrar. Gemidos passam pela madeira. Iza volta para o interior do quarto, tropeçando no canto de bronze do baú ao lado de sua cama e sentindo uma rajada de dor subir pela canela. Ela olha para baixo e vê o sangue ensopando a camisola branca, sabendo que isso vai atrair os *mudo*.

Os barulhos de batidas e arranhões a alcançam enquanto ela se atrapalha com sua cômoda. Ela finalmente abre a gaveta e pega a arma dentro dela. Pega um cinto no chão e o passa em volta da cintura, enfiando dentro dele o facão que Beihito lhe deu aquela tarde.

E então ela fica parada ali. Na escuridão. No meio de seu quarto. Ouvindo os gritos e gemidos e sentindo o pânico esmagando seus pulmões.

A janela, pensa ela enquanto a porta começa a ceder sob a força de alguém tentando desesperadamente entrar. Ela puxa as cortinas tremulantes para o lado e se arrasta até o telhado, deslocando-se para o lado e escondendo-se na sombra da lateral da janela.

Sobre a cabeça, raios disparam contra as nuvens em verde, azul e laranja, fazendo o mundo piscar à sua volta. Com dedos trêmulos, Iza destrava sua arma e tenta ficar firme. Ela não sabe dizer se os barulhos à sua volta são trovões ou tiros.

Do lado de dentro a porta se abre com força. Pés batem no chão. A respiração de Iza reverbera como um rugido em seus próprios ouvidos. Eles são *lihémorto*, os mortos que se movem rápido, não os lentos e pensativos *mudo*. Esse é o problema de se viver em uma ilha sem mortos-vivos: se a infecção começar, os primeiros a se transformar são sempre *lihémorto* até que atinjam a massa crítica que faz os novos infectados serem *mudo*. Vai ser quase impossível que os homens de seu pai matem os *lihémorto* antes que eles infectem metade da plantação.

Iza sente, mais do que escuta, quando o primeiro chega à janela pelo lado de dentro. É um dos jardineiros, e a maior parte do seu braço esquerdo está faltando. Ele provavelmente tentara cortar o braço fora depois de ser mordido, o que, obviamente, serviu apenas para apressar o Retorno.

Ele ataca Iza, esticando o braço na escuridão e mostrando os dentes, seus olhos são selvagens, e os gemidos, enfurecidos. Ele tem cheiro de casca de laranja, suor e tabaco e faz Iza se lembrar de Beihito.

Ela segura a arma o mais próximo possível do homem enquanto ainda está fora de seu alcance e aperta o gatilho.

Não é um tiro certeiro. Aquilo não impressionaria seu pai. Mas atinge a cabeça do homem assim mesmo, abrindo um buraco no rosto dele. Iza não pode parar por um momento sequer para deixar a realidade se estabelecer. Ela não pode fazer uma pausa enquanto a percepção de que acabou de atirar em um homem passa por ela. Ele cai para dentro da janela exatamente quando outro *lihémorto*, uma empregada, pula pela abertura. Ela tenta subir o telhado para alcançar Iza e escorrega, caindo no chão dois andares abaixo. Fragmentos de osso rasgam a pele da perna dela, as pontas de cada um deles emitem um brilho branco sob a luz dos raios.

A empregada se levanta, a perna quebrada se arrastando debaixo dela, e manca até a parede, ainda tentando alcançar Iza. Seus dedos arranham a parede de estuque enquanto tenta escalar, mas ela sempre acaba caindo de volta no chão, os ossos cada vez mais quebrados em suas pernas.

Iza afunda os dedos do pé na cerâmica quente do telhado já escorregadio com seu suor. Passa a mão trêmula sobre a boca, o cheiro da pólvora quente e doce e tenta pensar sobre o que fazer em seguida.

12. ANTES

O pai de Iza era um homem de negócios antes do Retorno, um executivo com acesso ao jatinho da empresa e ao iate ancorado em Miami. Quando as notícias do Retorno começaram a aparecer nos canais de notícias, ele não hesitou como as outras pessoas.

Ligou para os pilotos, lhes disse para ignorar a proibição de voos e decolou em direção a San Salvador Cay, uma pequena ilha nas Bahamas com funcionários do aeroporto que estavam interessados em receber suborno em forma de armamentos. De lá, ele arrastou a esposa e a jovem filha para o iate que já estava esperando e eles zarparam para Curaçao, o lar da mãe dela.

Enquanto as outras pessoas entravam em pânico, sem acreditar e em negação enquanto o Retorno se desenrolava, o pai de Iza tinha feito pesquisas. Ele tinha descoberto que uma ilha ofereceria a melhor chance de sobrevivência durante o ataque dos mortos-vivos. Curaçao era suficientemente pequena para acomodá-los. Tinha um bom porto, uma refinaria com bastante petróleo e uma estação de purificação de água grande o suficiente para toda a população. E tinha o maior dique seco de todo o Caribe — uma necessidade para os navios que planejavam passar qualquer extensão de tempo na água para evitar os perigos da terra firme. E o mais importante, Curaçao era uma ilha constituída em sua maior parte de penhascos de calcário, o que tornava impossível que os mortos-vivos a escalassem. Também ajudou o fato de a mãe de Iza ter nascido e sido criada na ilha e ainda ter uma família por lá com bons contatos.

Quando o iate do pai de Iza aportou, Curaçao, como a maior parte do mundo, estava à beira do caos.

As autoridades holandesas tinham abandonado a ilha e o governo local não estava preparado para enfrentar a situação. O pai de Iza interveio no momento exato para assumir o controle, como já tinha feito tantas vezes com negócios fracassados no passado.

Assim que Curaçao se livrou dos *mudo*, o pai de Iza se mudou com sua família para a maior e mais opulenta *landhuizen* na costa, erguendo enormes cercas e portões em volta da plantação para o caso de outra onda de infecção se iniciar. Ele usou os contatos de sua esposa para fazer acordos com os moradores locais e criou um exército de homens — os *homber mata* — para manter a família em segurança.

Foi então que ele começou a se chamar de governador e a implementar suas regras.

13. AGORA

É claro que o pai de Iza se preparou para uma invasão. Desde o Retorno, ele aprendeu a ser extremamente atento a qualquer eventualidade. Ele fez seus homens cavarem túneis que levavam da *landhuis* a cavernas nos penhascos que estavam estocadas com suprimentos e próximas de barcos atracados e esperando.

Iza sabe que ela tem apenas que chegar a um desses túneis, achar seu pai e tudo vai ficar bem. Ela aciona a trava de segurança novamente na arma e a prende no cinto junto de seu facão. Enquanto no chão os *lihémorto* gemem e os homens correm, ela segue se arrastando com dedos suados pelo telhado escorregadio. Ela rasteja até estar empoleirada contra a janela do quarto de seu pai, mas está com medo de olhar para dentro.

Apesar de saber que invadiram a *landhuis*, ela não consegue imaginar que eles tenham chegado ao seu pai. Ela não consegue pensar na possibilidade de ele ser um deles. Simplesmente pensar nisso causa dores em seu estômago e manchas claras em sua visão. Iza não tem certeza de que conseguiria sobreviver sem seu pai. Ela não sabe se é forte o suficiente.

Um lagarto passa sobre seus dedos e ela salta, as unhas arranham as telhas e ela tem dificuldade para se manter parada. A sensação é como se alguém tivesse plantado uma árvore em seu peito e então apertado o botão de avançar no mundo, galhos crescendo, se contorcendo e a empurrando por dentro. É difícil respirar no ar espesso da noite e ela sente o gosto da umidade da chuva iminente no fundo de sua garganta.

Iza prende a respiração e passa a cabeça pelo canto da janela até conseguir olhar para dentro do quarto de seu pai. Ele está parado ao lado de sua cama enorme com uma pistola em uma das mãos e a outra se esticando atrás dele na direção da parede que esconde uma entrada para os túneis. Um pé ainda está levantado enquanto ele anda para trás, a pele pálida de seu tornozelo aparecendo sob sua calça preta.

Ele provavelmente sente o movimento de Iza, porque olha para ela. Ele vira na direção da filha, seus olhos se arregalando ao mesmo tempo que seu dedo aperta o gatilho. A janela explode. Iza recua enquanto pequenos cacos de vidro batem em seus braços e no rosto, o som do tiro ecoando em sua cabeça.

Ela perde o equilíbrio e bate com os dedos do pé na calha afiada enquanto cai para trás. Sangue cai em seus olhos, deixando tudo embaçado. Mas Iza ainda consegue ver quando o *lihémorto* entra correndo no quarto. Ela pode dizer o exato momento quando ele sente o cheiro do sangue e da carne recém-cortada.

O pai de Iza grita o nome dela, mas nada é capaz de parar o *lihémorto*. Ele cruza o quarto atrás dela. Iza não quer nada mais do que passar suas mãos pelo parapeito, mas sabe que sua única chance é soltar. E é isso o que ela faz.

Durante anos, depois que eles vieram para a ilha, Iza costumava assistir a filmes usando um velho aparelho de DVD. Ela se lembra de poder apertar um botão e fazer tudo acontecer em câmera lenta — o espetáculo se desenrolando à sua frente quadro a quadro. É nisso que ela pensa enquanto cai, tudo acontecendo quadro a quadro.

Apenas nesse momento, Iza deseja poder parar tudo, apenas pausar o mundo e perguntar algo a seu pai — qualquer coisa — para conseguir entendê-lo. Ela se sente como se pudesse ver cada possível resposta para sua possível pergunta em seu rosto: arrependimento, amor, medo, vergonha, culpa, resignação, esperança. E aquelas emoções explodem entre eles.

Iza fica observando enquanto o pai prepara a arma. Enquanto o *lihémorto* pula pela janela atrás dela. Enquanto ela se rende à gravidade.

14. ANTES

— *Un momentu* — diziam os homens a Iza o tempo todo, balançando suas mãos no ar para que ela saísse do caminho.

Os homens de seu pai estavam descarregando suprimentos no píer e ela sabia que havia presentes em todas aquelas caixas. Estavam trazendo provisões para a *landhuisen* há semanas e a cada dia algo diferente chegava. Hoje ela estava esperando receber alguns livros novos — tudo o que ela tinha achado explorando a biblioteca empoeirada eram livros em holandês.

— O que é para mim? — perguntava ela sem parar.

Iza tinha acabado de perder seu outro dente da frente no dia anterior e cada *s* que ela pronunciava soava um pouco estranho.

Os homens a chamavam de *Muskita* — mosquinha — porque ela ficava zumbindo em volta deles, correndo entre os barcos. Eles balançavam os braços para afastá-la, passando as caixas sobre a cabeça dela. Ela não estava na ilha há tempo suficiente para entender qualquer coisa do que eles diziam enquanto a conversa preenchia o ar.

Finalmente uma mulher mais velha, que tinha cheiro de talco de bebê misturado com suor, olhou dentro de uma das caixas e achou um bastão de doce de pedra. Ela afastou Iza dos barcos em que os homens estavam trabalhando e lhe entregou a guloseima. Iza estava acabando de tocar com a língua na doçura empedrada quando viu a mão que saiu da água e segurou o tornozelo da velha senhora.

Ela tentou se afastar, permanecer de pé, seus grandes peitos sacudindo e a gordura sob os braços balançando enquanto ela se agarrava ao ar. Mas a única coisa em que ela poderia se segurar era Iza e ela não quis arriscar puxar a pequena menina para dentro da água com ela. A velha senhora trabalhava para o pai de Iza há apenas algumas semanas, mas mesmo assim era como todos os outros na ilha: morria de medo de sua ira e sabia que tinha mais chances contra os *mudo* do que contra o pai de Iza.

A mulher nem ao menos gritou, berrou, ou chorou quando caiu de costas nas ondas, nos braços e dentes dos *mudo* que esperavam por ela. Ela apenas fechou os olhos e suspirou enquanto a água cobria seu rosto, como se sempre tivesse esperado por aquele momento e estivesse aliviada que ele finalmente tivesse chegado.

Foi Beihito que segurou Iza e a levou embora do píer, para longe dos homens que observavam a água espumando onde a velha senhora tinha caído. Ele lhe disse para não olhar e então ela encarou fixamente o céu e viu seu pai observando tudo do topo dos penhascos. Ele não piscou, nem acenou, nem nada parecido.

Iza aprendeu muitas coisas naquele dia: que não existia a possibilidade de estar verdadeiramente segura, que o oceano pode mudar tudo, que o pai podia desejar que ela tivesse uma vida normal, mas era Beihito que tornava isso possível.

15. AGORA

Iza está se afogando. Ela não consegue respirar. Ela está deitada no chão sobre suas costas e olha para cima para ver o pai na janela quebrada do quarto, gritando para ela. Ela não consegue escutar nada do que ele está dizendo. Nada penetra na água ao seu redor. Há apenas silêncio e escuridão, rasgados pelo raio que corta o céu.

Iza sente o solo tremer quando algo cai ao seu lado. Ela vê seu pai lhe apontar a arma. Ela quer lhe dizer que sente muito, mas não consegue puxar o ar. Fica imaginando então se os rumores são verdade. Se o pai realmente usou o surto anterior para matar sua mãe. Se Iza o tinha decepcionado também.

Dedos envolvem seu pulso e ela vira a cabeça. O rosto dele não está longe do dela. É Beihito e sua boca se abre e se fecha desesperadamente. Ele tenta arrastar a mão de Iza até seus lábios, mas o braço dele está muito quebrado. Ele tenta rolar na direção dela, mas metade de seu corpo se recusa a se mover. Ela olha fixamente para a mão dele em seu braço.

— *Danki* — tenta dizer a ele, porque se recusou a dizer isso durante todos aqueles anos.

Iza está olhando para os olhos de Beihito quando a bala de seu pai entra na cabeça dele. Um pouco dos seus gemidos ainda soa nos ouvidos dela.

16. ANTES

Algumas semanas depois de Iza perder a mãe, Beihito lhe trouxe um gato de rua.

— *Pushi* — disse ele, entregando o gato a ela, sempre tentando ajudá-la a aprender a língua local.

Ela deu de ombros e Pushi virou o nome do gato. Pushi era preto e branco, suas patas eram muito compridas para o corpo e o rabo era torto. Ele era mau e rancoroso e Iza gastou semanas o persuadindo a gostar dela e ser leal.

Iza treinou Pushi para segui-la como um cachorro e para comer em sua mão. Iza amava aquele gato mais intensamente do que já tinha amado qualquer outra coisa no mundo.

E então uma noite Pushi não veio dormir com ela. Ela o achou na cama do pai, enroscado ao som de seus roncos. Ela fez um barulho com a língua contra seu céu da boca, tentando chamar o gato para perto dela, mas ele se recusou a se mover.

O pai de Iza era o ímã a que todos se sentiam atraídos; tudo nesse mundo era dele. Iza quis bater a porta, afastar o olhar dele e de Pushi. Ela queria correr até os penhascos, se jogar na água e mergulhar tão fundo que som, luz e tudo mais sobre ela desaparecesse.

Mas em vez disso ela ficou parada na porta do quarto enquanto sob a luz da alvorada verde-acinzentada seu pai acordava e passava a mão nas costas de Pushi.

17. AGORA

Os sentidos voltam ao corpo de Iza como a queimadura de um coral de fogo. Ela não consegue dizer o que é quente, o que é frio, o que está ardendo e o que está rasgado. Ela só conhece a dor. Ela se põe de pé e o mundo gira e pisca. À sua volta não existe nada além de som: gemidos, gritos, tiros, choro, trovão. Os raios são quase constantes agora, mostrando cenas de homens correndo, *lihémorto* atrás deles.

A chuva cai de uma vez, ensopando tudo com o sabor denso da água. Iza olha novamente para a janela de seu pai, mas ele não está mais lá. Ela acha que pode ver sombras se movendo contra a parede. Antes que ela consiga entender o que está acontecendo, alguém a está agarrando.

Ela recua, o sangue, o suor e a chuva em sua pele a tornando escorregadia o suficiente para que Iza consiga se soltar. Ela escorrega no chão e joga a mão para o alto quando está prestes a cair. Alguém a segura e a ajuda a se equilibrar. Ela o reconhece, o rapaz na água daquela tarde. O rapaz que ela não matou. Iza se encolhe, esperando para sentir os dentes dele.

Mas aquilo não acontece. Em vez disso, ele a puxa para perto, passando o braço dela sobre seus ombros, passando seu outro braço pela cintura dela, a ajudando a ficar de pé. Atrás deles há uma explosão de madeira e vidro. Os dois olham por cima do ombro, as bochechas se esfregando. Um *lihémorto* sai de dentro da casa, mas fica preso na cortina, se contorcendo e empurrando o tecido como o *mudo* debaixo da lona do navio pirata.

Eles começam a correr, o rapaz parcialmente carregando Iza enquanto eles deslizam pela lama, a chuva como uma manta de água cobrindo o mundo. Iza tem tanto sangue sobre ela por causa da janela quebrada e da queda, que mesmo na chuva o *lihémorto* sente seu cheiro e começa a segui-la libertando-se da cortina, seu gemido ecoando na escuridão.

Quando eles chegam à beira do penhasco, Iza não hesita. Ela apenas pula, usando tudo que sobrou em seu corpo para impulsioná-la para o mais longe possível da parede de calcário. A mão do rapaz ainda segura a dela, mas, enquanto eles caem, os dedos dele falham e se soltam dos dela.

Naquele momento, enquanto Iza está suspensa no ar, nada dói. Nada quebra o silêncio da noite, a aconchegante suavidade do ar encharcado de chuva.

E então ela bate nas ondas, bolhas se movendo ao seu redor enquanto o sal invade cada arranhão e cada corte. Iza bate os braços na água, tentando chegar à superfície. O homem encontra o braço dela e a puxa, a trazendo para cima até que ela possa respirar novamente. Ela bate os pés para flutuar e vê a água espumar e bater mais perto do penhasco, onde o *lihémorto* caiu.

— Meu pai — diz Iza, ainda tentando recuperar o fôlego. — Ele tem barcos. Logo no contorno da próxima enseada.

Ela aponta para o sul, mas o rapaz balança a cabeça.

— Podemos chegar — diz ela ao rapaz. — Ficaremos seguros. — Ela tosse quando uma onda joga água em seu rosto. — Meu pai estava preparado para isso.

O homem segura o braço de Iza, puxando-o de volta para a água.

— Os barcos de seu pai se foram — diz ele.

Ela mal consegue ouvir qualquer coisa além do som da chuva batendo na superfície do oceano como cem milhões de crianças batendo palmas ao mesmo tempo.

Iza nem mesmo sabe como formular a pergunta, mas ela não precisa.

— A invasão não foi um acidente, Iza. Tudo isso foi planejado desde o início. Inclusive salvá-la.

— Não estou entendendo — diz Iza.

O mundo ao redor deles se cala por um momento, uma brecha na chuva. E é então que Iza escuta os gemidos, mas eles não vêm dos penhascos. Ela olha para trás, na direção da escuridão além da arrebentação e sob a luz de um raio vê o navio pirata. Suas lonas foram recolhidas e a massa contorcida de *mudo* amarrada ao casco vaga pela noite.

18. ANTES

A mãe de Iza não tinha sido feita para o calor, apesar de ter nascido e sido criada em Curaçao, e certamente não tinha sido criada para ser a esposa de um ditador. Ela sentia falta da neve, da universidade em que trabalhava e do café do Starbucks. Ela sentia falta de ligar o aquecedor no inverno e de acender a lareira. Ela sentia falta do trânsito, da NPR e do burburinho da fofoca da internet.

No começo ela dizia a Iza para ficar agradecida por estar viva. Iza sabia que a mãe tentava não pensar em todos os amigos que tinha deixado para trás, ou imaginar se eles tinham sobrevivido ao Retorno. Ela tentava com afinco especial não pensar neles como mortos-vivos. Mas à noite, quando sua mãe se deitava na cama e seu pai se encontrava com capitães e os *homber mata*, Iza sabia que sua mãe pensava sobre os ex-namorados e se perguntava se eles tinham morrido e voltado.

A mãe de Iza brincava com o marido que, se pelo menos a internet estivesse funcionando de forma confiável, ela poderia se conectar ao Facebook ou ao Twitter e tinha certeza de que teriam criado um campo onde dizia "Clique aqui se for zumbi" para ela poder ficar por dentro do status de seus amigos.

Iza percebia que seu pai nunca ria quando ela queria que ele risse.

Mas tanto Iza quanto a mãe sabiam que estavam vivas por causa dele. E todos na ilha também sabiam disso. Eles sabiam que era por causa dele que estavam sobrevivendo e o trataram com consideração, respeito e veneração até ele passar a esperar esse tipo de comportamento de todos, até mesmo de sua família, que o conhecia desde antes de tudo. Que podia se lembrar de como era sua aparência, com o rosto amassado e com a barba por fazer na manhã de um fim de semana prolongado.

Após um tempo, depois que as cercas foram levantadas em volta das praias e dos portos e os *homber mata* faziam a segurança da costa, se tornou raro que pessoas morressem e Retornassem.

O pai de Iza começou a pensar que talvez ele tivesse estabelecido um dos poucos polos de sustentabilidade no mundo e que eles poderiam durar mais do que o Retorno. Ele começou a achar que talvez Iza pudesse levar uma vida normal. Mas sua mãe se desesperava ainda mais. Porque ela não conseguia aguentar uma vida que era quase normal. Aquilo só a fazia se lembrar do que tinha perdido.

Foi então que os navios começaram a chegar. Desesperados, mancando, famintos e muitas vezes com diversos infectados, essas enormes cidades flutuantes se jogavam sobre a costa de Curaçao. Homens, mulheres e crianças pulavam dos navios e nadavam até os penhascos, subindo velhas escadas e se amontoando maltrapilhos em cais.

Todos na ilha, inclusive Iza, podiam ouvir seus gritos por piedade. Por ajuda, água, comida, abrigo e vida — tudo que Iza tinha sem ter que fazer nada.

O pai de Iza era impiedoso. Ele sabia que para sobreviver eles precisavam manter a população da ilha controlada e precisavam assumir uma postura combativa a respeito de impedir que a infecção chegasse à costa. Ele montou patrulhas. Mandou lanchas brancas e brilhantes cheias de homens armados para circular a ilha. Iza sempre pensava neles como abelhas albinas tomando conta de um ninho irritado. Suas tardes eram preenchidas pelo barulho preguiçoso das lanchas ao longe, com o eventual estalo ou estouro dos *homber mata* se livrando dos infectados ou de qualquer outra pessoa que não estivesse disposta a seguir as regras de seu pai.

Não demorou muito para que a mãe de Iza ficasse parada na beira dos penhascos observando os *homber mata*. Nas mãos ela tinha ramos de buganvílias e, uma a uma, ela arrancava suas pétalas e as jogava na água. Alguns dias as ondas na base do penhasco exibiam um brilho vermelho com as flores brilhantes e em outros com o sangue das pessoas que estavam procurando alguma chance de sobreviver.

O pai de Iza fazia questão de lembrá-las de que isso era necessário para que eles sobrevivessem, mas Iza só conseguia dizer, olhando para os olhos de sua mãe, que não era possível viver assim.

Iza algumas vezes imaginava se a necessidade que o pai sentia por ordem e lealdade máxima tinha matado sua mãe. Se, de alguma forma, sua mãe tinha fugido das regras severamente estabelecidas por seu pai e foi isso que a levou à sua infecção. Se é que ela realmente tinha sido infectada.

19. AGORA

Fixado ao penhasco de calcário está um pequeno e desgastado cartaz em que está escrito A Sala Azul com um rabisco em preto e uma seta vermelha pontuda apontando para debaixo d'água, a única lembrança do antigo ponto turístico, agora abandonado. Apenas nas marés mais baixas a boca da caverna ficava visível na superfície da água. Esta noite a maré está alta e Iza e seu salvador têm que puxar o ar com força e tatear a parede de pedra para achar a abertura.

Os dedos de Iza se esfregam contra as pontas ásperas do calcário enquanto ela nada na escuridão. Ela bate as pernas tão forte quanto pode, seus pulmões começando a reclamar. Ela aperta os lábios com força, o peito ardendo enquanto o corpo grita: *Respire! Respire! Respire!*

Seu ombro roça contra o topo do túnel que leva à caverna e ela empurra a parede até finalmente sentir os ouvidos estalarem e os dedos tocarem o ar. O rapaz a ajuda a subir em uma grande pedra plana no meio da caverna.

Em um dia claro, o sol dança pela água, iluminando todo o recinto com o mais brilhante tom de azul que Iza já viu, mais brilhante do que o peixe-papagaio mais azul nos recifes. Agora, enquanto a tempestade começa a clarear, de vez em quando a luz da lua entra ali.

Iza se levanta e estica a mão até poder tocar a parede para se equilibrar. A luz balançando na água parece fazer a caverna toda dançar, chacoalhar e rodar, e isso a faz se sentir desequilibrada.

Ela encara fixamente o rapaz, que fica apenas parado ali. Ele olha para o corpo de Iza e então rapidamente desvia o olhar para dentro da escuridão. Iza olha para baixo e nota o que ele deve ter visto — sua fina camisola branca quase transparente, a riqueza de sua pele brilhando através dela. A cada respiração a camisola gruda-se em seu corpo.

Por um segundo ela fica pensando em como isso teria sido para eles antes do Retorno. Se essa fosse alguma outra noite há muitos anos e eles dois acabassem em uma caverna escondida repleta de luz azul. Iza fica imaginando quantos amantes se encontraram aqui sob o reflexo das ondas.

Ela tenta desgrudar o tecido do corpo, mas ele se enrola em seu cinto, então ela o solta, segurando o facão com a mão. Ela não faz ideia do que aconteceu com sua arma.

Iza cruza os braços.

— Os piratas — diz ela, finalmente. Sua voz soa fraca na caverna e ela balança a cabeça para tirar água dos ouvidos. — Você me disse que escapou deles.

— Eu lhe contei que pulei do barco durante a noite e nadei até a ilha. Aquilo era verdade — diz ele.

Ela cerra os punhos, segurando o facão com mais força.

— Você é um deles.

— Não — diz ele. — Eu *sou* eles. O navio é meu navio. Os homens são meus homens. Eu fiz tudo isso acontecer.

— Por quê? — pergunta Iza, quase não conseguindo sussurrar as palavras.

— Seu pai é um homem impiedoso — diz o pirata. — E esta *isla* é muito valiosa.

— Meu pai é justo... — diz Iza a ele, sempre sua maior defensora.

— Ele usa seu poder para controlar as pessoas! — interrompe o pirata, gritando a ponto de suas palavras ecoarem em volta dela.

— Você precisa ser impiedoso para sobreviver — diz Iza, em voz baixa. Era o mantra do pai.

— Se isso é verdade, então por que você me culpa por atacar? Por ser tão impiedoso quanto ele?

Iza abre a boca e então a fecha.

— Havia pessoas inocentes — fala ela, finalmente. — Você vai acabar matando a ilha toda.

— Não, não vou — diz o pirata. — Meus homens não vão deixar a infecção se alastrar além da *landhuizen*. Em alguns dias eles vão matar os *lihémorto* e Curaçao vai voltar ao normal.

— Meu pai nunca vai permitir isso.

— Seu pai estará morto! — grita o pirata, seu hálito quente contra o rosto de Iza, como um tapa.

Ela perde o equilíbrio com o peso das palavras. Ele parece se arrepender delas assim que saem de sua boca e estica o braço para segurar-lhe a mão, passando os dedos em volta dela.

— Não sou como seu pai — diz ele, aproximando-se dela. — Você tem que entender — continua ele. — Não gosto disso. Não quero isso. Quero que o mundo volte a ser como era antes. Quero que o mundo seja justo. Tudo o que estou tentando fazer é torná-lo justo novamente.

Iza pensa em sua mãe jogando as pétalas de buganvília nas ondas. Tudo o que ela queria era que a vida voltasse à forma como era antes do Retorno e Iza percebe que isso é o que ela está esperando também.

E isso nunca vai acontecer.

— Os homens de meu pai são leais a ele. Os *homber mata* não vão se submeter a você. Eles vão vingar a morte dele — rosna Iza ao soltar a mão do homem e se encostar à parede da caverna.

— Os *homber mata* seguirão a herdeira de seu pai — diz o pirata, dando um passo para a frente. — Eles vão segui-la. E você vai me seguir. Em troca, vou mantê-la em segurança.

O pirata dá outro passo para a frente. Ele passa os dedos pela bochecha dela. Iza sente o peito dele contra o seu.

— *Mi bunita* — sussurra ele.

Os dedos do pé de Iza se contraem contra as pontas afiadas das pedras. A água na caverna pulsa como um batimento cardíaco monótono — para dentro e para fora, para dentro e para fora. Ela pensa em todas as velhas histórias de amor que leu. Todas as vezes em que o pirata salvava a donzela em perigo e ela aprendia a amá-lo por isso.

— Você não sabe o quanto esperei para fazer você minha — diz ele, enrolando os dedos pelo cabelo dela e puxando sua cabeça para trás. Pontadas de dor se espalham por seu couro cabeludo. A garganta parece estranha e desprotegida.

Iza faz o máximo que pode para se afastar daquele beijo.

— Quanto tempo? — pergunta ela. — Como você me conhece?

O pirata sorri. Ele se aproxima dela, o calor de sua boca quase se esfregando na testa de Iza, em sua têmpora, sua orelha.

— Você não se lembra de mim, não é?

20. ANTES

— Olhe — disse o pai.

Ele segurou a mão de Iza dentro da sua e suavemente empurrou as pontas dos dedos dela para dentro da água salgada. Eles estavam em um aquário, parados com os outros turistas em volta de um tanque baixo e raso cheio de estrelas-do-mar, anêmonas e ouriços.

Ele havia tirado o dia de folga só para ficar com ela, para mostrar todos os tipos diferentes de peixes espalhados pelas grandes exibições. Juntos eles tinham se sentado em um enorme anfiteatro e observado um tubarão-baleia deslizar em volta de arraias-águia.

Iza passou horas com os olhos arregalados, envolvida pelo calor do fumo de cachimbo do pai e escutando ele explicar como diferenciar um tubarão-enfermeiro de um tubarão-martelo e uma garoupa de um linguado.

Mas agora que ela estava suficientemente perto para tocar as criaturas, ela queria tirar a mão. Estava com medo dos espinhos e dos ferrões dos ouriços que pareciam tão afiados quanto agulhas.

— Está tudo bem — disse o pai, o barulho de uma risada em sua voz que ela podia sentir no próprio peito. — Confie em mim.

Iza sentiu o gosto do sal no fundo de sua garganta, mas se era das lágrimas ou dos tanques abertos, ela não sabia dizer. Ela fungou e juntou seus lábios, prendendo a respiração enquanto deixava o pai passar a mão sobre as diferentes criaturas.

Ela tomou um susto quando sentiu o ouriço, na expectativa de uma pontada aguda de dor e não o suave arrepio que ele causou. Iza virou a cabeça na direção do pai. Ele estava sorrindo para ela e ela sabia que ele estava orgulhoso de sua valentia e força.

Ela entendeu naquele momento que aos olhos dele queria ser aquela garotinha para sempre. Ela faria qualquer coisa para sentir aquela sensação novamente e tinha passado anos tentando isso desde então.

21. AGORA

— O jogo — sussurra Iza. — Risco. Era seu.

O sorriso do pirata se torna ainda mais largo.

— Estratégia — diz ele. — Foi assim que aprendi. Seu pai deveria ter prestado atenção.

Iza deveria ter se lembrado daqueles olhos, mas o pirata era muito franzino na época. Tão jovem e cheio da raiva que ele esconde tão bem agora.

Fica bastante claro para Iza como tudo é culpa sua. Seus joelhos ficam fracos, então o pirata tem que soltar o cabelo para levantar o corpo dela. Ela leva os dedos até os lábios, sentindo a sombra do gosto salgado que havia sentido quando a velha mulher caiu do píer por sua culpa.

Seu pai sempre dizia que Iza precisava ser impiedosa, mas ela não acreditou nele. Ela achava que o mundo poderia ser algo mais. E tinha sido ela quem tinha dado ao pirata acesso à *landhuizen*. Ela tinha um facão em seu pescoço e o deixou viver. Tudo porque Iza queria acreditar que o pai estava errado.

O pirata envolve sua mão no pulso de Iza e ela olha para baixo, onde os dedos escuros se esticam sobre seu pulso. Em sua cabeça, tudo o que ela consegue ver é Beihito. A forma como ele olhou para ela quando os dois caíram, como se ela não fosse nada para ele. Como se ele nunca a tivesse amado como *djé yiu muhé* — sua filha.

Ela olha para o pirata. Ele matou o único homem capaz de encontrar algo dentro de Iza que valia a pena amar.

Iza levanta uma das mãos e a coloca atrás da cabeça do pirata. A pele dele parece o sol de verão, úmida com o suor e áspera como o corpo de um *tribon*.

— E os homens de meu pai vão segui-lo por minha causa? — pergunta ela. Sua boca paira praticamente contra a dele. — E você vai me proteger?

Ele murmura um sim enquanto ela pressiona seus lábios contra os dele. Apenas por uma vez Iza quer saber qual é o gosto disso, essa ideia de que o mundo pode ser bonito e diferente.

Ela pensa no velho tabuleiro de Risco, em como o venezuelano marcou um *X* onde Curaçao estaria. Ela se lembra de como ela colocava o dedão sobre ele, apagando seu mundo. Ela fica imaginando como é fácil apagar tudo que você já conheceu. Tudo que você já pensou que era, queria ou deveria ser.

Enquanto o pirata se deixa encostar em Iza, enquanto ele deixa o beijo tomar conta, ela pega o facão de Beihito e o pressiona contra o pescoço dele. Iza enfia a lâmina fundo como deveria ter feito antes.

— Então eles vão me seguir — diz ela, enquanto o pirata levanta a mão até a garganta, caindo de costas na água encharcada pelo luar. — E eu me protejo sozinha.

Iza observa o corpo dele afundar nas ondas, seu sangue como pétalas de buganvília florescendo na superfície. Ela podia fazer o que era necessário para sobreviver. Ela podia fazer o que fosse necessário para governar a ilha do pai.

Iza podia ser impiedosa. Exatamente como seu pai.

"Mil flores"

Holly: Unicórnios são a contradição em pessoa. Eles são representados como delicados e violentos, espirituais e animais, causas de cura e de morte. Além das propriedades curativas, diz a lenda que o chifre posicionado na testa do unicórnio é uma arma mortal e que o próprio animal é retratado como tão selvagem que preferiria morrer a ser capturado vivo. Apesar de muitas vezes ser descrito como delicado, um unicórnio ataca seu inimigo natural, o leão, sem ser provocado. E o próprio unicórnio é encontrado em manuscritos medievais associado tanto ao celibato quanto ao desejo.

"Mil flores", de Margo Lanagan, é uma história magistral explorando a natureza contraditória do unicórnio.

Justine: Apesar de me causar tristeza dizer isso sobre o trabalho de uma conterrânea australiana, esta é, de longe, a história mais repugnante da antologia. Você falou em comer cérebros? Muito menos repugnante do que a história de Margo Lanagan. Aqui está o motivo por que você deveria pular este conto: b***ialidade como uma defesa para os unicórnios? Acho que vou passar mal.

Holly: Qual é, Justine, não me diga que uma história de unicórnios embrulhou seu estômago. Não deveríamos olhar nos olhos da escuridão? Enfrentar nossos medos?

Mil flores
por Margo Lanagan

Saí de perto da fogueira acesa entre as árvores. Estava procurando por um lugar para me aliviar de toda a cerveja que tinha bebido e tinha dito a mim mesmo — sabe-se lá por que —, em minha embriaguez, que eu devia mijar onde não houvesse flores.

E isso, no meio da floresta no fim da primavera, estava se provando impossível, pois o que não florescia ou se curvava sob o peso de botões estava coberto em um padrão ou de forma pontual por seus pequenos rostos frescos, as flores agrupadas ou docemente solitárias, de forma que um homem não podia encontrar nenhum lugar em que uma delas — uma margarida com as pétalas fechadas contra a escuridão, uma borrifada de mosquitinhos testando o ar da noite — não insistisse, ou respeitosamente solicitasse, ou apenas se inclinasse no crepúsculo e desejasse que ele não a manchasse ou danificasse com seus resíduos.

— Danem-se todas vocês — resmunguei, e continuei tropeçando e adentrando a floresta.

A fogueira e a farra estavam agora a uma boa distância atrás de mim, entre troncos de árvores, não mais que uma ou duas barras de luz dourada, cruzada por dançarinas cabriolantes, esticada ou encurtada pelo balançar dos contadores de histórias. O som das risadas e a música estavam se tornando parte do barulho da floresta à noite, um tipo de vento, vários tipos de cantos de pássaros. Minha bexiga estava me causando *dor* de tão cheia. Veja bem, eu podia esmagar uma flor depois da outra com os pés enquanto me embrenhava na floresta — eu podia *matar* planta atrás de planta daquela maneira! Por que eu não podia parar e mijar em uma, sabendo que meu líquido certamente escorreria sobre ela e que inclusive seria lavado novamente, quase diretamente, por uma chuva, ou mesmo por gotas de orvalho que pingariam do arbusto ou da árvore acima dela?

Aquilo se tornou um pesadelo de flores e eu estava sozinho nele, minha sujeira se represando dentro de mim e um mundo puro do lado de fora oferecendo apenas rostos inocentes — pálidos, frescos, insuspeitos de embriaguez ou resíduos corporais — sobre os quais um homem podia mijar. E, se tivesse modos, ele seria incapaz de fazer tal coisa.

Mas essas flores não nascem da terra?, pensei, desesperado. *Elas não estão enraizadas em todo tipo de podridão e excrementos de minhocas, de pássaros, de cervos, porcos-espinho e sabe-se lá mais o quê?* Desabotoei a calça com dificuldade, minha mente se prendendo a esse pedaço de razão, mas o medo também se abateu sobre mim, e flores tomaram minha visão e soltaram um perfume doce que entrava pelo meu nariz. Eu seria capaz de chorar.

É só a bebida, falei para mim mesmo, *que faz com que eu me importe dessa forma, faz com que eu me preocupe.*

— Beba outro gole, Manny! — gritou Roste em minha memória, batendo em minhas costas, empurrando a caneca para mim com tamanho vigor que dois pingos de cerveja voaram, batendo em minha bochecha e meu lábio em pequenos golpes.

Arfei e cambaleei entre as árvores que ficavam mais próximas. Elas queriam lutar comigo, me derrubar no chão, eu estava certo daquilo.

Obriguei meu corpo a parar; me obriguei a rir de mim mesmo.

— Quem você pensa que é, Manny Foyer — falei —, para enfrentar a floresta inteira? Pronto, aquele carvalho. A base dele está limpa o suficiente. Pare com essa tolice agora. Você quer se mijar? Você quer voltar à fogueira com a calça mijada? E passar a caçada de amanhã sentindo o próprio cheiro?

Escorei meu corpo contra o tronco do carvalho com uma das mãos, me aliviando com todo o cuidado contra a madeira. E que belo banho encerado eu lhe dei — ah, existe alguma sensação melhor? Fiquei ali parado por muito tempo e o mijo não parava de se derramar. Onde será que eu estava guardando tudo aquilo? Será que aquilo tinha pressionado os meus órgãos para as laterais do corpo enquanto estava do lado de dentro? Eu não passava então de uma garrafa de mijo — não é de se estranhar que eu não conseguisse pensar direito! Sem tudo isso dentro de mim eu ficaria tão leve, tão encolhido, tão confortável, que talvez fosse necessária apenas uma lufada da brisa noturna para me soprar de volta para meus companheiros.

Enquanto balançava as últimas gotículas, vi que a lua estava se elevando atrás do carvalho, baixa e fora de posição. Será que eu tinha andado até mais longe do que imaginava, até Artor's Outlook? Olhei por cima do meu ombro. Não, a fogueira ainda estava lá atrás, como se uma porta de casa tivesse apenas uma fresta aberta, mostrando o calor dentro dela.

A lua não era a lua, percebi. Ela soltou um relincho fraco; e se moveu. Passei em torno da árvore muito silenciosamente e lá, na clareira adiante, a criatura brilhava sob a luz das estrelas.

Imagine um garanhão de um branco suave, com a estrutura óssea mais perfeita que você já viu, tão equilibrado, tão suave, com o pescoço tão comprido, que você poderia imaginar como ele ia galopar, com a curvatura branda e ondulando como a água, com a crina e o rabo espumando sobre ele. Ele era musculoso, mas parecia veloz, ele era *grande* em volta do coração e as patas eram finas e robustas, firmes e belas. Ele tinha uma cabeça enorme, um rei entre os cavalos, como aqueles pintados em bandeiras e em escudos na sala de banquete de um barão. O veludo pálido mais lindo cobria aquilo, com as veias traçando os caminhos abaixo, levando seu bom sangue por seu corpo, esquentando e avivando cada um de seus elegantes pedaços.

Agora imagine que àquela bela testa estava afixada uma espada de guerra — como um narval, digamos, espiralado da mesma forma. Então tire as alças e fivelas para que a presa cresça diretamente da testa do cavalo — *cresça*, sim, do crânio, brote da testa aveludada como de forma natural, como a galhada de um veado, como o chifre de um rinoceronte.

Então...

Então acrescente magia. Não sei como você vai fazer isso se não tiver visto o que vi; eu mesmo só o vi uma vez e realmente sou incapaz de descrevê-lo, o atributo que lhe diz que algo é enfeitiçado, ou simplesmente mágico. É um tipo de luminosidade fria, porém forte, que abrange tudo, mas é tão delicada que penetra em seus ossos; levemente ela arrepia os cabelos de suas pernas, seus braços, seu peito, em ondas como campos de grama alta debaixo de um vento suave. E ela afina e aprofunda os sons do mundo, pios de coruja e os movimentos de um coelho, e mais longe espalha os murmúrios e chiados, o emaranhar e o desemaranhar do funcionamento do universo, esse ninho gigante de cobras intermináveis.

Quando algo assim aparece na sua frente, deixe-me dizer, você tem que olhar; e não consegue olhar para mais nada; seus olhos são atraídos por ele como um falcão por uma isca. Junto com essa compulsão há um terror, nadando com a mágica para cima e para baixo em seus ossos, um terror de ser visto, de que a criatura se vire e o transforme em seu escravo para sempre, ou o congele com o olhar; o que ele desejar, ele deve ser capaz de fazer. Ele tem poder e você, por sua vez, não tem nada e não é nada.

Ele não olhou para mim. Virou a bela cabeça branca apenas um pouco na minha direção, então jogou sua crina, como se dissesse: *Como sou tolo, por simplesmente notar um ser tão insignificante!* E então foi embora, entrando pelas árvores do outro lado da clareira.

O ritmo daqueles passos se chocava em meus músculos e o segui; aquela visão me atraiu como flâmulas e bandeiras em um campo de torneio e não pude fazer nada além de segui-lo. Sua cauda, algumas vezes, se trançava com flores, então se transformava em filamentos prateados, até que tudo isso sumia e ele corria como ervas daninhas em um córrego. As ancas eram peroladas, enluaradas e musculosas. Quis chegar ao lado de sua cabeça e lhe perguntar, lhe perguntar... Que coisa impossível eu poderia perguntar? E se ele se virasse e respondesse — quão horrível seria aquilo? Então, completamente confuso, segui tropeçando, entre as flores da floresta, cruzando o carpete, entre as cortinas e sob seus laços e grinaldas.

Chegamos à beira de um riacho; a criatura me guiou para dentro da água, sacudindo as estrelas na superfície. E enquanto eu observava uma trilha delas girar em uma onda causada pela sua passagem, ele desapareceu. Se foi andando, ou saltando e se transformando ele mesmo em uma estrela, ou derretendo no ar, eu não saberia dizer, mas eu estava parado sozinho, sob apenas a luz das estrelas, meus pés dormentes e meus tornozelos doendo por causa do frio do gelo derretido que corria no riacho.

Saí da água para a margem lamacenta; ela estava coberta por muitas marcas de cascos, todas sem ferraduras até onde consegui perceber. Não havia mágica em lugar algum, apenas o cheiro de lama e de pedra molhada e, atrás daquilo, como uma tapeçaria atrás de uma mesa, o cheiro da floresta e das flores.

Algo estava caído mais acima na margem do riacho, o que o cavalo tinha me trazido para ver. Era o corpo de uma pessoa; achei que ela deveria estar morta de tão imóvel que se encontrava.

Enquanto meus pés se aproximavam, agora voltando do estado de dormência, sobre a lama que parecia quente, onde a grama pisada estava danificada e emaranhada, outro aroma me preveniu. Não era o cheiro da morte, no entanto. Era um aroma selvagem, excitante, algo como o mar e algo como... não sei, o primeiro suspiro da primavera, talvez, de verdes nascendo em algum lugar, acenando para você através da neve.

Era uma mulher — não mais do que uma menina — e estava indecente. Renda, ela vestia, apenas uma combinação com as bordas rendadas e o tecido estava tão rasgado perto de sua garganta que ele se arrastava, enlameado, para o lado e me mostrava seu seio, que brilhava tão branco quanto o flanco daquele cavalo, com o botão sobre ele como uma sutil mancha redonda, um olho redondo ofuscado.

Por onde começo com o resto dela? Fiquei parado ali estupidamente, olhando fixo. Suas anáguas jogadas tinham o melhor tecido, o melhor bordado e a melhor renda que eu já vira de perto. Seus pés enlameados tinham um formato perfeito e eram os mais macios, mais brancos e mais delicados em que já tinha colocado os olhos em minha vida. A saia da combinação estava arreganhada, mostrando suas pernas, mas não seus pelos e suas partes íntimas, apenas até a altura da coxa, e havia sangue ali em cima, na parte mais alta que era possível ver, uma parte dele seca e a outra brilhando mais fresca.

Seu cabelo, meu Deus! Uma espessa cabeleira, uma linda pilha como um pano rasgado nas pontas, seus fios e fiapos escorrendo na lama. Ele era escuro, mas não era preto; imaginei que com a luz adequada ele mostraria tons avermelhados. Seu rosto, branco como leite, as feições delicadas como as de uma fada, estava coberto pelo cabelo, os lábios abertos encostados à articulação e à unha de um polegar; em sua outra mão, como se ela estivesse no meio do movimento de arremessá-la para longe, uma pequena coroa brilhava dourada e nela estavam emaranhados alguns fios de cabelo, que tinham sido arrancados quando ela tirou a coroa da cabeça.

Agachei a uma boa distância da princesa, assobiando para mim mesmo, pasmo e aterrorizado. Não conseguia ver se ela estava respirando; não conseguia sentir qualquer calor saindo dela.

Levantei e andei nas pontas dos pés ao seu redor e agachei novamente, perto da coroa. Que criação! Eu nunca tinha visto um trabalho de ourivesaria tão magnífico ou pedras tão maravilhosas. Não teria tocado naquilo por nada nesse mundo. Ela emanava uma atmosfera de poder.

Fiquei inquieto para deixar a menina decente. Tenho irmãs; tenho mãe. Elas não iam querer que sujeitos como os que estavam na fogueira as vissem em tal estado. Estiquei o braço sobre o corpo, levantei a renda e o leve peso do seio caiu obedientemente para dentro da roupa e se escondeu. Então, como já estava agachado, girei meu corpo com todo o cuidado e tentei ajeitar a renda e o linho embaixo, não querendo expor mais a pobre menina por causa de algum movimento enganado na bainha ou no rasgo errado. Decidi qual pedaço da anágua restauraria sua honra. Estiquei o braço para pegá-lo com as pontas dos dedos.

Um passo tímido soou na grama lamacenta atrás de mim. Não tive tempo de me virar. Quatro mãos, fortes, as mais fortes que eu já tinha sentido, me seguraram pelo alto dos meus braços e me levantaram como se levanta um gatinho, deixando as patas rígidas no ar, procurando algo para se agarrar.

— Nós o pegamos.

Eles eram soldados com elmos, e sinistras barbas aparadas. Eles me jogaram ao chão com força para longe da princesa e a cerca que formaram ao meu redor brilhava com lâminas. Horror e ódio destinados a mim curvavam suas costas e deformavam todos os rostos.

— Você vai morrer, e lentamente — disse um deles, com o desgosto mais profundo —, pelo que você fez à nossa dama.

Eles me levaram ao castelo da rainha e me colocaram em uma masmorra. Durante vários dias me mantiveram à base de sopa rala e pão duro, e eu estava quase me desesperando, porque não me diziam qual seria meu destino nem permitiam que e eu mandasse notícias à minha família e eu podia imaginar muito claramente que passaria o resto dos dias andando de um lado para o outro naquela cela horrível, meu breve tempo no mundo colorido do lado de fora se repetindo à exaustão em minha cabeça.

Guardas vieram me buscar, entretanto, no terceiro dia.

— Aonde vocês estão me levando? — perguntei.

— À forca — disse um deles.

Meus joelhos se transformaram em talos de lírios. O outro guarda me puxou para cima e praguejou:

— Não cause problemas, Kettle — disse ele a seu companheiro.

— Não queremos levá-lo diante deles todo borrado.

O outro deu uma risada aguda e esbofeteou meu rosto de uma forma que ele sem dúvida considerou amistoso:

— Oh, não, meu amigo, é apenas uma pequena conferência com Vossa Majestade. Uma pequena confabulação a respeito de suas desventuras.

O que não era exatamente menos apavorante do que a forca.

Então saímos das masmorras de pedra do castelo, subindo. O chão se tornou plano, as paredes se secaram e passamos por coisas aterrorizantes ocasionalmente: uma armadura dos Tempos Antigos; um retrato de um personagem real vestindo roupas de seda tão brilhantes quanto a água iluminada pelo sol, com colarinho de renda como asas de insetos; um servente com uma bandeja com cálices e um decantador tão cheios de joias que mal dava para notar o que eram.

— É aqui — disse o guarda jocoso quando chegamos à porta da sala em que as pessoas estavam esperando, cavalheiros com malhas, golas bufantes e casacas, com cabelos penteados e brilhantes e dois homens desprezíveis quase caindo daquele banco, de tão covardes e humilhados que eram.

Os guardas na porta nos deixaram entrar diretamente em um aposento tão esplêndido que passei muito perto de borrar as calças. Ele era todo decorado com as tapeçarias mais ricas e iluminado por velas e, Deus me ajude, havia um trono e a rainha estava sentada nele, e no topo de todas suas vestimentas, toda sua postura, acima de seus olhos brilhantes e severos e de sua testa alta recheada com um cérebro, uma coroa amedrontadora se aninhava tão perto de seu cabelo avermelhado grisalho que poderia ter simplesmente crescido ali naturalmente. Sob seu olhar, meus próprios ossos congelaram dentro de mim.

— Diga seu nome e sua origem — disse o guarda, me cutucando.

— Meu nome é Manny Foyer, de Piggott's Leap, Vossa Majestade.

— Agora curve-se — murmurou o guarda.

Curvei meu corpo. Oh, minhas botas imundas estavam pisando naquele tapete brilhante! Mas eu preferia olhar para elas do que para o rosto da rainha.

— Filha?

A rainha não desviou a atenção de meu rosto.

Minha boca se abriu. Será que ela estava perguntando se eu *tinha* uma filha? Por que ela se importaria? Será que ela tinha me confundido com outro criminoso?

Mas uma voz veio das sombras, ao lado e atrás do trono.

— Nunca o vi em minha vida. Não sei por que ele foi trazido aqui.

A rainha falou de forma muito lenta e amarga:

— Olhe com *cuidado*, filha.

A princesa saiu das sombras, alta e esplendidamente vestida, seu cabelo magnífico preso em tranças, laços e coques tão elaborados que quase chamavam mais atenção que a pequena coroa. Cada movimento dela e o rosto pálido e finamente modelado mostravam desdém — por mim, por sua mãe, pelos dignitários e notáveis agrupados em suas roupas brilhantes ou sóbrias, com medalhas e insígnias ou com casacas mais simples de sua própria autoridade.

Ela deu a volta ao meu redor. Os tecidos pesados de seu vestido farfalhavam, balançavam e chiavam sobre o carpete. Então ela olhou para a mãe e encolheu os ombros.

— Ele é um completo estranho para mim, madame.

— É possível que ele a tenha deixado desacordada com um golpe na cabeça, para que você não pudesse ver seu rosto?

A princesa olhou para mim por cima do ombro. Ela era a mais alta de nós, mas eu era mais parrudo que ela, apesar de estar quase transparente de fome naquele exato momento.

— Onde está meu xerife? Onde está o xerife Barry? — perguntou a rainha impacientemente, até ele aparecer, saindo de trás de mim. — Conte-me as circunstâncias da prisão deste homem.

E foi o que ele fez. Tive minha chance de protestar, quando ele me caluniou, que eu não tinha tocado na dama, que tinha apenas ajustado suas roupas para que meus companheiros não a vissem tão exposta. Achei que pareci extremamente ofegante e fraco, mas quando o xerife continuou sua história percebi um olhar da princesa que demonstrava muita consideração para comigo e também alguma surpresa, pensei.

Houve um silêncio quando ele terminou. A rainha equilibrava minha vida em suas mãos. Eu estava quase desmaiando; meus ouvidos estavam preenchidos por algo espesso e pontos de luz dançavam nas bordas da minha visão.

— Isso não altera sua história, filha? — perguntou a rainha.

— Eu mantenho — disse a menina magnífica — que sou pura. Que nenhum homem jamais me tocou e certamente nunca esse homem.

As duas se olharam, o olhar mais frio e firme que já tinha sido trocado por duas pessoas.

— Libertem-no — disse a rainha, com um pequeno movimento do dedo.

O xerife Barry estalou sua língua e houve uma movimentação geral e um som de armas e armaduras se movendo. Eles me tiraram daquele aposento. Ouso dizer que andei, mas foi mais como se eles tivessem me carregado, como uma nuvem de fumaça que você abana para que ela suba pela chaminé.

Eles me levaram até a entrada do castelo e me deram metade de um pão duro para que eu tivesse o que comer até chegar em casa. Estava chovendo, fazia frio e eu não sabia o caminho, então acabei demorando um bocado, mas acabei descobrindo o caminho de casa para Piggott's e cheguei à vila no fim do dia seguinte.

Minha mãe me recebeu com alívio. Meu pai queria que eu desse minha palavra de que não tinha feito nada errado antes de me deixar entrar em casa. Meus companheiros, tanto trabalhadores rurais quanto caçadores, me saudaram com brincadeiras de gosto tão duvidoso que eu quase não sabia para onde olhar.

— Nunca toquei nela! — protestei, mas por mais intensos que fossem meus protestos, eles faziam brindes em minha homenagem, davam tapinhas em minhas costas e piscavam para mim fazendo referências nocivas.

— Branco como pele de princesa, não é, Manny? — diziam eles. Ou:

— Ah, ele não está a fim de ir atrás das moças conosco, esse aí tem uma majestade enamorada!

— Não dê ouvidos — aconselhou minha mãe. — Quanto mais você se preocupar, por mais tempo eles vão perturbá-lo.

Então tentei apenas suportar aquilo, embora eu não sorrisse ou me juntasse à zombaria deles. Eles não a tinham visto, aquela linda garota naquela situação constrangedora; eles não tinham sido levados a ela pela mata florescente por um cavalo mágico com um chifre na cabeça; eles não tinham perdido o ânimo por causa de seu desdém, ou voltado a ter esperanças quando ela olhou para eles com mais bondade. Eles não estiveram naquela masmorra enfrentando a morte, nem em uma parte mais elevada do palácio, observando o dedo da rainha os devolver à vida. Eles não sabiam o que falavam de forma tão leviana.

Achei que aquilo tudo tinha acabado. Começara a relaxar e achar que a vida ia voltar a ser mais confortável na noite em que Johnny Blackbird botou na cabeça que ia me provocar. Ele era um homem do tipo mais vulgar; eu sabia, mesmo enquanto batia nele, que minha mãe ficaria enojada — meu pai também — por eu ter deixado um verme como aquele me irritar com suas palavras chulas. Mas ele tinha passado dos limites, me perseguindo e insistindo, cheio de perguntas rudes e falsas deduções e eu tinha me cansado de ser tão nobre a respeito de toda essa questão, quando eu nunca tinha pedido para ser levado até a presença de uma princesa. Nunca tinha desejado ser carregado pelos guardas da rainha e ser levado à presença real. Acima de tudo, não tinha desejado, nem por um momento, tocar nem mesmo nas roupas, como toquei, daquela jovem dama, muito menos em sua pele. Nunca nenhum pensamento sujo sobre ela passou pela minha cabeça, pois, apesar de ser uma beleza, ela era muito imponente para que um homem como eu fizesse mais do que se curvar diante dela e se afastar sem ser notado.

De qualquer forma, assim que acertei meu primeiro soco na lateral da cabeça de Blackbird, o alívio foi tão grande que comecei a descarregar nele todos os golpes e xingamentos que tinha guardado até aquele momento. Os golpes eram duros e bem calculados e os xingamentos que saíam como vômito de minhas entranhas eram tão sinceros que eu quase não reconhecia minha própria voz. Ele pediu trégua quase imediatamente, aquele pequeno pedaço de bosta, mas continuei atacando até que os gêmeos Pershron me afastaram, quando o rosto dele já estava bem colorido e desfigurado pela punição que eu tinha lhe infligido.

Depois daquela noite as pessoas me deixaram em paz, até mais do que eu gostaria. Elas me respeitavam, embora houvesse o cheiro de medo, ou talvez vergonha — um sentimento ruim, de qualquer forma —, nesse respeito. E eu não podia mudar aquela situação com uma atitude alegre, porque nunca tinha sido o tipo de pessoa alegre. Então passei a ficar muito solitário, trabalhando bem quando era requisitado, mas não me juntando muito frequentemente aos rapazes na primavera para nadar, ou no bar para beber uma ou duas canecas.

Estávamos juntando o feno quando os soldados voltaram. Em um momento eu estava tranquilo sob o sol, observando como cada forcado cheio batia e caía; no seguinte fiquei ciente de uma multidão se formando na estrada, como formigas em uma geleia, e alguém correndo pelo campo. Era Cal Devonish, a camisa enrolada de um jeito louco em volta do seu corpo. Assim que estava perto o suficiente de mim, ele gritou:

— Eles estão vindo atrás de você, Manny!

E eu vi minha morte em seu rosto e corri também.

A perseguição foi confusa e curta. Cheguei à floresta, mas não estava correndo por lá há muito tempo quando meu pé escorregou em uma raiz, então entre duas raízes, e por fim o resto do meu corpo voou sobre elas e o osso se partiu acima do tornozelo. Sentei e me ajeitei. Estava parado ali segurando o próprio pé com as duas mãos, como um bebê ferido, sabendo que nunca voltaria a correr, quando os soldados — como eles cruzaram aquele campo de feno tão rápido? — chegaram correndo entre as árvores.

— O que eu fiz? — gritei de forma patética. Eles me levantaram. A dor na perna se espalhou por mim e foi até o topo da minha cabeça saindo em forma de gritos. — O que falei não é menos verdade agora do que era na última primavera!

— Por que você fugiu, então — perguntou um deles —, se é tão inocente?

E ele chutou minha perna quebrada, então me esbofeteou até eu acordar depois de desmaiar por causa da dor.

Lá vinha o xerife Barry, seu rosto uma bagunça enrugada de desgosto e deleite.

— Seu *imundo*. — Ele cuspiu em meu rosto e me jogou ao chão. — Seu animal. — Ele chutou a lateral do meu torso e tenho certeza de que quebrou algo ali. — Plantando seus ovos em nossa princesa, deteriorando e sujando a criatura mais pura que já existiu.

— Mas eu nunca...!

Mas ele me deu um chute na boca então e, graças a Deus, a dor daquele golpe foi direto para minha cabeça e apagou aquele rosto horrível da minha visão, junto com as árvores e o céu branco logo atrás.

✧

Diretamente até o pé da torre ele cavalgou, o guarda. Ele apeou retinindo e desamarrou uma sacola de pano de sua sela. Ela estava manchada no fundo, escura e cheia.

— Você tem alguém naquela torre, eu acho, moça — diz ele para mim. — Uma dama?

— Nós temos.

Não conseguia afastar meu olhar da sacola.

— Fui encarregado de lhe mostrar algo e levar sua resposta para Vossa Majestade.

— Muito bem — falei.

Ele me seguiu; transmiti seu propósito para Joan Vinegar.

— Oh, sim? E o que é a coisa que você vai mostrar?

E ela ficou olhando fixamente para a sacola exatamente como eu tinha olhado, sabendo que era algo terrível.

— Devo mostrar à dama. Não tenho instruções para deixar ninguém mais ver.

— Vou levá-lo lá em cima.

Joan estava esperando poder olhar mesmo assim. E eu também. Ele estava louco se achava que nós consentiríamos em não ver. Nunca acontecia algo aqui; estávamos famintas por eventos, mesmo que fossem repulsivos.

Eles subiram e voltei para o lado de fora, olhei para minhas tarefas de jardinagem e pensei em me ocupar, então segui minhas divagações até o lado oposto da torre, debaixo da abertura para flechas que ficava no quarto da dama.

Era um dia sem vento, de forma que ouvi claramente o primeiro grito. Se você se importasse minimamente com ela, aquilo teria partido seu coração e agora eu tinha descoberto que, apesar da falta de vontade de viver da garota e da óbvia estupidez por ter engravidado quando um lorde precisava de sua pureza para barganhar, eu me importava. Ela já estava suficientemente infeliz. O que ele tinha trazido para deixá-la ainda mais infeliz?

Bem, eu sabia, eu sabia. Mas existem coisas que você sabe, mas não admite até ter visto com seus próprios olhos. A sacola balançava, manchada de preto, diante dos olhos da minha mente, um certo formato, um certo peso e a dama gritou lá em cima, não em palavras, mas em barulhos selvagens e desconectados, e houve batidas também, de móveis, de cerâmica quebrando. Puxei o ar profundamente; não tínhamos canecas sobrando aqui e a dama sabia disso.

Corri de volta para a sala inferior. Seus berros desciam pelas escadas e então a porta bateu contra eles e as botas do homem desceram correndo, e lá estava ele na porta, um olhar vazio e determinado em seu rosto, a sacola ainda em sua mão, porém mais solta, apenas fechada, sem estar amarrada.

Ele a jogou sobre Joan quando ela chegou pálida atrás dele.

— Enterre isso — disse ele.

Ela segurou aquilo longe de sua saia.

— Vou partir — disse ele.

— O senhor não vai dormir, ou comer algo? — perguntei.

— Não com aquilo sobre mim. — Ele olhou para o teto. Podíamos ouvir a dama, mas não pela escada; o barulho saía pela abertura para flechas em seu quarto, batia nas rochas do lado de fora e entrava pela porta da torre. — Prefiro comer no campo de batalha, com a cavalaria vindo dos dois lados.

E ele partiu. Joan e eu não podíamos nos mover, fascinadas pela sacola repelente.

— Ela ficou louca — falei.

— Por agora, sim — disse Joan, como se pudesse manter as coisas normais com seu tom tranquilo.

Nós trocamos um longo olhar. Ela leu minha pergunta e meu medo; ela não era burra.

— Lá fora — disse ela. — Não queremos macular o lugar onde vivemos com isso. Traga a pá.

Saímos a tempo de uma última visão do cavaleiro galopando na direção das árvores. A luz cinza se acendeu e tremeu de forma irregular, como as batidas do meu coração. Joan carregava a sacola através da grama amarelada e a segui até a beira da floresta, onde enterramos o velho Cowlin. Joan se sentou na lápide de Cowlin. Ela se inclinou e colocou a sacola na grama.

— Cave — disse ela. — Bem aqui.

Ela não costumava me dar ordens, apenas quando estava muito cansada ou irritada, mas nem pensei em questioná-la. Cavei com muita eficiência, contra a resistência daquele maldito solo de montanha, bem diferente do que conseguimos adubar e afofar na horta. A última vez que eu tinha cavado aqui havia sido para o túmulo de Cowlin e a mesma sensação de morte estava se fechando à nossa volta, e também a mesma sensação de pequenez da nossa atividade entre os infindáveis pinheiros, entre as infindáveis montanhas.

Enquanto eu cavava, Joan ficou sentada se recuperando, os dedos sobre a boca como se ela não fosse deixar as palavras saírem até que as tivesse ordenado melhor em sua cabeça. Toda vez que eu olhava para ela, ela parecia ter uma idade diferente, reluzindo como um bebê de olhos arregalados uma vez, depois amarrotada como uma velha, e então uma matrona feroz com toda sua força. E ela não olhava em meus olhos.

— Pronto — falei, depois de um tempo. — Está feito.

Os lamentos da senhora na torre estavam enfraquecendo agora; você podia imaginá-los como os assobios do vento entre as pedras, se sua própria espinha não tivesse se afinado com eles como a vara marrom de radiestesia se entortando na direção de água subterrânea.

Joan se levantou rapidamente. Ela trouxe a sacola, e a jogou no buraco que eu tinha cavado. Depois olhou para mim.

— Você não vai ficar satisfeita até ver, não é mesmo?

— Não.

— Isso vai assombrar seus sonhos, menina.

— Não me importo — falei. — Vou *morrer* se você não me mostrar.

— Vou lhe mostrar, então.

E com seu olhar fixado brutalmente em meu rosto, ela levantou o canto da sacola de pano.

Olhei por um longo tempo; verdadeiramente olhei o suficiente. Joan tinha achado que eu ia me contorcer e chorar, talvez ficar enjoada, mas não fiz nada disso. Eu já tinha visto coisas mortas antes, e coisas destroçadas.

— Esse é o amante dela — falei. — O pai do bebê — acrescentei depois de olhar mais um pouco.

Joan não respondeu. Quem mais poderia ser?

Eu o toquei, seu cabelo, sua pele fria; fechei a pálpebra que o estava fazendo parecer tão assustador. Pressionei o dedo contra um dos hematomas em seu queixo. Eu não poderia machucá-lo; eu podia apertar com tanta força quanto quisesse. Mas fui delicada. Eu me sentia delicada; não há nada como o espetáculo de selvageria para realçar a delicadeza de uma garota.

— Estou surpresa por ela o ter reconhecido — falei.

— Oh, ela reconheceu — disse Joan. — Em um instante.

Olhei um pouco mais, virei a cabeça para os dois lados e me assegurei de que tinha visto tudo que tinha para ser visto.

— Bem, com certeza ele não parece muito amável agora.

— Bem, um dia ele foi. É só escutar o barulho que ela está fazendo.

Olhei para trás de mim, como se pudesse ver o fino novelo do barulho se desenrolando na janela. Mais um último olhar para a cabeça surrada, para a boca — aquilo tinha sido feito com uma bota, com certeza —, para juntar os dois em minha mente. Então o coloquei na sacola sobre o chão e botei o pano sobre seu rosto, adicionei um pouco do solo pobre em cima daquilo e continuei enterrando.

☆

Joan Vinegar me acordou no meio daquela noite:

— Venha, garota, está na hora do nosso trabalho de parteira.

— O quê? — Confusa, comecei a acordar de meu sonho. — Ainda faltam *meses* para a criança nascer.

— Oh, não, não falta mesmo — disse ela. — O que aconteceu hoje trouxe tudo à tona, ela ter visto seu homem. Ela está tendo contrações agora.

— O que devo fazer? — perguntei, assustada. — Você não teve tempo de me ensinar.

— Ajudar, isso é tudo. Apenas faça o que eu mando. Tenho que voltar para perto dela. Traga todos os panos que você encontrar, uma bacia e uma jarra d'água.

E ela saiu.

Levantei, me vesti e corri descalça pela grama e pelas pedras até a torre. O silêncio da noite, de menor intensidade na torre; os embrulhos de ervas abertos sobre a mesa; a bacia e a jarra ali, prontas para eu encher; o fogão um pouco aberto, com o fogo se levantando dentro dele — de repente eu estava acordada, com toda aquela esquisitice à minha volta, com aquela situação insólita, com a iminência da chegada de um bebê.

E subi com o que estava levando até o quarto prisão. Só se viam panos e velas lá em cima, a dama enrolada em si mesma sobre a cama amarfanhada. Ela parecia estar dormindo, ou morta, até onde eu podia ver com meus olhos temerosos. A lareira estava com muito fogo e estava mais quente aqui do que eu já tinha visto, mais quente do que deveria estar, pois a dama não deveria ter nenhum conforto, mas encarar cada aspecto de sua vida aqui como uma punição.

Joan pegou os panos de minha mão, a jarra e a bacia.

— Prepare um chá — disse ela —, só de camomila, por enquanto. Muitos botões e muitas folhas, por volta de um quinto do que está no embrulho, na panela média.

— Não — murmurou a dama, se enrijecendo com a dor e Joan quase me empurrou para fora do quarto.

Corri para longe. Eu só havia escutado gritos e histórias aterrorizantes sobre mulheres em trabalho de parto e os muitos bebês trazidos com saúde de seus partos não tinham feito nada para se contrapor ao meu terror.

Na sala inferior, comecei a trabalhar, com a voz propagada de Joan murmurando na porta da escada, sem palavras, como um vento fraco em uma chaminé. Ajeitei o fogo e coloquei a panela sobre o fogão, então me sentei com a porta do fogão aberta e meu rosto quase nas chamas, absorvendo a luz laranja e o calor ardente, tentando escutar algum som da dama no andar de cima, o que não aconteceu; ela podia gritar alto por causa de seu homem morto, mas se mantinha firme na hora do parto, era o que parecia. Eles são pessoas estranhas, os nobres; não fazem nada que dê para entender.

Levei o chá para cima e Joan disse qual era a próxima coisa que eu deveria preparar e então começou o momento estranho que não parecia pertencer nem à noite, nem ao dia, mas que parecia acontecer como um sonho extremamente lento e vívido. Cada vez que eu entrava pela porta, a dama parecia estar em um lugar diferente, mas sempre imóvel: sobre a cama, agachada ao lado dela, se encostando contra a chaminé sobre a lareira, o cabelo caído em volta dela como um manto, cheio de nós e emaranhados. Joan corria na minha direção, como se eu não devesse estar vendo tanto quanto estava. Ela pegava o que eu trazia e me instruía a respeito do que precisaria em seguida. O andar debaixo era um festival de cheiros e preparações — cevada com mel e sementes medicinais trituradas dentro daquilo, esse chá e aquele do depósito de ervas com cheiro diabólico de Joan, sopa requentada para todas nós, para nos sustentar durante nossas várias tarefas.

O medo vinha e voltava. Se eu tivesse algo para fazer, ficava melhor, pois era necessária toda minha mente para me assegurar, no meu cansaço, de que eu estava fazendo tudo certo. Quando eu estava sem fazer nada ao lado do fogão, enquanto Joan murmurava para as escadas, era pior, quando eu não podia ter noção de que coisas horríveis podiam estar acontecendo no andar de cima, quando apenas a ocasional arfada ou palavra da dama, arrancada de dentro dela pela força da dor do parto, atiçava meus pavores.

— Garota?

Joan vinha até a porta e falava pela escada, sem precisar levantar a voz. E então meu medo chegava ao auge, sem saber o que eu veria quando chegasse lá em cima, ou o que eu ouviria.

Então chegou uma nova fase e eu não podia mais evitar o quarto. Joan me fez levar a cadeira da cozinha, me sentar nela e me transformar numa espécie de cadeira, com os braços da dama em volta das minhas coxas, meu colo cheio de seu cabelo.

— Dê um gole a ela — dizia Joan. — Levante o cabelo da nuca e a abane ali; ela está quente como Hades.

Enquanto isso, ela continuava falando diretamente para o rosto da dama, agachada diante de nós e, apesar de estar cansada, velha e vestindo um avental, eu podia ver como ela deve ter sido um dia e como seu homem poderia desejá-la ainda hoje, o rosto bondoso e feroz, os olhos vivos e atentos, a capacidade de sempre saber o que fazer, depois de filhos, filhos e filhos dela mesma. Ela sabia como cuidar de todos nós, a mulher em trabalho de parto e a assistente apavorada, ela sabia como apagar aqueles dois enormes incêndios na floresta, pesar e medo, contê-los e impedi-los de dominar o mundo; ela estava em seu lugar, fazendo o que ela nasceu para fazer.

No meio de uma das dores, a dama se levantou, houve uma compressão e um esguicho e Joan trocou o pano encharcado por outro limpo, que eu não conseguia ver, debaixo da camisola da dama. Ela parecia exultante com o movimento do bebê.

— Sua bolsa estourou — disse ela. — Não falta muito agora, querida.

Eu estava quase desmaiando com o cheiro forte que emanava do pano encharcado ao nosso lado assim como da própria dama. Jasmim, pensei. Não, flor de sabugueiro. Não — mas por mais rápido que eu pudesse dar nome às flores, o aroma aumentava e juntava outros, doces e ácidos, tão diferentes e tão fortes que minha mente estava pintada com pontos cor-de-rosa espalhados, agora com rosas vermelhas bem escuras e uma ninfa branca.

— Oh — sussurrei, e deixei entrar outra lufada daquele ar —, quase posso sentir o *sabor* da doçura!

A cabeça da dama virou para o lado; liberada da dor, ela caiu em um sono momentâneo, o rosto quase extasiado com o alívio. Atrás dela, Joan levantava a camisola e olhava debaixo dela, balançando a cabeça.

— O que está vindo? — perguntou ela delicadamente. — O que está vindo para você, linda menina?

— Um pequeno cavalo — disse a dama sonolenta. — Um pequeno cavalo branco.

— Bem, isso será uma visão e tanto.

Joan riu delicadamente e arrumou os panos embaixo da dama.

O que veio, quatro dores e empurrões depois, obviamente não foi um cavalo, mas uma criança — porém uma criança tão estranha que um cavalo quase teria sido menos estranho. Porque a criança era branca — não branca em contraste com um mouro, mongol ou um príncipe africano, mas branca como um lírio, branca como a neve, como a lua, totalmente sem cor, exceto... Ele era um menino e o que o fazia menino tinha as extremidades verdes e enrugadas, como um botão de flor e o saco — um bom tamanho para um menino tão pequeno — também era verde, e mais escuro, como algum tipo de fruta ou vegetal.

Ele era pequeno, inacabado e não viveu por muito tempo. Joan o deixou nos braços da dama e me sentei atrás dela no chão, a escorei e, por cima de seu ombro, observei enquanto ele puxou algumas vezes doloridas o ar doce e aquecido, então não respirou mais e se deitou, sereno. Ele praticamente não era humano, praticamente não havia chegado; ele era uma ideia de uma pessoa que não tinha sido expressada corretamente, não tinha sido moldada corretamente do barro branco e escorregadio; e, mesmo assim, um significado pairava ao seu redor muito desproporcional ao seu tamanho. O cheiro dele era divino e sua aparência também, um pequeno deus, preciso em todas as suas feições, delicado, pálido, poderoso como nada que eu já tinha visto, como nada que vi desde então.

— O que é aquilo na testa dele? — perguntei. Talvez todos os recém-nascidos tivessem aquilo e fosse ignorância minha.

Joan encolheu os ombros e tocou o topo da cabeça dele.

— Algum tipo de carbúnculo, talvez.

A dama o segurou melhor sob a luz.

— Parece uma grande pérola — falei. — Presa na pele. Ela tem um brilho.

— Sim, uma pérola — disse a dama, de forma distante, como se não tivesse esperado nada menos que isso, e beijou o calombo.

Joan lhe deu um pano e ela o envolveu nele, suas mãos firmes, embora eu tivesse começado a chorar atrás dela e estivesse encostada em seu ombro.

Havia trabalho a ser feito — um corpo que acaba de nascer precisa se livrar de todos os tipos de muco, ser lavado, vestido com roupas limpas e deitado em uma cama limpa para descansar e é preciso se mover lentamente durante essas coisas. Nós procedemos calmamente, Joan dizendo o que eu deveria fazer, uma tarefa simples depois da outra e eu sempre estava ciente do pequeno mestre, em seu embrulho perto do fogo, como se para manter a pequena morte aquecida, e a dança que estávamos fazendo à sua volta, em seu ar doce, em sua atmosfera.

Quando estava na cama, a dama pediu para segurá-lo e nós três nos sentamos em fileira, muito silenciosas, e ela o segurou, o desembrulhou, o deitando em suas coxas fechadas. Quase totalmente sem vida, ele estava, quase totalmente sem sangue, com o pedaço de cordão verde pendurado em sua barriga estreita; ele deveria parecer digno de pena, mas eu podia sentir pelo braço da dama contra o meu, pelo ar do quarto, pelo *mundo*, que nenhuma de nós sentia pena dele.

— Ele parece tão sábio — sussurrei. — Como um velho pequeno e sábio.

— Sábio e encarquilhado — disse a dama.

Eu nunca tinha conhecido alguém tão tranquilo e forte quanto essa dama, pensei. Quem quer que ela fosse, tudo o que eu queria era servi-la para sempre, eu e Joan juntas naquela torre, unidas até a morte pelas aventuras daquela noite, por termos trazido este pequeno sujeito ao mundo, ou por perdê-lo para ele.

Pela manhã o aroma de flores tinha sumido; a lareira tinha se apagado, a torre estava gelada e o ar parecia podre com pesar. *Ele vai assombrar seus sonhos*, Joan tinha me dito sobre a cabeça do amante, mas, na verdade, ele encheu minha mente acordada, tão bem lembrado em todos os seus detalhes que era como se uma pintura dele — a carne do pescoço rasgada, o olho virado — estivesse diante de mim, pintada em um pano, aonde quer que eu fosse, ao poço, à floresta ou a qualquer lugar. E quando ele não estava mais ali, seu filho, pálido como uma vela de cadáver, flutuava diante de mim em seu lugar.

A dama entregou o bebê nas mãos de Joan, um embrulho bem apertado e pequeno com laços e nós feitos com seu próprio cabelo.

— Oh, claro! — falei, quando Joan o trouxe pela escada. — Para que ele sempre tenha sua mãe por perto! E quanta cor, tão quente!

Ela o deitou sobre a mesa.

— Então, temos que cavar mais, para ele e para os outros resíduos do parto. É melhor enterrar tudo com as palavras e as ervas apropriadas.

— Como ela está? — perguntei, de forma tímida.

Eu estava irritada por nosso laço ter acabado, por sermos três pessoas separadas novamente.

— Descansando — disse Joan. — Em paz.

Então eu devo ter parecido muito perdida e inútil, porque ela veio até o banco onde eu estava sentada, parou atrás de mim com as mãos em meus ombros e me segurou firme enquanto eu chorava no meu avental.

— Isso, isso — disse ela. — Isso, isso.

Mas ela dizia aquilo calma, resignada, como se não esperasse que eu parasse alguma hora, mas ficaria parada e radiante atrás de mim, por mais que demorasse para eu chorar até secar.

☆

Mandei a garota para casa. Ela estava sofrendo muito para ser útil para mim e eu não podia deixá-la chegar perto da dama. Eu achava aquilo estranho — ela sequer ficou nauseada quando trouxeram aquela cabeça. Eu depositava esperanças nela. Mas aquele bebê a mudou, não sei se seu nascimento, sua morte ou sua estranheza, ou o fato de que a mãe não derramou lágrimas por causa disso, mas voltou diretamente para o estado de estupor a que estávamos acostumadas, como se nunca tivesse engravidado, como se nunca tivesse delirado e sofrido com a morte de seu homem.

Com o cavaleiro que trouxe suprimentos e levou a garota embora, mandei uma mensagem a Lorde Hawley que a senhora tinha parido uma criança morta e perguntando o que deveríamos fazer agora. Meu contrato com ele só tinha especificado até o nascimento, mas agora que o bebê tinha partido, será que alguma outra mulher, sem habilidades de parteira, poderia ser trazida para a função de guardar minha dama? Pois, apesar de poder fazer bom uso do dinheiro que ele estava pagando, eu me sentia uma fraude aqui agora, quando havia um monte de mulheres prenhes em minha própria vila a quem eu podia ser verdadeiramente útil em vez de brincar de enfermeira aqui.

Como resposta ele mandou dinheiro extra, além do que tinha prometido, como se a morte do bebê tivesse sido causada por mim e ele quisesse me mostrar gratidão. E me pediu para continuar enquanto eles reordenavam suas vidas na corte depois desses acontecimentos. Eu podia vê-los lá com suas golas bufantes e robes, em volta de suas taças de vinho estrangeiro, discutindo: será que deveriam humilhar ainda mais a dama a mantendo por mais tempo no exílio, ou deveriam deixá-la voltar, em vez disso, para ser constantemente lembrada de sua reputação arruinada pelos rostos e gestos dos outros?

E então continuei como enfermeira. Embora fôssemos apenas nós duas agora, me mantive fiel ao meu contrato e não fazia companhia à prisioneira, apenas atendia sua saúde na medida em que fosse necessário, preparava e trazia suas refeições, esvaziava seu penico e acendia o pequeno fogo da lareira. Eu tinha recebido ordens para falar com ela somente quando ela falasse primeiro e a resistir a qualquer tentativa que ela pudesse fazer de se engajar em uma conversa, mas, se tivesse obedecido, teríamos passado nossos dias inteiramente em silêncio. Então, para manter minha própria sanidade, me mantive fiel à minha prática pós-parto de cumprimentar a dama quando eu entrava e ela sempre me cumprimentava de volta, então começávamos cada dia com minha afirmação de que ela era uma dama e ela reconhecendo que eu era Joan Vinegar, o que, de outra forma, nós poderíamos muito bem ter esquecido, não havendo nada mais para nos lembrar.

Durante um mês e meio moramos juntas, a dama e eu, em nossos silêncios, os descampados da montanha à nossa volta. O homem do lorde veio com seus alimentos e mais dinheiro, sem nenhuma mensagem para acompanhar. Ele me contou todas as fofocas da corte, sentado ali, comendo pão e um pouco do queijo e do vinho que tinham sido um agrado dele mesmo, e verdadeiramente era como se ele falasse de animais em um zoológico, de tão estranhos que eram seus comportamentos, tão coloridos e apaixonados. Ele encheu a sala da torre com seu barulho e seu uniforme. Eu fiquei tão feliz quando ele foi embora e nos deixou em paz novamente que me preocupei comigo mesma, como se eu estivesse ficando parecida com a pessoa que estava no andar de cima, totalmente satisfeita com nada, com assistir ao infindável desfile de meus próprios pensamentos em minha cabeça.

Levantei, com os farelos da refeição do homem do outro lado da mesa, um repolho como uma grande cabeça verde pálida perto do fim e, espalhado ao lado dele, o ouro que eu não poderia gastar, apesar de ele não ter dito por quanto mais tempo ainda. Ela estava silenciosa no andar de cima. Ela tinha mantido seu silêncio tão completamente enquanto o homem estava aqui que ele deve ter achado que eu era uma eremita, contratada apenas para fazer minhas orações e observâncias para o bem da saúde da rainha, sem me ater a nenhum outro assunto humano. E nada disso fazia sentido, nem o ouro, nem o repolho, ou o cheiro do sedimento do vinho da taça, ou a perturbação que sua voz animada tinha trazido para o ar da sala normalmente silenciosa, mas tudo se separava em meus sentidos, como pardais espantados de um campo semeado, em todas as direções, para refúgios bem diferentes.

O útero de minha dama parou de expelir resíduos do nascimento e ficou um tempo seco. Então chegou o dia que ela pediu panos para seu sangue mensal. Fiquei imaginando, enquanto os levei, e novamente mais tarde enquanto os lavava, se isso era bom ou ruim, esse retorno à saúde normal. Será que Hawley teria preferido — será que ele teria me banhado com ainda mais ouro? — se ela tivesse morrido enquanto expelia a criança, ou depois, por causa de alguma febre do parto? Será que eu deveria entender que ela não deveria voltar viva do exílio? Será que eu tinha falhado em uma tarefa não mencionada?

— Bem, é como se ela estivesse morta — falei para mim mesma, enxaguando o pano esfregado e observando a nuvem cinza se dissipar no riacho. — Se você quer saber.

Sonhos começaram a me perturbar. Muitas vezes eu sonhava com a criança morta. Algumas vezes o menino vivia e fazia declarações sábias e sonhadoras que não faziam qualquer sentido quando eu as repetia para mim mesma pela manhã. Algumas vezes ele morria, ou se despedaçava enquanto saía de sua mãe, ou se transformava em uma planta ou um animal em fuga que aparecia, mas sempre esses sonhos eram repletos do aroma dele, desesperador, irreconhecível, todas as flores e frutas se combinando com tanta força que pareciam permanecer no quarto mesmo depois que eu acordava pela manhã, tão tentador que diversas vezes eu procurava no prado em volta do chalé, sobre mãos e joelhos, pelo botão de flor que poderia ser a fonte, que eu poderia carregá-lo para todo lado comigo e me tentar ainda mais com o aroma.

Acordei muito repentinamente de um daqueles sonhos e fiquei deitada assustada na noite, ondas de cor florescendo na escuridão, com a surpresa do despertar em meu coração e no meu sangue. Minha audição tinha ficado tão sensível que, se um de meus netos tivesse se virado enquanto dormia na minha casa, acho que eu escutaria. Do lado de fora ouviu-se um barulho oco, e outro, um barulho de terra, e então outro; um cavalo estava por perto, sem ninguém montado nele, mas talvez ele tivesse se soltado quando foi amarrado para pastar e agora vagava nessa floresta infrutífera e tinha chegado até este prado com sua fome.

Quando eu consegui domar meu coração e minha respiração, saí da cama e silenciosamente abri a porta do chalé, para ver se o animal era selvagem ou de algum valor. Ouso dizer que estava pensando no quão útil um cavalo seria, se ele fosse domado e não muito grande, como eu poderia acrescentar algum interesse à minha vida abominável aqui com excursões, com descobertas de cidades a um dia de cavalgada da torre. Eu poderia gastar um pouco do meu ouro lá; poderia conversar com vendedores e suas esposas. Rostos, mercadorias e paisagens fluíam através de minha imaginação enquanto eu entrava na noite fria, dentro do brilho das estrelas, do olhar fixo da lua.

O ar estava espesso com o aroma de flor do menino morto: um cheiro tão quente e que lembrava o verão, aqui no frio do outono! O cavalo estava parado, branco — um garanhão, ele era — contra a floresta escura. Ele estava ao pé da ladeira que saía da torre, tinha levantado sua cabeça e parecia olhar para a janela de cima.

— Talvez você seja esplêndido demais — sussurrei, mas busquei a corda mesmo assim e dei um laço. Então cruzei o prado cautelosamente, andando não muito mais rápido que uma árvore, para não assustar o cavalo.

A certa altura, minha respiração se acalmou, a brisa da noite diminuiu e foi então que o som baixo saindo da janela de minha dama me alcançou. Aquilo me enraizou ao solo do prado mais firmemente, seu canto quase inumano, uma trova interrompida de vez em quando por grunhidos e sons guturais, algo como uma risada triunfante.

Muitas vezes acharam que eu mesma era uma bruxa, com minha aparência feia e minha habilidade de parteira, mas lhes digo, nunca evoquei nenhum tipo de mágica como a que tremia debaixo da pele iluminada pela lua daquele lindo cavalo, como a que fluía dele na noite, me desfalecendo com seu aroma e enganando meus olhos com a explosão de seu florescer e suas tramas brilhantes. E nunca lancei um feitiço como o que saía da janela da minha senhora, minha incumbência, canção, se canção aquilo fosse. Aquilo transformava meus ossos em gelo açucarado, lhes digo, minha mente em calda doce e meu hálito em perfume.

E então, no meio do seu canto, outro som se intrometeu, sem nenhuma voz, nenhuma mágica, nenhuma canção. Era um som terreno e grosseiro, como pedra roçando em pedra, pesadamente, e furtivo de alguma forma.

Então eu soube o que ela estava tentando fazer, com aquela cantoria louca, com seu bebê pintado de verde, com o fato de ela se importar tão pouco com a vergonha do nome e da família da rainha. E corri — mais que isso, *voei* — através da grama do prado até a porta da torre. Eu precisava ficar em silêncio ou ela se apressaria e fugiria antes que eu pudesse alcançá-la; precisava ser rápida!

Peguei a chave do quarto prisão debaixo de sua pedra e consegui abrir a porta da torre silenciosamente. Subi a escada correndo, coloquei a chave na fechadura e a virei, com seus habituais rangidos e resistência. Lá de dentro, alto agora, indisfarçado, vinha o barulho, pedra sendo empurrada contra pedra.

— Minha dama!

Forcei a chave rígida na fechadura.

Mais barulho de pedra roçando. Então, enquanto eu corria para dentro do quarto, a pedra que a menina tinha soltado da abertura para flechas — meses de trabalho durante a noite, aquilo teria levado! — bateu contra o prado no pé da torre.

— Minha dama, não!

Ela escureceu o buraco com seu corpo, durante o momento que levou para que eu cruzasse o aposento. A ponta de meu dedo roçou a barra de sua camisola. Então a luz da lua e das estrelas branqueou minha mão esticada.

— Madame — gritei para o cavalo que esperava, mas através do meu grito ouvi o impacto da dama no solo, o estalo de osso quebrando. — Madame, não! O que a senhora fez?

Pressionei meu corpo contra a abertura para flechas, olhando para baixo. O cavalo corria sobre a grama e me engasguei. Ele tinha um lindo e longo chifre espiralado na testa, como alguns animais da África, antílopes e coisas assim. Eu podia sentir o cheiro dele, a doce ferocidade de flor e frutas, tão poderoso que eu não estava surpresa — não me engasguei novamente — quando minha dama apareceu, cruzando o prado andando, sem mancar como deveria, ou sem mostrar nenhum ferimento que eu pudesse ver. E quando ela o abraçou, ele abaixando a cabeça para empurrar o corpo fraco dela contra o peito e dobrando o joelho para se aproximar mais dela, a retidão e a felicidade daquilo se espalhou pela minha barriga e minha virilha, como a dor do parto e uma aflição amorosa juntas, e me embebi daquela visão como cada um parecia estar se embebendo do outro, através de suas peles, através do pelo dele e das roupas dela, do calor que eles pressionavam a estar entre eles.

Ela o abraçou longamente envolvendo seu grande pescoço, seus dedos na crina dele; ela murmurou para ele e esfregou sua bochecha na nuca dele; esticou seu braço sobre o ombro do cavalo e os músculos ali, o segurando perto dela e nenhuma outra prova era necessária além daquele abraço, a visão de seu rosto levantado e do aroma em minhas narinas de tudo que vivia e florescia, que aqueles dois eram amantes e tinham se amado, que o pequeno menino pintado de verde tinha sido o fruto desse animal e dessa donzela, que o carbúnculo na testa do menino tinha sido o primeiro estágio de seu próprio chifre, que eu tinha sido testemunha de magia e maravilhas. O mundo, na verdade, era um lugar mais vasto e misterioso do que rainhas e homens de Deus nos faziam acreditar.

Minha senhora conduziu o cavalo até o cepo de árvore que eu usava para cortar madeira para o fogo. Ela montou nele dali e cavalgou com ele para longe. Balancei minha cabeça e apertei meu peito para vê-los, de tão nobre que era o movimento dos dois e de tão equilibrado que era sua montaria sobre o movimento dele — eles eram quase uma criatura só, aquilo estava claro para mim.

E então eles sumiram. Não havia mais nada embaixo além de prado iluminado pela lua que levava à floresta negra. Acima, estrelas cantavam cegamente no quadrado de ar em que minha dama tinha removido a pedra. O quarto prisão estava vazio; a porta, escancarada; a janela, aberta. Tudo parecia solto ou quebrado. A doçura fugia do ar, deixando apenas o cheiro do fogo morto e da pedra fria.

Deixei a porta entreaberta por alguma estranha noção de que minha dama poderia voltar e pedir para ser aprisionada novamente. Desci a escada que tinha subido correndo há tão pouco tempo. Lentamente cruzei a sala inferior até a outra porta aberta e saí para o prado. Ele estava brilhantemente sem cor, sob a luz da lua, a grama como palha cinzenta, as poucas flores tardias inclinadas ou dormindo.

Dei a volta na torre. Lá estava ela, a cabeça quebrada sobre a pedra caída. Mal pude acreditar em meus olhos. Quase não consegui impulsionar meu corpo para a frente, a surpresa tinha se congelado de forma tão espessa em volta da base da minha coluna, onde todos os impulsos para andar começam, todas as vontades.

— Minha dama, minha dama!

Caí sobre meus joelhos ao invés de me ajoelhar. Como ela era pequena, linda e pálida! Como as mulheres nobres são mais delicadas, não é mesmo, do que nós, mulheres do campo, todas musculosas por causa do trabalho na terra e da vida familiar! Mas mesmo meu crânio espesso não conseguiria resistir contra aquela pedra, e daquela altura. Sangue tinha escorrido do canto do olho, do nariz e da boca e jorrava de seu cabelo; agora ela parecia colada com uma substância preta à pedra, olhando fixamente para a floresta, vendo ela mesma cavalgar para longe.

Esse é o fim da minha história. Contei uma diferente para lorde Hawley quando saí andando das montanhas e comprei para mim uma pequena e forte égua baia para cavalgar até o palácio e lhe dar minhas informações. Meu lorde — eu não o tinha visto pessoalmente antes — era pequeno e suas peles, sedas, correntes e mangas bufantes o faziam parecer tão largo quanto alto. Ele escutou minha história com muito interesse e então me liberou de meu contrato pagando tudo que tinha combinado, embora ainda faltassem quatro meses de serviço e acrescentando àquela quantia a soma que eu tinha pagado por minha égua e o dobro da soma que gastei com acomodação e alimentação para visitá-lo, para que eu não voltasse para casa em desvantagem. Ele me cedeu um guarda para me proteger e ao meu dinheiro durante todo o caminho até Steeping Dingle; aquele guarda, por sinal, acabaria se casando com minha filha mais nova, a pequena Ruth, e geraria quatro netos e três netas para mim.

Eu não tinha nenhuma razão para reclamar do meu tratamento pela casa da rainha; todos os homens reais me trataram com cortesia e respeito. E embora eu tivesse jurado guardar segredo sobre todo o caso, o fato de eu ter tido negócios reais, como foi evidenciado pelo meu retorno com o guarda, fez muito pela minha posição e, a partir daquele momento, tive uma vida mais tranquila, trazendo mais bebês à vida do que todas as outras boas mulheres combinadas, em minha vila e por todo o campo à minha volta.

MAUREEN JOHNSON

"As crianças da revolução"

Justine: O cérebro de Maureen Johnson não funciona da mesma forma que o da maioria das pessoas. Possivelmente porque já foi infectado. Considerem esta história um relatório de alguém de dentro e um aviso para que comecem sua busca por uma moradia à prova de zumbis AGORA. Encham a despensa.

Holly: Uma das coisas que acho particularmente irritante sobre zumbis é a ideia de ficar presa em sua própria cabeça, incapaz de pensar com clareza, mas ainda consciente. Para sempre. É basicamente a pior coisa em que posso pensar — eca. Apenas escrever sobre isso me faz tremer.

Justine: Mais uma vez, obrigada, Holly, por destacar mais aspectos incríveis a respeito de escrever sobre zumbis. Embora, sim, eu adore de verdade os zumbis como simplesmente zumbis, também é verdade que eles são a metáfora mais significativamente poderosa de todos os tempos.

As crianças da revolução
por Maureen Johnson

Talvez eu devesse ter adivinhado no momento em que vi as crianças e a sala em que elas eram mantidas. É claro que não havia uma forma de saber o que *especificamente* estava acontecendo... apenas um lunático poderia ter adivinhado *especificamente* o que estava acontecendo... mas claramente algo estava errado com aquela imagem.

A sala era o país das maravilhas de uma criança. O espaço que um dia tinha sido uma sala de jantar formal, uma sala de estar e uma antessala tinha se transformado em uma enorme sala comprida, separada apenas por pedaços de parede que tinham vigas ou enormes lareiras que não podiam ser removidas. As paredes e o teto tinham sido pintados para se parecerem com um céu azul, cheios de nuvens de desenho animado. O chão de tábua corrida tinha sido coberto por quadrados coloridos de borracha macia e espessa e carpete. No fundo estava um trepa-trepa de tamanho real, completo com um escorregador tubular roxo e vermelho e uma piscina de bolas. Tinha uma árvore de mentira que subia até o teto, com uma casa da árvore e um balanço. Tinha uma estante de livros e uma cozinha de brinquedo com panelas de plástico. Havia um espaço para jogar bola. Televisões foram penduradas no alto da parede. Em um canto estavam cinco pequenas camas — uma na forma de um pequeno carro de corrida, uma que parecia um castelo de plástico, uma que parecia um foguete, uma que estava coberta de purpurina e uma que era feita para parecer uma meia-lua em uma poça de céu estrelado. Tinha tudo o que era necessário para manter crianças pequenas muito felizes. As janelas enormes tinham claramente sido cobertas com algum material para afastar olhos intrometidos e tinham grades por questões de segurança.

A coisa toda era envolvida por um extraordinário cercado para bebês — mais ou menos 1,5m de uma malha clara de plástico muito forte, pregada de uma parede à outra. A malha era tão alta quanto um adulto normal e era macia e forte o suficiente para aguentar qualquer ataque que uma criança pudesse infligir contra ela. Uma bola rebelde tinha voado para fora e a mãe dos bebês a jogou delicadamente sobre o topo do cercado.

— Como realmente não posso levar as crianças para fora — explicou a mulher —, tentei trazer o lado de fora para dentro.

Certamente tinham a aparência de quem precisava passar um tempo do lado de fora. Seus lábios estavam muito secos, seus olhos muito pálidos. A pele delas não tinha qualquer brilho. Eu estava pronta para botar a culpa por quase qualquer coisa na Inglaterra àquela altura, mas essas crianças... aquilo não era só por causa do clima ruim. Elas se moviam como bebês aprendendo a andar, apesar de serem um pouco mais velhas e de que deveriam ter a desenvoltura de crianças do jardim de infância. Precisavam da vitamina D do sol. Precisavam correr, brincar, ganhar um brilho saudável e de alguma coordenação motora.

— Elas vêm de países diferentes — continuou a mãe. — Nenhuma fala inglês como a primeira língua. Elas conhecem algumas palavras. Estão aprendendo. Observe. Ei, crianças! Olhem para a mamãe! Escutem a mamãe.

Cinco pequenas cabeças se viraram. A que estava mais perto, uma menina, começou a babar. Um longo fio de saliva escorreu de sua boca.

— A mamãe vai ter que viajar. É uma viagem muito curta. A mamãe tem que ir a Londres, apenas por um dia. Apenas por um dia.

Aquilo causou um barulho coletivo de interesse das crianças.

— Está tudo bem, está tudo bem. Olhem para a amiga legal que a mamãe trouxe para ficar com vocês! Ela não é boazinha? Ela não é bonita? Vocês gostam dela, não gostam?

As crianças me examinaram com olhares perplexos.

— Agggnnhhhhhh? — perguntou o menino mais velho, apontando para mim.

Aquilo soou em meus ouvidos como um julgamento.

— Sim — disse a mãe deles, que aparentemente entendeu aquilo. — Essa é a Sofie. Vocês gostam dela!

Uma das meninas tropeçou e caiu sem absolutamente nenhuma razão. Ela bateu no chão com um barulho abafado, mas a borracha grossa amorteceu a queda. Ela se levantou novamente e imediatamente caiu de novo.

Então, sim. Eu devia ter percebido que essas não eram crianças normais. Mas pensei, filhos de celebridades. Bem, eles são apenas diferentes. Você não pode aplicar os mesmos padrões que aplica a crianças normais. E apesar de elas claramente não estarem se saindo bem, acho que as vozes em minha mente estavam me dizendo que essas crianças tinham nutricionistas e tinham passado uma grande parte de suas curtas vidas em aeronaves particulares (uma coisa assim tinha que estragar seu equilíbrio interior), e talvez fosse assim mesmo a aparência daqueles que eram muito ricos.

Mas havia outra voz em minha cabeça — uma mais silenciosa, bem lá no fundo, me dizendo para ir embora, para sair da casa e ir para longe delas, para voltar para a chuva, para pegar carona até Londres, passar fome ou simplesmente ligar para casa.

Apesar de ainda conseguir assumir a responsabilidade, quero me assegurar de que vocês saibam que isso foi *tudo culpa do Franklin*...

Venha para a Inglaterra, disse ele. Vamos passar um verão romântico juntos colhendo frutinhas em uma fazenda orgânica, disse ele. Pôneis selvagens vagam livres em volta da fazenda, disse ele. Imagine nós dois com nossas frutinhas orgânicas cercados de lindos pôneis selvagens, disse ele. Nós vamos ler um para o outro, disse ele. Nós vamos escrever longas cartas a mão, disse ele. Nós vamos desfrutar o ar silencioso e fresco e ficar juntos o tempo todo, disse ele. Aprenda a viver, disse ele. Veja este site que eu achei, disse ele.

O site falava sobre acomodação e alimentação grátis na fazenda. Três refeições orgânicas completas por dia no campo fértil. Ele mostrava imagens de uma terra dos sonhos ecologicamente amigável, saudável e progressista com uma casa cheia de pessoas de vários países. Mostrava fotos de cenouras, frutinhas, pôneis, pequenas cidades inglesas e uma grande lareira inglesa com fogo crepitante. *Esse* era o lugar a que Franklin queria que fôssemos para ficarmos juntos.

Obviamente, ele me mostrou isso em uma tarde quando estava matando aula. Quando pessoas toscas matam aula, você acha que elas são fracassadas. Quando pessoas bonitas e/ou razoavelmente eruditas fazem a mesma coisa para ficarem sentadas na escadaria da biblioteca lendo poesia, você acha que elas estão pensando em algo profundo. Você vê apenas o cabelo castanho-escuro ondulado e as pernas fortes, bem torneadas por anos jogando frisbee. Você vê aquele livro de poemas de T. S. Eliot naquela mão com dedos longos e graciosos e nunca para para pensar que alguém não deveria demorar meio semestre para ler um livro de poemas... que talvez ele não estivesse realmente lendo, mas ficando completamente doidão toda manhã e dormindo na escadaria da biblioteca, forçando as pessoas que realmente estavam indo para a aula a passar por cima dele.

Pelo menos se você for eu. Olhando para trás, tomei um grande número de decisões erradas que agora parecem muito óbvias. Mas isso é o que chamam de percepção tardia.

Quero dizer, eu era uma caloura na faculdade, com muitas coisas acontecendo ao mesmo tempo, poucas horas de sono, um corte de cabelo experimental, uma colega de quarto bipolar e quase nenhuma ideia do que estava fazendo com minha vida. Franklin era areia demais para mim — um rapaz bonito do terceiro ano, com olhos sonhadores. (Mais uma vez, eu sei o que isso significa agora.) Nós nos conhecemos quando eu basicamente caí sobre ele enquanto saía da biblioteca, o que se seguiu de três semanas de piadas sobre como eu estava caída por ele, e ele ria todas as vezes. (Isso é porque ele estava muito, muito doidão e não se lembrava de eu ter contado a piada antes e também porque ele ria de tudo, incluindo espirros, aquecedores, maçanetas e longos silêncios.)

Acho que eu ficava facilmente deslumbrada com pessoas que pareciam ter uma condição social bem melhor que a minha. Quero dizer, Franklin tinha sido *um modelo de catálogo de verdade* para a J.Crew quando tinha 13 anos. Acho que você talvez possa entender por que demorei algumas semanas para me tocar que ele era cheio de merda e que todas as suas ideias eram ruins. Especificamente, me toquei quando estava com grama nos meus tornozelos na beira de uma estrada inglesa algumas semanas depois, arrancando amoras relutantes de um arbusto cheio de espinhos que rasgavam minha pele enquanto carros tiravam fino das minhas costas. Sozinha. Sob uma chuva torrencial.

Veja bem, o que Franklin não mencionou — ou, mais possivelmente, não sabia — era que "Venham viver e trabalhar em nossa fazenda orgânica no interior da Inglaterra nesse verão!" na verdade significava "Sejam nossos escravos, estudantes estúpidos!". Ninguém mencionou que a casa-grande não era realmente isolada e não era realmente impermeável, e que a enorme lareira ficava na casa do dono. Nossa acomodação não tinha uma lareira como aquela. Havia uma infiltração no teto do terceiro andar, as tábuas do chão estavam empenadas e rangiam e as camas eram dobráveis, remanescentes da Segunda Guerra Mundial. O site não falava sobre a umidade que penetrava em tudo e sobre o tédio que era a terra da chuva diária e dos casacos no meio de junho. Que os donos eram maus e avarentos, que água quente era algo desconhecido, que não havia uma máquina de lavar roupa (exceto na casa deles e eles certamente não estavam dispostos a compartilhar). Que a cidade mais próxima ficava a 2 quilômetros, seguindo uma estrada sem acostamento. Que esta era a terra dos pôneis esquecidos por Deus que corriam na sua direção através dos arbustos quando você menos esperava, procurando maçãs em seus bolsos, depois te odiando por não ter nenhuma e finalmente batendo em você com aquelas imensas cabeças em retaliação.

E era a terra onde absolutamente não existia maconha, o que é provavelmente a razão por que Franklin se mandou depois de duas semanas — duas semanas absolutamente terríveis. Porque um Franklin que não estava chapado era na verdade um Franklin rabugento, extremamente preguiçoso, que fazia outras pessoas colherem suas frutinhas enquanto ele procurava outras formas de ficar doidão. Então, em um dia muito chuvoso no meio da segunda semana, ele simplesmente deixou cair sua cesta de plástico com as frutinhas e disse:

— Vou para Londres. Você pode vir se quiser, mas não vou pagar suas despesas.

Franklin tinha dinheiro. Eu, por outro lado, não. Eu tinha gastado tudo o que economizara naquela maldita passagem para a Inglaterra. Tentei explicar isso a Franklin, mas ele simplesmente disse "sinto muito", sem nem mesmo parecer que sentia de verdade. Ele botou sua mochila nas costas e andou até a cidade.

Eu estava sozinha. Meus dias eram preenchidos por sopa de vegetais orgânicos aguada, curry orgânico sem gosto e um purê orgânico misterioso. (Como eu queria um pouco de comida sólida.) E então, claro, havia a luta mortal pelas próprias frutinhas — as frutinhas que vinham das cercas vivas ao longo da estrada. Nem mesmo tenho certeza de que os fazendeiros eram *donos* daqueles arbustos. Suspeito que os arbustos eram selvagens e estavam em terra pública e que os fazendeiros estavam nos fazendo roubar frutinhas do governo inglês para abastecer seu império fascista de produção de geleia. Aqueles que traziam mais frutas ficavam com os melhores quartos, os cobertores mais quentes, uma xícara de chá extra ocasionalmente ou uma carona até a cidade para lavar a roupa.

Toda noite eu pensava em desistir e ir para casa. Eu podia recorrer à misericórdia de meus pais e implorar para que eles pagassem a diferença para eu trocar minha passagem. Mas aquilo significaria que cada simples coisa que eu tentasse fazer pelo resto da minha vida só traria problemas. "Se lembra de quando você achou que seria uma boa ideia fugir para aquela maldita fazenda orgânica com aquele rapaz... Como era o nome dele mesmo?", perguntariam eles. "E então ele foi embora e você ficou presa e tivemos que resgatá-la?" Ah, meus pais tinham adivinhado que algo assim aconteceria. Eles *sempre* achavam que minhas ideias iam terminar mal. Eles conheciam Franklin e eles sabiam.

Não. Era impensável voltar correndo para casa. Algumas vezes qualquer quantidade de sofrimento vale a pena apenas para não dar a seus pais a oportunidade de estarem certos.

Eu precisava de um pouco de dinheiro, só isso. Assim poderia ir para Londres, arrumaria um quarto para dormir e um emprego em algum lugar. Eu poderia sobreviver com muito pouco por semanas. Foda-se o Franklin. Eu podia fazer aquilo sozinha.

Eu só pensava nisso, dia e noite, por uma semana depois de Franklin ter sumido. Eu andava até a cidade todo dia, arriscando a vida e algum membro na estrada precária, enquanto pessoas inglesas em carros bonitos e aquecidos iam para suas casas. A "cidade" era basicamente o lugar mais deprimente que você poderia imaginar — uma loja de bebidas, uma casa de apostas, um pub cheio de homens velhos, uma imitação do "American Fried Chicken" e um lugar para fazer cópias.

De todos os lugares na cidade, a lavanderia era, na verdade, o melhor. Apesar de ser apenas um galpão com piso de linóleo rachado e um monte de lavadoras e secadoras industriais, ela era quente e confortável. O dono era um velho de rosto vermelho chamado George que usava o mesmo casaco de lã azul-marinho todos os dias. Ele deixava uma tigela com balas no balcão e era simpático com os estudantes da fazenda. Conhecia muito bem o golpe do lugar e sabia o que os donos estavam tramando. Então ele me deixava entrar toda noite e usar o computador surrado que ficava no canto, aquele que devia ser apenas para clientes. Eu o usava para pesquisar minha fuga.

A única coisa que ficou imediatamente clara foi que seria muito difícil encontrar um emprego em Londres. Eu não era muito qualificada para qualquer coisa que demandasse um currículo e, para todos os outros empregos, você tinha que aparecer pessoalmente para se inscrever. E isso era parte do problema. Toda noite eu jogava esse jogo comigo mesma antes de voltar para casa pela estrada sem acostamento, rezando para não ser atropelada. Ou, algumas vezes, rezando para *ser*.

Uma infeliz tarde sombria, enquanto eu trabalhava no meu campo de amoras, o carro enferrujado de George parou atrás de mim.

— Olá — disse ele animadamente. — Você está se saindo bem aí?

— Na verdade, não — falei.

— Tenho algo para você — disse ele. — Sabe aquela casa grande no alto do morro?

Eu não conhecia.

— Bem, tem uma casa grande no alto do morro. Tem uma americana lá em cima que precisa de alguém para tomar conta de seus filhos. O pagamento é bastante decente. Uma senhora generosa. Ela não quer um morador local, porque o pessoal daqui fala demais. Tudo corre pela vila. Estudante universitária americana, é isso o que ela quer. Minha esposa faz alguns trabalhos de limpeza para ela e as duas acabaram conversando. Imagino que seja muito melhor lá em cima do que onde você está. Se estiver interessada, é só me avisar. Posso levá-la de carro lá amanhã, ou qualquer hora...

— Me dê apenas quinze minutos para pegar minha bolsa — falei.

Demorei dez. Nunca em minha vida fiz a mala tão rápido, enfiando nela minhas roupas encharcadas de lama. Nem mesmo contei aos donos da fazenda que estava indo embora. Saí andando de lá sem olhar para trás nem uma vez e entrei no carro de George, que estava escutando um jogo de futebol no rádio.

— Foi rápido, hein? — comentou ele, com uma risada. — Engraçado, as pessoas sempre vão embora assim. Vamos lá, então. Deixe-me levá-la a um lugar melhor.

Até mesmo andar em um carro caindo aos pedaços com um velho em uma tarde fria era um enorme avanço. Meu verão tinha sido muito desastroso. Passamos por algumas coleções de casas deprimentes que pareciam todas iguais, pelo restaurante Little Chef e 2 ou 3 quilômetros sem nada. Finalmente pegamos uma estrada de terra e pequenas pedras, aberta entre uma fileira sólida de árvores. Ela subia e subia, entrando cada vez mais no meio do nada. Eu estava pensando que esta era a vista menos promissora que eu já tinha presenciado naquele exato momento, e então... ela apareceu no meu campo de visão, a larga extensão de pedra cinza com uma fachada coberta de hera. Uma construção gigantesca, com janelas longas e altas e pequenos torreões espalhados.

— Isso... é uma casa? — perguntei.

— Bem, acho que você poderia chamar de mansão — disse George cordialmente, enquanto o carro subia chacoalhando a longa estrada cheia de pedras. — Algumas vezes elas ficam vagas e pessoas as compram. Ela fez um trabalho muito bom com essa daqui.

Nós tínhamos parado o carro junto à porta da frente. Simplesmente assim — uma grande porta preta com um batedor na forma da cabeça de um leão preto.

— Ela está esperando por você — disse George. — Já falei com ela. Pode bater. Você vai ficar muito bem aqui. Ela é adorável.

Eu estava relutante em sair do carro e fechar a porta. Se não tivesse ninguém em casa, se não desse certo, eu estaria presa. Presa no meio do nada, no alto dessa montanha, na chuva, no meio da Inglaterra. Mas estava claro que ele ia me deixar aqui. Peguei minha bolsa, agradeci e saí do carro. O batedor era pesado e escorregadio e rangeu terrivelmente quando o levantei e o deixei se chocar contra a porta com um barulho pesado.

Então dei um passo para trás e esperei. Demorou alguns momentos, mas a porta abriu. Uma mulher estava parada ali, talvez com seus 30 e poucos anos, cabelo castanho comprido preso para trás, bochechas rosadas, rosto amigável.

— Oi! — disse ela. — Estava acabando de dar comida às crianças! Você é da fazenda? Sofie, certo?

Foram as tatuagens o que reconheci primeiro — a famosa estrela de oito pontas no lado de dentro do seu pulso. A escrita em sânscrito que descia pelo braço. Meus olhos seguiram o braço musculoso na camiseta preta justa até seu rosto. O rosto tinha se arraigado em minha mente, através de centenas de cartazes, artigos e sites. Meu cérebro teve dificuldades por um momento, tentando conectar a realidade física à minha frente com a confluência de imagens se elevando em minha memória. Eu nem mesmo tinha noção do quanto sabia sobre esta mulher. Eu nunca tinha conscientemente a *estudado*. Ela era simplesmente tão famosa que todo mundo sabia tudo sobre ela. Ela era um conceito, não uma pessoa.

— Sim — disse a atriz famosa, abrindo um sorriso e dando de ombros. — Sinto muito. Sou quem você acha que eu sou. Não tive a intenção de assustá-la. Entre. Quer uma xícara de chá?

Balancei a cabeça de forma estúpida. E me peguei olhando fixamente para uma das bundas mais fotografadas do mundo, agora vestindo uma calça de ioga, enquanto ela me guiava para dentro de casa. A atriz era realmente pequena — talvez 5 centímetros mais alta do que eu, mas absurdamente magra, como uma criança que espichou de forma inesperada.

De acordo com todos os jornais, a atriz tinha acabado de dar a volta ao mundo adotando crianças e agora era mãe de cinco. Os jornais também alegavam que as crianças viviam em uma enorme casa em Malta, no meio do Mediterrâneo. Ou talvez em Aruba. Possivelmente na Espanha. Quem sabe, um rancho no Colorado. Um forte na Califórnia. A atriz e o companheiro, o igualmente famoso ator, se preocupavam muito com a privacidade de suas crianças — a não ser pelas fotos de longe tiradas na época em que foram adotadas, ninguém nunca as tinha fotografado.

— Seus filhos estão aqui? — perguntei.

— Meu assessor de imprensa planta histórias para ninguém nunca saber onde realmente estão — disse ela com um sorriso. — Venha. Vamos até a cozinha para conversar.

Passamos por um hall de entrada arejado com uma lareira, paredes amarelas, várias pinturas de pessoas e uma espreguiçadeira lindamente esculpida em madeira e estofada com um tecido preto com imagens de dragões chineses. Havia muitas portas e muitas estantes. Um pequeno espaço de leitura sob a escada. Um longo corredor que adentrava a casa. E então, a cozinha.

Tirando o fato de poder abrigar um pequeno avião, ela era praticamente uma cozinha normal. O longo balcão de mármore estava cheio de embalagens de vitaminas e potes de vidro recheados de ervas. Havia pilhas de sacolas de compra reutilizáveis e uma caçarola de aço inoxidável para adubo no canto. A enorme geladeira de duas portas estava coberta de horários e desenhos de crianças. Um conjunto de prateleiras estava tomado por livros de culinária vegetariana, livros sobre nutrição e pelo menos uma dúzia de livros com títulos como *A cozinha Lazarus, Cozinhando por toda a vida, A dieta eterna, Comendo até o sempre, A cura Lazarus, A refeição que nunca acaba* e *Crianças Lazarus*.

Muito foi discutido sobre a estranha religião da atriz, Lazarologia, que tinha algo a ver com viver para sempre tomando vitaminas e fazendo muitos exercícios. Algumas pessoas disseram que era um culto, que ela e seu namorado coletavam sangue, que passavam por todos os tipos de rituais esquisitos e tratamentos baseados nos ensinamentos de seu guru maluco, algum cientista insano que já tinha morrido há cerca de vinte anos. Todos os lazarinos estavam esperando que ele acordasse. Alguns alegavam que ele já tinha acordado. Eles eram todos malucos, cada um deles. A Lazarologia tinha sido banida de pelo menos uma dúzia de países diferentes.

Na maior parte das vezes, no entanto, parecia que a ideia era comer um monte de vegetais crus, fazer ioga e se purificar no estilo da Nova Era. Coisas inofensivas e amigáveis. Ninguém nunca alegou que a atriz não era *simpática*. Um pouco burra, talvez. Mas simpática. Aqui estava ela colocando água filtrada em algum tipo de chaleira de barro e me preparando uma xícara de chá.

— George disse que gosta de você — disse a atriz, pegando uma caneca. — Ele disse que a fazenda não é muito agradável.

— Ele está certo — falei.

— Bem, George diz que você é legal e isso basta para mim. Preciso de um pouco de ajuda por aqui.

— Você não tem ninguém? — perguntei.

A atriz deveria ter um harém inteiro de babás.

— Não — disse ela. — Tenho que fazer as coisas sem alarde. As pessoas falam. Algumas vezes minha vida pode ser realmente complicada. Do que eu realmente preciso é de uma babá normal.

Havia um jeito pateta de mãe hippie na atriz e tive a nítida impressão de que ela não raciocinava muito bem. Ficou tão ocupada falando que se esqueceu de que estava fervendo água até que ela começou a chiar e borbulhar na chaleira.

— Apenas preciso de uma ajudinha, isso é tudo. Preciso estar fora de casa hoje à noite, então basta que você fique de olho nelas. A parte mais importante do trabalho — a única coisa que você realmente tem que fazer é alimentá-las. Mas é muito fácil. Todas as refeições já foram preparadas.

Ela abriu uma porta da geladeira. Havia pilhas de recipientes de plástico coloridos, perfeitamente organizados por cor e desenhos. Havia uma pilha de recipientes cor-de-rosa, uma pilha com dinossauros, outra com o Elmo, uma pilha de uma princesa da Disney e uma com Harry Potter. Debaixo de cada pilha havia um cartão com um nome: Melissa, Lily, Ben, Maxine e Alex.

— Horários das refeições — disse ela, batendo em um pedaço de papel preso à lateral da geladeira por um ímã. — Café da manhã, almoço, lanche e jantar. Tudo já está preparado e medido. Você apenas precisa dar a elas os recipientes.

— Não tenho que cozinhar a comida?

— Não — disse ela. — Nós mantemos uma dieta crua.

De alguma forma, eu já sabia daquilo. Devo ter lido isso em algum lugar.

— Então, eu apenas tiro as tampas...

— Você não precisa fazer nem isso — disse a atriz. — As tampas mantêm tudo fresco e as crianças adoram arrancar o topo das coisas. Apenas lhes dê os recipientes. Na verdade, é até divertido. Vou lhe mostrar. Está na hora do lanche, de qualquer forma. Venha conhecer todo mundo.

Voltamos ao hall de entrada principal e ela abriu uma das portas. Foi então que eu vi a sala pela primeira vez, assim como as cinco crianças trôpegas e sem expressão que viviam nela.

— Elas têm todas as coisas de que precisam aqui — continuou a atriz. — Camas, brinquedos... e é assim que elas recebem seus lanches.

Havia uma pequena portinhola de vidro na parede, logo abaixo da janela. Ela abriu aquilo, colocou os recipientes lá dentro, fechou e apertou um botão. Uma música tilintante começou a tocar "The Farmer in the Dell", uma tradicional cantiga infantil. As crianças ficaram muito agitadas e foram até a parede. Uma pequena esteira rolante, também feita de plástico, começou a se mover, carregando os recipientes com ela. Enquanto os recipientes se moviam, pequenas luzes coloridas apareciam no trajeto, indicando o progresso. Então a música parou, houve um barulho de sino e outra pequena escotilha se abriu. As crianças debatiam entre si para que cada uma pegasse um recipiente.

Era ao mesmo tempo uma das coisas mais adoráveis e mais perturbadoras que eu já tinha visto. Verdadeiramente, os ricos e famosos não eram como as pessoas normais. Eles não simplesmente levavam suas crianças até a cozinha e lhes davam nuggets de frango. Eles as alimentavam com comida crua através de uma esteira rolante musical.

A atriz mostrou quem era quem. Alex era um pequeno menino do Quênia. Melissa era uma menina de cabelo castanho com um rosto levemente amassado da Turquia. Ben era do Vietnã. Lily era uma pequena loura da Ucrânia e Maxine era do Burundi. Para um grupo de crianças tão distintas, havia uma monotonia a respeito delas, algo em suas expressões e a forma como elas se moviam. Elas deviam ter entre 5 e 7 anos, mas agiam como se fossem muito mais novas, como crianças que acabaram de aprender a andar.

— Elas vão ficar ocupadas por alguns minutos — disse a atriz. — Deixe-me mostrar seu quarto. É bem do outro lado do hall.

Meu quarto — o quarto de hóspedes — era uma visão tão gloriosa que eu quase chorei. Ele tinha uma cama mosquiteiro coberta por um tecido branco translúcido. O resto da mobília consistia em objetos antigos pesados e perfeitamente restaurados. E o mais importante, tinha uma televisão grande pendurada sobre a abertura da lareira e um banheiro de mármore com uma banheira cavernosa, um aquecedor de toalhas e uma pequena cadeira dourada para você se sentar enquanto se prepara para um banho quente de banheira.

— Dou banho nelas aqui?

— Oh, não se preocupe com isso. Elas podem passar um dia sem banho. A hora do banho por aqui é meio caótica. Deixe-as brincar por um dia. É incrivelmente limpo ali dentro, de qualquer forma.

— E quando elas têm que... fazer suas necessidades?

— Ah, elas têm um banheiro lá dentro. Você realmente não tem que fazer nada. Apenas dê a elas suas refeições nas horas certas. Só isso. E não entre na área onde elas brincam, certo? E não as tire de lá. Eles estão bem lá dentro. Tenho que ir.

Foi rápido assim. Ela saiu andando da sala com seu andar de menininha que parece que está quicando, ossos à mostra ao balançar os quadris. Ela pegou uma bolsinha na espreguiçadeira e colocou os óculos escuros, apesar de o dia estar cinzento. A atriz não precisava de mala. Pessoas famosas não levantavam ou carregavam coisas. Eu podia imaginar aquilo — tudo esperando por ela no hotel. O vestido. O maquiador. O cabeleireiro. O ator famoso estaria lá e qualquer necessidade dela seria atendida.

— Você vai ficar bem — disse ela, de forma animada. — Vejo você amanhã por volta do meio-dia. Ah, e aqui.

Ela enfiou a mão na bolsa e colocou uma pilha de notas de libra dobradas em minha mão. Um momento depois ela tinha saído pela porta e ouvi o ronronar de um motor e um ruído no caminho de terra que levava até a casa. Quando ela tinha partido, a casa rangeu um pouco e então um silêncio oscilante baixou. Olhei para o dinheiro em minha mão. Ela tinha me dado oitocentas libras por uma noite de trabalho.

Novamente, você pode estar pensando que as bandeiras deveriam ter sido levantadas, que elas deveriam estar tremulando loucamente. Mas o que *você* teria feito? Uma pessoa famosa aparece, pede para você fazer o trabalho mais fácil do mundo por uma noite e lhe dá dinheiro suficiente para resolver todos os seus problemas. Então, tudo bem, a situação como um todo era um pouco bizarra. Certo. Mas não era desagradável, ou ilegal, ou profundamente errada moralmente. Eu era apenas uma babá que estava recebendo muito mais do que deveria trabalhando para uma famosa maluca e amigável.

Quando voltei à sala onde as crianças brincavam, elas nem deram bola para mim. Bob Esponja tinha, de alguma forma, aparecido em uma das televisões e elas estavam agrupadas logo abaixo dela para assistir. Havia espaço suficiente para todas, mas elas estavam emboladas entre si e não se importavam nem um pouco em manter uma distância saudável da TV. Elas se plantaram logo abaixo da tela e olhavam para cima, entortando os pescoços.

Senti o plástico pesado do portão. Ele era um pouco mais alto do que eu, feito de algo forte e flexível. Eu o empurrei, então me apoiei no mesmo e depois deixei todo meu peso cair sobre ele. O portão podia suportá-lo facilmente.

Sempre ouvi dizer que lazarinos faziam algumas coisas esquisitas com seus filhos, que os mantinham puros. Eles não acreditavam em nenhum tipo de medicamento, diziam algumas fontes, nem mesmo em vacinas. Eu não tinha acreditado em muitas daquelas coisas, mas aqui estavam cinco crianças em um cercado, incapazes de serem tocadas. Pressionei minha mão contra a malha de plástico novamente. Ela era tão fina quem nem uma pequena mão poderia passar. Clara o bastante para que pudéssemos ver através dela perfeitamente, mas densa o suficiente para prevenir contato real.

Como isso podia estar acontecendo? Como alguém tão rico e famoso simplesmente deixava seus filhos com uma desconhecida?

No segundo em que o Bob Esponja acabou, a televisão desligou sozinha. Aquilo me pegou de surpresa e tomei um susto. As crianças nem piscaram. Elas também não saíram de onde estavam. Ficaram olhando para a tela apesar de ela estar apagada por uns bons cinco minutos pelo menos. A casa se acalmou novamente. E, tirando um murmúrio confuso muito leve das crianças, não havia mais barulho algum.

— Certo — falei. — Crianças? Eu sou a Sofie. Sofie.

Isso causou algum interesse, mas apenas por um momento. As crianças se viraram e vieram na minha direção como um grupo.

— Esponnn... — O pequeno Ben estava apontando para a televisão. — Esponnnnn... Boooooo...

— Sim — falei. — Bob Esponja. Você gosta do Bob Esponja.

— Espoooonnnn...

— O Bob Esponja acabou agora.

Ben se virou para a televisão, esperançoso.

— Spoonnnnn?

— Não tem mais Bob Esponja agora.

Lily chegou perto e esticou os braços, pedindo silenciosamente para que eu a pegasse no colo, se encostando na cerca de plástico. Separadas pelo plástico, apoiei minha mão contra a dela. Lily sorriu e babou um pouco.

Elas definitivamente pareciam felizes. Não *espertas*, mas felizes. Ben estava desligado, sentado no canto a maior parte do dia, carrancudo e ocasionalmente derrubando uma pilha de blocos. Melissa falava muito, um barulho baixo, ininterrupto e incompreensível. Ela também era a mais mandona, empurrando as outras o tempo todo, fazendo caminhos infinitos com o carrinho de compras de brinquedo. Alex apenas olhava para as profundezas do forninho de brinquedo. Melissa era um pouco dissimulada. Lily era obviamente a mais lerda. Ela abria livros e batia com eles em sua própria cabeça.

Às 18h a televisão ligou sozinha novamente. Dessa vez o programa era o jornal da BBC, o que imaginei ter sido um erro de programação, mas as crianças correram para assistir. Elas pareciam gostar do jornal mais do que do Bob Esponja. E ficaram particularmente animadas quando estava passando a cobertura da guerra. Elas foram acalmadas por uma longa entrevista com um economista. Às 19h a televisão se desligou novamente e, mais uma vez, eles continuaram ali, olhando para a tela cinza por cerca de cinco minutos antes de saírem em direções diferentes.

Era a hora da refeição. Peguei cinco recipientes de plástico.

— Quem está com fome? — perguntei.

Aquilo gerou uma reação. Um coro de excitação. Algo para fazer. Aquilo parecia tão esquisito, apenas passar a comida por uma portinhola para aquelas crianças estranhas, enviar suas refeições por uma esteira colorida e musical para a área de brincar. Mas essas eram as instruções. Mais uma vez houve um agrupamento em volta da esteira, uma luta para pegar os recipientes. Elas comeram tão rápido que nem consegui ver o que era. Então largaram os recipientes e voltaram a brincar.

Às 21h elas assistiram a um drama policial.

Os dias de verão na Inglaterra eram longos e só por volta de 22h que o dia se transformou em algo que eu podia chamar, sem nenhuma dúvida, de noite. As crianças ainda estavam coladas na televisão, apreciando uma necrópsia com uma fascinação silenciosa. Uma quantidade surpreendente de luz entrava pelas janelas... talvez mais do que durante o dia. A lua estava quase cheia e fornecia um brilho praticamente fluorescente sobre a paisagem plana, tornando bastante claros os contornos pretos das árvores.

Clic.

Todas as luzes se apagaram. Virei o corpo de supetão, mas em um momento percebi que, como tudo mais, as luzes estavam conectadas a um *timer*. A escuridão não importunava as crianças. Vi suas pequenas sombras se movendo da cozinha de brinquedo para o trepa-trepa, depois para a televisão. Alguém jogou uma bola com força, mas ninguém a pegou. Ela quicou, quicou, quicou e quicou em seu caminho até descansar ao lado do que achei que era Lily, que ainda estava "lendo".

Não havia nada para fazer agora. Nem mesmo olhar para elas. Eu podia ir para meu quarto com a consciência tranquila, ligar a TV e comer. Fiz uma viagem rápida até a cozinha e peguei um pouco da comida que a atriz separava para os visitantes. Tinha bastante comida — presunto, bacon e salsichas, tudo em embalagens chiques. Todas as carnes deliciosas que me negaram por semanas. Decidi fazer a coisa mais nojenta e decadente em que consegui pensar — um enorme sanduíche de queijo com bacon, com uma porção de batatas fritas. Enquanto o bacon estava crepitando na frigideira, peguei *A cura Lazarus* da fileira de livros e o abri. Parecia uma publicação oficial — entediante e de uma loucura sem tamanho, em uma encadernação em espiral e cheia de figuras.

Entendemos que nosso sono só precisa ser temporário, que o tempo está chegando quando a Verdadeira Saúde pode vir através de re-an. Assim sendo, é crucial manter o corpo original extremamente saudável. A medicina ocidental e os remédios conhecidos perturbam o equilíbrio do corpo, tornando a re-an mais difícil; desta forma, é crucial eliminar tudo isso de seu sistema... Apesar de o mecanismo para a Verdadeira Saúde existir, ele ainda não está totalmente disponível. Mas em pouco tempo chegará a hora em que o período da re-an vai começar e é importante preparar sua mente para a transição, para sua primeira manhã eterna...

Isso já era suficientemente ruim. Mas então fui para a seção das fotos no meio e vi a foto de uma menina morta em uma mesa de cirurgia, sua barriga aberta. Parecia uma necrópsia normal, bem parecida com a que as crianças tinham acabado de ver no programa de TV, tirando que os familiares sorridentes estavam em volta dela.

Madeline, dizia a legenda, *vista aqui com a mãe e as irmãs depois de ir dormir em junho. Seus órgãos internos estão sendo delicadamente removidos e guardados para serem reaproveitados antes do processo de embalsamamento. Quando a mecânica avançar, esse passo vai ser pulado e o corpo vai diretamente do sono para a Verdadeira Saúde...*

— Uau — falei, folheando outras páginas. — Os tabloides nem sabem como você é louca.

Levei meus dois (cheguei à seguinte conclusão: se eu ia me dar ao trabalho de preparar todo aquele bacon, eu deveria usá-lo) sanduíches, um pouco de batata frita, uma embalagem de cookies e dois refrigerantes para meu quarto. Aqui no alto da montanha, nessa casa aquecida, tudo finalmente parecia bom. Fazia toda a diferença ter um jantar decente (um termo relativo), uma televisão e uma cama macia com um edredom pesado. Liguei a televisão e me perdi instantaneamente. Eu estava muito faminta por um pouco de entretenimento irracional.

Às 2h descobri que ainda estava acordada, ainda comendo, ainda assistindo à televisão e querendo outro lanchinho. Como estava acordada, fazia sentido ir checar as crianças novamente. Elas ainda estavam acordadas. Na verdade, elas todas estavam encostadas ao portão agora, o empurrando, seus pequenos rostos urgentes e tristes.

— Qual é o problema? — perguntei, chegando mais perto.

Mas elas não conseguiam dizer. Elas falavam apenas através dos olhos arregalados, expressões tristonhas e braços esticados. Toda a solidão e a tristeza que eu tinha sentido nas últimas semanas vieram à superfície. Um instinto materno se sacudiu dentro de mim. Essas eram apenas crianças pequenas acordadas no meio da noite, sem sua mãe em casa, trancadas em um estranho parquinho cercado. Ninguém tinha colocado pijamas nelas e as acomodado na cama. Elas não sabiam o que fazer. Estavam cansadas e confusas. Pressionavam suas mãos com força contra a malha, tentando chegar perto de mim...

Engraçado como tudo isso desmoronou, como toda a merda aconteceu simplesmente porque eu estava seguindo um de meus instintos mais nobres. Sabe todas as vezes em minha vida que fiz coisas pelas razões erradas e saí impune? Acho que tinha chegado a hora de pagar.

Então, sim. *Que se dane*, pensei. *Essas crianças precisam de um abraço, de serem colocadas na cama, de algum tipo de presença reconfortante.*

Andei até o canto, onde o portão estava preso à parede. Era como uma cerca de proteção, um enorme cordão de isolamento. Tudo isso para prender cinco crianças pequenas. Vendo o que eu estava fazendo, elas se juntaram mais no canto, esperando ansiosamente para que eu abrisse o portão.

— Está tudo bem, gente — falei. — Está tudo bem. Apenas... afastem-se. Certo?

Mas as crianças não entendiam "afastem-se". Elas balançaram o portão, tornando impossível que eu o abrisse. Elas puxavam o plástico pesado, balançando a tranca. Procurei em volta pelo controle remoto da televisão, mas não achei. Mas lá estava a esteira mecânica. Apertei o botão. "The Farmer in the Dell" começou a tocar e as luzes coloridas brilharam. Surpresas, as crianças giraram. Sozinha por um momento, fui capaz de mexer na tranca novamente. Ela era feita para se manter bem firme e usei toda minha força para abri-la. Mas ela finalmente cedeu e o portão deslizou sobre o trilho. Eu o abri o suficiente para que pudesse passar. As crianças ainda estavam agrupadas perto da esteira rolante, que tinha parado de tocar e de piscar, suas mãos ainda dentro da portinhola, procurando por recipientes que obviamente não estavam lá.

— Ei! — gritei.

Elas se viraram. Se arrastaram. Cada uma empurrando a outra de seu caminho.

Elas estavam a menos de 1 metro quando algum instinto bem no fundo do meu cérebro me disse que eu tinha cometido um erro.

Eu não tinha certeza de qual era o erro, mas o fato de que ele tinha sido cometido era óbvio. Elas estavam tão ansiosas, tão carentes, com seus pequenos braços e rostinhos adoráveis e aquela pele... tão cinzenta sob a luz da lua. Elas todas pareciam cinzentas.

Melissa me alcançou primeiro, empurrando o pequeno Ben e Lily para o lado e os derrubando. Ela chegou perto de mim, segurou em volta da minha coxa com um abraço estranhamente urgente e encostou o rosto à calça do meu pijama. A essa altura, Alex também tinha chegado e me segurava pelo braço.

— Está tudo bem, crianças — falei.

E então Alex abriu a boca e a fechou logo acima do meu pulso esquerdo, afundando seus pequenos dentes, rasgando minha carne e imediatamente tirando sangue.

— Não! Não! Não!

A palavra universal não surtiu qualquer efeito. Tentei balançar meu braço para me soltar, tentei empurrar a cabeça de Alex para trás, mas nada o desgrudava. No momento seguinte senti Melissa fazer algo parecido em minha perna. Balancei meu joelho com força, derrubando Melissa. Ela caiu sobre uma pilha de panelinhas de plástico.

Alex estava afundando seus dentes com mais força ainda. Independentemente de quanta força eu fazia, não conseguia me livrar dele. Então a próxima reação foi simplesmente automática. Balancei meu punho direito e dei um soco no rosto do pequeno Alex. Eu o acertei com força suficiente para afastá-lo e o mandar voando para trás. Ele caiu contra a trama e escorregou até o chão, então colocou as pequenas mãos sobre o rosto e começou a chorar, gritando e soluçando.

As outras três estavam a cerca de meio metro de distância.

— Que porra é essa... — gritei, recuando.

Saí pelo portão e tentei fechá-lo, mas as crianças o seguraram, me impedindo de fazer isso. Ben já tinha saído e estava andando daquele jeito estranho dele e oscilante na minha direção. Corri na direção da porta e a bati quando saí. Não havia uma tranca. Instintivamente, peguei uma das cadeiras e a apoiei debaixo da maçaneta.

Isso era o que as pessoas faziam nos filmes. Aquilo devia adiantar de alguma coisa.

Corri para a cozinha e acendi a luz com a mão trêmula, tateando a parede até achar o interruptor. Então vi meu ferimento pela primeira vez. A dor veio de fato com a visão. Era o molde completo de uma arcada dentária. O sangue escorria pelo meu braço até o chão. Havia algo gelado correndo em minhas veias, começava na mordida e subia pelo braço. E a área em volta da mordida estava começando a ficar preta. Peguei um pano de prato pendurado em um gancho na parede e o amarrei bem apertado em volta do ferimento. Eu estava zonza, repentinamente exausta. Precisava me deitar um pouco. Todas as semanas horríveis que eu tinha passado naquele lugar, e agora isso... Descansar. Eu precisava descansar.

Arrastei meu corpo pelo corredor, fazendo uma pausa por um segundo perto da porta do espaço de brincar. Dava para ouvir algo se arrastando suavemente lá dentro. As crianças ainda estavam lá, se movendo, brincando. Ouvi um gemido tímido e baixinho. Alex ainda estava chorando. A porta chacoalhou levemente.

Por um momento, fui inundada pela culpa. Aquelas eram apenas crianças... crianças pequenas e muito confusas que tinham tido vidas esquisitas. Elas não conseguiam se comunicar com ninguém. Elas comiam comida crua que chegava por uma esteira rolante, como se morassem em um restaurante japonês. Não era surpreendente que tivessem me mordido quando tiveram a chance. Elas não tinham qualquer noção do que era normal. Talvez a mordida nem tivesse sido intencional, apenas uma tentativa muito entusiasmada de fazer e manter contato. *Fique comigo.* Era isso que aquilo provavelmente significava.

Mesmo assim, eu não ia abrir aquela porta.

Continuei andando e despenquei na cama. Nem tive energia para entrar debaixo das cobertas. Apenas dobrei o edredom sobre mim e fechei os olhos. Apenas um minuto de descanso...

Quando acordei, dava para ver a luz. Uma luz suave e difusa. Passarinhos estavam piando.

Eu me sentia pesada, verdadeiramente pesada, como se meu corpo tivesse sido envolvido por concreto e a cama absurdamente macia não devesse ser capaz de aguentar meu peso. Mas não havia dor em lugar nenhum. Na verdade, tirando o fato de me sentir pesada, eu não sentia absolutamente mais nada.

Foi preciso algum esforço, mas consegui virar minha cabeça sobre o travesseiro. Eu estava debaixo das cobertas agora. Parecia que eu estava de pijama. Não o reconheci, mas ele era muito bonito. Quando virei a cabeça na outra direção, vi a atriz parada na porta do quarto. Ela veio e se sentou na beira da cama.

— Como você está se sentindo? — perguntou ela, esticando o braço e tirando gentilmente uma mecha de cabelo da minha testa.

— Meio estranha — falei. — Cansada.

— Você levou uma mordida. Mas você vai ficar bem agora. Falei para você não entrar, mas entendo. Você foi atraída por elas. Sei como é a sensação.

Ela fez carinho em meu cabelo por um instante. Aquilo também era bom. Alguém já fez carinho em seu cabelo? É incrível.

— Preciso falar com você sobre seu amigo — disse ela.

— Meu... amigo?

— Franklin. Ele estava na fazenda com você? Acho que é seu namorado.

— Era — falei.

— Não pense nisso dessa forma. Não existe fim, certo?

Eu não fazia ideia do que responder, então apenas a deixei continuar fazendo carinho em mim. Deus, eu estava cansada.

— Não foi culpa dele — disse ela baixinho. — É que estava tão escuro...

— Escuro?

A atriz suspirou profundamente.

— Ele estava apenas... na estrada. Andando. Estava escuro. Não há qualquer iluminação lá fora. Eu não o vi até que ele bateu no meu capô.

Aquilo me acordou — um pouco, pelo menos.

— Bateu... você o atropelou?

— Ele está *bem* — disse a atriz rapidamente. — Foi por isso que quis ajudá-la. Sabia que ele devia ter vindo da fazenda. Perguntei nas redondezas e George me falou de você. Ele disse que vocês vieram juntos. Você devia estar morrendo de preocupação quando ele saiu e não voltou...

— Eu me virei — falei.

— Ele realmente quer vê-la. Eu disse a ele que você estava aqui e ele tem perguntado por você sem parar.

— Sério? — perguntei. — Ele tem perguntado por mim? Onde ele está?

— Ele está aqui. E ele pergunta por você o tempo todo! Vou trazê-lo.

Eu não devia ter me importado com aquilo, mas uma parte de mim estava feliz que Franklin estivesse se ferrando um pouco, batendo em capôs de carros. Que ele estava arrependido de ter me deixado. Mas como ele poderia estar aqui? Eu estive aqui a noite toda e não o tinha visto.

Alguns minutos depois ela o ajudou a entrar. Era Franklin, com certeza. Ele estava com uma aparência horrível — a pele cinzenta, os olhos vidrados, os lábios secos. Ele estava usando uma roupa de ioga que eu nunca tinha visto antes — provavelmente uma que pertencia ao ator famoso. E bizarramente, usava uma máscara de cirurgia amarrada bem apertada em volta da boca.

— Sooofie — murmurou ele.

Havia um arrasto em sua voz, uma distorção que não era causada pela máscara.

— Franklin?

— Soooofie...

Ele se moveu na minha direção, quase caindo. A atriz estava praticamente o segurando. Ela era forte.

— Ele ainda está se recuperando — disse a atriz, ajeitando a postura dele. — Tive que lhe dar uma coisinha para ele se acalmar, porque a princípio ele estava um pouco... desorientado. Algumas vezes parece agitado também. Mas ele está bem agora.

Eu já tinha visto Franklin completamente chapado, mas nunca dessa forma.

— Sooooofie... — disse ele, quase com um gemido. Havia uma saudade real por trás daquilo, como se ele não quisesse nada mais no mundo do que ficar perto de mim.

— Acho que ele precisa voltar e descansar — disse a atriz. — Só queria que você o visse.

— Soooooooooofie...

Franklin lutou para continuar olhando para mim, mesmo enquanto era levado para fora do quarto, batendo contra o portal no processo.

Decidi que estava na hora de dar uma olhada no meu próprio ferimento.

Precisei de toda a força que tinha para tirar meu braço de baixo do edredom grosso e, assim que tirei, desejei que não tivesse feito isso. Apesar de não doer, meu braço claramente não estava *bem*. Ele estava cinza-esbranquiçado desde as pontas de meus dedos até logo acima de meu cotovelo. O ferimento em si tinha inchado e se enchido de pus, verde, roxo, azul, preto, um vermelho furioso e todas as cores do arco-íris que minha mão podia ter, a não ser a sua cor habitual. Não era necessário um diploma em medicina para saber que aquele tipo de ferimento era *sério pra caralho* e que qualquer que fosse o chá de ervas que estivessem me dando, ou quaisquer que fossem as pedras mágicas que tinham sido posicionadas sobre meu corpo enquanto eu dormia para ajudar na minha recuperação, nada daquilo tinha funcionado e nunca iria funcionar.

Essa mulher tinha atropelado Franklin e o trazido para cá para que ele se recuperasse e para encobrir o que ela tinha feito e agora ele parecia demente. Ele provavelmente estava infectado, delirante. Ela tinha crianças esquisitas presas na sala. E agora eu ia contrair alguma infecção (old-school) horrível se não desse o fora daqui.

Logo do lado de fora da janela eu podia ver o carro da atriz. Eu precisava sair, pegá-lo e dirigir até a cidade, até algum lugar com um hospital. Eu não estava preocupada em dirigir do outro lado da estrada, ou se aquilo era roubo. Como ela poderia dar queixa quando tinha passado por cima de Franklin com o carro e não tinha contado a ninguém?

Pegar o carro. Dirigir. Antes que eu fique pior.

O ato de empurrar o edredom pareceu igual a empurrar um piano escada acima com uma das mãos, mas de alguma forma eu consegui. Saí da cama. Todos os meus movimentos eram vacilantes. Não podia confiar nos meus pés para que se movessem da forma que eu queria, não com um passo normal, mas consegui seguir adiante e sair do quarto, ir até o hall, até a porta. Lentamente. Muito lentamente. Eu estava andando como se estivesse enrolada em redes.

A atriz me alcançou quando eu estava a apenas alguns passos arrastados da porta.

— Há algo que preciso explicar a você — disse ela, sua voz suplicante, urgente. — E é uma notícia *realmente muito boa*. Veja bem, a morte não existe de verdade. É por isso que não a chamamos assim. Nós chamamos de sono.

Ela sorriu, balançou a cabeça e aceitou como verdade que eu fazia alguma ideia do que ela estava falando.

— Meus filhos — continuou ela. — Eles são muito especiais. Eles todos estavam dormindo. Eu os acordei usando a mecânica. Eu não devia ter a mecânica. Mas... um dos chefes do laboratório... eu o conheci no Star Center... Esse é o centro especial para, você sabe, pessoas famosas... Ele me deu um pouco. Mas funciona! É a verdadeira re-an...

Aquilo tudo estava uma bagunça em minha mente, mas posso dizer honestamente que não teria entendido nem um pouco melhor sob as condições ideais. Era um monte de baboseira de Lazarus.

— Re-an? — repeti.

— Reanimação. Verdadeira Saúde. Meus filhos estavam dormindo. Eu os acordei.

Peça a peça eu fui juntando tudo. A figura que estava se formando era muito esquisita.

— Você está me dizendo que seus filhos estavam... mortos? E você os trouxe de volta?

— Não existe morte — disse ela. — Se lembra? Só sono.

Eu queria mostrar que existiam na verdade muitas diferenças entre morte e sono, como respirar e estar vivo, de uma forma geral. Mas então ela acrescentou algo que me fez deixar os detalhes insignificantes de lado.

— Exatamente como seu namorado.

Uma campainha tímida soou em meus ouvidos.

— Franklin está *morto*?

— Não morto! Você acabou de vê-lo. Ele parecia morto?

Eu não tinha resposta para aquela pergunta. Pensando de forma geral... estava ficando mais difícil a cada momento. Eu apenas precisava continuar indo em frente. Ir para a porta. Ir para a porta.

— A mecânica é a resposta — disse ela, me seguindo. — O fim da morte. Ele está melhor agora! Todos vão ficar melhores! É uma revolução, Sofie. Contra a própria morte. E meus filhos são o começo e Franklin... e você. Você vai estar com seu namorado. Vocês dois vão ficar juntos! Vocês vão ficar *sempre* juntos!

Com Franklin. Para sempre. Para sempre com aquele idiota. A ideia era tão horrível que pulei para a frente, batendo contra a porta quando a alcancei. Andar era tão difícil!

— Acho que está em você — disse ela, vindo na minha direção. — A mecânica. Ela se transferiu para você na mordida. Você não entende? Você não entende como isso é maravilhoso?

A atriz famosa ficou entre mim e a porta e passou aqueles braços famosamente tatuados e torneados dela em volta de mim no mais caloroso e maternal abraço possível.

Deus, ela estava quente. As pessoas são tão quentes! E seu *pulso*. É tão estranha, aquela pulsação. Era como um batuque, um batuque

que me deixava muito irritada. Abri minha boca para gritar, mas perdi meu equilíbrio e acabei me segurando no pescoço da atriz, nu e exposto.

Era como se eu não comesse há dias e alguém tivesse enfiado um hambúrguer perfeito e suculento debaixo do meu nariz, acabado de sair da churrasqueira, ainda soltando aqueles sucos deliciosos que saem da carne quando ela é tirada das chamas... e eu sabia que aquilo era um pescoço e não um hambúrguer, mas tinha se tornado a mesma coisa e só havia uma coisa a ser feita... uma coisa... então eu mordi. Mordi com muita força! Eu era tão forte! Fechei os dentes e então... deleite, puro deleite... uma felicidade que eu nunca tinha conhecido! Eu sequer me importava com os gritos. E meu rosto estava todo molhado. Acho que era sangue, mas aquilo estava *certo*. Estava tudo bem. Estava certo, estava certo, estava certo, estava...

Agitada. Não sei por que, apenas feliz agora. Máquina na parede com fotos liga. É televisão. Certo, é *televisão*. Por que tão difícil lembrar? *De* lembrar. Ufa, tão difícil pensar. Podia achar está doente mas sente tão bem então não deve estar doente.

— Sponnnn? — diz Franklin.

Franklin feliz também. E também moça bonita. Ela diz "Spooonnnn" também. Pequenos felizes também. Todos gosta esponja.

Não sempre aqui. Lembra outro lugar. Difícil lembrar mas tenta. Como quarto e máquina com esponja... *televisão*... e árvore. Quarto bonito. Mas conhece outro lugar. Carro fora. Carro *está* fora. Pode ir lugares! Gosta dirigir. Talvez quando não mais esponja nós dirigir. Lembra lugar grande queria ir. Cidade grande. Sim. Bonito lá. Pode levar carro para cidade grande. Londres se chama!

Mas quando esponja acabar. Esponja primeiro, então carro para cidade grande. *Para Londres.*

Franklin toca mão, sorri.

— Spoonnnnn — diz ele de novo. Franklin tão bonito.

Nós feliz.

"O cuidado e a alimentação de seu filhote de unicórnio assassino"

Holly: Apesar de poucas pessoas acreditarem em unicórnios hoje em dia, houve um tempo em que os naturalistas se referiam a eles tão casualmente quanto você se refere a gatos. Pesquisadores investigando estes estudos muitas vezes tentam identificar o que pode ter sido "identificado de maneira errada" como um unicórnio. Um rinoceronte é uma possibilidade, um antílope visto de lado, fazendo com que seus dois longos chifres fossem percebidos apenas como um é outra e, claro, acredita-se que chifres de narval eram o material com que os reis decoravam seus tronos e cálices.

Mas a possibilidade permanece, como Diana postula em seu maravilhoso "O cuidado e a alimentação de seu filhote de unicórnio assassino", que unicórnios tenham ficado por aqui todo esse tempo, caçados até quase serem extintos, mas agora prontos para voltar e se tornarem conhecidos.

Justine: Suspeito que alguns dos partidários do Time Unicórnio estejam nesse momento murmurando entre eles sobre minha injustiça em relação à sua equipe. Uma tremenda palhaçada, claro, mas caso você ache que sou completamente parcial com relação a esse assunto, vou confessar que gosto dos unicórnios assassinos de Diana Peterfreund. Honestamente, eles são os únicos unicórnios interessantes

172

em todo o livro. Posso confiar em um animal que está à solta para nos matar. São os defecadores de arco-íris que eu não consigo suportar.

É claro que a obsessão dos unicórnios com a virgindade continua sendo uma preocupação. Alguns de nós que não são virgens são bastante adoráveis, você sabe. Por que eles nos rejeitam? É claro que deveria ser ressaltado que os unicórnios assassinos de Peterfreund são ainda mais meticulosos: você também tem que ser um descendente de Alexandre, o Grande. Sim, já vou falar sobre isso.

Holly: Vejo que você está enfraquecendo, Justine. A atração do adorável unicórnio assassino deve ser realmente enorme.

O cuidado e a alimentação de seu filhote de unicórnio assassino
por Diana Peterfreund

— Legal. É um show de horrores — diz Aidan. — Não sabia que ainda existiam coisas assim.

Não acho que devíamos chamar aquelas coisas de show de horrores. Embora eu soubesse que meus pais iam ficar horrorizados se soubessem que eu tinha chegado perto de um. Muita nudez, muitos caminhos para o oculto.

A tenda fica perto do fim do parque de diversões, decorada com cartazes de compensado pintados de forma berrante e iluminada por uma corrente de lâmpadas sobre a fenda na lona onde fica a entrada, que não faz muito mais do que criar longas sombras, escurecendo a maioria dos anúncios.

Até agora, o parque de diversões estava bem fraco. Tem uma roda-gigante, mas uma única volta custa quatro dólares; Yves diz que eles devem ter que pagar uma fortuna de seguro. Os cachorros-quentes parecem milenares e enrugados e têm gosto de carne-seca. O algodão doce é murcho, o *funnel cake* é encharcado de gordura e eles não vendem nada legal como Twinkies fritos. Ainda tive que implorar para meus pais me deixarem vir. Veja bem, o parque de diversões fica ao lado da floresta e não tenho mais permissão para chegar nem perto da floresta.

Talvez, se optássemos pelos jogos tradicionais, teria sido mais divertido, mas Aidan os declarou infantis e sem graça, disse que só serviam para mauricinhos e seus súditos sem personalidade e todos concordamos. Todos menos Yves, em uma manobra claramente planejada para me lembrar da minha coleção de macacos de cabeça balançante que tínhamos acumulado ao longo de vários verões passados sendo infantis e sem graça na barraquinha de Skee-Ball perto da orla.

Yves adora contar histórias vergonhosas sobre as coisas idiotas que costumávamos fazer, especialmente desde o último outono. Mais especialmente toda vez que ele me pega flertando com Aidan.

— Eca — diz Marissa, se insinuando dentro de um top que deixa sua barriga à mostra e se posicionando entre mim e Aidan. — Uma vaca de duas cabeças? Será que ela está, tipo, viva?

— Provavelmente não — diz Yves, que está atrás de nós. — Aposto que está conservada em formol.

Eu olho para trás e torço meu nariz para ele. Os olhos de Yves são escuros, contornados por cílios ainda mais escuros que sempre foram longos demais para um garoto. Suas mãos estão dentro dos bolsos da jaqueta e ele está me dando um daqueles olhares longos e penetrantes que têm sido outra de suas especialidades desde o último outono.

Summer se recusa a entrar no show de horrores, citando como é inumano expor pessoas com deformidades. Mas uma rápida olhada para os cartazes na frente da lona revela apenas uma atração cujas "qualidades" não parecem criadas propositalmente: o menino-lobo. Os outros são um homem tatuado, um engolidor de espadas e um sujeito chamado de cabide humano, que parece esperar fazer fama no parque de diversões pendurando coisas nos piercings do seu corpo. Nojento. Talvez meus pais tenham razão. Chego para o lado para examinar o próximo cartaz e congelo.

VENOM

O ÚNICO UNICÓRNIO CAPTURADO VIVO DO MUNDO
Diziam que isso não podia ser feito, mas temos um!
Seja um dos poucos a ver este monstro...
E SOBREVIVER!

Há um desenho tosco debaixo das palavras, nada como as fotos embaçadas dos jornais, ou as fotos dos cadáveres que você já viu. O unicórnio no cartaz se parece com aqueles dos velhos livros de conto de fadas, branco, empinado, sua crina voando atrás dele em espirais artísticas. Exatamente como um conto de fadas, tirando as presas e os olhos vermelhos como sangue.

Dou um passo vacilante para trás e quase tropeço em Marissa.

— Um unicórnio — diz ela. — Mas não pode ser um de verdade.

— Claro que não é — diz Aidan. — Nunca permitiriam que eles exibissem um. É perigoso demais. Provavelmente também está conservado em formol.

Marissa aponta para o cartaz.

— Mas aqui diz que está vivo.

— Talvez seja falso — diz Katey, se segurando no namorado, Noah. — Existe um processo patenteado em que se juntam os chifres de um filhote de bode e ele cresce com um chifre só. Como um bonsai. Aprendemos isso na aula de biologia.

Começo a tremer e me afasto da tenda. Antes de os unicórnios voltarem, as pessoas costumavam fazer aquilo e fingir que aquela era uma criatura delicada e mágica. Ninguém percebeu que as histórias eram mentiras.

— Bem, isso com certeza vale cinco pratas — diz Aidan. — Quero ver isso. Um unicórnio assassino! Vocês sabem que nunca capturaram quem matou aqueles garotos na floresta no último outono.

— É impossível — diz Noah. — Dizem que ninguém consegue capturar um e que ninguém é capaz de domar um também. Esse só pode ser falso.

Meus braços se enrolaram em meu corpo, me abraçando para manter o frio distante. Mas é uma noite quente de primavera. Nada a ver com o último outono, com seu céu cinzento gelado, suas folhas secas e os gritos horripilantes.

Summer balança a cabeça com veemência.

— Sim, eu definitivamente não vou entrar.

— Vamos lá — diz Katey. — Não é de verdade. Se fosse, ele estaria na TV, não preso em uma tenda como atração de circo.

— Certo — diz Aidan a Summer. — Seja ridícula. — Ele inclina a cabeça para mim, sorrindo. — Vamos lá.

Se meus pais reprovavam piercings e forças ocultas, então um unicórnio com certeza estava fora de questão. Especialmente para mim.

— Wen? — A voz de Yves vem de muito perto. Ele é o único de fora da minha família que sabe. — Você não tem que fazer isso.

Eu me viro para ele. Ele está me oferecendo a mão, como se ainda tivéssemos 6 anos. Como se segurar a mão fosse tão simples quanto era quando éramos crianças. Como se se segurar a mão *dele* pudesse ser tão natural quanto era no último outono. Mas, como eu lhe disse então, foi um acidente. Um erro.

Olho fixamente para ele. Ele está esticando a mão como se as coisas pudessem voltar a ser como antes.

— Ei! — grito para Aidan e os outros. — Esperem.

Não era falso.

Percebo no instante em que entro na tenda, embora ainda não possa vê-lo. Mas o cheiro ali dentro é igual ao do último outono, o aroma estranho que naquela época eu tinha achado que vinha de alguém queimando folhas, ou matéria vegetal apodrecendo depois das chuvas de outubro.

O interior da tenda parece uma sala de museu, com um caminho sinuoso e escuro passando por entre exposições individuais que se destacam como ilhas de luz âmbar avermelhada na escuridão. Noah já levou Katey para um canto escuro atrás dos ossos de serpente do mar para dar uns amassos. Posso vê-los ainda melhor na tenda escurecida do que podia ver no brilho da área de jogos.

É o unicórnio que faz aquilo comigo. Seu mal causa arrepios pelas minhas terminações nervosas, as acordando, mexendo com elas, como uma droga, até eu ver tudo de forma mais clara, forte e lenta.

A vaca de duas cabeças está, na verdade, conservada em formol; uma mutação fetal bovina preservada em um tanque gigantesco que brilha em verde para elevar o fator de estranheza. Aidan e Marissa olham para aquilo com as bocas abertas, então continuam andando para assistir ao engolidor de espadas fazer seu número. Fecho meus olhos e tento expulsar o unicórnio. Meu corpo está todo quente, como quando meus primos, Rebecca e John, e eu bebemos aquele conhaque no Natal.

O engolidor de espadas lambe a arma de uma ponta até a outra, sorrindo para nós, então inclina a cabeça para trás e levanta o florete, equilibrando-o cuidadosamente sobre sua boca. Observo cada centímetro daquilo descer pela goela do homem, vejo cada movimento dos músculos de seu pescoço, cada contração, enquanto ele luta contra o reflexo de engasgar.

A mágica contida se solta, afrouxando dentro de mim uma clareza dolorosa, cada instante esticado para abranger cada detalhe insuportável. Posso ouvir as batidas do coração de Marissa, aceleradas pela visão diante dela, se acelerando ainda mais quando ela treme de nojo e se encosta em Aidan. Sangue bate contra meus ouvidos, como daquela vez em que meus primos, Rebecca e John, e eu apostamos para ver quem conseguia segurar a respiração por mais tempo no fundo da piscina.

Posso até mesmo sentir o chão sob as solas de meus sapatos e deixo que meus passos me puxem como um vagão de trem sobre um trilho, rebocada impiedosamente na direção de algo que se esconde além da escuridão.

Como da vez em que meus primos, Rebecca e John, e eu fomos até a floresta perto da casa deles no último outono e eu os vi morrer.

Eu nunca devia ter entrado aqui. Foi um erro; eu sabia daquilo, mas quis me exibir para Aidan.

Há uma mulher sentada em uma cadeira dobrável em frente de uma cortina dividindo o fundo da tenda. Sobre a lona está outro desenho de unicórnio, violentamente vermelho contra um campo preto. Ela apaga seu cigarro.

— Estão aqui para ver Venom? — pergunta ela.

Ela está vestida com uma saia armada e um espartilho, mas parece mais a namorada de um motoqueiro do que uma princesa de conto de fadas.

— Sim — diz Aidan, atrás de mim.

— Tenho que entrar com vocês — diz a mulher, se levantando. — Por razões de segurança.

Marissa se afasta.

— Então ele é de verdade?

Aidan faz uma expressão de impaciência.

— É parte do show. Como o engolidor de espadas estourando aqueles balões para mostrar que ela estava afiada.

Respiro fundo. E, como o engolidor de espadas, isso é real. Eles têm um unicórnio de verdade ali atrás. Venenoso. Devorador de humanos. Deveríamos fugir. Agora.

A mulher abre a fenda e nos guia até o interior e os outros se empurram à minha volta, mas não consigo dar mais nenhum passo. Na minha cabeça escuto meus primos gritando. Ninguém aqui sabe e Yves ainda está do lado de fora. Eles eram dois anos mais velhos que eu, estavam no último ano de outra escola. Ninguém sabe que aqueles garotos que foram mortos por um unicórnio são meus primos. Ninguém sabe que eu estava lá.

Meus pais falaram para eu não contar. Menos perguntas, desta forma, sobre como sobrevivi. Menos tentação, então, de explorar o mal que corre em meu sangue.

— Você vem, Wen? — pergunta Aidan e segura minha mão.

Algo como um choque elétrico se irrompe de meus pensamentos e eu o sigo além da cortina. Ali está um pequeno espaço de observação em frente de uma grade de metal que parece resistente. Depois da grade, escuridão e uma pequena quantidade de luz amarela.

A mulher levanta um apito em uma corrente pendurada em volta do pescoço e sopra, produzindo uma nota grave e tremulante. Atrás das barras, o unicórnio anda até chegar debaixo da luz. Ou melhor, ele manca. É pequeno, não do mesmo tipo que matou Rebecca e John. Cada um de seus cascos divididos está envolvido por braçadeiras pesadas de metal e elas estão acorrentadas de um lado e de outro, na frente e atrás, para que o unicórnio possa dar apenas passos curtos. Os ferros das patas dianteiras se conectam a uma barra de metal em forma de Y que termina em outra braçadeira que aperta o pescoço da fera. Acorrentado dessa forma, ele só pode ficar com a cabeça levantada, de maneira que possamos admirar melhor seu rosto parecido com o de um bode e o longo chifre espiralado.

O unicórnio é extremamente gordo. Sob uma camada de pelo branco esparso e duro, a barriga se distende quase até os joelhos encaroçados. Partes de sua pelagem estão nuas e, nos trechos carecas, posso ver cicatrizes e até mesmo feridas abertas, como se ele andasse se mordendo.

Os olhos azuis e molhados do unicórnio encaram cada um de meus amigos, um após o outro. Sua boca se abre em um rosnado, revelando presas pontudas amareladas e gengivas que não parecem saudáveis. Ele solta um rosnado baixo e dolorido para Noah e Katey, para Marissa e Aidan. E então se vira na minha direção.

Suas pupilas dilatam, a boca se fecha e então ele se move na direção das grades.

Todos nós pulamos para trás.

— Venom! — grita a mulher.

O chifre do unicórnio raspa as grades. Ele dobra os joelhos agora, lutando para abaixar a cabeça mesmo preso pelos ferros, balindo, enquanto as beiradas da braçadeira do pescoço se arrastam em sua pele.

— Venom! — berra a mulher. — Para trás. Agora!

O unicórnio não obedece.

Meus amigos dão outro passo comprido para trás na direção da cortina.

— Moça... — diz Aidan.

Posso ouvir os batimentos de seus corações acelerados e pesados. Mas não consigo tirar meus olhos do unicórnio.

O monstro manca e tropeça, tentando colocar um joelho no solo e então o outro, preso por suas correntes, nunca perdendo contato visual comigo, nunca deixando a expressão suplicante sair de seus olhos.

A mulher toma um susto e se vira para mim.

— Você.

Pisco quando ela segura meu braço. O unicórnio para o que está fazendo e começa a rosnar novamente.

— Você é uma de nós — diz ela em meu ouvido.

Ah, não.

— Moça, controle seu monstro — diz Aidan.

O unicórnio bate contra a grade e as barras se *dobram* com seu peso.

Com o peso dela, percebo finalmente. É uma fêmea.

— Quem é você? — pergunta a guardiã do unicórnio, e ela segura meu braço com mais força.

Ela é forte. Inacreditavelmente forte.

Mas eu também sou. Puxo meu braço com força, então saio correndo pela cortina, sem me importar com os gritos dela, ou o terror de meus amigos, ou as súplicas silenciosas do unicórnio. Corro com uma velocidade que não alcançava desde o último outono. Velocidade que me permitiu ser a única a conseguir escapar quando o unicórnio atacou a mim e meus primos na trilha. Velocidade que aquelas pessoas do convento italiano mencionaram quando foram até a casa de meus pais para nos explicar que sou algo especial no que diz respeito a unicórnios. Eu os atraio como gatária de unicórnio. Sou imune a seu veneno mortal. Sou capaz de ouvir seus pensamentos. Quando estou perto deles, sou ofuscantemente rápida e assustadoramente forte. E eu, diferentemente da maioria das pessoas no planeta, tenho a habilidade de capturá-los e matá-los, se treinada de forma apropriada.

Elas disseram que tinham um lugar para treinar garotas com poderes como os meus. Elas nos chamavam de caçadores de unicórnios. Meus pais as expulsaram. Meu pai disse que elas eram papistas, na melhor das hipóteses, e exploradoras e feiticeiras na pior, e que não existia a menor possibilidade de ele me deixar chegar perto de um unicórnio. Afinal de contas, nós já tínhamos visto o que aqueles monstros tinham feito a Rebecca e John.

Fujo com essa velocidade inumana através dos caminhos contorcidos da tenda do show de horrores e cruzo a lona na direção das suaves luzes de neon da noite. E a primeira coisa que vejo, quando a lua para de rodar no céu e o sentido de unicórnio se acalma, é que Yves e Summer estão sentados em um banco na sombra e estão se beijando.

Yves dá a Summer uma carona para casa, o que significa que vou sentada no banco de trás. Ele fez 16 anos no ano passado, o que o torna quase um ano mais velho que o resto do pessoal. Escolho me sentar atrás do banco do motorista, para não poder ver Yves no espelho mesmo se quisesse. Summer vai tagarelando o caminho inteiro, dividindo seu monólogo conosco, e fico pensando sobre o que ela acha de mim e dos rumores sobre nós dois. Quando chegamos à casa de Summer, Yves sai do carro e a acompanha até a porta de casa, e eu fico olhando tão fixamente quanto posso para a lua. Parece mesmo demorar um bom tempo para ele voltar. Ele não se move para fazer o carro andar.

— Você vai ficar aí atrás? Sou seu motorista?

Eu chuto as costas do seu banco.

— Como era o unicórnio?

— De verdade — digo, e então, para impedir que ele perguntasse mais qualquer outra coisa: — Como era a língua da Summer?

Yves acelera o carro.

Assim que Yves encosta o carro em frente à casa dele, abro minha porta e saio apressada, desequilibrada porque o carro ainda está se movendo. Atravesso o gramado correndo, pulo sobre Biscuit, o gato amarelo e irritante da velha Sra. Schaffer e estou quase chegando na porta de casa quando escuto o motor desligar, antes de ouvi-lo gritando:

— Wen! Espere, Wen, deveríamos conversar sobre isso!

E então estou dentro da minha casa e não posso mais escutá-lo gritar, e não posso ver a lua e, mais que tudo, não posso sentir aquele unicórnio me chamando do outro lado da cidade.

Essa é a parte que eu ainda não entendo, depois que bati na porta do quarto de meus pais para dar boa noite, coloquei o pijama, fiz minhas preces e deitei na cama. Porque se tivesse feito como aquelas freiras italianas tinham pedido, se tivesse ido com elas, eu teria treinado para ser uma caçadora de unicórnios. Uma matadora de unicórnios.

Mas não havia como se confundir quanto àquele unicórnio. Ela queria minha ajuda. Será que ela queria que eu a matasse? Eu podia acreditar facilmente que viver em cativeiro, confinada dia e noite por aquelas correntes, deveria ser insuportável. Será que era aquilo que ela queria? Um golpe de misericórdia?

Afofei meu travesseiro e puxei as cobertas sobre a cabeça para proteger meus olhos da luz da lua, que parece muito mais clara agora do que no parque de diversões. *Apenas pare de pensar no unicórnio. Apenas pare.*

Durante seis meses vivi com o medo de acordar uma manhã e encontrar uma tropa inteira de monstros no jardim dos fundos, tamanho era meu poder de atrair o mal deles em mim. Mas agora que encontrei outro unicórnio, agora que sei como é ter um por perto, eu entendo. Reconheço a sensação agora. Apenas tenho que superá-la. O truque é pensar em outra coisa. Algo agradável.

Então imagino que estou beijando Aidan, que ele está tocando minhas costas da mesma forma que tocou minha mão na tenda hoje à noite. Provavelmente não é a imagem certa, no entanto, porque a única experiência que tive em beijar alguém foi com Yves, no último outono. E, em vez de sentir o longo cabelo louro de Aidan entre meus dedos, estou sentindo os cachos crespos e escuros de Yves; estou sentindo os lábios carnudos de Yves contra os meus; estou ouvindo Yves sussurrar meu nome, exatamente como ele fez no último outono, como se, em vez de segurá-lo pelos ombros e beijá-lo, eu tivesse balançado os braços e criado raios em um céu azul.

Estou feliz por Summer. Realmente estou. Quero que Yves encontre uma namorada e esqueça essa coisa de tentar sair comigo. Quero que se esqueça que me beijou, embora tenha sido seu primeiro beijo também. E eu quero esquecer também.

Quero esquecer isso tudo.

Yves não está esperando por mim ao lado do meu armário na segunda-feira de manhã. Ele e Summer passam o almoço abraçadinhos na ponta da mesa. O que por mim está ótimo. O que não está ótimo é ver Marissa rodeando Aidan desde a fila da comida até dar um jeito para que ele se sente o mais perto possível dela e o mais longe possível de mim na hora do almoço. Além disso, eles só querem falar de sua aula de assuntos contemporâneos. Aparentemente o governo jogou napalm em um prado infestado de unicórnios em algum lugar no oeste para tentar controlar a propagação dos monstros. Não funcionou.

— As fotos no jornal não se pareciam em nada com aquela coisa que vimos no show de horrores — disse Aidan. — Talvez fosse falso.

Mantive minha boca cheia de salada de repolho. O que não está nem um pouco ótimo mesmo é que o unicórnio passou o fim de semana inteiro me chamando. Até mesmo na igreja, no domingo. Quase contei a meus pais, mas fiquei com muito medo do que eles diriam. Como se ainda sentir aquilo significasse que eu não tentara banir esse mal de meu coração o suficiente.

Posso senti-lo me rebocando agora.

— Claro que era falso — diz Marissa. — Todo mundo sabe que unicórnios não podem ser capturados.

— *Todo mundo* sabe uma porção de coisas — salientou Noah. — Por exemplo, que não dá para matá-los com napalm. Mas então eles também mostram cadáveres de unicórnios no jornal. Quem os matou e como?

Ouso olhar para cima naquele momento e percebo que Yves está olhando para mim. Apenas nós dois sabemos quem está matando os unicórnios e fiz Yves jurar que manteria segredo no último outono.

Logo antes de beijá-lo.

Katey treme e tira a casca do pão de seu sanduíche.

— Falso ou não, foi assustador. Unicórnios são horríveis, aqueles no jornal, aquele pequeno e gordo no parque de diversões, não importa. Espero que quem quer que os esteja matando pegue este que está na floresta. O que matou aqueles garotos no último outono.

— Você não acha que existem coisas melhores a se fazer do que simplesmente matá-los? — pergunta Summer. — Eles são uma espécie em extinção.

— Eles são *perigosos* — corrige Noah, passando seu braço em volta de Katey. — Aposto que você deixaria todo esse papo de direitos dos animais de lado se tivesse visto aquela coisa tentar passar pelas grades para comer Wen no parque de diversões.

— Ele tentou comê-la? — pergunta Yves abruptamente.

Você saberia disso se não estivesse tão ocupado beijando Summer, quase respondo para ele. Mas a verdade é que não acho que ele estava tentando me comer. Chegar perto de mim, certamente. Mas me comer?

Fico imaginando o que mais as pessoas falam sobre unicórnios que não é verdade. Fico imaginando, se eu tivesse ido embora com aquelas pessoas da Itália no último outono, será que eu já saberia?

Depois da escola, vou direto para a biblioteca porque, se não for, Yves pode pensar que eu quero uma carona para casa, o que provavelmente complicaria quaisquer planos para depois da aula que ele tiver com Summer. Na biblioteca, faço um pouco do dever de casa, fico pensando muito e acabo indo até os computadores para checar as rotas dos ônibus na internet.

Preciso de três ônibus diferentes para chegar até o parque de diversões e quase dou a volta e vou para casa a cada mudança. Eu provavelmente não devia estar fazendo isso, mas, ao mesmo tempo, preciso saber. Talvez eu esteja imaginando aquilo tudo, deixando o medo do último outono criar todos os tipos de ideias em minha cabeça.

O sol já está baixo no céu na hora em que chego ao portão de entrada e, assim que entro no parque de diversões, bate o medo. Compro um refrigerante. Depois jogo dez rodadas seguidas de Skee-Ball e ganho tantos tíquetes que o funcionário que está manejando as máquinas começa a me olhar feio, então paro de jogar e troco meus tíquetes pela primeira coisa em que coloco os olhos: um unicórnio de pelúcia.

— Não é uma escolha comum — diz o funcionário, desenterrando o bicho da pilha de ursos e cachorros de pelúcia. — Pelo menos não hoje em dia. As crianças andam muito assustadas com as histórias no jornal.

Ele me entrega o boneco e o chifre dourado do unicórnio se dobra sobre um dos olhos. Mantenho minha concentração naquilo e não digo nada, preocupada por um segundo que ele esteja achando que sou maluca por escolher o boneco macabro.

— Você sabe que temos um aqui, numa tenda lá no fundo? — diz o funcionário, que, aparentemente, nunca aprendeu quando é a hora de parar de falar. — Pelo menos é o que dizem. Eles o mantêm trancado com toda a segurança, no entanto, então talvez seja real.

Balanço a cabeça.

— Mas não estão exibindo ele hoje. — Ele encolhe os braços. — Parece que está doente.

E então, sobre o barulho dos sinos e alarmes na área de jogos, sobre os gritos das pessoas nos brinquedos e a música estridente que sai de cada caixa de som do parque, eu a ouço. O unicórnio. Ela está doente. E precisa da minha ajuda.

Antes que eu possa perceber, saí dali, a mochila batendo com força contra minha coluna, o unicórnio de pelúcia apertado entre meus dedos. A mesma velocidade que me levou para longe do unicórnio no último sábado agora me leva de volta à tenda de circo. Mas eu sei — de alguma forma eu sei — que ela não está ali dentro. Nunca passa pela minha cabeça parar, tirar esse sentido de unicórnio da minha cabeça, rezar pela proteção de Deus contra esse mal. Em vez disso, apenas continuo indo.

Aceno para o sujeito tomando conta da entrada e, assim que a atenção dele se desvia para outra coisa, me esgueiro na direção da lateral, fingindo ler os cartazes chamativos anunciando as atrações do lado de dentro, então corro até a lateral. A lona no lado da tenda se encontra com a cerca que envolve o parque de diversões, mas posso ver que a tenda, na verdade, se estende até muito depois daquilo. Encosto o corpo nas paredes de lona, mas elas estão apertadas, sem muito espaço para manobrar e uma enorme corda elástica prende as laterais à cerca para ninguém entrar escondido no parque de diversões — ou, aparentemente, sair.

Estou pronta para voltar à entrada do parque e dar toda a volta pelo lado de fora, quando escuto o unicórnio chamar novamente. E dessa vez não é na minha cabeça, mas um grito agudo de angústia tão alto que posso ver pessoas na área de jogos virando o rosto, surpresas.

E então meu pé está sobre a corda mais baixa e estou passando por cima da cerca com uma das mãos. Caio no chão do outro lado, leve como um gato. O sol mergulhou no horizonte e o crepúsculo borra as beiradas dos trailers, das caravanas e dos banheiros químicos que se espalham a esmo sobre a terra. Ainda assim, sei exatamente onde ela está e sigo uma linha reta na direção dela.

O que vou fazer assim que chegar lá, eu não sei. Mesmo que o unicórnio queira morrer, não faço ideia de como matá-la.

O trailer da guardiã do unicórnio está amassado e precisando de uma nova pintura. Encosto meu corpo à lateral enferrujada enquanto escuto uma voz vindo de uma varanda que lembra uma tenda montada no fundo. Reconheço a voz como sendo da mulher que segurou meu braço no fim de semana e ela está dizendo palavras que fariam meu pai me mandar lavar a boca, se me ouvisse falar.

O unicórnio está alternando pequenos balidos patéticos com rosnados fortes. Chego mais perto, tentando espiar entre o trailer e as aberturas da lona para ver o que está acontecendo. Uma ponta da lona está amarrada ao topo do trailer com cordas e a outra está apoiada sobre estacas no solo, como uma cobertura para piqueniques. Será que a mulher está espancando a pobre criatura? Ou talvez a punindo por comer um companheiro funcionário do parque?

— Não se atreva... — A mulher bufa, ofegante. — Não antes de eu voltar, entendeu?

O unicórnio geme novamente e escuto uma porta de tela bater contra o portal de alumínio. Deito sobre minha barriga e espio pelo espaço entre o chão e a lona da tenda. O unicórnio está olhando para mim. Ela está mudando o peso do corpo de uma pata para outra, se abaixando e, enquanto luta para girar, posso ver que há algo estranho saindo de sua bunda. Parece que são dois pedaços de madeira, ou algo assim, mas então eu olho com mais atenção e percebo que são patas. Duas pequenas patas terminando em cascos divididos.

O unicórnio não é gordo. Ela está grávida.

Ela luta para se deitar sobre o feno que cobre o chão, puxando as correntes para poder lamber seu traseiro. Ouço a porta de tela abrir novamente e minha visão é bloqueada pelos pés da mulher e pela barra suja de sua saia.

— Eu falei para esperar — grita a mulher com o monstro, que simplesmente rosna em resposta. — Não estou com tudo pronto ainda.

Ela coloca um balde grande no chão e água fria espirra e cai em cima de mim.

Isso é estranho. Ouvi falar de pessoas fervendo água antes dos partos — embora não tenha certeza de qual é a razão para isso —, mas um balde de água gelada?

O unicórnio faz uma pausa em suas dores do parto e encosta a cabeça no chão. Um grande olho azul olha diretamente dentro dos meus.

— É melhor você rezar para esse nascer morto, Venom — diz a mulher, batendo o pé na terra perto do meu rosto. — Odeio fazer isso.

O unicórnio olha fixamente para mim, seu olho injetado de sangue e arregalado pelo terror. E com um tremor que vai desde o topo da minha cabeça até a ponta dos meus pés, eu entendo.

O unicórnio bale, geme, lambe e empurra, e lentamente posso ver a cabeça do filhote saindo para encontrar aquelas pernas espichadas. A cabeça está manchada de branco e vermelho e os olhos estão esbugalhados em cada um dos lados de seu crânio retangular. Entre os olhos do bebê não há nada — nenhum chifre. Talvez ele cresça mais tarde, como as galhadas de um veado. Uma espécie de membrana lustrosa envolve o corpo do bebê e ela está se tornando translúcida no ar, ou talvez seja porque ela está se esticando. Não sei dizer.

Estou com medo de alguém dar a volta e me encontrar espiando por baixo da tenda. Estou aterrorizada com a possibilidade da mulher se abaixar e me ver. Não acredito que estou assistindo ao nascimento de um unicórnio. Quantas pessoas vivas já viram algo tão extraordinário?

A guardiã do unicórnio é claramente uma delas; enquanto isso, posso escutar ela chiando, impaciente, e seu pé ainda não parou de bater no chão de forma indócil. O unicórnio se vira para lamber o filhote e a membrana se parte. Pela primeira vez vejo o filhote de unicórnio se mover. Ele pisca, requebra e escorrega ainda mais para fora de sua mãe. A mulher corre até o unicórnio, segura o filhote pelas patas dianteiras pegajosas e puxa o resto de seu corpo. Venom grita de dor e então o chão é coberto por alguma espécie de líquido com cheiro ruim.

— Jesus, Venom! — grita a mulher, segurando o filhote fora do meu campo de visão. — Você está fedendo.

Ela dá um único passo para trás na direção do balde e o unicórnio faz uma pausa em sua angústia para olhar em meus olhos.

Minha mão se move rapidamente por baixo da lona e derruba o balde.

Água fria encharca o feno dentro da tenda e se espalha até o lado de fora para molhar a frente da minha camisa e da minha calça. Impeço uma arfada de sair, mas não preciso me preocupar, pois a mulher está gritando como louca. Ela deixa o filhote de unicórnio cair no chão e ele aterrissa sobre o feno molhado, todo embolado. Então a mulher pega o balde e some dentro do trailer.

O filhote se move fragilmente sobre o chão, com pedaços de membrana e feno colados em seu couro molhado, enquanto tenta deslizar de volta na direção do calor de sua mãe. Mas há algo errado com Venom. Ela tenta várias vezes se levantar e se aproximar do filhote, mas não consegue. Ela olha para mim novamente, dor e súplica disparadas contra mim como uma flecha.

— Não — digo. — Não posso.

Escuto a água correndo dentro do trailer. Ela está enchendo o balde novamente. Ela vai sair em um minuto e então vai afogar aquele bebê. Aquele pobre, pequeno e inocente filhote de unicórnio que nunca matou os primos de ninguém. Que nunca fez nada a não ser cair no chão momentos depois de nascer. Como ele pode ser mau?

Venom se aproxima do potro, tira o resto da membrana com lambidas e o esfrega todo com seu focinho. O filhote está chorando de forma aguda, pequenos balidos patéticos, e ainda tenta se aninhar debaixo do pelo de sua mãe. O unicórnio olha para mim e rosna.

Eu falo aquela palavra que a guardiã usou, enfio o boneco dentro da mochila e passo o corpo por baixo da lona, esfregando lama, feno molhado e coisas muito mais nojentas sobre minhas roupas. Assim que estou do lado de dentro, Venom empurra o bebê na minha direção com o focinho.

— Não posso — repito, mas então por que estou aqui?

O som da água batendo no balde fica mais agudo. Logo o balde vai estar cheio. Venom bale novamente e, com muito esforço, se levanta para ficar de frente para mim.

Recuo quando Venom dobra o joelho e se abaixa, tocando com seu longo chifre espiralado no chão. Ela olha para mim daquela posição passiva e sua súplica desesperada me atinge com a força de um golpe.

O som da água caindo para.

Seguro o filhote e corro, sem olhar para trás quando escuto a porta de tela bater, sem parar quando a mulher grita, sem notar até estar a quilômetros de distância, como estava indo rápido. Ou como nem me sinto ofegante.

Quando finalmente chego em casa, está escuro do lado de fora. Passo escondida pela lateral da casa até entrar na garagem e desembrulhar o potro de meu uniforme de educação física, que agora está tão repleto de resquícios do parto e de lama quanto minhas roupas. Não sei como vou explicar essa bagunça à minha mãe.

Não sei como vou explicar o unicórnio também.

O filhote de unicórnio não tremeu desde que o embrulhei em minhas roupas e sua pele está seca e dura agora. Tenho quase certeza de que sua mãe o lamberia até ele ficar limpo, mas não pretendo fazer isso. Ainda assim, sei que preciso manter o filhote aquecido. E achar algo para ele comer.

Nossa garagem está muito cheia de trambolhos para o carro caber nela, mas ela serve como um esconderijo perfeito para o potro. Empurro para o lado caixas de álbuns de fotografia e enfeites de Natal e pego um cobertor velho e esfarrapado que às vezes usamos durante piqueniques. Se conseguir fazer um ninho com o cobertor, talvez possa colocá-lo atrás do freezer. O calor do motor provavelmente vai ser suficiente para manter o filhote aquecido durante a noite. Olho para onde deixei o unicórnio sobre a pilha de roupas de educação física sujas. O potro está se levantando com suas patas vacilantes e dá alguns passos descompromissados.

Ops.

Perto da porta está uma cesta velha de roupa suja de plástico cheia de ferramentas de jardinagem que eu jogo sobre o concreto. Ajeito o cobertor dentro dela, torcendo para que as laterais altas da cesta sejam suficientes para impedir que o unicórnio saia. E as laterais e a tampa têm buracos suficientes para que eu não me preocupe com a possibilidade de o filhote morrer sufocado. Empurro a cesta no espaço que abri atrás do freezer e coloco o unicórnio ali dentro. Pensando depois, resolvo pegar o unicórnio de pelúcia que ganhei no parque e o coloco junto com o filhote.

Ele está balindo novamente, mas o barulho do freezer o encobre. Aposto que está com fome. Fico imaginando o que posso dar para ele comer, levando em consideração que leite de unicórnio não é uma opção. Seguro minha mochila e entro em casa, indo diretamente na direção da escada.

— Wen! — chama minha mãe da cozinha, mas não paro. — Wendy Elizabeth, desça aqui agora mesmo!

Faço uma careta ao escutar ela falando meu nome inteiro.

— Não posso — grito do alto da escadaria escura. — Minha, hum...

Minha mãe começa a subir as escadas, então corro para dentro do quarto e tiro minhas roupas, enfiando as peças sujas no fundo do meu armário. Estou de calcinha e sutiã quando ela tenta abrir a porta e eu a empurro para que não entre.

— Mãe! — grito. — Não estou vestida!

— Você está atrasada para o jantar! Por que não ligou?

Diminuo o tom da voz e conto uma mentira para minha mãe:

— Minha, hum, menstruação veio na casa da Katey e eu fiz uma bagunça e fiquei muito envergonhada, então vim andando para casa.

— Oh, querida. — A voz de minha mãe está mais suave agora. — Bem, lave-se e desça. Lembre-se de colocar sua calça para lavar hoje, para não grudar. Tem removedor de manchas ao lado da máquina de lavar lá embaixo.

— Obrigada — digo.

Se o sangue realmente manchar, como vou explicar ter menstruado em cima da minha *camisa*? Mas aquele é o menor dos meus problemas. Depois de limpar o sangue dos braços e do rosto — o que me deixa mais enojada do que posso expressar — coloco roupas limpas e entro na internet. Pesquiso tanto como cuidar de filhotes de veado órfãos quanto como cuidar de leões órfãos, imaginando que um unicórnio deve ser uma mistura dos dois.

Isso vai ser mais difícil do que eu pensava. Aparentemente não é tão simples quanto simplesmente lhes dar leite. Filhotes de veado bebem algo chamado "colostro de veado" e leões se alimentam com leite em pó especial com alto teor de proteínas. E não tenho qualquer chance de botar minhas mãos sobre nenhuma das duas coisas.

O que estou fazendo? Não posso cuidar de um filhote de unicórnio. Mesmo se conseguisse descobrir como alimentá-lo, isso não pode ser lícito! E não pode estar certo.

De volta ao andar de baixo, minha mãe e meu pai estão me esperando à mesa. Eu me sento e meu pai faz a oração. O jantar demora uma eternidade e eu mal consigo comer. Meu pai também não come muito, porque minha mãe está testando uma receita marroquina que ela pegou com a mãe de Yves e meu pai acha que qualquer coisa mais exótica que espaguete é muito esquisita para se chamar de comida.

Mas aquilo me dá uma ideia. A mãe de Yves algumas vezes usa leite de cabra para cozinhar. Talvez isso seja mais próximo de unicórnios do que vacas. Depois do jantar interminável e do ainda mais interminável processo de lavar a roupa, viro para minha mãe e digo:

— Posso dar um pulo na casa do Yves rapidinho? Preciso pegar as anotações dele da aula de história.

Mentira número dois.

— Vá rápido — adverte minha mãe.

Yves abre a porta da cozinha.

— Ei — diz ele, se encostando ao portal. — Qual é a boa?

— Preciso pegar emprestado um pouco de leite de cabra.

— Emprestado? — Ele levanta as sobrancelhas. — Tipo assim, você vai trazer de volta?

— Não. Quero dizer que gostaria que você me desse um pouco de leite de cabra. Por favor.

Yves dá de ombros e sai na direção da geladeira.

— Só para você saber — diz ele, tirando a embalagem de papelão de uma prateleira na porta —, isso é bem horrível puro. Para que você precisa dele?

Então minto novamente:

— Minha mãe tem uma receita nova que está testando e ela, hum, lembrou que vocês teriam um pouco...

— Às 21h?

Os olhos grandes e escuros de Yves estão fixos em mim. Não é justo. Já é difícil o suficiente mentir para meus pais, mas Yves?

— Sim. Precisa... marinar durante a noite ou algo assim. Não sei. Ela apenas me mandou aqui. — Olho para longe. — Então, para o caso de precisarmos comprar mais, onde sua mãe compra essas coisas?

— Tem um mercado caribenho no centro da cidade — diz Yves, me entregando a caixa. — Ei, Wen, você está bem?

Desço os degraus na direção da escuridão para ele não poder ver meus olhos. Biscuit, o gato, está em outro de seus passeios noturnos. Ele está destruindo o canteiro de flores da mãe de Yves. A Sra. Schaffer realmente precisa controlar essa fera.

— Estou bem.

Não estou bem. Não fico tão não-bem há meses. E nós dois sabemos o que aconteceu naquela época.

Uma parte de mim espera que ele se aproxime e toque meu braço da forma como vem fazendo desde o último outono, mas ele não faz isso. Ele permanece na porta de casa e há um espaço do tamanho de Summer entre nós.

— Bem, vejo você na escola — diz ele.

Volto para meu próprio jardim e me aproximo da garagem tremendo. Espero que isso funcione. Espero que não seja tarde demais. Quanto tempo depois de nascer um filhote de unicórnio deve comer?

E se ele já estiver morto? Prendo a respiração, congelando com a mão na porta. E se eu tiver passado por isso tudo e o unicórnio tiver morrido enquanto eu estava jantando? Todo aquele esforço, todo aquele terror e ele poderia acabar batendo as botas na minha garagem, sozinho, sem sua mãe por perto.

E talvez ficasse tudo bem. Talvez a guardiã soubesse o que estava fazendo quando tentou afogá-lo. Afinal de contas, essas coisas são mortais. Perigosas. Diabólicas. Talvez ela tivesse tido a ideia certa, nunca deixá-lo crescer. Mas então me lembro do olhar no rosto de Venom e corro para dentro.

Atrás do freezer, a cesta de roupa suja está parada e silenciosa. Abro a tampa e o unicórnio está enrolado dentro dela, aninhado contra o unicórnio de pelúcia sobre o cobertor. Estico o braço e toco a lateral de seu corpo. Um batimento cardíaco vibra através da pele aveludada. Ele acorda de seu sono e vira sua cabeça na direção da minha mão, esfrega o focinho na palma dela e envolve os lábios em meu dedo. Algo dentro de mim se acalma. Sim, é um pequeno monstro devorador de homens. Mas ele precisa de mim.

Pego uma garrafa de água vazia, um elástico e um par de luvas de jardinagem da minha mãe que têm as pontas emborrachadas. Arranco um dedo da luva e faço um buraco na ponta. Então encho a garrafa com o leite de cabra e prendo o dedo da luva sobre a abertura da garrafa com o elástico. Depois de alguns momentos encostado à parte de trás do freezer o leite já não está mais gelado. Isso terá que ser suficiente.

— Venha cá, bebê — falo para o unicórnio, tirando-o de seu ninho e o encostando em mim. Tento colocar a garrafa em sua boca, mas o unicórnio não quer saber disso e tenta se soltar enquanto leite de cabra escorre do buraco na luva e se espalha sobre nós dois.

Nojento. O unicórnio começa a chorar, pequenos balidos suaves, e tenta cavar meu peito. Mordo o lábio, sabendo exatamente como é a sensação. O que eu acho que estou fazendo? Leite de cabra. Que ideia idiota.

Tiro a borracha e enfio meu dedo na garrafa.

— Aqui — falo novamente, empurrando meu dedo coberto de leite por seus lábios.

Dessa vez o filhote de unicórnio mama, sua língua surpreendentemente firme. Mergulho o dedo na garrafa sem parar e, lenta e meticulosamente, nós conseguimos dar conta de cerca de um sexto da garrafa. Isso vai demorar bastante. Tem que haver uma forma melhor.

Coloco o dedo da luva de volta na garrafa, então aperto meu dedo sobre ele, cobrindo tanto a abertura da garrafa quanto o pequeno buraco na ponta da luva. Leite escorre sobre meu dedo, mas lentamente, controlado pela pressão dele sobre a borracha. Coloco meu dedo novamente na boca do filhote e o deixo se alimentar.

Seus olhos estão fechados enquanto ele mama, as pernas espichadas dobradas contra seu corpo para se manter aquecido. Sua pele é praticamente toda branca, coberta com um pelo macio e aveludado. Ele não parece nem um pouco perigoso. Acho que novo assim, sem o chifre venenoso, ele não é. Apenas macio, frágil e meigo. Passo meu dedo pelo focinho delicado dele. Entre seus olhos está uma marca avermelhada, como uma estrela ou uma flor.

— Flor — digo, e ele abre seus olhos por um momento e olha para mim.

Ah, não. Agora já dei um nome a ele.

Não consigo dormir. Do outro lado do corredor, o quarto de meus pais já está escuro há horas, mas ainda estou rolando na cama, tentando imaginar como estão as coisas com o pequeno unicórnio, sozinho na garagem. Será que ele está acordado? Com fome? Sufocando? Morrendo intoxicado pelo monóxido de carbono dos gases do freezer?

Finalmente boto uma jaqueta, meus sapatos baixos e desço o corredor nas pontas dos pés. Do lado de fora, a lua está clara no gramado e percebo que eu devia ter trazido uma lanterna. Se meus pais acordarem e virem a luz na garagem, eles vão pirar.

Mas quando entro na garagem, descubro que posso ver perfeitamente. Talvez seja a luz da lua. Talvez seja o unicórnio. Olho dentro da cesta de roupa suja. Flor está embolado ao lado do boneco novamente e posso ver seu peito se mexer enquanto ele respira. Espero que seja uma menina. Flor seria um nome bem engraçado para um menino.

Mas aquele gambá de *Bambi* não era um menino? Seu nome era Flor e aquilo não era problema. Bambi também era um menino com nome de menina.

Encosto minha cabeça à lateral do freezer. Não posso chamar esta coisa de Flor. Não posso ficar com ele também. É muito perigoso, não apenas para meus pais, que podem precisar entrar na garagem para pegar o cortador de grama e acabar devorados — mas também para mim. Isso é mágico, está à minha volta e simplesmente não está certo.

Será que Deus colocou aquele unicórnio no meu caminho como uma tentação a ser superada? Olho para a criatura minúscula enrolada na cesta. Ela é frágil como uma ovelha. Como pode ser culpada por seu destino? Descanso minha mão nas costas do unicórnio, apenas para senti-lo respirar. Observo suas pálpebras tremularem, o pequeno rabo se esfregar levemente contra o cobertor.

Quando acordo na manhã seguinte, meu pescoço está doendo muito por eu ter dormido curvada e não consigo sentir nada abaixo do cotovelo, pois a borda da cesta de roupa suja cortou minha circulação. O sol está entrando pelas janelas da garagem e o ar está manchado com o cheiro de leite azedo. O unicórnio balança, se espreguiça adoravelmente, então tem um acesso de diarreia em cima do cobertor de piquenique.

Nada de leite de cabra. Confere.

Enquanto estou limpando tudo, Flor está agora enrolado sobre um avental vermelho e branco de Natal — percebo que vou ficar fora de casa por causa da escola o dia inteiro. Não vou ter chance de alimentar o filhote antes de sair e o que vai acontecer se minha mãe entrar aqui e ficar imaginando onde seu material de jardinagem foi parar e por que o freezer está afastado da parede?

Flor começa a balir novamente quando saio da garagem em direção a minha casa. Na cozinha, meu pai está comendo mingau de aveia e reclamando porque Biscuit fez xixi no jornal novamente. Os quadrinhos sobreviveram; a página de negócios não teve tanta sorte. Ele olha para minha calça do pijama e minha jaqueta.

— Onde você estava?

— Você não estava na floresta, estava? — Os olhos de minha mãe estavam arregalados com terror.

— Não! — Estou tão cansada de mentir. — Estava procurando algo na garagem.

Isso, obviamente, dá início a uma nova leva de mentiras, enquanto tento inventar um objeto — que não tenha nada a ver com unicórnios — que eu estava procurando, então minha mãe se oferece para revirar a garagem para achá-lo mais tarde e digo ainda mais mentiras para convencê-la a não entrar lá.

Aqui está uma pergunta para os universitários: uma pessoa pode mentir para seus pais com o objetivo de salvar uma vida?

Tomo uma chuveirada, coloco roupas limpas, faço uma rápida prece para que Flor sobreviva e não seja descoberto até esta tarde e vou para a escola. A escola consiste nas seguintes coisas: aulas de inglês, matemática e história, durante as quais não consigo prestar atenção porque estou preocupada com Flor; hora do almoço, em que penso em várias ideias sobre o que dar para o unicórnio comer e tento evitar olhar para o fim da mesa, onde Summer está sentada no colo de Yves; tempo livre, em que penso que se eu fosse o tipo de garota que sabia como matar aula e sair da escola, este seria um excelente momento para dar um pulo em casa e checar como o unicórnio estava; educação física, em que jogamos *kickball*; e então biologia, em que o professor diz que nossa nova unidade será sobre espécies ameaçadas e em extinção e como existem vários tipos de animais que já achamos que estivessem extintos (como a rã de olhos vermelhos na América do Sul) ou que fossem imaginários (como lulas gigantes e unicórnios), e acontece que eles estavam realmente ameaçados, e como mudanças no meio ambiente podem ou trazer a população de volta, ou extinguir a espécie de vez.

— Então pode ser que todos estes unicórnios andando por aí nesse último ano sejam resultado de termos destruído seu habitat natural? — pergunta Summer, sentada na primeira fila com Yves.

— Eles têm a floresta toda só para eles agora — reclama Noah.

Depois do que aconteceu a Rebecca e John, o governo fechou todos os parques locais e a floresta que fica nos fundos das casas de vários de nós até que pudessem determinar o risco para o público. Os caçadores de cervos e os escoteiros ainda estão muito chateados com isso. Quanto a mim, mesmo que eles um dia abram a floresta novamente, não vou ter permissão para voltar. Não até os unicórnios estarem extintos.

— Não mais — diz Aidan. — Vocês não ouviram? Eles pegaram aquele unicórnio, aquele que matou as crianças. Ele está morto.

Minha cabeça gira.

— O quê?

Aidan está esparramado atrás de sua carteira e, como sempre, ele tem a atenção de metade da turma.

— Apareceu no noticiário ontem à noite. Eles mostraram o cadáver e tudo mais.

Meus dedos ficam brancos, minha respiração falha e é engraçado, mas posso sentir o olhar de Yves fixo na minha nuca tão facilmente quanto pude sentir Venom me chamando do parque de diversões. A aula se transforma em uma discussão sobre o que não estão mostrando na TV, até que o professor consegue recuperar o controle da aula.

Eles o pegaram. Um coro de anjos está cantando em algum lugar na vizinhança do meu esterno. Eles o pegaram. Não me importo com o que meus pais disseram sobre os caçadores de unicórnios especiais. Talvez eles usem mágica, mas eles responderam as minhas preces. Alguém vingou a morte dos meus primos. Estamos todos seguros.

E então me lembrei de Flor.

Quando as aulas acabam, Aidan me convida para ir com ele e os outros até o shopping, mas preciso ir cuidar do unicórnio na garagem dos meus pais. Vou até o mercado, onde compro uma mamadeira de verdade, leite em pó e um pouco de carne moída. Estou aterrorizada com o que a moça do caixa vai pensar de minhas compras, mas ela não diz nada, apenas pega o dinheiro e observa enquanto enfio tudo em minha mochila.

Yves buzina para mim quando boto o pé na rua.

— Precisa de uma carona?

— Stalker — digo, e entro no carro. — Você não vai ao shopping?

— Que nada. — Ele dá de ombros. — Summer tem reunião do anuário e eu não preciso comer aquelas porcarias. — Ele sai com o carro e olha para mim com o canto do olho. — Então, eles pegaram o unicórnio.

— Sim.

Eu olho pela janela.

— Como você está se sentindo?

— Melhor.

E assim que falo isso, percebo que é verdade. Quem sabia que eu tinha tanta perversidade dentro de mim? Fico imaginando se isso é o que acontece quando você passa a noite se comunicando com um unicórnio assassino. Ainda que um recém-nascido. Tenho certeza de que meus pais concordariam.

De qualquer forma, eles provavelmente também estão entusiasmados por saber que o assassino dos meus primos está morto.

Nós passamos o resto do caminho até minha casa em silêncio e meu coração aperta quando vejo minha mãe no nosso jardim segurando um aparador de cerca viva.

— Ei, Sra. G. — Yves diz enquanto saímos do carro.

Pego minha mochila e me esforço para não olhar para a garagem. Será que ela sabe? Até mesmo daqui posso perceber que Flor está com medo, com fome e solitário. Será possível minha mãe não tê-lo visto? Ou não saber o que é aquilo que ela viu? Afinal de contas, Flor não tem chifre.

Minha mãe tira o cabelo da frente dos olhos, acena e eu consigo respirar novamente.

— Como aquela marinada ficou? — pergunta Yves à minha mãe.

Ela inclina a cabeça para o lado.

— Como, querido?

Yves olha para mim.

— Deixe para lá. Devo ter me confundido.

Sigo em linha reta até a casa, torcendo para que minha mãe fique do lado de fora tempo suficiente para eu pegar o liquidificador sem ela notar.

— *Obrigada pela carona, Yves!* — grita Yves para mim. — *Você é meu cavaleiro de armadura brilhante!*

Meu cavaleiro tem outra donzela. Não que eu me importe.

Jogo os livros na mesa da cozinha, pego o liquidificador na bancada e o enfio em minha mochila.

Do lado de fora, Yves não está em lugar nenhum onde eu possa vê-lo e minha mãe parece estar desistindo. Ela alonga e estica os músculos da nuca.

— Posso levar esse aparador de volta para a garagem para você — digo rapidamente.

— Obrigada, querida. — Minha mãe limpa a terra dos joelhos. — Preciso aprender a manter meu material de jardinagem em um lugar só. Você sabia que esse aparador estava debaixo da varanda o inverno todo?

Bem, aquela passou perto. Me aproximo dela para pegar o aparador de sua mão, mas ela não o solta.

— Fico... feliz de ver você saindo com seus amigos de novo, querida.

Puxo o aparador e mantenho meus olhos no chão.

— Sei que os últimos meses foram difíceis para você, com todas as restrições. — Ela coloca sua outra mão sobre a minha. — Mas é para a sua própria segurança. Sua vida *e* sua alma eterna. Aqueles monstros... eles são demônios.

— Eles são animais — respondo e tiro o aparador de sua mão. — Aprendemos na aula de biologia que eles voltaram por causa da degradação ambiental de seu habitat.

Minha mãe sorri para mim e balança a cabeça. Eu quase espero que ela afague meu cabelo.

— Essa é a ciência, minha querida. Mas o que aconteceu com Rebecca e John... aquilo foi obra do Diabo. E o que acontece a você quando você está perto dessas criaturas? É feitiçaria. A cobra no Jardim do Éden também era um animal. Lembre-se disso. Não deixe o mal entrar em seu coração.

Ela me deixa na varanda, me esforçando para não chorar. Quero correr para dentro de casa e ficar no seu colo para ela cantar para mim canções de ninar, hinos ou o que for necessário para encobrir o choro de fome e de medo de Flor. O unicórnio está me chamando desde o momento em que saí do carro de Yves.

E se eu apenas o deixasse lá? Ele não seria capaz de sobreviver sozinho por muito tempo. Se Flor morrer, não vou ser capaz de ouvi-lo chorar, não vou sentir sua dor. Não estarei cuidando de um demônio, como minha mãe diz. Não importa o quão inocente um filhote de unicórnio pareça, eu sei o que se espreita dentro dele. Foi tolice de minha parte obedecer Venom ontem, foi tolice desafiar meus pais e tudo o que eu sabia que era certo.

Talvez depois que ele estiver morto eu possa enterrá-lo. Ou levá-lo até a floresta. Ou...

Exceto que, como eu pude salvá-lo de ser afogado, da morte rápida que a guardiã ofereceu, apenas para submetê-lo a um dia e uma noite de terror, fome e solidão? Que direito tenho de torturá-lo dessa forma?

Ignorando a garagem e minha mochila cheia de mantimentos, vou para meu quarto. Faço o dever de casa, navego na internet e rezo a Deus para me tornar surda ao filhote de unicórnio que grita dentro da minha cabeça.

Resisto por duas horas e então me encontro a caminho da garagem com a mochila na mão. Toda a minha vida aprendi que meu Deus é um Deus do amor e que, acima de tudo, Ele deseja que eu tenha compaixão. E então Ele coloca em meu caminho um monstro. Se esse é um teste, então certamente estou fracassando.

Dentro da garagem o unicórnio está de pé e empurrando seu rosto contra a tampa do cesto de roupa suja. Ele sujou tudo ali dentro de novo. Eu suspiro e esvazio o cesto. Enquanto preparo seu leite em pó, o unicórnio dá alguns passos vacilantes sobre o chão de concreto, desequilibrado sobre suas patas finas, então tomba e começa a chorar. Faço o que posso para ignorá-lo enquanto bato o leite em pó de acordo com as instruções, então adiciono alguns pedaços de carne moída crua e diminuo a velocidade do liquidificador. A mistura resultante tem a aparência e o cheiro de algo que você veria em um reality show e fico imaginando se isso vai ser mais palatável para o unicórnio. Filhotes de passarinho comem pedaços regurgitados de insetos ou outras carnes da boca de suas mães, no entanto. Talvez unicórnios funcionem da mesma forma.

Flor parece gostar, sugando a mamadeira como um profissional e batendo com a pata em mim para pedir mais. Depois de comer, ele se ajusta muito rapidamente no ninho feito de caixa de papelão que preparei para ele. Ele pega no sono bem rápido enquanto estou lavando o liquidificador, mas quando cruzo a garagem para colocar as ferramentas de jardinagem da minha mãe de volta no cesto de roupa suja, o unicórnio acorda e começa a chorar para mim.

Engulo aquilo até conseguir falar.

— Pare.

Ele chora, chora, chooooooooora.

— Pare, por favor!

Por que não consegui matá-lo? Por que não consegui deixá-lo morrer? Boto minhas mãos sobre meus ouvidos e fecho meus olhos com força.

E chooooooooooora. Escuto Flor se jogando contra as laterais da caixa.

— Não! — digo, séria. — Pare com isso. Fique quieto.

E, inacreditavelmente, o unicórnio obedece.

No final da semana seguinte, caí em uma rotina. Minha vida circula ao redor de Flor — quando alimentar o unicórnio, quando limpar sua caixa, quando sair escondida de casa, quão rápido preciso correr para casa depois da aula para cuidar do pequeno monstro. No meio da noite, posso dizer quando ele se mexe enquanto dorme, quando ele precisa de mim. Ah, sim, é um menino. Fiz essa pequena descoberta outro dia, quando dei uma boa olhada em seu traseiro.

Flor vai bem com a mistura de leite em pó com carne moída e começa a crescer rapidamente. Pelos brancos felpudos brotam em todo seu corpo e me preocupo menos se vai ficar muito frio à noite. Comecei a sair escondida de casa para caminhar com o unicórnio no quintal, esperando cansá-lo o suficiente para que ele não fique passeando pela garagem no dia seguinte. Por sorte, ele parece ser uma criatura noturna, feliz em dormir o dia inteiro. Não tenho tanta sorte e ando pela escola parcialmente atordoada, durmo nas aulas e recebo olhares longos e preocupados de Yves de seu lugar na outra ponta da mesa do almoço. Ele não fala comigo desde o incidente do leite de cabra.

Se não estivesse tão cansada, ficaria pensando nisso e também sobre o estrago que esse comportamento está causando à minha alma eterna. Toda noite rezo a Deus para me dar força, mas ela nunca foi suficiente para matar Flor, nem mesmo para deixá-lo sozinho tempo suficiente para que acabe morrendo. Aparentemente meus pais não tinham nada com que se preocupar. Mesmo se tivessem me deixado ir com aquelas pessoas, eu nunca teria sido capaz de caçar unicórnios.

Sábado à tarde nosso grupo tem um piquenique no parque recentemente reaberto. Por todo lado famílias estão caminhando em trilhas, jogando frisbee nos campos ou fazendo churrascos nos quiosques.

— Acho que é prematuro — diz Katey, tirando sanduíches e sacos de batata frita de um isopor. — Eles pegaram um unicórnio. Não quer dizer que não existam outros.

— Se você está com tanto medo, por que veio? — pergunta Marissa, tirando uma embalagem de seis latas de refrigerante.

Hoje ela está usando um short tão curto que praticamente mostra a sua virilha.

Katey sorri para Marissa de uma forma que parece mais um rosnado.

— Noah vai me proteger. Não vai, amor?

Noah está parado ao lado de Marissa, mas se move realmente rápido. Yves está sentado na mesa de piquenique e Summer está no banco, encostada a seu joelho. Aidan está roubando cenouras do prato em que estou servindo vegetais. Ele sorri para mim, sua boca uma fileira de cenourinhas que vai de um lado ao outro.

— Ei — diz ele através dos vegetais —, você já viu o cadáver que mostraram no jornal?

Eu não vi. Meus pais consideraram isso desnecessariamente macabro e não apenas me proibiram de assistir ao noticiário, como também esconderam a página local do jornal no dia seguinte. Aidan trouxe o vídeo, baixado do YouTube, em seu telefone celular. Nos juntamos em volta dele para assistir. O áudio está horrível e o primeiro minuto é apenas o prefeito cumprimentando as pessoas do departamento de controle da vida selvagem, nenhum dos quais — e estou olhando com interesse — parece que poderia ser um caçador de unicórnios. Para começar, não há uma mulher sequer no grupo.

Tem um alerta correndo na parte inferior da tela que explica de que bairro era o grupo de busca que encontrou o cadáver. Aparentemente as pessoas do departamento de controle da vida selvagem não foram as pessoas que mataram o unicórnio, no fim das contas. Então o vídeo corta para outra cena, em que fotógrafos e pessoas com câmeras se juntam em volta de uma pequena mesa na delegacia. A câmera se aproxima do cadáver.

É Venom.

Recuo, me afastando do grupo, um engasgo preso em minha garganta. Como eu reconheço os restos mortais da mãe de Flor em uma tela de duas polegadas, eu não sei. Mas é ela. O unicórnio do parque de diversões. Aquela que se curvou diante de mim e implorou para eu salvar seu filho. *Morta*.

Quando? Como? Será que a guardiã a matou quando fugi com o filhote? Venom não estava com uma aparência muito boa naquela noite, estava com dificuldades para se levantar depois que a mulher arrancou Flor de dentro dela. Será que ela de alguma forma se feriu naquele momento?

Mas o que sei com certeza é que aquele não é o unicórnio que matou Rebecca e John. Não é nem do mesmo tipo. Aquele era grande e escuro, com um chifre curvo em vez de espiralado.

E então percebo mais uma coisa. Se o unicórnio que eles "pegaram" era Venom, quer dizer que o que está aterrorizando a floresta ainda está por aí. O que quer dizer que todos os meus amigos, todas essas pessoas no parque — todas elas estão em perigo.

Ainda mais porque estão aqui comigo.

Dou meia-volta e corro para longe enquanto meus amigos começam a chamar meu nome. Corro até o estacionamento, respirando com dificuldade e imaginando como posso fazer a cidade fechar os parques novamente. Escuto pés batendo no chão atrás de mim, então sinto alguém encostar a mão em meu braço.

— Wen!

É Yves, e Summer e Aidan estão logo atrás dele. Eles todos param a uma distância razoável, me dando espaço, mas não o suficiente. Recuo de novo.

— Afaste-se — digo a Yves. — Não chegue perto de mim.

Sinto o cheiro do ar, tentando encontrar algum traço de unicórnio. Estamos seguros, por enquanto.

— Está tudo bem, Wen — diz ele.

— O que houve? — pergunta Aidan.

— É o unicórnio — explica Summer. — Aqueles garotos que morreram... eram primos dela.

Arranco meu braço da mão de Yves e olho para ele com tanta raiva que ele quase cai para trás.

— *Você contou a ela?*

— Wen — diz Aidan, se aproximando —, sinto muito mesmo. Eu não sabia. Cara, sou tão idiota. Eu...

— Não é isso. Aquele unicórnio no vídeo. Aquele é o unicórnio da feira. Eles pegaram o unicórnio errado. O que matou Rebec... ele ainda está por aqui.

Estou chorando agora, as palavras me sufocando, a respiração ardendo em minha garganta.

— O que você quer dizer? — pergunta Yves.

Ah, não. Essa queimação, essa claridade, o cheiro de podridão e de fogo na floresta. Eu o conheço. Ele está chegando.

— Afastem-se! — grito para ele. — Afastem-se de mim agora mesmo!

E então começo a correr.

Dizem no noticiário que ninguém morreu no ataque. Yves liga do hospital, informando que o unicórnio derrubou Aidan no chão e quebrou seu braço, então passou correndo por eles.

Claro. Ele estava tentando me pegar.

Fico encolhida debaixo de um velho cobertor no sofá enquanto minha mãe faz chocolate quente para mim e acaricia meu cabelo.

Posso ouvir os helicópteros sobrevoando, ver quando seus holofotes vasculham a floresta atrás de nossa casa. Os parques e florestas foram fechados novamente e a cidade toda está sob toque de recolher. Fico imaginando se o unicórnio está esperando por mim lá fora, ou se tem bom-senso suficiente para voltar a seu refúgio.

— Você fez a coisa certa — diz minha mãe. — Fugir de uma área povoada. Foi estupidez reabrirem os parques, achar que só havia um deles à solta...

Bebo um gole do chocolate quente e não a corrijo. Afinal de contas, é verdade que *existia* mais de um unicórnio em nossa cidade. E mesmo que eles matem esse, ainda há Flor, deitado seguro e sereno na garagem.

Em algum momento da madrugada anunciam que o unicórnio foi eliminado, mas que os parques e florestas continuam totalmente fechados, por motivos de segurança pública. Até parece. Eles não podiam ter trazido caçadores da Itália até aqui tão rápido. Meus pais, agora sentados um de cada lado de mim, agradecem a Deus sua proteção e misericórdia, mas apenas choro com seus abraços, seu reconforto e suas promessas de que podem me manter segura. Meus pais são bem mais velhos e sábios do que eu. Como eles podem estar tão errados a respeito disso? Como qualquer um de nós pode ficar em segurança quando estou criando um instrumento de destruição em massa na nossa própria garagem? Como podemos nos resguardar de unicórnios quando estou passando metade de minhas noites alimentando um com uma mamadeira?

Peço licença, alegando que preciso ficar um tempo sozinha. Isso, miraculosamente, não é mentira. Então vou para a garagem.

Na caixa de ferramentas do meu pai há um pequeno machado. Estou fazendo isso pelas razões certas. A guardiã estava certa o tempo todo. Talvez ela estivesse na mesma situação em que estou. Ludibriada para tomar conta de um unicórnio que se tornou cada vez mais perigoso, que criou seus próprios monstrinhos. Talvez ela estivesse certa de tentar afogar a prole de Venom, de deixar Venom morrer — ou até mesmo matar o unicórnio ela mesma, finalmente. Talvez a tratadora possuísse a graça que não consegui reunir sozinha.

Chego perto da caixa de Flor. Posso dizer que ele está feliz porque vim vê-lo, mas algo está errado. Há um buraco mastigado na lateral da caixa. A caixa está vazia.

— Flor? — digo, girando.

Ele ainda está na garagem, escondido. Ele acha que é uma brincadeira. A felicidade de Flor é palpável. Ele está orgulhoso de si mesmo. Uma fera inteligente, escapando. Liberdade. Se exibindo para mim quando chego em casa. Cada emoção é mais clara que a anterior e percebo que cada momento que passo com o unicórnio está lhe dando mais acesso à minha mente, à minha alma.

Seguro o machado com mais força. *Preciso* acabar com isso.

— Venha cá, Flor.

O unicórnio normalmente obedece cada comando meu, mas parece hesitante agora. Talvez ele seja ainda mais esperto do que pensei. Talvez, da mesma forma que posso ler seus pensamentos, ele possa ler os meus e saiba que quero atacá-lo. Tento projetar minha ternura habitual.

— Flor... — Tento seduzi-lo, seguindo meus sentidos pela garagem, atrás da mesa de corte, debaixo do aparelho de musculação sem uso, sobre o velho equipamento de camping. Há buracos na bolsa em que mantemos nossos suprimentos de cozinha e utensílios estão espalhados por todo o chão. — Venha aqui, bebê.

Escuto um murmúrio na escuridão. Flor está incerto quanto aos meus motivos, confuso quanto ao meu tom de voz.

— Flor... — Tento novamente, minha voz tremendo sobre mais soluços. Como soldados fazem isso? Como fazem os verdadeiros caçadores de unicórnios? Aqueles que são treinados? — Você não entende? Eu tenho que fazer isso! *Tenho...*

O unicórnio sai das sombras, os olhos azuis apontados para mim. Sua boca aberta, levemente ofegante, de uma forma que ele até parece estar sorrindo. Posso ver dentes brancos novinhos rompendo as gengivas. Dentes que o ajudaram a abrir o buraco no papelão. Dentes que ele poderia usar em meus pais, em meus amigos.

Eu tenho que fazer isso, grito para o unicórnio dentro da minha cabeça. As patas finas de Flor balançam enquanto ele chega alguns passos mais perto e olha para mim com olhos cheios de confiança. Esta é a criatura que eu abracei e alimentei todas as noites e todas as manhãs.

A flor no centro de sua testa está vermelha agora, cintilando, inflamada e obstruída como um enorme furúnculo em forma de estrela explodindo. O chifre está saindo. O chifre e o veneno. E todo o perigo que marca essa espécie de monstro — de demônio. Não posso deixá-lo sobreviver. Não posso.

Esse é o animal que eu acariciei até ele pegar no sono, para quem cantei quando ele chorava, com quem sonhei todas as noites, que levei para correr no jardim sob o luar, por quem eu corria para casa dia após dia. Eu o vi nascer; eu o segurei nos braços, ainda molhado de sua mãe; e o apertei contra o peito para ele não congelar. Eu o escondi, o protegi e lhe dei tudo para mantê-lo em segurança.

Flor dobra sua patas dianteiras e abaixa sua cabeça sobre o chão. Ele se curva diante de mim, exatamente como a mãe, e estica o pescoço para o sacrifício. Eu poderia fazer aquilo agora; seria tão fácil...

Deixo o machado cair e me ajoelho.

Protegida pelo crepúsculo, levo Flor para a floresta. A floresta mortal. A floresta proibida. Com uma velha corrente de bicicleta revestida de borracha como coleira e uma correia feita de cabo de aço que meu pai usa para amarrar seu barco à caminhonete, prendo o unicórnio a uma árvore, então crio um abrigo improvisado no bosque ao lado dela. A alguns metros quase não dá para dizer que há algo de anormal ali. E pelo menos ele está fora do nosso quintal. Ninguém vai entrar na floresta, não depois desse novo ataque.

Flor fica em silêncio enquanto trabalho, e parado, como se soubesse o quanto passou perto da morte. Ele trota obedientemente para dentro do abrigo e se deita sobre uma pilha de folhas. Deixo para o unicórnio um pacote de carne de peru moída como jantar. Agora que ele já tem dentes, nem preciso mais me preocupar com o liquidificador, mas concluo que a comida ainda deve ser macia. Comida de bebê, para um predador.

A floresta está silenciosa agora. Nada de helicópteros, nada de holofotes. Nenhum som de pássaros ou insetos, da mesma forma, como se eles também reconhecessem a presença do meu monstro. Além de Flor não consigo sentir nenhum unicórnio. Estico minha consciência até o limite, procurando pelo outro que sei que ainda deve estar vivo e não encontro nada. A sensação é incrível, mas então deixo a mágica de lado.

Afinal de contas, já não pequei o suficiente por um dia?

Na igreja no domingo seguinte, conversamos sobre o Livro de Daniel. Quando chegamos à parte sobre o bode de um chifre só, todos ficam em silêncio. A professora escolheu uma hora pouco adequada.

— Srta. Guzman? — Um garoto levanta a mão. — Você acha que aquilo é um unicórnio? Aquele que mostraram no jornal no outro dia, ele se parecia um pouco com um bode.

— É possível — diz a Srta. Guzman. — Na verdade, há traduções mais antigas da Bíblia que o chamam de unicórnio. Quando esta tradução foi feita, no entanto, não sabíamos que unicórnios existiam, então eles chamaram de bode. Se Daniel realmente viu um unicórnio em sua visão profética, o que vocês acham que isso significa?

— Que o que quer que estivesse vindo seria muito mais selvagem e perigoso do que se fosse um bode — diz uma das garotas. — Se era realmente um unicórnio em sua visão, isso a torna muito mais assustadora.

— E faz mais sentido se for um unicórnio — diz outra garota —, porque ele continua dizendo que nem o cordeiro, nem mais ninguém, era forte o suficiente para resistir ao poder do bode. E isso é o que dizem sobre os unicórnios, que ninguém pode curar o veneno, que ninguém pode capturá-los ou matá-los.

— Alguém pode capturá-los — me peguei falando. — E talvez o unicórnio que se parece com um bode... bem, talvez eles não sejam maus. Então talvez a visão significasse que Daniel deveria...

— O quê? — pergunta o garoto. — Ser amigo do monstro devorador de homens?

— Ele era amigo dos leões devoradores de homens — retruco.

— Acho que estamos fugindo um pouco do assunto — diz a Srta. Guzman. — A questão é que, independentemente de quanto este unicórnio pudesse ser poderoso, e o anjo Gabriel explica a Daniel que o unicórnio na visão representa o rei pagão Alexandre, o Grande, todos estes reinos, o cordeiro, o unicórnio, tudo isso está destinado a cair, porque eles são reinos dos homens, reinos humanos, e não o reino de Deus.

A Srta. Guzman fala sobre Deus um pouco mais, mas não consigo prestar atenção. Tenho rezado a Deus a respeito de Flor há semanas, esperando que Ele me perdoe por mentir para meus pais, esperando que Ele me perdoe por trair as memórias de Rebecca e John ao cuidar de um unicórnio. Tenho esperado por um simples sinal de violência de Flor, um sinal claro de que ele é tão perigoso quanto todos os outros para poder matá-lo com a consciência tranquila — mas não vi nada. Será que é porque Flor não é um assassino? Ou é porque sou como Daniel na cova dos leões? Será que Deus está me protegendo?

E se estiver, por que ele não protegeu Rebecca e John?

Semanas passam e Flor continua meu segredo. O unicórnio está comendo comida de verdade agora — coxas e rins de galinha, paleta suína e qualquer coisa que eu possa encontrar em promoção no supermercado. Estou acabando com minha poupança a uma velocidade alarmante, mas sei que minha mãe perceberia se eu começasse a roubar carne da nossa geladeira. Flor deve estar morrendo de tédio, passando o dia todo no abrigo improvisado, mas ele está fora da visão dos meus pais e do alcance de qualquer perigo, então é isso que importa. Com a floresta proibida para todo mundo no bairro, a única coisa que poderia feri-lo é um unicórnio mais velho e não senti a presença de nenhum durante nossas corridas noturnas pela floresta. O unicórnio gosta quando corro ao seu lado, descobri, e admito que amo a forma como podemos correr muito rápido juntos. Galhos e raízes nunca ficam no meu caminho quando estou voando pela floresta com o unicórnio ao meu lado. Se ele não fosse ilegal, eu ficaria com Flor e destruiria na equipe de atletismo.

Mas se eu tentasse aquilo, o unicórnio poderia tentar comer os espectadores. Além disso, Aidan certamente ia fazer piada por eu ser atleta. Não que isso importe. Ainda que Aidan realmente decidisse que gosta de mim, eu nunca poderia sair com ele. Toda vez que vejo seu gesso, eu me lembro que é apenas através da graça de Deus que evitei ser a causa da morte dele. Eu poderia ter matado todos eles e, mesmo assim, persisto nesse caminho de provocação através da minha própria fraqueza.

A escola é uma tortura agora. Desde que descobriu sobre meus primos, Summer classifica meu comportamento estranho como estresse pós-traumático no que diz respeito a unicórnios. Yves não a corrige e eu não esclareço nenhum deles. Eles sabem que unicórnios são mortais, meus pais me dizem que eles são diabólicos e sei que todos estão certos.

Mas ainda amo o meu.

Flor já está da metade da altura de sua mãe e sua pelagem branca-prateada se torna longa e ondulada. Decido que não vou escová-la, mas tenho quase certeza de que, se me preocupasse com isso, Flor pareceria tão bonito quanto qualquer unicórnio de conto de fadas. Até mesmo seu perigoso chifre é bonito — um cinza suave e cremoso que se contorce como um saca-rolha e parece ficar mais longo a cada dia. Quase não dá para ver o que restou da marca em formato de flor que deu ao meu Flor o seu nome.

Uma noite, enquanto entro escondida na floresta para minha habitual brincadeira noturna, sinto um cheiro estranho no ar. O fedor de unicórnio está mais forte do que nunca, mas há mais alguma coisa carregada pela brisa de verão. Algo horrível. Flor se agita no abrigo enquanto me aproximo e a agitação do unicórnio dói como uma cólica. Que tipo de vida eu tinha dado a este animal? Sozinho o dia todo, acorrentado a uma árvore, sem nunca poder correr, tirando meia hora por noite quando devia estar na cama?

Do meu bolso, tiro os pedaços de presunto que roubei do jantar e corro na direção da clareira. O cheiro fica mais forte e, quando dou a volta na última árvore, piso em algo escorregadio e caio esparramada no chão da floresta.

Ao lado da minha cabeça está um coelho. Ou o que um dia foi um coelho. Os restos — em sua maior parte, pele — estão quase irreconhecíveis, a não ser pelo par de orelhas flexíveis.

A alguns metros está a pele semidigerida de uma tâmia. Então um esquilo e alguns pardais espalhados.

Apoio meu corpo em meus cotovelos e tento não vomitar.

No centro da carnificina está Flor, com o que se parece com as sobras de um guaxinim sobre o focinho e a corrente caída em pedaços amarrotados e mastigados ao lado de seus cascos. Flor olha para mim, extremamente orgulhoso, e bate com seu rabo na terra.

Flor? Que tal *Matador*?

Meu unicórnio assassino está finalmente merecendo sua reputação.

Conserto a corrente, mas o unicórnio a rói novamente. Gasto o que sobrou de minha poupança comprando a corrente mais pesada que encontro na loja de ferramentas da cidade. Matador, como comecei a chamá-lo, leva quatro dias para roer esta corrente e, em retaliação, faz um banquete. Encontro o unicórnio deitado de costas no abrigo, com os quatro cascos no ar, bêbado com o sangue de pequenas criaturas da floresta.

O que é estranho é que essa nova prova das habilidades mortais do unicórnio apenas me confunde ainda mais. Fico imaginando se unicórnios assassinos são realmente obra do Diabo. Vi Matador em seu elemento natural, coberto de sangue coagulado, rasgando carne e osso e amando cada minuto — e apesar de ele não ser exatamente um candidato ideal para uma fazendinha de criação de animais, ele também não parece ser um demônio mau. Cachorros, gatos e grandes tubarões brancos fazem isso também. Biscuit gosta de deixar sapos e grilos como presentes na varanda da velha Sra. Schaffer. Eu como vacas, galinhas, porcos e peixes. Matador é um predador. Não é contra o plano de Deus.

Mas então me lembro do que aquele outro unicórnio fez a meus primos e não tenho tanta certeza. Talvez minha capacidade de aceitar esses atos de violência de meu unicórnio não seja nada mais do que um sinal de minha própria alma corrompida. Desafiei meus pais, me entreguei à magia e criei um unicórnio assassino com minhas próprias mãos. Talvez eu já esteja além de toda redenção.

Como se quisesse provar minha suspeita, em nossa corrida à noite, Matador decide caçar morcegos no ar para fazer um lanchinho. Escuto ele esmagando seus pequenos ossos, escuto eles gritando pela última vez e fecho meus olhos quando o vejo mastigando suas asas coriáceas. Um animal que come morcegos deve ser uma criatura da escuridão, não deve?

Nós voltamos ao abrigo e faço Matador se recolher para dormir, o encorajando a ficar deitado quieto, a permanecer aqui e, acima de tudo, não destruir o último pedaço de corrente. Felizmente, mesmo quando conseguiu se soltar de suas correntes, o unicórnio ainda não foi até muito longe sozinho. Como a floresta está fechada, posso apenas esperar que, por mais fracas que sejam as precauções que eu possa tomar, elas sejam suficientes para protegê-lo das pessoas, e suficientes para proteger as pessoas *dele*. Li coisas na internet sobre como os filhotes de veado esperam no bosque por sua mãe para partir em busca de alimento, mas Matador obviamente não vai ser um filhote por muito mais tempo. Ele vai passar de morcegos para pessoas. Então, o que vou fazer?

Penso nisso na minha caminhada muito mais lenta até o jardim, enquanto vou margeando o luar sobre o gramado, me mantendo na sombra para o caso de meus pais estarem olhando aleatoriamente pela janela.

Eles não estão. Mas outra pessoa está. Enquanto estou dando a volta na varanda dos fundos, percebo um movimento pelo canto do meu olho. Yves está parado na janela do seu quarto e está olhando para mim.

Consigo evitá-lo durante o dia seguinte inteiro na escola e me ofereço para acompanhar minha mãe nas compras no sábado, então estou nas duas vezes em que ele liga, e também quando ele aparece na minha casa para ter uma conversa. Meus pais me ensinaram a retornar ligações, mas acho que desobedecê-los no que diz respeito ao unicórnio é uma consequência das outras mentiras e evito ligar para ele a noite toda. Ele está esperando por mim na varanda depois da igreja no domingo, no entanto, e, como meus pais estão comigo, eu não conseguiria passar direto por ele para ir para minha casa — ou pior, para a floresta.

— Olá, Wen — diz ele. — Quanto tempo.

Se eu fosse boa em mentir, explicaria a meus pais que estou chateada com Yves. Se fosse boa em mentir, diria a Yves que ele estava imaginando coisas em seu quarto aquela noite.

Mas não sou e Yves sabe disso. E, assim que a porta de tela se fecha atrás de meus pais, o sorriso desaparece de seu rosto.

— O que está acontecendo com você?

O sol da primavera repentinamente se parece mais com o brilho da lâmpada de uma sala de interrogatório. Posso sentir minha saia da igreja grudando na parte de trás dos meus joelhos.

— Nada.

— Sem essa. Você está se escondendo de todo mundo na escola e está entrando escondida na floresta.

Afasto meu olhar. A velha Sra. Schaffer está se arrastando pela rua, parando em postes telefônicos e caixas postais e olhando para dentro de portas de garagem abertas.

Na igreja hoje rezei para que Deus me mostrasse um caminho para sair dessa confusão. Não posso me livrar de Matador, mas não posso ficar com ele também. Não posso contar a meus pais o que tenho feito. Não consigo descobrir o que fazer. Agora sei por que a moça no parque de diversões estava tão irritada. Como eu, ela estava encurralada.

E Venom acabou morta. Minha garganta se fecha se tento imaginar um futuro como aquele para meu unicórnio.

— Você está com vontade de morrer?

A voz de Yves interrompe meus devaneios.

— O quê? — pergunto, virando novamente para ele.

— Você tem ido lá procurar por... por unicórnios? Você acha que pode matá-los ou algo assim, por causa das coisas que aquelas pessoas lhe disseram?

Eu rio.

— Acredite em mim, Yves. Se há uma coisa de que tenho certeza que não consigo fazer é matar um unicórnio.

Mimá-lo com carne moída? Ensiná-lo a vir quando o chamo? Tratá-lo como um companheiro de corrida? Claro. Mas matar um? Pode esquecer.

O colarinho de Yves está aberto e há uma poça de suor na base de sua garganta. Fico imaginando há quanto tempo ele está esperando por mim aqui. E que, se está quente para ele, Matador deve estar derretendo em seu abrigo — se o unicórnio estiver realmente lá e não em um de seus passeios.

Fecho meus olhos por um momento. Se não parar de me preocupar com Matador, Yves vai ser capaz de ler a verdade em meu rosto. Se eu não parar de encará-lo, as coisas vão ficar ainda mais esquisitas.

— Wen, eu *vi* você. — Ele dá dois passos e, de repente, está em cima de mim, falando com uma voz que é tão baixa que eu quase preciso de meus sentidos de unicórnio para escutá-lo. Ele coloca sua mão sobre a minha no parapeito da varanda e praticamente queima minha pele. — Pode me contar. Você sabe que pode me contar qualquer coisa.

— Olá, crianças. — A Sr. Schaffer está parada na calçada. — Vocês não viram meu Biscuit por aí, viram?

— Não, senhora — murmura Yves.

Ao seu lado, meu corpo enrijece. Ele olha para nossas mãos unidas e, quando tento puxar a minha, ele faz força sobre ela. Ele me conhece tão bem...

— Não vejo o coitadinho desde sexta-feira de manhã.

Não consigo engolir. Certamente não consigo falar. Yves aperta minha mão dentro da dele, não com força o suficiente para provocar lágrimas, mas de alguma forma elas estão se juntando em meus olhos.

— Estou realmente preocupada com ele — continua a Sra. Schaffer.

Odeio aquele velho gato sarnento. Ele faz xixi no nosso jornal. Ele destrói nossos canteiros de flores. Ele derruba os móbiles que minha mãe pendura na varanda.

E ele está totalmente acabado.

— Sinto muito, Sra. Schaffer — digo, finalmente. — Eu...

— Espero que a senhora o encontre logo. — Yves termina a frase e puxa minha mão. — Temos que ir.

Vou tropeçando, cega pelas lágrimas, até o jardim dos fundos. Eu odiei Biscuit durante anos, mas isso não significa que ele deveria virar comida. Coelhos e guaxinins aleatórios e sem nome são uma coisa. Mas Biscuit? A Sra. Schaffer o amava como eu amo Matador. O que foi que eu fiz?

Yves me puxa para a sombra atrás da porta da cozinha e me faz olhar para ele. Nós costumávamos brincar aqui. Fazíamos coroas de dente-de-leão e espadas de galho de salgueiro.

— É um unicórnio, não é? — pergunta ele. — Um unicórnio comeu Biscuit.

Balanço a cabeça, arrasada.

— Ah, não. Wen, sinto muito. — Ele me puxa para um abraço. — Eu sei que era apenas um gato idiota, mas isso deve fazê-la lembrar de...

— Não. — Empurro a palavra para fora enquanto o afasto. — Você não entende. É minha culpa.

— Pare de falar isso — grita ele. — É exatamente disso que estou falando. Você tem que parar de se culpar por isso. Pare de se punir. Pare de entrar na floresta e se colocar em perigo. Não me importo se você acha que é irresistível para os unicórnios ou qualquer que seja a idiotice que aquelas pessoas lhe falaram.

— Invencível — falo, fungando. — *E* irresistível, imagino.

— Escute — diz ele, e aproxima sua cabeça da minha. — Olhe para mim.

Eu olho. Vejo uma centena de tardes de domingo, milhares de brincadeiras depois da escola e uma noite muito escura no último outono. Os olhos de Yves estão escuros e nítidos.

— Rebecca e John não foram sua culpa e Biscuit também não é.

— É sim. Dessa vez é. — Respiro fundo, mas não afasto meus olhos. — Yves.

— Wen — sussurra ele.

— Tenho que lhe mostrar algo. Você é a única pessoa que vai entender.

Ele não hesita, nem por um momento. Eu sou a garota que ganha dele no Skee-Ball; ele foi o primeiro garoto que eu beijei. Yves segura minha mão e o levo para dentro da floresta proibida.

Posso sentir o unicórnio dormindo no calor da tarde. Nós vamos apenas ter que manter distância, como com Venom no parque de diversões. Matador está acorrentado, então Yves vai estar seguro.

Quando chegamos ao abrigo, Matador desperta e se levanta, o rabo balançando, o pelo prateado brilhando na luz do sol, o chifre ainda manchado com o sangue da última presa. A fera para quando vê Yves, então mostra os dentes em um rosnado.

E na lentidão e clareza que vêm com meus poderes, posso ver meu erro fatal. Demorou quatro dias para Matador roer a corrente da última vez e isso foi na quinta à noite. Estamos na tarde de domingo. Não dei muita margem. A corrente balança na garganta do unicórnio, destruída, sem chance de conserto.

Seguro rapidamente a mão de Yves enquanto o monstro ataca.

— Não!

Meu tom incisivo faz o unicórnio parar na mesma hora. Yves se engasga.

— Senta.

Matador encosta seu traseiro na terra e olha para mim, frustrado.

— Wen? — A voz de Yves treme.

— Deita — ordeno. O unicórnio solta um grunhido e se deita no solo, virando seu chifre mortal para cima e para longe. Pego a ponta quebrada de sua corrente, seguro firme e viro para meu amigo.

— Esse é Matador.

Yves parece estar prestes a desmaiar.

— Você se lembra daquela noite no parque de diversões? — Eu me agacho ao lado do unicórnio e esfrego sua barriga. — O unicórnio de lá... Venom... ela estava grávida.

— Grávida — repete Yves, sem expressão.

— Eu voltei lá alguns dias depois e a encontrei em trabalho de parto. E... não consigo explicar isso, mas foi como se ela tivesse pedido para eu cuidar de seu bebê. Então eu cuidei.

Matador levanta a cabeça e solta um balido. Intensifico minha massagem.

— Tenho cuidado dele desde então. — A boca do unicórnio se abre e sua língua manchada de sangue passeia entre os dentes afiados. — E, além de Biscuit... bem, e acho que alguns esquilos e coisas assim...

Continuo falando. Não sei por quanto tempo. É uma sensação muito boa confessar isso tudo a Yves. Conto a ele sobre o leite de cabra e o cesto de roupa suja. Conto a ele sobre a carne moída e a corrente da bicicleta. Conto a ele sobre as corridas pela floresta sob o luar. Conto a ele sobre aquela vez com o machado e a forma como Matador pode me chamar mesmo estando a 1 quilômetro de mim.

Yves escuta tudo e então diz:

— Você tem alguma ideia do que você fez?

Confirmo com a cabeça, olhando para meu animal de estimação.

— Sim. Violei a lei. Coloquei todo o nosso bairro em perigo. Menti para todo mundo.

Ele balança a cabeça.

— Wen, você *treinou* um unicórnio assassino. Ninguém consegue fazer isso. Ninguém consegue capturar um, ninguém consegue domar um. Mas você conseguiu!

— Eu...

— Até mesmo aquele que estava no parque de diversões estava coberto por correntes. Eles são selvagens, cruéis, mas esse... — Yves aponta para Matador, que balança o rabo como se Yves estivesse prestes a lhe dar um pernil de porco. — Ele escuta você! Ele fica onde você quer que ele fique. É um milagre.

Fiquei olhando para o unicórnio. *Um milagre.*

Andei rezando a Deus para me libertar de meus poderes indesejados, da maldição da minha magia perigosa e profana. Tenho rezado a Ele para comandar minha mão, para me dar força para destruir o unicórnio demoníaco que Ele colocou em meu caminho. E, todo esse tempo, achei que Ele tinha recusado por causa de meus próprios pecados, por desafiar a lei, por desobedecer meus pais. Achei que tinha falhado com Ele.

Mas e se... Deus *quisesse* que eu cuidasse deste unicórnio? E se Ele mandou o unicórnio para que eu descobrisse uma forma de impedir que o que aconteceu a meus primos aconteça novamente?

E se meus poderes não forem uma maldição? E se eles forem... um dom?

— Temos que contar isso ao mundo — termina Yves.

Eu puxo o unicórnio para mais perto do meu peito.

— De jeito nenhum. Se eu sair da floresta com Matador do lado, ele vai ser tirado de mim, vão fazer experiências com ele, vão destruí-lo. Que chance esse rapazinho tem contra helicópteros e holofotes? Contra napalm?

— Tem que haver alguma forma. Talvez seus pais...

— Meus pais acham que unicórnios são demônios e que meus poderes são bruxaria.

Isso nunca vai funcionar. Vidas demais foram destruídas por unicórnios. Até mesmo Yves parece incerto enquanto eu continuo a fazer carinho no unicórnio em meu colo.

Se as pessoas pudessem sentir como é correr pela floresta ao lado de Matador. Se ao menos elas soubessem como Matador me ama e eu o amo. Nunca me sinto tão livre, tão certa quanto quando estou sozinha na floresta com o unicórnio. Se pelo menos Deus revelasse Seu plano para eles também.

— Certo — diz Yves. — E quanto àquelas pessoas na Itália? Os caçadores de unicórnios? Eles entendem seus poderes, não entendem?

Sim, mas mesmo eles queriam usar meus poderes para ajudá-los a *matar* unicórnios. Talvez eu pudesse lhes mostrar como usar nosso dom para isso, mas primeiro teria que persuadi-los a poupar meu unicórnio. Eu coço a base do chifre de Matador, onde a pequena marca em forma de flor quase não estava mais visível. Proteger Matador é o que mais importa. O mundo pode esperar.

— Fique aqui — digo ao unicórnio enquanto me junto a Yves novamente. — E se eu fosse embora?

— Você está falando de fugir? — Ele parece abalado. — Wen, você não pode...

— Matador e eu estaremos seguros na floresta. E posso ficar de olho nele, me assegurar de que ele coma apenas animais selvagens. E eu... eu costumava ser muito boa em acampar.

— Mas e a escola? A comida? Os outros unicórnios? — Yves balança a cabeça. — Não, tem que existir outra solução.

— Uma solução em que eu possa salvar Matador? — pergunto. — Que solução é essa? Todos no mundo menos eu o querem morto!

— Nós poderíamos... — Yves fica pensando desesperadamente em uma alternativa. — Poderíamos perguntar a Summer. Ela está envolvida com o Sierra Club, ela conhece pessoas no Fundo Mundial de Vida Selvagem...

Certo. Ela.

— Yves. — Eu mordo meu lábio, mas é tarde demais e as palavras saem. — Eu sei que você e Summer...

Ele me beija, então. De verdade, narizes se amassando. Nossos braços passam ao redor um do outro e Matador solta um balido de surpresa, mas não me importo. O último outono pode ter sido um erro, mas isso não é. Só desejo que tivesse descoberto isso antes. Antes de Summer. Antes de Matador. Antes de temer nunca mais vê-lo.

Ainda estamos nos beijando quando minha mãe e meu pai sobem a colina. Sinto a preocupação de Matador, ouço quando ele começa a rosnar e me afasto de Yves. Os rostos de meus pais estão sombrios pela fúria, escurecidos pelo choque. A filha deles, pequena Wen. Mentindo. Floresta. Magia. *Beijando*.

Eu me movo para ficar ao lado do meu unicórnio assassino.

"Inoculata"

Justine: Sou provavelmente desqualificada para expressar minha opinião sobre esta história baseado no fato que conheço o Sr. Westerfeld muito bem.[5] Então resolvi apenas me ater aos fatos: esta história é sobre amor, luxúria, evolução e zumbis.

A tarefa de cada geração é descobrir as falhas da geração anterior. Isto é parte de crescer, descobrir todas as coisas que estão erradas com seus pais e os amigos deles. Então tenho pena das primeiras pessoas a atingirem a puberdade depois de um apocalipse zumbi, já que teriam um trabalho realmente pesado neste departamento. Como você faz churrasco com as vacas sagradas da geração anterior que são todos sobreviventes traumatizados?

Vocês se tornam o que quer que eles temam mais. Agora, *isso* é evolução.

Holly: Espere, você quer dizer que eles se transformam em unicórnios?

Justine: Holly, você vive de ilusão. Simplesmente. Completamente. De ilusão.

---

[5] Justine Larbalestier e Scott Westerfeld são casados. Um com o outro.

Inoculata
por Scott Westerfeld

1.

— Treino de pneu furado! — grita o Dr. Bill pela janela quebrada da frente.

Sammy está ao meu lado no banco do motorista, fingindo dirigir. Ele faz um barulho "Rrrrrrr... cataploft!" e gira o volante, sacudindo no banco da frente, borrifando cuspe e sons de explosão. Ele deixa a cabeça cair em meu colo, os olhos virados para cima e a língua para fora.

— Ei, babaca? — falo. — É só um pneu furado. Não uma batida.

— Eu fico com a espingarda!

— Certo. — Eu o empurro para longe. — Então *eu* vou fazer o salto e rolamento.

Ele passa para o banco de trás do Ford enferrujado, pegando a espingarda no piso do carro. Eu desgrudo minha camiseta suada do encosto do banco, verifico minha pistola vazia mais uma vez, então abro a porta.

— Grite o que você está fazendo a cada passo, Allison! — berra o Dr. Bill.

Nos velhos tempos ele era um médico da Marinha norte-americana. Ele acha que muitos gritos correspondem a muito aprendizado.

Então grito:

— Passo número um: verificar trezentos e sessenta graus!

Sammy e eu fingimos que estamos olhando para todas as direções. Kalyn e Jun estão esperando junto às árvores infestadas de insetos com seus braços cruzados, o que significa que devemos agir como se não pudéssemos vê-los. Kalyn pisca para mim enquanto finjo que ela não está ali.

— Passo número dois: salto e rolamento!

Pulo para longe — mais longe do que a distância de um braço — e rolo de lado na terra fofa com minha pistola apontada para debaixo do carro.

Por um momento imagino olhos gelados me encarando, algo esperando na escuridão, faminto por um tornozelo descuidado para agarrar. Sinto uma comichão na pele e meus olhos tremem num movimento involuntário. Quase consigo me lembrar como era fora da cerca. É como em meus sonhos recorrentes, o mundo inteiro tão brilhante quanto metal.

Mas não há nada sob o carro. Apenas poeira e folhas de samambaia. O zê mais próximo está a 200 metros de distância, do outro lado do portão principal.

— Limpo! — grito, e Sammy pula para fora do carro, girando em volta do velho Ford, dançando uma valsa com a espingarda, também descarregada.

— Pega leve, Sammy — diz o Dr. Bill, e Sammy praticamente o obedece.

Ele ainda está pulando de um pé para o outro, pegando tão leve quanto consegue com uma espingarda em suas mãos, ainda que seja a Remington velha e enferrujada que usamos nos treinos.

Eu me levanto.

— Passo número três: montar guarda.

— Isso é comigo, Ally! — diz Sammy, como se eu tivesse esquecido.

Ele sobe no teto do carro, o metal surrado se curvando sob seu peso. Ele gira o corpo, mantendo nossa verificação de trezentos e sessenta graus, mas dá para ver que ele está trapaceando, olhando com cuidado para Kalyn e Jun.

— Passo número quatro — digo, dando um tapa em um mosquito no meu braço —, trocar o pneu.

Também conhecido com a "parte do fingimento". O Ford quase não conseguiu entrar pelos portões há quatro anos e fica jogado como um cadáver no meio da clareira, todos os quatro pneus reduzidos a poças de borracha.

Mal consigo me lembrar de quando o Ford ainda andava e estávamos do lado de fora da cerca indo a algum lugar. Hoje em dia, a pintura está descascando, as janelas estão quebradas e o estofamento ficou duro depois de tanto tempo assando sob o sol do Mississippi.

Enquanto coloco minha pistola no coldre, o mundo fica menos brilhante. É patético pensar que o único carro em que me sentei nos últimos quatro anos seja essa pilha de ferrugem, tirando umas poucas aulas de direção na Mercedes com Alma. Nos velhos tempos, eu teria uma carteira de motorista a esta altura, mas dentro da cerca não há lugar algum para ir de carro e do lado de fora as estradas estão caindo aos pedaços.

Mas, ainda assim, nós treinamos.

— Que pneu está furado mesmo?

— Direito traseiro — diz o Dr. Bill com enorme firmeza.

Sinta o poder de conduzir um treinamento.

O porta-malas do Ford já não abre mais, então o macaco está apenas jogado no chão. Eu me ajoelho e o ajusto debaixo do para-choque.

— De verdade? — pergunto.

— Por que não, Allison? — O Dr. Bill sorri. — Não há mal algum em suar um pouco.

Sim, ele disse "suar um pouco". Porque eu não estava plantando batatas o dia inteiro ontem em um calor de quarenta graus.

Ah, espere. Eu estava.

Mas começo a bombear, ou macaquear, ou o que quer que se faça com macacos. O carro levanta em pequenas doses, os pneus antiquíssimos se soltando de suas rodas como meias arriadas.

Esta é a parte chata — quando nada acontece. Ela tem a função de lhe ensinar que *na maior parte do tempo* nada acontece, mesmo fora da cerca. Há muitos lugares no mundo onde você pode trocar um pneu sem nenhum dos seis bilhões se arrastando ao seu redor.

Algumas vezes o Dr. Bill apenas deixa todo mundo esperando nos bastidores, observando enquanto você troca um pneu furado, limpa a arma ou conta suas preciosas balas...

E os zês não vêm. Apenas os mosquitos.

Mas você não pode abaixar a guarda. É assim que vem a morte, a zumbificação e a perda de pontos da sobremesa.

— Ei, Ally! — grita Sammy. — Hum, quero dizer... alerta zê!

Eu me levanto e saco minha pistola, sorrindo. Apesar da lição muito importante que eles ensinam, esses treinos em que nada acontece são *realmente* irritantes.

Kalyn e Jun desdobraram os braços. Eles estão vindo na minha direção, pés arrastando pelo vidro de segurança quebrado e pelas samambaias. Jun parece prestes a cair na gargalhada, mas o arrasto zê de Kalyn é sinistramente perfeito. Sua saia preta comprida se arrasta na terra, o traço de um zumbi manco a fazendo ondular de cima a baixo.

Ela fica parada perto da cerca em seu tempo livre, observando os seis bilhões. Eu fico por lá também, observando ela.

Mas, neste momento, estou levando tudo a sério.

— Certo. Faça uma contagem!

Sammy mantém sua espingarda apontada para os zês enquanto dou a volta no carro rapidamente. Somos só nós quatro as crianças aqui, mas o Dr. Bill pode ser ardiloso. Algumas vezes ele faz adultos se juntarem ao treino, apenas para manter as coisas interessantes.

Mas não há mais ninguém à vista.

— Eu vejo dois.

— Eu também — diz Sammy. — Quero dizer, igualmente.

— Certo, então nada de armas. — Quando ele resmunga, coloco minha pistola no coldre e acrescento: — O silêncio é uma dádiva e as balas são preciosas.

Esta amostra de autocontrole certamente vai agradar o Dr. Bill.

Pego a alavanca na base do macaco, rodando-a em minhas mãos, e me aproximo de Jun. Ainda estou no meio do movimento quando ele cai no chão, como uma donzela desmaiando. Ele costumava ser um zê muito bom para um garoto de 10 anos. Mas Jun tem sido um covarde desde o verão passado, quando eu acidentalmente o atingi com uma pá durante um treino de acampamento. Não sei qual é o problema dele, praticamente nem ficou com um hematoma e fui *eu* que perdi cinco pontos da sobremesa.

— Um já foi! — grita Sammy, pulando sobre o teto do carro.

Espero Kalyn vir até mim, apreciando seu arrasto. Ela tem usado maquiagem ultimamente, tentando criar um visual zê. Não o suficiente para assustar os adultos, apenas pequenas manchas cinzentas debaixo de seus olhos. Aquilo a faz parecer mais sábia, de alguma forma, como se ela soubesse que aquilo tudo era uma piada — os treinos, o Dr. Bill, toda a nossa pequena tribo disfuncional.

Eu não me apresso. Pelos próximos segundos não preciso esconder que estou olhando para Kalyn. Posso olhar diretamente em seus olhos castanho-escuros e o mundo fica brilhante novamente.

Ela olha de volta para mim com um olhar gelado de zê, mas há um sorriso em seus lábios. Quero lhe perguntar em que ela está pensando, apesar de estarmos na frente de todo mundo. Quero ficar parada aqui e deixá-la me morder.

Mas o Dr. Bill está observando e daqui a alguns passos arrastados ela tem que morrer.

Levanto a alavanca, segurando-a firme com as duas mãos, a ponta afiada apontada para ela. Com um passo gigante, impulsiono-a como uma lança. A ponta para a 5 centímetros de seu olho esquerdo, mas Kalyn não pisca. Ela faz um pouco de drama quando cai, cuspindo como um zumbi com uma alavanca de macaco enfiada no cérebro.

Então ficamos assim: Kalyn deitada em um monte amarrotado e aparentemente morto e Jun com as mãos atrás da cabeça, como se fosse noite de cinema e eu fosse a estrela.

Finjo arrancar a alavanca do macaco.

— Como está a retaguarda?

— Dois mortos! — grita Sammy, pulando para cima e para baixo no teto do carro. — Cérebros espalhados!

Olho para o Dr. Bill, cuja expressão mostra os pontos da sobremesa de Sammy se esvaindo.

— Sim, mas como está a *retaguarda*?

— Ah, certo.

Sammy gira, ainda pulando enquanto faz a verificação de trezentos e sessenta graus. E de repente o metal enferrujado debaixo de seus pés está balançando com ele. Sua dança da morte dos zês tropeçou na frequência natural do Ford...

Os próximos segundos se desenrolam em câmera lenta. O macaco dobra, quebrando como um palito de fósforo curvado entre dois dedos. A traseira do carro bate na terra e depois os braços de Sammy estão girando. A espingarda solta e o cano bate no capô do carro. O barulho de metal é tão alto que me encolho, pensando por um segundo que a arma disparou.

Sammy gira em torno de si mesmo uma vez, então cai do outro lado do carro...

O barulho dele caindo no chão é como um soco no estômago. Todo mundo se aproxima correndo, Kalyn e Jun ressuscitando para correr pela terra atrás de mim.

Sammy está no chão, com os olhos fechados, o pescoço em um ângulo esquisito.

Kalyn se abaixa ao seu lado — perto demais.

— Você está bem?

Ele não fala nada. Ele parece contorcido, quebrado e muito errado.

O Dr. Bill tira Kalyn de perto, praticamente a jogando para longe. Sinto gosto de pânico e vômito no fundo de minha garganta, mas minhas mãos fazem a coisa certa e sacam a pistola. E estou pensando, *Merda, merda, merda — nem está carregada.*

Mas aponto para a cabeça dele de qualquer forma.

Sammy abre os olhos e faz um barulho sem sentido.

— Rrrrrrr... cataploft! — diz ele, então cai na gargalhada.

Estamos todos olhando para ele, o Dr. Bill e eu com pistolas apontadas e Sammy rindo como um idiota. Como um debiloide, como um patético desperdício de gravidade de 14 anos.

Mas não como um zê.

— Peguei vocês, otários — diz ele, finalmente.

O Dr. Bill guarda a arma.

— Sim, você nos pegou. E você, meu amigo, perdeu *todos* os seus pontos da sobremesa!

As palavras saem tranquilas, mas são tão sérias quanto marcas de dentes. Isso faz Sammy se calar por um momento, mas então ele está rindo novamente.

Por que não deveria? Sammy está dentro da cerca desde que tinha 10 anos. Ele nunca apontou uma arma para um zê de verdade. Ele nunca viu ninguém se transformar em frente de seus olhos. Então essa clareira no pântano, esse Ford enferrujado, esses treinos — o que eles devem significar para ele? O que eles deveriam significar para qualquer um de nós?

Não vale a pena fingir, mesmo que pela promessa de pudim de chocolate enlatado ou peras em calda. Talvez Sammy tenha finalmente percebido o que Jun, Kalyn e eu sabemos há anos, a diferença é que ele é corajoso o suficiente para falar.

Ou talvez ele estivesse apenas totalmente doidão.

2.

O negócio é que vivemos em uma fazenda de plantação de maconha.

Não que sejamos viciados em drogas ou algo assim; nós acabamos com a maior parte da plantação original quando chegamos aqui. Não estávamos procurando maconha, apenas segurança e uma forma de sustento.

A parte da segurança foi fácil. Nós tínhamos passado por muitos lugares com muros grossos à prova de zês: prisões, bases militares, aeroportos, comunidades fechadas. Mas todos esses lugares tinham pessoas dentro nos velhos tempos, então estavam infestados de zês. Ainda por cima, precisávamos plantar nossa própria lavoura. Pistas de pouso e pátios de prisão funcionam muito mal como fazendas e tínhamos apenas o suficiente para uma temporada no nosso precioso estoque de latas, o tempo que teríamos para aprender a produzir comida.

Então esse era o nosso problema: a maior parte dos estabelecimentos de alta segurança não tem fazendas dentro deles e maior parte das fazendas não tem cercas enormes em volta delas.

Foi então que a bela Alma Nazr, nossa mais incrível caçadora de zês e minha paixão anterior, colocou o cérebro para funcionar. Nos velhos tempos ela era uma agente federal e matava homens maus em vez de homens mortos. Ela havia sido mandada uma vez para uma fazenda secreta no Mississippi, onde o governo plantava maconha para fins de pesquisa. Nos últimos anos dos velhos tempos, os estados estavam legalizando maconha medicinal. Então os federais estavam tornando a fazenda maior e as cercas em volta dela mais altas, para o caso de um dia quererem vender o que havia ali.

Então os sábios adultos de nossa tribo nos guiaram em direção ao sul, dizendo entre si: "Fazenda de primeira, cerca de primeira e talvez até um pouco de erva de primeira!".

O Dr. Bill alega que a última parte não foi levada em consideração na escolha, claro. Era tudo por causa da segurança e do sustento. Mas ele também diz que a cerca vai durar para sempre, que chocolate pode crescer no Mississippi e que um dia vamos aprender a nos vacinar contra mordidas de zês ou até mesmo curar os seis bilhões.

O Dr. Bill geralmente fala um monte de merda. Exatamente como o resto deles.

3.

À noite, estou espionando Kalyn novamente.

Ela sempre vai ao mesmo lugar na cerca, onde dois muros se encontram em um ângulo agudo, uma fatia de torta adentrando a terra pantanosa ao redor da fazenda. Alma diz que é porque a cerca segue exatamente as linhas da velha propriedade. É estranho como o planeta inteiro foi dividido em pequenos pedaços ainda nos tempos antigos, cada centímetro quadrado pertencente a um dos seis bilhões.

Hoje em dia só existem dois tipos de propriedades: nossas e deles, de humanos e de zês.

Kalyn está parada quase onde os muros se encontram, tão perto da cerca que o Dr. Bill cagaria nas calças se pudesse vê-la. Ele nos obriga a usar as palavras "distância de um braço" em frases práticas várias vezes e grita se trocamos o "de um" por "do", como se uma questão de gramática fosse causar uma mordida.

Kalyn está definitivamente a uma distância menor do que um braço da cerca, talvez a distância de um cotovelo. Mas a trama de correntes é bem apertada, então são apenas os dedos que passam, junto de algumas línguas, mandíbulas quebradas e ossos soltos. Ela nem mesmo está carregando uma pistola.

Alguns dos adultos ficavam parados desta forma logo que chegamos — bem ao lado da cerca, ou perto de um zê desmembrado — para se "dessensibilizarem". Mas então, um dia, uma Sra. Zimmer muito grávida chegou muito perto por acidente (ou cometeu suicídio por meio de um zê) e os adultos criaram a regra da distância de um braço.

Fico agachada ali observando Kalyn por um tempo, a escuridão caindo ao nosso redor, os insetos no pântano começando a zumbir e conto uma história a mim mesma. Imagino sua longa saia preta sendo agarrada por uma daquelas mãos esbranquiçadas e finas como um graveto. Kalyn olha para baixo, horrorizada, mas é muito tarde para ela se livrar. Ela tropeça e seus braços balançam, então suas mangas ondulantes são agarradas por todos aqueles dedos ossudos. Eu corro para resgatá-la, aparecendo do nada para arrancar as roupas de seu corpo.

E ela cai em meus braços.

— Allison? — diz ela de volta ao mundo real.

Acabo de ser descoberta.

Eu me levanto, imaginando como ela me viu. Ela nem mesmo se virou.

— Ah, ei. — Ajo com toda naturalidade.

Sim, apenas passando por aqui. Não estava espionando você de um jeito "paixonite aguda entre garotas que não vai ajudar o mundo a ser repovoado".

— Achei que era você — diz ela.

Achou que *o quê* era eu? Eu não estava fazendo nenhum barulho e apesar de não tomarmos mais muitos banhos, não dá para sentir o cheiro com todo aquele fedor dos zês perto dela.

— Sim, sou eu. O que você está... fazendo?

Ela se vira, seu sorriso iluminado pela lua.

— Esperando você.

Certo. O mundo está definitivamente ficando brilhante novamente.

Enquanto ando até o canto em formato de fatia de torta de Kalyn, todos os zês se arrastam para virar na minha direção, como se tivessem se cansado dela. O metal flexiona com o peso deles, os elos das correntes rangendo. Tirando o zumbido dos insetos, a noite está silenciosa.

Ainda consigo me lembrar de logo depois dos velhos tempos, quando os zês faziam um barulho gutural quando nos viam. Agora eles estão ressecados, é o que diz o Dr. Bill.

É melhor assim.

Kalyn está olhando para mim, suas pupilas enormes no escuro.

— Alguém que você conhece? — pergunto.

É uma velha piada, mas me dá uma desculpa para desviar o olhar para a multidão, a distância de um braço da intensidade do olhar dela.

— Não, nunca — diz Kalyn, e se vira para os rostos encostados à grade.

Sua maquiagem de manchas cinzentas está mais cuidadosa agora à noite, como se ela tivesse feito um esforço pelos zês. Eu sei que isso é esquisito, mas não há muito mais motivos para se arrumar. Ninguém comemora aniversários desde que o galpão com as marcações do calendário pegou fogo e as festas não eram muito divertidas de qualquer forma. A bebida acabou há muito tempo (e nunca ganhei nem um pouco), as preciosas bolas de pingue-pongue estão todas quebradas e o alvo de dardos está verde de mofo.

As noites de cinema são um acontecimento, acho, uma vez que ligamos o gerador apenas uma noite por mês hoje em dia. Mas Kalyn se arrumou para... isso.

Será que é para tornar sua imitação de zumbi perfeita? Para dessensibilizar?

Não me importa o que seja, contanto que eu possa ficar aqui, mais perto dela do que dos zumbis amontoados à nossa volta. Ela está tão perto que seu cabelo balança quando respiro.

A distância de uma respiração e meu coração está batendo como se eu estivesse do outro lado da cerca.

— Você acha que Alma está certa? — pergunta ela.

— Que Sammy é um desperdício de gravidade?

— Não — diz Kalyn. — Sobre a outra coisa.

— Ah... todos nós morrermos.

Ano passado, quando o Dr. Bill teve caganeira por causa de uma lata de feijões amassada, Alma Nazr ficou no comando por uma semana inteira, o epicentro de minha paixão por ela. Ela nos mostrou como quebrar crânios com cassetetes de polícia, como recarregar uma espingarda com apenas uma das mãos e explicou que estávamos condenados.

Mais zês vinham até a cerca todos os dias. Não sabemos por quê. Logo que chegamos, achamos que o som os atraía aos vivos. Mas não existe a menor possibilidade de eles poderem nos escutar do outro lado do pântano, e mesmo assim eles vêm. Eles simplesmente sabem que estamos aqui.

Alma diz que é apenas uma questão de tempo antes que eles sejam numerosos demais. Suficientes para derrubar a grade, ou para se empilharem mais alto que a camada mais elevada de arame farpado, como formigas da floresta tropical usando os próprios corpos para atravessar um rio.

Então deveríamos ir embora logo, antes que a multidão fique grande demais para podermos atravessar. Antes que as estradas fiquem piores, especialmente aqui na chuvosa e coberta de kudzu Costa do Golfo. Já dá para ver o asfalto rachando do lado de fora do portão frontal. Se esperarmos por muito mais tempo, teremos que sair atirando a pé.

E balas não duram para sempre.

O Dr. Bill voltou a ensinar logo, ainda soltando peidos molhados em suas calças. Alma não deveria dizer aquelas coisas a crianças como nós, imagino. Ela provavelmente não teria contado, mas os outros adultos tinham parado de dar ouvidos a ela. Eles não conseguem pensar em sair daqui de novo um dia.

Mesmo o Dr. Bill, com todos seus treinos e gritos, nunca fala em ir embora.

E o negócio é que os adultos estão certos. Se sairmos por esses portões, os zês vão nos comer em cinco minutos.

Alma está certa também. A cerca não pode durar para sempre.

Condenados de um jeito ou de outro.

Mas decido parecer forte.

— Não se preocupe. Os zês não vão entrar.

Kalyn suspira, desapontada.

— Então estamos presos aqui para sempre?

— Bem... não. Não é assim também. — Aqui, a distância de uma respiração, quero dizer o que ela quer ouvir. — O que quero dizer e que nós vamos ter que partir *muito* antes de os zês derrubarem a grade.

Ela se vira para mim, seus olhos brilhantes.

— Sério?

— Claro. — Minha mente está se embaralhando. — Mais cedo ou mais tarde, algo aleatório tem que acontecer.

— Hum, aleatório como?

— Como... um tornado.

Kalyn ri, abrindo suas mãos para o triângulo de céu sobre nós.

— Você quer dizer que ele vai levantar um monte de zês, então jogá-los aqui dentro? Como uma chuva de sapos, só que de zumbis?

— Tudo bem, talvez não um tornado. Mas que tal um grande furacão? Eles aparecem a cada dez anos, mais ou menos. Isso poderia derrubar essa grade. Então *teríamos* que sair.

Ela balança a cabeça lentamente.

— Tudo que é aleatório é inevitável. Você só precisa dar tempo.

Estou concordando com a cabeça estupidamente, porque nossos olhos se encontram de novo. Isso é bem melhor que o olhar zê que ela me deu essa tarde e desta vez não tem ninguém assistindo.

Gostaria que houvesse um treino para isso. Passo número um: segurar seus ombros?

Mas afasto meu olhar novamente.

— Devíamos começar a ter treinos de tornado. O Dr. Bill iria adorar isso.

— É, iria mesmo. — Kalyn solta uma risada que parece um ronco. — Mas ele não vai gostar quando os zês começarem a cair do céu.

— Passo número um... dê adeus à sua vida.

— Talvez sim, talvez não.

Ela estica a mão na direção da grade. Meus dedos envolvem seu pulso. A pele está gelada no ar da noite.

— Pare com isso.

— Isso a deixa nervosa?

— Hum, sim. Porque isso é meio que *loucura*. — Eu aperto sua mão, me lembrando da Sra. Zimmer mais pálida a cada hora até que finalmente a levaram para a cabana de isolamento. — Você pode ser mordida. Não quer estar por aqui para ver a inevitável chuva de zês?

— Hum... — diz ela suavemente. — Essa é a parte esquisita. Isso já aconteceu.

4.

Fico parada ali por um momento, segurando a mão dela, o zumbido de insetos crescendo em meus ouvidos. Não tenho certeza do que ela acabou de dizer.

— Hum, você já viu uma chuva de zumbis?

— Não. Já fui mordida.

— Muito engraçado.

Kalyn solta minha mão e estica seu braço esquerdo, arregaçando a manga bufante da camisa preta. Seu antebraço brilha sob o luar, escurecido por uma cicatriz roxa com o formato de uma cápsula de 9 milímetros.

— Bem aqui.

Dou de ombros.

— Parece que você se cortou com uma lata de pêssegos. Pontos da sobremesa diabólicos.

— Isso não é de metal. Eu estava parada bem onde você está, olhando diretamente para o céu. Você se lembra nos velhos tempos, como existiam, tipo... algumas centenas de estrelas? E agora existem tantas, como se as almas dos seis bilhões todas tivessem voado lá para cima? — Ela passa um dedo sobre a cicatriz. — Eu meio que fiquei tonta pensando sobre elas. E dei um passo para o lado, abrindo o braço para me equilibrar.

Kalyn estica a mão na direção da grade e eu estou congelada, a observando. Sua mão está muito próxima dos rostos arruinados — a distância de um dedo —, mas o zê não tem absolutamente nenhuma reação.

Ele está olhando para mim, na verdade.

— Arranhei o braço sério — diz ela. — No osso.

— Quando foi isso?

Minha mão está sobre a minha pistola.

— Há um mês.

Alívio corre dentro de mim com um arrepio.

— Você se cortou no arame, então.

— Não era metal. Era osso.

Kalyn estica o braço para segurar meus ombros. Eu solto a trava no meu coldre, mas ela está apenas me equilibrando. Estou a centímetros da grade, tonta por causa disso tudo. Ela me puxa para mais perto dela.

— Tenha cuidado.

— Para de me sacanear, então!

Ela balança a cabeça, com força.

— Eu me senti muito mal a princípio e vomitei minhas refeições por dois dias. Eu ia contar para todo mundo, juro. Mas então me senti melhor.

Respiro fundo e me obrigo a lembrar: tudo isso aconteceu há um mês. Sua cicatriz está velha e seca; aquelas que o transformam nunca têm tempo de sarar.

— Então foi psicossomático. Ou você foi infectada com outra coisa. Uma lata de feijões estragados, como o Dr. Bill.

— Mas estou me sentindo melhor agora, Allison. Não apenas bem... *melhor.* — Ela rodopia no espaço estreito, sua saia esvoaçando e roçando nas grades. — Você tem que experimentar.

— Experimentar? — Minha boca ficou tão seca quanto a de um zê. — Você quer que eu enfie a mão ali fora?

— Não, boba. Assim você se transformaria. O que quer que tenha entrado em mim deve ser muito raro, ou teríamos visto isso antes.

— Visto *o que* antes?

— Varíola bovina. Pense nisso, Allison. Dentre todas as mutações ocorrendo dentro dos seis bilhões, deve haver uma que seja varíola bovina.

— Varíola bovina?

Eu me lembro daquela palavra das fantasias do Dr. Bill sobre vacinas, mas estou muito abalada para entender o contexto.

Ela explica lentamente.

— Muito antigamente, pessoas que ordenhavam vacas nunca pegavam varíola, porque elas já tinham sido infectadas com varíola *bovina*. É parecida o suficiente para torná-lo imune, mas não mata. É uma vacina natural.

— Besteira — falo. — Quero dizer, sim, me lembro de tudo isso. Mas por que isso aconteceria *agora*? Depois que todo mundo já está *morto*?

— Tudo que é aleatório é inevitável — diz ela, tão serena quanto uma oração. — Você só precisa de tempo suficiente e de bilhões de zês carregando trilhões de variações, até que essa mutação sortuda aparece.

Eu balanço a cabeça.

— Mas por que *você* seria infectada?

— Por acidente, Allison. — Ela dá de ombros. — Acidentes acontecem. Eu quase caí e algo mordeu minha mão. Então posso sair daqui se quiser. Quer vir?

Eu me viro e me afasto da cerca, dos zês se esforçando para nos pegar e da loucura de Kalyn.

Mas cinco segundos depois eu paro, processando o que estava vendo enquanto olhava para seus olhos: ela não está usando maquiagem. Aquilo não é um pó; é algo debaixo da pele dela.

E outra coisa... Kalyn disse que faz um mês que ela foi mordida. E quanto tempo faz que comecei a notá-la? Repentinamente começar a vê-la, como se um interruptor tivesse sido ligado e me fazendo esquecer completamente de Alma e das garotas nas fotos pornográficas nas paredes da sala de recreação.

Como se algo de sorte tivesse acontecido e tornado Kalyn *melhor*.

Sinto uma mão gelada tocar meu ombro.

— Eles vão me matar se descobrirem — disse ela simplesmente. — Mas sei que você não vai surtar e contar a eles.

— Acredite em mim, estou surtando.

Kalyn vira meu corpo.

— Eu *realmente* confio em você, Allison, porque você viu isso em mim. Desde o primeiro dia, você notou. Foi por isso que a escolhi para se juntar a mim.

— Me juntar a você? — Forcei uma risada seca. — Como isso deve funcionar?

— Está dentro de mim agora. — Kalyn abaixa a mão e retira uma preciosa agulha de costura na barra de seu vestido. Ela a segura entre seu polegar e o dedo médio, o lado pontudo se encostando à ponta do dedo, sem furar a pele ainda. — Uma gota, para começar.

Olho para meus dedos, então para ela. Estou prestes a explicar que notá-la foi algo completamente diferente, mas ela se inclina e me beija, como se não fossem duas coisas diferentes. Como se tudo estivesse misturado a distância de uma língua — minha obsessão, sua mutação e uma forma de deixar a cerca para trás.

Beijá-la não é molhado e escorregadio como sempre imaginei que seria. Sua boca é extremamente quente e seca. Seu hálito me atrai e me deixa tonta. Tenho que me agarrar a ela para não cair.

Quando nos separamos, a agulha furou sua pele.

Kalyn sorri e aperta o dedo até uma gota se formar, preta e brilhante no luar. Ela me entrega a agulha.

Eu ainda não acredito em nada disso, digo a mim mesma. Sua doença foi psicossomática, então sua *melhora*, também tem que ser. Ela se arranhou há um mês, não morreu por causa disso e, nessa fazenda de maconha de merda pós-apocalíptica, é sorte suficiente para deixar qualquer um em êxtase. Foi o suficiente para deixá-la linda.

Então por que não jogar junto com ela? Talvez ela me beije novamente.

Pego a agulha, lambo e a espeto. Observo o sangue escapar de meu dedo médio, tão brilhante quanto o dela sob a luz da lua.

Nós juntamos nossas feridas por um tempo — a distância de sangue.

E então nos beijamos mais.

À noite eu vomito meu pudim de chocolate.

5.

Parece uma gripe forte no começo, meu corpo todo respondendo a uma invasão. Minhas juntas doem e tremem, como se os insetos do pântano estivessem comendo os interiores de minhas rótulas. Minha pele está pegando fogo. Nada fica em meu estômago, nem mesmo água. Vomito cada gota de saliva que engulo, me tornando seca e silenciosa, como os zês.

Meu cérebro treme também, imaginando se Kalyn entendeu errado. Talvez não seja o vírus dentro dela que seja sortudo. Talvez seja *ela*. E se ela for imune, uma hospedeira como Maria Tifoide? Sou a irmã de sangue da Maria Zumbi de merda.

O que significa que vou me transformar e vão enfiar uma preciosa bala em minha cabeça como fizeram com a Sra. Zimmer.

Minto para os adultos e digo que não estive nem perto da cerca, então decidem que é intoxicação alimentar. Sem aviões para nos trazer novas gripes, tudo virou intoxicação alimentar hoje em dia. Ou talvez uma infecção de um corte, mas nossa última leva de amoxicilina venceu há dois anos, então tudo o que eles podem fazer é me manter hidratada. Alguém sempre está comigo, me forçando a beber água, que eu vou apenas vomitar. Eles me deixam na cabana de isolamento onde a Sra. Zimmer morreu, embora intoxicação alimentar não seja contagiosa, e tentam não chamar muita atenção para a pistola em cima da mesa de cabeceira.

Não se pode ser cuidadoso demais, afinal.

Mas por que Kalyn não está aqui? Ela poderia ter se oferecido para me vigiar. Será que está tão preocupada quanto eu?

No segundo dia ainda estou vomitando e Alma Nazr entra e tira minha roupa sem qualquer cerimônia, procurando marcas de dente. O Dr. Bill assiste com uma espingarda apontada para o chão. As mãos de Alma parecem quentes contra a minha pele, como se fosse ela que estivesse com febre. Ela me vira várias vezes, inspecionando cada pedaço de mim, como nos sonhos que eu costumava ter.

Ela não nota o furo em meu dedo médio.

Mas eu posso vê-lo, o pequeno círculo roxo onde Kalyn e eu nos misturamos a distância de sangue. O resto do meu corpo pode estar se tornando frio, mas aquele ponto continua quente e dormente.

No terceiro dia todos relaxam um pouco, a pistola desaparece da mesa de cabeceira. Ninguém nunca demorou três dias para se transformar, então deve ser uma lata amassada ou alguma infecção mundana.

Eles não percebem que os mosquitos pararam de me picar.

Estou vendo coisas. Aparecem centelhas nos cantos da minha visão quando vomito e à noite posso ver a tribo dormindo à minha volta, mesmo através de minhas pálpebras, mesmo através das paredes. Corpos humanos são jatos quentes contra o frio da noite, como fogos de artifício em um horizonte escuro. A cada noite eles são mais espetaculares, as pequenas máquinas implacáveis de seus batimentos cardíacos me estarrecendo. Cinco dias depois de minha infecção, posso vê-los na luz do dia, ainda que do outro lado da fazenda.

Lentamente começo a me sentir... melhor.

E uma noite, quando ninguém está olhando, Kalyn vem até mim.

6.

Ela me leva até a casa na árvore, a torre de observação que tem vista para o portão da frente. Os adultos não a usam mais, mas nós usamos.

— Sinto muito — diz Kalyn pela décima quarta vez. Estamos sentadas de pernas cruzadas e suas unhas estão arranhando o chão de madeira nos dois lados de seu corpo. — Mas fiquei com medo de que você tivesse se transformado.

— *Você* ficou com medo? Como você acha que eu me senti?

— Não sabia que seria assim, Allison. Só vomitei depois das refeições. — Ela se aproxima, segurando minhas mãos. — Ninguém nem percebeu que eu fiquei doente.

— Bem, isso é simplesmente *mais* irritante. — Mas, em vez de puxar minhas mãos, aperto mais forte. — Achei que ia morrer.

— Eu sei. Escutei você gemendo. — Kalyn suspira ao ver minha expressão. — *Sim*, eu passei por lá. Mas fiquei com medo de entrar. Se o Dr. Bill nos visse uma ao lado da outra, ele descobriria o que somos.

Ela estica a mão e passa o dedo nas manchas debaixo de meus olhos. Minha infecção tem uma cor mais profunda do que a dela. Um par de olheiras como se eu estivesse lutando contra demônios em meus sonhos. Seus dedos estão gelados contra o calor da minha pele.

— Você está tão bonita agora — diz ela.

Por um momento, fico imaginando o que ela quer dizer com bonita "agora". Não posso reclamar, no entanto. Kalyn só chamou minha atenção há cinco semanas. Antes de ela ser infectada, eu só queria saber de Alma. Mas Alma parece uma espécie diferente agora, exatamente como os outros adultos, destruídos e presos aos velhos tempos.

E ela me mataria em um segundo se descobrisse o que eu era. Qualquer um deles mataria. Eles não chegaram tão longe assim tendo medo de atirar.

— O Dr. Bill notou seus olhos? — pergunta Kalyn.

— Sim. Ele disse que vomitar pode romper vasos de sangue. Disse que deve sumir em algumas semanas.

— Não se preocupe. Isso nunca vai embora.

Sua mão desce do meu rosto, segura a gola de meu casaco e me puxa para perto. Nossos lábios se encontram.

Desta vez minha boca está tão seca quanto a dela. Água tem um gosto horrível agora, mas estou sedenta pelos fogos de artifício dentro de Kalyn. Ela não está soltando faíscas como os outros, mas algo sereno e interminável pisca dentro dela. É um azul profundo, como a parte mais quente de uma chama.

Os fogos de artifício devem ser como os zês localizam os humanos, por que eles se amontoam do lado de fora da cerca, esperando que um dedo perdido apareça, ou que um furacão derrube a grade. E é por isso que Kalyn e eu podemos sair na hora em que quisermos agora — não somos mais tão deslumbrantes. Nós nos parecemos mais com os zumbis fora da cerca, com suas pequenas luzes cruéis e oscilantes.

Somos algo no meio do caminho, eternas, mas não podres. No caminho para a casa na árvore, Kalyn me fez colocar um dedo para fora e nenhum dos zês sequer olhou para ele.

— Desculpe eu ter ficado com medo — repete ela, depois que nos separamos. — Isso sempre acontece quando beijo alguém pela primeira vez.

— Sempre acontece? Há-há. Você tinha, tipo, *11 anos* nos velhos tempos.

Ela me mostra o menor dos sorrisos.

— Talvez eu tenha beijado alguém desde então.

Olho fixamente para Kalyn, fazendo uma lista mental de todo mundo na fazenda. Mesmo incluindo as pessoas que morreram desde que chegamos aqui, todos são muito velhos. Exceto...

— Não vai dizer que foi o Sammy?

Ela balança a cabeça.

— Quando?

— Foi apenas um beijo, há *milênios*, e aquilo apenas me fez rir. — Ela sorri. — Está com ciúmes?

— Daquele desperdício de gravidade? Nem um pouco.

Seus olhos se fecham e ela se aproxima.

— Bom saber que isso não vai ser um problema.

Ficamos daquele jeito um pouco mais, então nos debruçamos para olhar para os seis bilhões de estrelas. Seu brilho é mais forte do que costumava ser. Talvez minha visão esteja mais aguçada, ou talvez alienígenas vivam naqueles planetas distantes e eu possa ver seus fogos de artifício também.

Eu seria uma excelente astronauta agora. Não preciso de água, nem de comida e não envelheço.

— Você acha que viveremos para sempre? — pergunto. — Como os zês?

Kalyn se vira das estrelas para mim e suspira.

— O Dr. Bill diz que eles não vivem para sempre, por causa da lei de termodinâmica. Só porque eles estão mortos, não quer dizer que eles não vão se deteriorar. Um dia.

— O que existe ali para se deteriorar? Seus corações nem batem.

Ela encosta sua mão fria contra meu pescoço.

— Mas o seu bate.

— Acho que sim. Que pena. — Posso senti-lo pulsando onde sua mão descansa. Não vou poder ser uma astronauta imortal. Vou morrer, ou me deteriorar, então estou perdendo tempo nesta fazenda estúpida. — O que deveríamos levar?

— Bem, não precisamos de comida. Não precisamos de armas. Podemos ir às cidades para achar roupas novas. — Kalyn passa a mão em seu vestido caseiro. — Roupas *de verdade*, finalmente. Então não precisamos levar nada.

— Claro. Mas quero um carro. O Mercedes. É o único que ainda funciona.

— Você quer dirigir? — Kalyn acha isso engraçado, como se pretendesse sair daqui se arrastando. — Você ao menos sabe dirigir?

— Alma me ensinou uma vez. É fácil. Você aponta o carro e pisa nos pedais. — Eu estava prestando mais atenção a Alma do que ao carro, mas não pareceu tão difícil. — Não há outros carros na estrada, pelo menos nenhum que esteja se movendo.

Parece um pouco estranho estar falando sobre roubar o Mercedes, porque é o favorito de Alma. Mas não é como se ela um dia fosse sair daqui, não sem os outros. E eles têm suas plantas de maconha, as noites de cinema e as pilhas de latas que estão estragando. Todos aqueles pontos da sobremesa entalhados na parede da sala de jantar.

Eles nunca trocariam aquilo tudo por liberdade.

Mesmo se nós os infectássemos, eles provavelmente apenas atirariam em si mesmos. Kalyn nem mesmo mencionou a possibilidade e não sou eu que vou mencionar. Eu a quero toda para mim, para sempre.

E quero aprender a dirigir antes que as estradas se partam como quebra-cabeças de asfalto.

— Certo, Allison, vamos roubar o Mercedes. Daqui a quatro dias.

Eu sorrio, pensando em algumas coisas favoritas que vou levar. Talvez um dos bonés da polícia de Alma, pretos com DEA escrito com letras prateadas na frente. Seus dias agitados como agente federal estão acabados, mas os meus estão apenas começando. É melhor levar algumas armas, para o caso de encontrarmos pessoas vivas que nos irritem.

— Por que não amanhã? Por que não *agora*?

— Quatro dias.

Meu sorriso desaparece.

— Por quê?

Kalyn suspira, se afastando um pouco. Seus dedos batucam o chão de madeira. O vento entra pelas janelas abertas da torre de observação, fazendo um calafrio correr pela minha coluna.

Então ela fala:

— Porque não quero Sammy vomitando no carro.

7.

Quatro dias se passaram e estamos roubando o carro — todos os quatro.

Sim, era isso que Kalyn estava fazendo enquanto eu vomitava, gemia e *quase morria*. Ela estava indo atrás de Sammy, passando sua infecção para ele. Beijando ele.

Há milênios, até parece.

E então, dois dias depois da nossa conversa na casa na árvore, nós duas decidimos que não podíamos deixar Jun para trás. Ele só tem 10 anos; não podemos deixá-lo sozinho com os adultos disfuncionais.

Ele foi o que se transformou mais facilmente de todos nós, o pequeno pateta. Não vomitou sequer uma vez.

Então aqui estamos, roubando o Mercedes-Benz juntos, uma grande família feliz de quase-zumbis... e nós somos uma merda nisso.

— Pise na embreagem primeiro — sussurra Sammy, como se alguém do lado de fora do celeiro pudesse nos escutar.

Será que ele não consegue *ver* que ninguém está acordado? Todos aqueles pequenos fogos de artifício estão aconchegados de forma segura em suas camas, corações lentos e constantes.

— Carros automáticos não têm embreagem, idiota.

Coloco o câmbio na posição *Dirigir*, mantendo um pé afundado no pedal de freio.

— O Ford tem. O Dr. Bill me mostrou como funciona.

— Sim, mas o Ford tem, tipo, uns 100 anos. Este é um carro *de verdade.*

— Então por que ele não está se *movendo*? — resmunga Kalyn.

— Hum, talvez porque eu não queira que ele se mova. A porta do celeiro está fechada.

Nós duas olhamos para Sammy, que faz o salto e rolamento, então corre pelo chão de terra. Ele olha para a porta do celeiro, que não está realmente fechada — ninguém tranca portas aqui. Um cadeado aberto está apenas preso no fecho da porta, a mantendo encostada. Nós esperamos enquanto ele descobre o que fazer.

Como eu disse, somos uma merda nisso.

É uma sorte não termos que levar nada. Seríamos uma merda em fazer malas também.

Sammy abre a porta e considero a possibilidade de passar por cima dele, depois simplesmente atravessar o portão da frente com o carro e deixá-lo para trás. Se os adultos acordarem rápido o suficiente, eles podem provavelmente impedir que os zês entrem pelo buraco.

Mas eu não poderia fazer aquilo com a pintura do Mercedes. Alma passou horas mantendo-o bonito enquanto os outros carros lentamente se deterioravam.

Enquanto meu pé sai do freio, começamos a nos mover lentamente. Kalyn segura meu joelho, como se tudo estivesse bem entre nós novamente. Como se ela não tivesse mentido para mim sobre beijar Sammy e tudo mais.

Bem, tudo menos a própria infecção. Ela estava contando a verdade a respeito daquilo e de como é incrível a sensação de ser um de nós. Cada dia é melhor.

Toco sua mão. Estamos indo embora.

Eu me lembro da sensação agora, dos velhos tempos e logo antes de entrarmos na cerca — como você pode apenas se sentar em um carro e ver o mundo passar por você.

Sammy pula sobre o capô enquanto saímos lentamente do celeiro e logo estamos passando pela sala de recreação e pela cabana de isolamento, dando adeus. Pelos galpões de armazenagem e pelos barris cheios de água de chuva com gosto de ferrugem. Pelo Ford caquético em sua poça de borracha murcha e vidros de segurança quebrados.

Na direção da cerca.

Jun ri no banco traseiro, apesar de termos ameaçado largá-lo aqui se ele fizesse qualquer barulho. Ele tinha 6 anos na última vez em que se sentou em um carro em movimento. Isso deve ser como Disney World para ele.

Um pequeno borrifo de fogos de artifício brilha no canto da minha visão. Alguém está acordando. Mesmo em uma noite quente com insetos zumbindo, o som de um motor de carro é estranho o bastante para alertar o cérebro.

Solto o freio um pouco mais, apontando o carro para o portão frontal.

Depois de 15 metros Sammy pula do capô do carro e corre. Kalyn sai pela porta do carona para segui-lo, a barra da longa e nada prática saia dela em uma de suas mãos.

Essa é a parte do nosso plano de fuga em que realmente pensamos: passar pelo portão da frente sem deixar milhares de zês entrarem. Nós devemos isso aos adultos. Apesar de serem disfuncionais e patéticos, eles tomaram conta de nós depois que nossos pais foram comidos.

Sammy está escalando a grade, bem na divisão do portão, enquanto Kalyn empurra a pesada barra de ferro. Os zês se arrastam em volta um pouco, mas não estão olhando para ela — estão olhando para os fogos de artifício atrás de nós. Mais pessoas acordando.

Escuto um grito e ando com o carro novamente.

A barra cai no chão assim que alcanço o portão. O para-choque do Mercedes encosta na grade, empurrando a massa de zumbis para trás. Kalyn pula sobre o capô e Sammy passa para o outro lado do portão enquanto ele se abre lentamente.

Atrás de nós, pequenos borrifos brilhantes de consciência estão saindo da cada prédio. Eu os ouço gritando, chamando nossos nomes, tentando entender.

Os zês empurram o portão do outro lado, mas o Mercedes é mais forte, roncando debaixo de mim enquanto solto mais o freio. Estou dirigindo com os dois pés, o que Alma disse que era errado. Mas estou com medo de tirar meus pés dos pedais, como se eu nunca fosse achá-los novamente lá embaixo no escuro.

Escutamos um tiro. Provavelmente um aviso, mas fico imaginando se eles vão pensar em atirar nos nossos pneus. Eles devem ter achado que ficamos loucos.

O Mercedes finalmente passa pelo portão aberto, zês encostados a cada janela. No capô, Kalyn estica a mão para fazer carinho em suas cabeças e um som nervoso vem do banco traseiro.

— Está tudo bem, Jun — digo com doçura. — Eles não podem mais feri-lo.

Os zês estão surtando agora, tentando passar pelo carro para chegar às pessoas acordando do lado de dentro da cerca. Mas o implacável Mercedes fecha a abertura e os zês dos lados do carro vão apenas empurrar o portão até fechá-lo quando passarmos. Talvez alguns consigam entrar, mas Alma vai dar conta deles com facilidade. Posso vê-la brilhando lá atrás, muito acordada agora, com uma automática em cada mão.

O portão se arrasta na lateral do Mercedes, arruinando a pintura. Então passamos e vejo o portão se fechando. Coloco o câmbio na posição de ré e completo o trabalho de fechá-lo, triturando zumbis debaixo dos pneus.

É então que Sammy entra. Ele segura o portão fechado e então o tranca com corrente e cadeado. Isso deve segurá-lo até os adultos colocarem a barra de ferro de volta no lugar.

Ele pula sobre o teto do carro com um som oco e eu me encolho um pouco. Espero que ele não comece a pular.

Coloco o câmbio na posição de dirigir e sigo adiante novamente. Não muito rápido, com um passageiro sobre o capô e outro no teto. Não com centenas de zumbis nos empurrando, ainda tentando chegar ao portão.

A estrada está pior do que parecia do lado de dentro, rachada por causa da chuva e do kudzu. Vamos nos sacudindo em um ritmo arrastado e percebo que alguns dos zumbis estão nos seguindo.

Eles olham pelas janelas para mim, mãos podres escorregando no vidro. E se estivéssemos errados e de repente eles resolveram nos comer?

Mas eles não estão tentando pegar Kalyn. Eles nem mesmo olham para ela, apenas seguem se arrastando ao lado do carro como pessoas em um velório acompanhando o caixão.

Escutamos outro barulho de tiro e pedaços de um zê espirram sobre a janela direita traseira.

— Merda! — grita Sammy, rolando do topo do teto para o capô. — Eles estão tentando nos salvar!

— Idiotas — diz Kalyn, se abaixando.

Mais estouros soam atrás de nós e o vidro traseiro ganha um buraco.

— Fique abaixado, Jun! — grito, imaginando se eles estão atirando *em nós*.

Talvez eles tenham descoberto de alguma forma o que nos tornamos. Sammy e eu tivemos intoxicação alimentar ao mesmo tempo e o Dr. Bill não pode ter deixado de notar que nós quatro estávamos com manchas escuras sob os olhos.

Então uma rajada de tiros começa, totalmente automática, como o ar se partindo no meio e a janela de trás se estilhaça completamente. Eles *estão* atirando em nós!

Porque nós mudamos? Ou porque eles preferem que nós morramos a sermos comidos vivos, ou que nos tornemos zês e nos arrastemos de volta para assombrar a cerca.

Mas então tudo fica ainda mais estranho. Pelos estilhaços do vidro traseiro vejo fogos de artifício piscando atrás de mim. Humanos estão morrendo lá...

Eles estão atirando uns nos outros agora.

É Alma — posso sentir sua chama, impedindo os outros adultos de nos impedirem. Ou é tudo apenas um grande pandemônio, causado pela abertura do portão pela primeira vez em quatro anos. O fato de alguns zês terem entrado estilhaçou a frágil sanidade de todos e eles estão gastando suas preciosas balas como no começo do confinamento. Como na época em que cada coisa que se movia era um alvo.

Causamos um alvoroço, é o que parece.

Mas a multidão de zumbis se aproxima mais do Mercedes, levando os tiros por nós. Se um cai, outro toma seu lugar.

Vamos sacudindo dolorosamente ao longo da estrada acidentada, os tiros sumindo atrás de nós a cada minuto interminável.

E depois de um tempo, a noite está silenciosa novamente.

8.

Kalyn está sentada no teto, os calcanhares batendo no vidro da frente. Sammy está sentado a seu lado, os tênis balançando na frente dos meus olhos. Mal posso ver a estrada e não posso ver o que eles estão fazendo lá em cima.

É melhor que não estejam se beijando.

Um pedaço de asfalto quebrado bate no fundo do carro, mas o Mercedes continua andando. Os zês, claro, continuam se arrastando.

O carro segue por um tempo.

A estrada deve melhorar, mais cedo ou mais tarde. Talvez não neste pântano, ou em nenhum lugar do chuvoso Mississippi. Mas vamos encontrar desertos alguma hora, com estradas se esticando lisas e vazias sob o sol.

De repente me ocorre que um mapa teria sido útil. Onde costumavam vender mapas nos velhos tempos? Postos de gasolina? Livrarias? Não consigo me lembrar.

O rosto de Sammy aparece, pendurado de cabeça para baixo contra o para-brisa. Ele bate no vidro.

Abro minha janela.

— Vocês deviam ver isso! — grita ele.

— Ver o quê? — pergunta Jun.

— Apenas subam aqui. Vocês dois. Eu dirijo!

Duvido que ele saiba como, mas estou feliz de trocar de lugar com ele. Coloco o câmbio do Mercedes em *Park*, os zumbis se arrastando mais devagar até parar à nossa volta. Eles sequer notam quando abro a porta e saio. Eles estão esperando pacientemente, ainda olhando diretamente para a frente.

Jun passa por entre os bancos dianteiros e sai pela minha porta, se protegendo dos zês atrás de mim.

Sammy não se dá ao trabalho de tocar no chão, apenas se arrasta para dentro do carro pela janela do carona. Então eu levanto Jun, fecho a porta e subo no teto do carro.

Kalyn está de pé ali com seu longo vestido preto, então ficamos de pé ao seu lado.

A estrada iluminada pela lua atrás de nós está cheia de zês.

Milhares deles ocupam a estrada estreita entre as árvores, a fila se estendendo até o portão, pelo menos por 3 quilômetros. A maioria ainda está andando, como se não tivesse percebido que paramos. Os refletores no portão da fazenda se acenderam, mostrando os zês lá atrás ainda vindo atrás de nós.

— Que porra é essa? — pergunto.

— Eles estão nos seguindo — diz Jun.

— Não diga. Mas de onde eles todos *vieram*? Não havia tantos assim no portão!

Kalyn balança a cabeça.

— Não mesmo. Eles devem estar vindo da área em torno da cerca. É como se eles estivessem em um longo pedaço de barbante que nós estamos puxando.

Percebo o que ela quer dizer. A cerca deve ter uns 8 quilômetros de perímetro. Então, se todos os zumbis que apareceram nos últimos quatro anos nos seguirem, serão dezenas de milhares na fila. Um desfile de zumbis.

— Mas *por quê*? — pergunta Jun.

— É, isso mesmo — digo. — Eles não querem nos comer. Então por quê?

Kalyn não responde e ficamos parados em silêncio até que Sammy consegue fazer o carro andar. Nós nos desequilibramos por um momento, então agachamos sobre o teto, ainda olhando para trás.

O Mercedes continua seu caminho lento pela estrada acidentada, chacoalhando ainda mais agora que Sammy está dirigindo. As árvores do pântano ficam mais densas, tocando nossas cabeças com seus dedos gelados de vez em quando. As sombras das folhas iluminadas pela lua piscam sobre nossos anfitriões zumbis.

Finalmente perdemos a fazenda de vista, o último brilho dos refletores desaparecendo em uma curva. Mas os zês não viram.

— Por que eles estão nos seguindo? — pergunta Jun novamente.

Kalyn diz:

— Talvez eles também estejam entediados.

— Entediados? — pergunto. — Eles são *zês*, Kalyn. Tudo o que eles fazem é ficar parados.

— Sim, mas eles também estão assistindo. O dia todo. Então devem saber que nada estava acontecendo lá. Aqueles treinos, aqueles malditos pontos da sobremesa, todas aquelas pessoas se estragando como feijões em lata. — Por trás das costas de Jun ela segura minha mão. — Só existe morte lá, com ou sem tornado. Mas os zês *nos* têm agora.

Ela se vira e se senta, balançando seus pés em frente ao para-brisa novamente. Jun e eu nos juntamos a ela, olhando para o vazio, com a estrada acidentada adiante.

Fico imaginando se ela está certa.

É o planeta deles, afinal de contas. Os seis bilhões têm todas as propriedades, com exceção de algumas pequenas ilhas que estão morrendo lentamente. Talvez eles queiram fazer algo com o planeta e não tenham nenhuma ideia.

Eles não são muito bons com ideias, os zês.

Ficar sentada ali se torna chato depressa, com Sammy caindo em cada buraco sendo o desperdício de gravidade que é. Então fico de pé sobre o teto novamente, imaginando que meus joelhos servem para amortecer melhor o impacto do que minha bunda. Abro os braços para me equilibrar e separo meus pés um pouco, como se estivesse surfando em câmera extremamente lenta, com a procissão de zumbis me seguindo.

E então percebo que Kalyn está certa e que todos os outros estavam errados — desde os cientistas do governo, logo no começo, até as estações de rádio sabe-tudo que foram sumindo uma a uma. Os seis bilhões não morreram de verdade. Suas luzes ainda estão brilhando ao nosso redor, só que mais apagadas. Quero dizer, apenas *olhe* para eles.

Talvez eles não sejam tão irracionais quanto pensamos, ou tão dedicados em transformar cada um dos seres humanos que sobraram em um deles. Como Kalyn diz, eles estavam apenas entediados, esperando alguma coisa melhor acontecer.

E essa coisa melhor somos nós.

"Princesa Bonitinha"

Holly: Unicórnios existem na cultura pop como criaturas cor de chiclete, cavalgando sobre um arco-íris, cheios de brilhos e estrelas. Eles foram transformados em adesivos, pôsteres e brinquedos adoráveis. Unicórnios desse tipo são muitas vezes usados como símbolos da mais pura felicidade, de esperança e de tudo que é mais que demais.

Você pode ver esse tipo de unicórnios nas camisetas de hipsters, em vídeos de animação irônicos e como um antídoto para coisas desagradáveis em blogs.

"Princesa Bonitinha", de Meg Cabot, é uma fantástica e hilariante paródia deste tipo de unicórnio, situada no mundo real. Ela também apresenta uma de minhas explicações favoritas sobre por que os unicórnios recentemente voltaram da extinção.

Justine: Mais uma vez o Time Unicórnio não consegue esconder sua vergonha. Um fato pouco conhecido: Meg Cabot é uma fã dos zumbis e teria certamente preferido ficar no Time Zumbi, mas Holly estava desesperada atrás de membros para o Time Unicórnio, então Meg sucumbiu às súplicas e ao suborno e se juntou ao Time Errado, hum, quer dizer, Time Unicórnio.

O resultado é outra história antiunicórnio, que até a própria líder do Time Unicórnio admite que é uma paródia do pavoroso unicórnio que peida arco-íris. Parece grosseiro falar que o Time Zumbi ganhou esta competição de lavada. Então vou apenas dizer que minha pena do Time Unicórnio continua a crescer.

Holly: É triste para mim que o Time Zumbi aparentemente não tenha nenhum amor pela ironia.

Princesa Bonitinha
por Meg Cabot

Era o aniversário de 17 anos de Liz Freelander e, até então, o dia não poderia estar pior. Fora a vez da sua participação no debate e os bilhetes de crítica que ela recebeu depois — que deveriam ser anônimos, mas é claro que Liz reconhecia a caligrafia de todo mundo, porque estudava com quase todas as pessoas da turma desde o primeiro ano — iam desde o banal até o ofensivo.

Bom trabalho! E feliz aniversário, Kate Higgins, que fazia aniversário no mesmo dia de Liz, escreveu, acrescentando um *smiley* depois.

Kate era a garota mais popular do seu ano, revoltantemente animada até mesmo às 8h da manhã quando a aula começava e sempre gritando mais alto que todo mundo os cantos da torcida do Venice High Gondolier.

Mesmo assim, Kate nunca convidou Liz para ir a nenhuma de suas festas de aniversário, apesar de organizar uma todo ano na enorme sala de vídeo no porão da casa dos seus pais na cidade. Todas as outras pessoas da turma inteira eram convidadas, para dançar as músicas tocadas no incrível sistema de som de seus pais, jogar fliperama e hóquei de mesa e, mais recentemente, beber até ficarem inconscientes na banheira de hidromassagem dos pais de Kate, que foi instalada há pouco tempo no lado de fora da casa.

Pelo menos três garotas desmaiaram na hidromassagem no aniversário de Kate no ano passado. Liz só sabia disso porque seu (agora ex) namorado, Evan Connor, a tinha levado à festa, e *não* porque ela tinha sido convidada pessoalmente.

Kate obviamente apenas achava que Liz preferiria comemorar seu aniversário com a própria família e os próprios amigos.

O único problema era que, tirando Alecia e Jeremy — e Evan, claro, mas não mais, por causa do que aconteceu no seu dormitório no mês passado — Liz quase não tinha amigos.

E quando Liz abriu o próximo bilhete de crítica do seu debate, ela se lembrou do motivo.

Debate sobre o sucesso das feministas da segunda geração? Horrível. Mas não se preocupe, você conseguiu deixar seus dois maiores PONTOS muito evidentes: ^ ^!!! Adoro seus peitinhos!!!

Liz sentiu as bochechas se aquecerem. Que diabos? Ela olhou para seus peitos. Estava usando uma camiseta bordada que sua tia Jody comprou para ela em sua última viagem às montanhas Adirondack, para onde ela tinha viajado no ano passado com os amigos da Sociedade pelos Anacronismos Criativos. A camiseta era muito infantil — como todas as outras coisas que tia Jody lhe dava de presente, pois tia Jody parecia achar que Liz ainda tinha 7 anos e gostava de todas as coisas cor-de-rosa e com desenhos de princesas — e Liz não teria nem pensado em usá-la para ir à escola, se todas as suas outras roupas não estivessem para lavar. Ela era cor-de-rosa e nem um pouco reveladora, especialmente considerando o fato de que Liz estava usando um sutiã...

... só que, graças à temperatura brutalmente fria em que a sádica equipe da escola Venice High mantinha o prédio para diminuir sua conta de luz, Liz podia ver os dois mamilos espetados sob a malha leve de algodão...

... algo que Douglas "Munheca" Waller aparentemente achava digno de nota, considerando que achou adequado mencionar em sua crítica.

Liz reconheceu a caligrafia de Waller imediatamente dos recados que ele frequentemente deixava no para-brisa da caminhonete de Evan depois da aula no ano passado. Os dois jogaram no time de futebol americano juntos e, apesar do fato de Evan ser um ano mais velho e, na opinião de Liz, anos-luz mais sofisticado e maduro, eles eram como unha e carne. Liz se sentia mal de dizer que passou mais do que algumas noites passeando de carro pelo centro de Venice na caminhonete de Evan com ele, Munheca e quem quer que fosse a líder de torcida que Munheca estivesse namorando naquela semana, roubando enfeites dos jardins das pessoas, para depois os esconder no celeiro de Liz.

Apesar de ela sempre se sentir incomodada com a imoralidade disso, Evan, que logo se tornaria um estudante de ciências políticas, tinha argumentado que esse era um ato de consciência social. A maioria dos enfeites — como gansos de gesso usando aventais afetados, gorros ou capas de chuva amarelas — eram horrivelmente feios e, ao removê-los dos olhos do público, Evan sentia que ele, Liz e Munheca estavam embelezando a comunidade...

... um argumento que Liz tinha tentado usar, sem sucesso, com o amigo Jeremy, quando ele descobriu suas atividades noturnas e expressou sua desaprovação.

— Não — tinha dito Jeremy, balançando a cabeça. — Boa tentativa, Liz. Mas isso na verdade é chamado de furto.

Depois de ler o bilhete de Munheca Waller, Liz se virou em sua cadeira para mandar para ele um olhar cheio de nojo.

Ele percebeu o olhar de Liz e retribuiu com uma piscadela...

... então passou a língua de forma lasciva em volta dos lábios.

Liz teve que olhar para o outro lado, ou correria o risco de sentir os tacos e a Coca do almoço na cantina da escola subirem pela garganta. Ela então concentrou a atenção, de forma decidida, na Sra. Rice. A Sra. Rice era, como todos os alunos da escola inteira sabiam, completamente despreparada para o trabalho de ensinar debate aos alunos do último ano, levando em consideração que ela foi contratada para ser professora de educação física.

Mas isso era o que acontecia quando se vivia em uma cidade do tamanho de Venice.

A Venice do estado de Indiana, é claro.

Liz suspirou. Será que ela realmente deveria ficar surpresa por seu aniversário estar decorrendo de forma tão horrível? O dia já tinha começado mal, com seu pai fazendo piada sobre uma "grande surpresa" que estaria esperando por ela no celeiro quando ela voltasse da escola.

Se a família de Liz fosse qualquer outra, ela teria ficado esperançosa de que o Beetle azul metálico conversível que ela sempre quis estaria estacionado no celeiro quando ela chegasse em casa, com um enorme laço branco no capô.

Mas como sabia que seus pais não tinham condições de comprar presentes extravagantes com o que estavam ganhando recentemente com a fazenda da família, ela tinha certeza de que o que encontraria no celeiro depois da aula seria, em vez disso, algo mais na linha de um laptop — provavelmente comprado usado e consertado pelo pai, que era bom com trabalhos manuais.

Ou possivelmente, se ela tivesse muita, muita sorte mesmo, seus pais lhe devolveriam seu antigo telefone celular.

Mas isso era extremamente improvável, levando em consideração a conta que tinha chegado para ela no começo do semestre por causa das mensagens de texto que mandava para Evan toda noite. Ela tinha jurado aos pais que devolveria o dinheiro e ainda estava tentando isso, trabalhando nos fins de semana no Chocolate Moose no centro da cidade e como babá sempre que podia.

Mais do que isso, no entanto, ela estava furiosa com Evan. Depois de primeiro fazê-la prometer que não iria sair com outras pessoas enquanto ele estivesse fora em seu primeiro ano de faculdade, e então jurando ele mesmo não trocar Liz por alguma aluna linda de estudos religiosos com cabelo naturalmente liso, ele tinha feito isso imediatamente...

Mas apenas depois de enrolá-la por sete semanas e mil e duzentos dólares em mensagens de texto (sem mencionar o que Liz pagou por pílulas anticoncepcionais durante todo o tempo em que eles namoraram... pelo menos até ela entrar em seu quarto e vê-lo com a tal aluna de estudos religiosos na cama durante uma visita surpresa a seu dormitório em um fim de semana. Ela pagou outros 211 dólares pela passagem de ida e volta para ter aquele prazer).

Ela devia ter percebido que o dia não ia acabar bem quando, de manhã, no ônibus para a escola, Jeremy e Alecia tinham decidido que seria engraçado cantar "Parabéns" para ela.

Mas nem aquilo poderia ter preparado Liz para o bilhete de Munheca durante a aula de debate da Sra. Rice no quarto período.

— Ele é nojento — disse Liz a Alecia depois que a aula finalmente acabou, quando elas estavam andando na direção de seu ônibus. Munheca tinha acabado de esbarrar nelas enquanto seguia na direção de seu Camaro no estacionamento dos alunos.

— Douglas? — Alecia empurrou seus óculos para cima de seu nariz. — Achei que vocês dois se dessem bem. Além do mais, eu o acho um gato.

— Isso é porque você estudou em casa por nove anos — lembrou Liz.

Munheca escolheu aquele momento para perceber em quem tinha esbarrado no seu caminho. Ele se virou e gritou:

— Falta meia hora para o pôr do sol? Porque Freelander está com os faróis acesos!

—Ah, ei! — gritou Alecia animadamente, segurando o braço de Liz. — Ele está falando com você!

— Sim — disse Liz. — Ele está fazendo piada com meus mamilos, certo? Apenas continue andando.

— Ah. — Alecia sorriu. — Minha mãe diz que se um garoto a provoca, quer dizer que ele gosta de você. Não é verdade, Jeremy?

Jeremy fez uma careta.

— Hum — disse ele. — Não. No caso de Munheca Waller, suspeito que signifique simplesmente que ele é um escroto.

Alecia fez um beicinho.

— Não é isso que minha mãe diz. Ela diz que é por isso que Douglas está sempre tirando sarro dos meus óculos e por eu usar saias tão longas todo dia. Porque Douglas gosta de mim. E, Jeremy, você não devia falar palavrão.

— Sim — disse Liz, lançando-lhe um olhar irritado. — Deve ser por isso, Alecia. Porque ele gosta de você.

Ela segurou a amiga pela enorme mochila, empurrando-a para que subisse no ônibus. Jeremy, parado atrás das duas, lançou um olhar perplexo para Liz.

— Por que você disse aquilo a ela? Você sabe que Munheca Waller não quer nada com ela.

— Ela está a fim de um cara que não vai gostar dela nem em um milhão de anos — disse Liz. — Ela tem tão pouco... Deixe-a ter suas fantasias.

— Tanto faz — disse Jeremy, dando de ombros enquanto pegava impulso para subir no ônibus atrás de Alecia. — Munheca acha que pode fazer o que quer, sem consequências. Porque ele pode e você sabe perfeitamente bem que ele já fez. O pai dele é o xerife. Acredite em mim, nada de bom vai sair de você encorajar Alecia a gostar dele.

Liz fez uma expressão de tédio enquanto seguia Jeremy até um banco no fundo do ônibus.

— Adivinhe aonde vou hoje à noite? — perguntou Jeremy, enquanto se sentava.

— Deixe-me adivinhar — disse Liz. — À casa de Kate Higgins, para sua festança de aniversário.

— Não. Vou pra sua casa. Sua mãe está fazendo uma festa surpresa para você.

Alecia, sentada em um banco na frente deles, falou:

— Jeremy! Você não deveria contar! Agora você estragou a surpresa.

Liz empalideceu.

— Digam que vocês estão de sacanagem.

— Liz! — Alecia parecia escandalizada.

— O tema é *High School Musical* — continuou Jeremy. — Sua mãe comprou chapéus e pratos que combinam, tudo em promoção na Party Kaboose. Você sabe que Debbie Freelander sempre está por dentro do que os garotos bacanas gostam.

— Sério — disse Liz —, esse está sendo o pior dia da minha vida. Acho que vou cortar os pulsos.

— Liz! — gritou Alecia. — Nem diga uma coisa dessas! Você sabe que não vai poder ir para o céu se você se matar. E eu quero ser sua melhor amiga no céu também, assim como sou aqui na terra.

Liz olhou para Alecia e ficou imaginando se poderia, de alguma forma, ganhar uma nova melhor amiga de aniversário, junto com uma vida inteiramente nova.

— Sério — disse ela a Alecia e Jeremy —, não apareçam.

— Ah — disse Jeremy —, eu vou. Quero ver a expressão em seu rosto quando você cortar o bolo do Troy e da Gabriella.

— Não — disse Liz, enquanto o motor do ônibus começava a funcionar. — Por favor. Troy e Gabriella não. Você está inventando essa parte.

— Eu vou à festa — assegurou Alecia —, mas se estiver tudo bem por você, vou sair um pouco cedo, para ir à festa de Kate Higgins. Minha mãe disse que me apanharia na sua festa para me levar à casa de Kate. Porque nunca fui a uma festa com garotos antes. Sem querer ofender, Jeremy. Quero dizer, eu não penso realmente em você como um garoto.

— Não estou ofendido — disse Jeremy amavelmente.

Liz, por sua vez, franziu a testa. Não era, ela sabia, porque Alecia não pensava em Jeremy como um garoto. Era apenas porque ela e Alecia tinham passado tanto tempo na companhia de Jeremy todos esses anos, na casa dele ou na de uma delas, que não era fácil pensar nele como alguém por quem poderiam ter algum interesse romântico, apesar de ele ter a idade delas.

Ultimamente, no entanto, Jeremy começou a parecer bastante... Não havia outra palavra para aquilo: *másculo*. Ele estava fazendo aulas de taekwondo e quebrar grandes pilhas de madeira com as mãos e os pés tinha lhe trazido uma inegável definição muscular.

Como Alecia poderia não ter notado? Liz esteve saindo com outra pessoa por quase um ano e nem ela deixara passar.

— Então — disse ele, quando saíram do ônibus no mesmo ponto. — Vejo você mais tarde em sua festa surpresa?

— Jeremy! — berrou Alecia da janela do ônibus, de onde ela estava escutando a conversa deles. Faltavam ainda alguns quilômetros para seu ponto. — Você está arruinando tudo!

— Vejo você mais tarde — disse Liz sem qualquer entusiasmo, e se virou para andar o longo caminho de cascalho até a porta de sua casa.

Apesar de procurar marcas de pneu desconhecidas, uma pista de que sua família poderia estar escondendo o Beetle azul metálico conversível no celeiro, tudo o que Liz encontrou quando chegou em casa foi sua mãe ocupada se preparando para a festa surpresa à qual Liz sabia que ninguém além de Alecia e Jeremy compareceria (e Alecia ia sair cedo para a festa de Kate Higgins).

Sua mãe corria pela cozinha com um ar feliz, proibindo Liz de fazer o lanchinho de depois da aula ("Você vai perder o apetite para o jantar!"), enquanto o Sr. Freelander, em casa estranhamente cedo depois do trabalho na fazenda, estava sentado na sala fingindo estar concentrado em um romance de espionagem, olhando Liz muito de relance quando ela passou rapidamente por ele a caminho de seu quarto. Ela não fez qualquer comentário sobre a língua de sogra do *High School Musical* no bolso da frente de sua camisa.

No andar de cima Liz encontrou seu irmão mais novo, Ted, parado na frente da porta aberta do quarto dela.

— Você realmente vai gostar da sua surpresa de aniversário — disse ele.

— É um carro? — perguntou Liz, sabendo que não era.

— Não — disse Ted. — É melhor.

— Não há nada melhor do que um carro — disse Liz.

Com um carro só dela, ela não precisaria mais acordar às 5h45 para pegar o ônibus às 6h30, muitas vezes na escuridão completa de antes da aurora, para conseguir chegar à escola às 8h.

Com um carro só dela, ela poderia ir à cidade quando quisesse e não depender da carona de seus pais.

Com um carro só dela, ela poderia finalmente dar o fora de Venice.

Não precisava ser um carro bacana. Poderia ser um carro velho. Jeremy andava trabalhando no motor do velho Cutlass Supreme de seu avô, tentando fazê-lo funcionar novamente, apenas para poder ter algo seu para andar por aí, algo diferente da minivan da sua mãe ou da picape do seu pai (e os dois notoriamente não gostavam de emprestar o carro).

Era horrível morar tão longe da cidade quanto eles viviam e não ter seu próprio carro.

— É muito melhor do que um carro — garantiu Ted a ela.

Liz olhou para ele com uma expressão de cansaço, enquanto tirava o dever de casa da mochila.

— Nada é melhor do que um carro — disse ela.

— Isso é — disse Ted.

— *Você* ia querer isso? — perguntou Liz.

— Sim — disse Ted.

Seus pais iam definitivamente lhe devolver seu antigo telefone celular, Liz pensou.

Quando a mãe a chamou para descer para o jantar, Liz foi ao banheiro e passou uma rápida camada de gloss nos lábios, então ajeitou o cabelo. Não que ela se importasse com sua aparência na frente de Jeremy. Por que se importaria? Era apenas Jeremy.

Mas mesmo assim.

Ela desceu os degraus, passou pela sala de estar e entrou na sala de jantar. Sua mãe tinha colado faixas em que se lia *High School Musical 3!* em toda a sala. No meio da grande mesa de jantar redonda estava um bolo de uma camada que, exatamente como Jeremy lhe tinha prometido, tinha a imagem de uma foto de Troy Bolton e Gabriella Montez de *High School Musical* em sua cobertura. A mãe, o pai e o irmão de Liz estavam parados do outro lado da mesa, usando chapéus de festa do *High School Musical* e assoprando línguas de sogra do *High School Musical* animadamente enquanto Liz entrava na sala. Não muito longe deles estavam Alecia e Jeremy. Cada um deles também usava um chapéu de festa, embora Jeremy estivesse usando o seu no rosto, para que se parecesse com um enorme bico.

Alecia estava gritando com aquela voz fina:

— Surpresa! Surpresa! Você não está *surpresa*, Liz? Você não suspeitou de nada, suspeitou?

— Ah, meu Deus — disse Liz. — Estou tão surpresa.

— Está mesmo, querida? — perguntou a Sra. Freelander, radiante. — Tinha certeza de que você sabia. Quando você quis algo para comer e eu não deixei, dizendo que você ia perder o apetite para o jantar, tive certeza de que você sabia.

— Que nada — disse Liz. — Eu não fazia a menor ideia.

Liz podia perceber que Jeremy estava rindo por trás do chapéu de festa pela forma como a pele em volta do seu olho estava enrugada. Ele se recusou a tirar o chapéu do rosto, mesmo quando Ted implorou para que ele mostrasse um *bandal chagi*, ou chute crescente.

— Nada de taekwondo dentro de casa, meninos — advertiu a mãe de Liz, enquanto saía da cozinha com sua lasanha caseira, o prato favorito de Liz. Ela foi rapidamente consumida em pratos de papel do *High School Musical*. — Sei que você está muito velha para *High School Musical*, querida — explicou a Sra. Freelander —, mas era isso ou *Dora Aventureira* no Party Kaboose. E queria que sua festa fosse animada. Uma menina só faz 17 anos uma vez.

Então era a hora do bolo e dos presentes. Liz deu uma grande mordida na cabeça de Zac Efron. O presente de seus pais era um telefone celular novo em folha. Era do tipo que, ao contrário do antigo, podia baixar músicas, tirar fotos... tudo.

— Ah — disse ela, genuinamente surpresa. — Ah, meu Deus, obrigada.

— Feliz aniversário — disse o Sr. Freelander com seu jeito tranquilo. — Você tem trabalhado tanto para nos devolver o que deve que sua mãe achou...

— Você está no plano familiar — interrompeu a Sra. Freelander —, então não fique mandando mensagens para... bem, para todo mundo que você conhece a noite toda.

Ela sabia o que a mãe queria dizer com "todo mundo".

— Não precisa se preocupar — disse ela.

Todo mundo era passado. Ela e Evan não se falavam desde o dia em que ela tinha feito a visita surpresa para ele, quando tinha entrado no Edmondson 212A, o tinha visto nos braços daquela garota e tinha saído novamente sem falar uma palavra.

Liz ficou olhando para o aparelho laranja brilhante. Se isso estava em sua mão, então o que estava no celeiro?

Ao fundo uma buzina tocou.

— Ah, desculpe — disse Alecia, pegando a jaqueta com uma expressão culpada. — É a minha mãe. Ela veio me buscar para irmos à casa de Kate. Liz, aqui está seu presente. É um vale-presente para você baixar música no seu telefone. Sua mãe me disse o que ia lhe dar.

— Ah, ótimo — disse Liz. E deu um abraço de despedida em sua amiga. — Muito obrigada! Divirta-se!

— Vou me divertir — disse Alecia. Ela tinha um brilho animado no olhar e estava vestindo sua melhor saia jeans até o tornozelo e uma camiseta da Mariah Carey. Seu cabelo até a cintura tinha sido escovado até ficar lustroso. — Tchau!

Alecia foi embora, batendo a porta ao sair. O Sr. Freelander parecia perturbado.

— Aonde ela está indo? — perguntou ele.

— À casa de Kate Higgins — explicou Liz. — Você sabe que ela faz aniversário no mesmo dia que eu.

— É lá onde todo mundo está? — perguntou o Sr. Freelander, olhando em volta da sala de jantar vazia.

Ele fazia essa mesma pergunta todo ano no aniversário de Liz.

— Sim, pai — disse Liz.

— Bem, ela vai perder a atração principal — disse ele. — Azar o dela.

— Achei que era isso — disse Liz, balançando o telefone.

— Não é isso — disse o Sr. Freelander. — Está no celeiro.

— Ah, querido — falou a Sra. Freelander para o marido —, ainda não. Ela ainda não acabou de abrir todos os presentes. Nem abriu o presente do Jeremy ainda.

— Isso pode esperar — disse Jeremy, finalmente tirando o chapéu de festa e o colocando sobre a mesa. — Quero ver o que está no celeiro.

— Você não vai acreditar — falou Ted. Ele segurou Liz pelo braço e começou a puxá-la. — Vamos lá. Você tem que ver. Vamos lá. *Agora.*

— Tudo bem, tudo bem — disse Liz, rindo e colocando o telefone no bolso. — Estou indo.

Era uma caminhada longa até o celeiro. Tinha ficado escuro do lado de fora, embora houvesse luz suficiente da lua e das estrelas com seu brilho frio para ver o caminho. Os sapos no lago estavam se comunicando tão alto que aquilo era quase um choque comparado ao silêncio pacífico do interior da casa. O ar tinha o cheiro doce de grama cortada e da madeira que o pai de Liz estava queimando na lareira da sala de estar. Jeremy caminhava fazendo companhia a ela com as mãos nos bolsos, enquanto a grama encharcava as botas deles.

— Então — disse ele, enquanto Ted e os pais de Liz corriam na frente deles, ansiosos para chegar ao celeiro e abrir as portas para mostrar a surpresa a Liz. — Você acha que é um carro?

— Ted disse que não é um carro — respondeu Liz.

— Só pode ser um carro — argumentou Jeremy. — Por que outro motivo todos estariam tão animados?

— Não acho que eles têm condições de comprar um carro — disse Liz.

— Você merece um carro — argumentou Jeremy.

Inexplicavelmente, Liz se sentiu corar no ar frio da noite.

Mas foi diferente de quando ela corou na aula de debate depois de ler o bilhete de Munheca Waller. Daquela vez ela tinha corado de raiva e vergonha.

Agora ela estava corando por um motivo completamente diferente.

Mas antes que ela tivesse tempo de pensar nisso, os pais estavam abrindo as portas do celeiro e Ted estava gritando:

— Veja! Veja! Foi a tia Jody quem mandou! Ela comprou em sua última viagem com a SAC!

Assim que Liz escutou *isso*, ela diminuiu suas expectativas e entrou no celeiro.

A princípio Liz achou que sua tia Jody — uma viúva que morava com seus quatro gatos e um spitz alemão chamado Tricki em um condomínio nos arredores de Boca Raton — tinha lhe comprado um grande cavalo branco como presente de aniversário.

O que não seria a coisa mais exótica no mundo, pois Liz, na verdade, vivia em uma fazenda e já teve um pônei chamado Munchkin.

Mas embora Liz tenha amado muito Munchkin, já havia se passado muito tempo desde que ela expressara qualquer entusiasmo sobre ter outro cavalo. E Munchkin já tinha ido para o grande pasto no céu há uns dez anos.

Não seria incomum para a tia Jody, no entanto, ter confundido 17 anos com 7, achando que não havia nada que a pequena Liz fosse querer mais do que outro cavalo para substituir seu falecido Munchkin.

Mas o que estava parado no celeiro em frente de Liz, brilhando suavemente com um tipo de luminescência interna que não parecia ter nada a ver com a luz elétrica das lâmpadas penduradas nas vigas a cerca de 10 metros de altura, não era um cavalo.

Quer dizer, ele tinha um corpo de cavalo — um corpo enorme, quase 2 metros de altura — lustroso, com a crina e o rabo brancos lindos e esvoaçantes, um focinho macio azul e cachinhos roxos.

Mas se projetando do centro de sua testa estava um chifre lavanda espiralado e cintilante de 1 metro de comprimento.

O que tia Jody tinha mandado para Liz como presente de aniversário era, na verdade, um unicórnio.

— Vocês... — Liz não conseguiu evitar falar sem pensar. — Estão de sacanagem comigo.

— Elizabeth! — gritou sua mãe, horrorizada. — Maneire o linguajar!

— Mas isso — disse Liz, levantando um dedo para apontar para a monstruosidade que agora abaixava a nobre cabeça para comer um pouco da grama que saía da velha caixa de feno de Munchkin — é um *unicórnio*.

— É claro que é um unicórnio. — O pai andou até o animal e deu um tapa amistoso no lombo branco brilhante. O unicórnio virou a cabeça, sua crina sedosa voando, e soltou um relincho musical. Liz sentiu uma lufada de seu hálito, que tinha cheiro de madressilva.

— Sua tia sempre lhe mandou os melhores presentes. Você se lembra daquele Natal em que ela lhe mandou aquela fantasia de fada cor-de-rosa costurada a mão com o tutu e as asas destacáveis feitas de penas de ganso de verdade?

— Minha nossa, pai — disse Liz, embasbacada. — Eu tinha 5 anos. Isso é um *unicórnio vivo*.

Tanto a Sra. Freelander quanto o unicórnio olharam para Liz de maneira reprovadora. Nenhum dos dois parecia apreciar sua linguagem colorida. O unicórnio em particular parecia desaprovador enquanto mastigava delicadamente o feno que o pai de Liz tinha deixado ali para ele. Suas íris tinham a mesma cor de lavanda do chifre. Não havia como negar aquilo. Elas eram tão cintilantes quanto as de Troy Bolton.

— O que há de errado com isso? — perguntou o Sr. Freelander, na defensiva. — Acho excelente. Quem mais que você conhece já ganhou um unicórnio no aniversário?

— Hum, ninguém — disse Liz. — Porque eles não existem.

Até mesmo a Sra. Rice, a pior professora do mundo, sabia *disso*.

— Isso não é verdade — disse Ted, na defensiva. — Eles estão extintos há algum tempo, mas estão voltando. Está tudo no cartão da tia Jody, não é, pai? Dê o cartão a ela, pai.

O Sr. Freelander enfiou a mão em seu bolso de trás procurando algo, então tirou um cartão dobrado que ele entregou a Liz. Ela o abriu e viu que ele era tão lavanda e cintilante quanto os olhos do unicórnio. Na frente, ao lado de uma foto nauseantemente doce de uma menina loura magra demais em um vestido branco escorregando em um arco-íris, estava escrito: *Para minha linda sobrinha, em seu aniversário de 17 anos.*

Abrindo o cartão, Liz leu: *Feliz aniversário para uma sobrinha que leva a luz do sol aonde ela vai! Uma sobrinha como você é...*

Literalmente adorável

Igual a ela não há.

No seu sorriso amável

Dia de sol refletirá

Ainda mais quando tão alegre e bonita está.

Que diabos, pensou Liz. Ela continuou lendo.

Quero apenas lhe dizer como é uma felicidade tê-la como sobrinha e quanta beleza você traz ao mundo, Liz!, tia Jody tinha escrito. *Foi por isso que quando vi Princesa Bonitinha na feira renascentista a que compareci com os meus amigos da Sociedade pelos Anacronismos Criativos no mês passado nas montanhas Great Smoky, eu simplesmente soube que tinha que comprá-la para você. Sei o quanto pequenas meninas adoram suas fadinhas, princesas e unicórnios!*

Puta merda, pensou Liz.

E sei que você vai se assegurar de que Princesa B. tenha um bom lar!, continuou tia Jody. *Unicórnios estão extintos há anos, claro, mas alguns criadores dos Apalaches descobriram como cloná-los de um espécime perfeitamente preservado que acharam em um pântano de turfa e estão esperando que eles voltem com tudo. Logo eles serão tão populares quanto aparelhos de videocassete!*

Havia mais outras coisas escritas na parte de baixo do cartão, mas depois que Liz chegou às palavras "Princesa Bonitinha", ela mal conseguia ficar de pé para continuar lendo.

Princesa Bonitinha?

Liz olhou para Jeremy. Parecendo sentir que ela estava olhando para ele, Jeremy levantou seus olhos para encontrar os dela.

Liz mexeu a boca, dizendo a palavra em que estava pensando sem emitir som: *eBay.*

Sério. Com alguma sorte ela seria capaz de ganhar o suficiente vendendo Princesa Bonitinha para pagar todas as suas dívidas e dar entrada em um carro decente. Não um Beetle azul metálico conversível. Ela já tinha desistido desse sonho. Apenas qualquer carro. Ela aceitaria qualquer soma de dinheiro para se livrar de Princesa Bonitinha, que naquele momento soltou um delicado peido, enchendo o celeiro com as cores do arco-íris e com o cheiro de um jasmim florescendo na noite.

— Ah, que diabo — falou Liz.

— Elizabeth Gretchen Freelander — disse a mãe bruscamente.

— Bem, sinto muito, mãe — disse Liz —, mas tenho 17 anos, não 9.

O Sr. Freelander suspirou.

— Eu lhe disse que ela não ia gostar dele, Debbie — disse ele a sua esposa. — Eu lhe disse.

Liz mordeu o lábio inferior. O que havia de errado com ela? Sua tia tinha tido tanto trabalho para enviar o que provavelmente era um presente muito caro das montanhas Great Smoky.

O mínimo que ela podia fazer era mostrar gratidão.

— Não — disse Liz. Ela percebeu que todo mundo, incluindo o unicórnio, estava olhando melancolicamente para o chão do celeiro. — Não, eu gostei dele. Gostei sim.

— Não gostou nada — disse Ted. Ele também ainda estava olhando para o chão, chutando um pouco de comida que tinha caído da caixa de feno. — Você acha que é legal demais para unicórnios. Bem, quer saber? — Ted levantou os olhos e Liz ficou surpresa ao perceber que havia lágrimas brilhando neles. — O irmão mais novo de Evan Connor, Derek, me contou que vocês são as pessoas que tem andado por aí roubando gansos de gesso dos jardins dos outros!

A Sra. Freelander engasgou.

— Não!

O pai de Liz apenas balançou sua cabeça, parecendo tão envergonhado dela quanto da primeira vez que a ouviu falar um palavrão depois de acidentalmente dar uma topada com o dedão do pé.

— É verdade — continuou Ted. — Eu os encontrei escondidos no velho estábulo de Munchkin! Onze deles, todos com fantasias diferentes! Eu não ia dizer nada porque achei que você era legal, Liz. Minha irmã mais velha legal. Mas agora que sei que você não gosta de unicórnios, não acho você nem um pouco legal. E... e um daqueles gansos de gesso que você roubou era da casa do meu melhor amigo, Paul. *E a mãe dele o quer de volta!*

Com aquilo, Ted saiu correndo do celeiro, obviamente esperando escapar antes de as lágrimas que se acumularam em seus olhos começassem a correr por seu rosto.

— Ah, pelo amor de Deus — disse Liz no silêncio subsequente, durante o qual Princesa Bonitinha se mexeu, fazendo com que um de seus cascos prateados batesse contra o chão do celeiro e soltasse um badalo musical que soou não muito diferente dos sinos que tocavam na Igreja Evangélica da Liberdade de Venice todo domingo de manhã.

— É *você* que tem roubado gansos de gesso dos jardins das pessoas? — perguntou a Sra. Freelander, olhando para Liz de forma incrédula. — É de você que falaram na coluna policial do *Venice Voice*? Era *você*?

— Mãe — disse Liz, a vergonha fazendo seus próprios olhos repentinamente se encherem de lágrimas. — Eu realmente sinto mui...

— Mocinha — interrompeu a Sra Freelander, furiosa —, *você está de castigo. Para sempre.*

E, apertando mais o suéter em volta do corpo, ela saiu apressada do celeiro.

O Sr. Freelander suspirou e fez um último carinho no lombo do unicórnio.

— Agora você conseguiu deixar sua mãe chateada. — Isso foi tudo o que ele disse enquanto se virava para seguir sua esposa. — E ela se esforçou tanto para lhe dar esta festa linda.

Quando ele foi embora, Liz caminhou até a porta da cocheira do outro lado de onde estava Princesa Bonitinha e se deixou cair no

chão, encostando suas costas à madeira áspera. Ela limpou os olhos com o dorso da mão.

— Ted tem razão — disse ela, engolindo o nó que de repente se formou em sua garganta. — Não sou legal.

Jeremy cruzou o celeiro até onde estava Princesa Bonitinha e colocou a mão em seu pescoço brilhante. Ela virou os olhos roxos na direção dele com apreço.

— Vendê-la no eBay é um pouco de exagero — disse ele. — Você não acha? Parece ser uma boa égua.

— É um unicórnio — corrigiu Liz.

Ela *realmente* queria chorar agora. Jeremy não tinha discordado de Ted sobre ela não ser legal.

Bem, Jeremy sempre tinha deixado perfeitamente claro que ele não aprovava que ela saísse com Evan — e, tudo bem, aquilo *tinha* sido um erro... quase tão grande quanto roubar os gansos de gesso. Ela havia ficado deslumbrada com a beleza de Evan, seu relógio TAG Heuer caro e o fato de ele a querer. *Ela*, entre todas as outras garotas na escola.

Ela tinha deixado de perceber o pequeno fato de que Evan, como seu amigo Munheca, era um babaca.

Ela esticou as pernas à sua frente, então cruzou os tornozelos, mantendo o olhar em seus pés para se concentrar em não chorar.

— Não é uma égua — disse ela, sua voz rouca por causa das lágrimas. — É um unicórnio. E você tem alguma ideia de quanto dinheiro eu ainda devo a meus pais?

— Bem — disse Jeremy. Sua voz também não parecia muito firme. — Isso deve ser útil, então. Aqui.

Ele deixou algo cair em seu colo. Quando Liz olhou para baixo, ela viu apesar das lágrimas que era uma chave. Com um laço vermelho em volta dela.

— O que é isso? — perguntou ela.

— Seu presente de aniversário — respondeu ele.

Ela olhou para ele curiosa. Ele parecia ter algo mais para dizer, mas estava se contendo por algum motivo...

O que era incomum, porque ela sempre tinha achado que eles podiam dizer qualquer coisa um ao outro.

Bem, *quase* qualquer coisa.

— Preciso ir — disse ele de repente, tirando a mão do pescoço do unicórnio. — Até outra hora.

— Mas... — Ela olhou para baixo novamente, para seu presente. — Essa é uma chave de quê?

Mas, quando ela olhou para cima, Jeremy já tinha saído do celeiro.

Liz não se levantou para ir atrás dele. Ela não queria que ele a visse chorar, assim como ele, aparentemente, não queria ficar para conversar.

Ela ficou sentada ali no celeiro, olhando primeiro para o presente de Jeremy e então para o de tia Jody, se perguntando como ela pôde ter feito tudo tão errado. O unicórnio continuava mastigando o feno, ocasionalmente virando a cabeça para Liz. Seu chifre cintilava sob a luz pendurada no alto do celeiro. Seus cascos brilhavam como os sapatos de cristal da Cinderela. Quando ela se movia, os cascos produziam um som parecido com o mais puro dos sinos badalando no domingo de Páscoa. De vez em quando ela peidava.

E o peido fazia o barulho de um lindo sino de vento.

E tinha o cheiro de uma floricultura.

Liz ficou imaginando o que iria fazer. Não apenas a respeito dos gansos, dos seus pais, de Ted e de Jeremy.

Mas a respeito do presente que sua tia tinha lhe dado: um unicórnio — um *unicórnio*, pelo amor de Deus!

Finalmente ela ouviu passos do lado de fora da porta do celeiro e pensou, aliviada: É Jeremy. Ele voltou! Ela segurou a chave que ele tinha lhe dado. *Para que serviria aquela chave? Seu coração? Ah, não seja tão idiota, Freelander. O que há de errado com você hoje?* Ela se levantou, e ficou um pouco espantada com a forma como seu coração pulou com a ansiosa expectativa de vê-lo novamente. O que havia de errado com *aquilo*?

Mas não foi Jeremy que entrou pela porta do celeiro. Foi Ted.

— Sua amiga Alecia está no telefone — disse ele de forma rabugenta. — Ela parece chateada. Essa foi a única razão por que vim até aqui para chamá-la, então você está me devendo uma.

O coração de Liz se encheu de decepção no momento em que reconheceu que era seu irmão e não o vizinho do lado se aproximando na escuridão.

Mas ela disse:

— Escute, Ted. Sinto muito a respeito dos gansos. E você está certo. Não sou legal. Sou o contrário de legal. E vou devolver o ganso da mãe de Paul.

— Você nem mesmo sabe — disse Ted enquanto os dois voltavam à casa — qual é o dela.

Aquilo era verdade. Qual deles tinha sido o da mãe de Paul? O que usava um gorro de bolinhas e um avental? Ou o que estava vestido como o gondoleiro, mascote de Venice High? Como Liz descobriria?

— Alô? — disse ela, atendendo o telefone na cozinha.

Seus pais tinham se recolhido para o quarto para ver um programa policial na TV sobre predadores sexuais que atacavam jovens mulheres atraentes em Nova York.

— Liz?

Alecia parecia estar chorando. Havia muitos gritos e música alta no fundo. Liz apertou ainda mais o telefone em seu ouvido.

— Alecia? Onde você está? Na festa da Kate? Você está bem?

— Não — disse Alecia. Ela estava chorando. — Quero dizer, sim, estou na festa da Kate. Mas, não... não estou bem. A-algo aconteceu. V-você pode vir me buscar?

Liz segurou o telefone com mais força.

— O quê? — disse ela. — O que você quer dizer com algo aconteceu?

— Desculpe por interromper seu a-aniversário. — Era difícil escutar Alecia com todos aqueles sons de festa no fundo. — E por ligar para o seu número de casa. Não tinha o número do seu celular novo. É só que o Mu-Munheca...

Medo apertou o coração de Liz.

— Munheca o quê? — perguntou ela entre lábios entorpecidos pelo pânico. — Diga, Alecia. O que ele fez a você?

— Ele... ele... Ah, Liz. — Alecia soluçou. — Por favor, apenas venha me buscar. O mais rápido que puder.

A ligação foi cortada. Ou Alecia tinha desligado, ou... Liz nem quis pensar sobre o que mais poderia ter acontecido. Era de Munheca que elas estavam falando, afinal de contas. *Munheca acha que pode fazer o que quer, sem consequências*, Jeremy a tinha advertido. *Porque ele pode e você sabe perfeitamente bem que ele já fez.*

Depois de ficar olhando fixamente para o telefone em sua mão por um segundo ou dois, Liz o colocou no gancho e entrou no quarto onde seus pais estavam sentados, suas mãos e pés estranhamente dormentes.

— Escutem — disse Liz —, sei que fui uma completa idiota hoje à noite. E realmente sinto muito. Mas Alecia está em apuros e preciso pegar o carro emprestado para ir buscá-la.

O Sr. Freelander tirou os olhos da tela para olhar para ela.

— Qual parte de sua mãe lhe dizer que você está de castigo para sempre você não entendeu?

— Mas — disse Liz, sua voz ficando mais alta —, é Alecia. Acho que Munheca Waller fez algo a ela. Algo ruim.

— Por que devemos acreditar em você? — perguntou a mãe de Liz. Seus olhos, Liz viu, estavam com as bordas rosadas de choro e as bochechas estavam coradas. — Você é uma ladra! Uma mentirosa e uma ladra. Todas as noites que você estava fora com aquele Evan Connor, dizendo que tinha ido jogar boliche ou ao cinema, você estava na verdade roubando pessoas! Roubando nossos amigos e vizinhos! Não sei mais como vou mostrar minha cara na cidade, sabendo que minha filha, minha própria filha, é a pessoa que tem roubado os gansos de gesso de todo mundo. E que eles estavam no estábulo de Munchkin esse tempo todo.

O estômago de Liz se embrulhou. Ela se sentia horrível. Ela percebeu que Jeremy estava certo o tempo todo... que o que ela tinha conseguido se convencer de que era um plano de embelezamento da comunidade era simplesmente, para todas as outras pessoas, furto de propriedade privada. Talvez ela nunca tivesse que ir para o reformatório por causa disso porque Munheca estava envolvido e seu pai ia dar um jeito para eles nunca serem processados.

Mas isso não tornava os roubos menos errados.

— Sinto muito — disse Liz, seus olhos se enchendo de lágrimas. — Vou devolver os gansos. Realmente vou. Mas, por favor. Por favor. Acho que algo ruim pode ter acontecido a Alecia. Vocês têm que me deixar pegar o carro.

A Sra. Freelander virou a cabeça na direção da tela da TV. O pai de Liz olhou nos olhos de Liz, muito sério, e disse, tendo cuidado para enunciar tudo muito claramente:

— Não. Se Alecia está em apuros, ligue para a mãe dela. Ela pode buscar Alecia.

Liz pensou em fazer o que o pai disse. Ela realmente pensou nisso. Fazia sentido ligar para a mãe de Alecia.

Mas se Alecia quisesse que sua mãe soubesse o que tinha acontecido, ela não teria ligado para sua mãe?

Só que ela não fez isso. Ela ligou para Liz.

Alecia não iria, Liz sabia, contar a sua mãe o que Munheca tinha feito a ela. Ela ficaria muito envergonhada. A mãe de Alecia era uma boa mulher, mas era profundamente religiosa e foi por isso que ela tinha insistido em educar Alecia em casa por nove anos, apenas concordando em deixar a filha ir para a escola pública quando o fardo de ensiná-la em casa, junto de seus sete irmãos mais novos, ficou muito pesado.

E não adiantaria nada ligar para a polícia. Em Venice, Indiana, Munheca Waller era um rei.

Não. Isso tudo era culpa de Liz. *Acredite em mim, nada de bom vai sair de você encorajar Alecia a gostar dele*, Jeremy tinha dito quando Liz concordara com Alecia que Munheca gostava dela. Por que, ah, por que Liz tinha aberto sua boca? O que quer que tivesse acontecido, era tudo culpa de Liz.

Depois de voltar tropeçando para fora e ser recebida pelo coaxar quase ensurdecedor dos sapos do lago, Liz ficou parada ali, pensando no que fazer. Será que ela devia roubar o carro de seus pais? Não. Ela já estava com problemas grandes demais.

E então ela ouviu aquilo: o repique dos cascos prateados da Princesa Bonitinha soando enquanto ela se se movia dentro do celeiro.

Era loucura. Era insanidade.

Mas... Bem, ela era tecnicamente uma égua, não era?

E éguas eram feitas para serem montadas.

Liz correu até o celeiro. Princesa Bonitinha olhou para ela, virando as orelhas aveludadas para a frente enquanto Liz entrava e soltando um relincho suave e musical. A fragrância de jasmim florescendo na noite, que Liz só tinha sentido antes em uma viagem à Flórida para visitar sua tia, encheu o ar. Princesa Bonitinha tinha bocejado.

Bem, é isso então, pensou Liz.

Liz não tinha outra escolha a não ser montar no pelo. A sela de Munchkin, obviamente, teria sido muito pequena para isso e, além do mais, tinha sido vendida em um bazar de jardim há anos. Liz já tinha montado em pelo algumas vezes antes, porque a família de Alecia tinha cavalos e algumas vezes, quando estava quente, eles cavalgavam sem sela para se divertir.

Mas isso era diferente. Esse era um unicórnio majestoso e elegante que tinha quase 2 metros de altura (extremamente alto para um cavalo), com um chifre cintilante de 1 metro de comprimento e olhos lavanda.

E também, ela peidava arco-íris. Então.

Como não havia um estribo para ela dar impulso, Liz achou um engradado e, depois de colocá-lo ao lado do unicórnio, subiu em cima dele e, sabendo que Munchkin sempre gostava quando ela falava com ele com uma voz tranquila, disse:

— Olá, Princesa Bonitinha. Vou subir nas suas costas agora, se você não se importar. E vamos sair em uma pequena viagem. Certo? Ótimo. Aqui vou...

Mas quando Liz colocou as mãos sobre as costas impossivelmente sedosas da Princesa Bonitinha para montar, o unicórnio tomou um susto, empinou e fugiu para longe, olhando para Liz com uma expressão insultada, seus olhos roxos agora rodando violentamente.

— Eia — disse Liz, levantando as mãos para mostrar que não queria lhe causar nenhum mal. — Desculpe. Eu não sabia. De verdade. É só que... realmente preciso ir até a cidade.

E então, antes que Liz soubesse o que estava acontecendo, ela caiu no choro. Ela estava parada ali no celeiro, chorando para um unicórnio. Um maldito *cavalo*. Com um *chifre* idiota saindo de sua cabeça!

— Desculpe, mas tive um dia muito difícil. E agora minha amiga está em apuros. Ela está a fim de um cara mau e eu meio que a encorajei, então é minha culpa. Ele fez algo a ela em uma festa e eu preciso ir até lá para me assegurar de que ela está bem, mas meus pais não me deixam usar o carro, então...

Um segundo depois Princesa Bonitinha se acalmou. Balançou a cabeça, parou de girar os olhos e soltou um relincho musical suave.

Então, para a completa surpresa de Liz, a unicórnio dobrou uma pata dianteira debaixo dela, esticou a outra a sua frente e se curvou elegantemente diante de Liz, como uma primeira bailarina, o chifre apontado para o chão e os olhos lavanda sobre Liz, como se dissessem *Ao seu dispor, madame.*

Liz ficou olhando para ela com a boca aberta.

— O que... o que você está fazendo? — perguntou Liz, como se o unicórnio pudesse responder.

É claro que Princesa Bonitinha não disse nada, apenas ficou olhando para Liz pacientemente, esperando que Liz subisse em suas costas.

— Ah — disse Liz, afobada. — Ah, meu Deus. Muito obrigada...

Ela montou no unicórnio. Foi como deslizar sobre o travesseiro mais macio que se possa imaginar... ou como as asas de fada feitas de penas de ganso que sua tia lhe tinha mandado no Natal quando tinha 5 anos.

Ela mal havia se sentado quando o unicórnio se levantou. Liz teve que mergulhar as mãos em sua crina sedosa para se segurar. Então, os fortes músculos das costas debaixo dela começaram a se mover poderosamente, o unicórnio virou e partiu na direção da porta do celeiro... tão depressa que Liz teve que se abaixar para evitar bater com a cabeça no batente.

— Ei! — Liz se virou e viu seu irmãozinho, Ted, vindo na direção do celeiro carregando várias maçãs, aparentemente para Princesa Bonitinha, roubadas do cesto na cozinha. — Aonde *você* vai?

— Hum — falou Liz para ele. — Vou apenas sair para dar uma voltinha. Diga a mamãe e papai que estarei de volta logo.

— Achei que você nem *gostava* de Princesa Bonitinha — disse ele, parecendo desconfiado.

— Ela realmente está ganhando meu coração — gritou Liz, enquanto o unicórnio começava a galopar. — Tenho que ir. Até logo!

E de repente, com Liz se agarrando à crina do unicórnio como se sua vida dependesse disso, elas estavam cruzando o campo escurecido pela noite, Princesa Bonitinha galopando a uma velocidade inacreditável — mais rápido que qualquer carro em que Liz já tivesse andado — na direção da cidade. O unicórnio aparentemente não precisava de estradas — ou de que Liz o conduzisse, ou indicasse o caminho. Ela parecia saber exatamente aonde Liz queria ir, pegando uma rota direta pelos campos, ao longo dos canteiros gramados das autoestradas, por estacionamentos de shoppings e complexos de cinema — seus cascos produzindo faíscas flamejantes e uma sinfonia de sons de sinos enquanto batiam no chão — e finalmente pelos jardins das casas de outras pessoas, simplesmente saltando por cima de qualquer coisa que ficasse em seu caminho, incluindo muros, cercas e carros...

Atraindo vários olhares embasbacados, apesar de o trânsito estar normalmente leve a essa hora da noite no centro de Venice.

Liz podia apenas se segurar e dizer a si mesma para se lembrar de respirar enquanto elas passavam voando pelas pessoas — e as câmeras de seus telefones que logo estavam apontadas para elas — que encontraram ao longo do caminho até a casa de Kate Higgins.

Liz entendia perfeitamente o espanto delas. Ela mesma não conseguia compreender o que estava acontecendo. Bastou apenas pensar na casa aonde queria ir e Princesa Bonitinha — um nome tão horrível para uma criatura tão nobre! — a estava levando lá. Verdade, elas estavam chegando pelos fundos... bem de frente para a hidromassagem, em que não menos que uma dúzia de pessoas parecia estar enfiada.

Mas ainda assim, sem demora, Liz estava nos fundos da casa de estilo colonial em vários níveis dos Higgins, no centro da cidade. Garrafas vazias de cerveja estavam jogadas pelo quintal. Música alta estava pulsando de dentro da casa. As pessoas estavam espalhadas por todos os lados, algumas delas dançando, algumas rindo, algumas vomitando, mas quase nenhuma delas percebendo a aproximação de uma segunda aniversariante... sobre seu novo unicórnio de estimação. Apenas um jovem extremamente inebriado, que parecia estar se aliviando sobre um carvalho carregado de folhas perto de onde Princesa Bonitinha tinha diminuído seu passo, gritou:

— Puta merda! Um unicórnio!

Ele então caiu desmaiado em uma pilha de folhas atrás de alguns arbustos.

Liz sabia que eles definitivamente tinham vindo ao lugar certo.

Com um relincho prolongado, Princesa Bonitinha se curvou e permitiu que Liz apeasse. Depois que estava no chão, Liz se virou, esticou as mãos na direção do unicórnio e disse:

— Hum... espere aqui, por favor?

Princesa Bonitinha, olhando para o local de forma cética, abaixou a cabeça e começou a arrancar tufos da grama abundante dos Higgins com seu poderoso maxilar e a mastigá-los.

Satisfeita que sua carona ficaria ali por enquanto, Liz cruzou o jardim, pegando o telefone celular no bolso e discando o número de Alecia.

— A-alô? — disse Alecia quando atendeu o telefone, não reconhecendo o número de Liz.

— Sou eu — disse Liz. — Estou aqui na festa. Onde você está?

— Ah — falou Alecia, parecendo grata, mas ainda chorando. — Obrigada. Muito obrigada por dirigir até aqui para me buscar!

— Sem problemas — disse Liz. Ela não achou que seria particularmente útil a essa altura mencionar que ela não tinha exatamente *dirigido* até lá. — Você está do lado de dentro?

— Sim. — A voz de Alecia parecia fraca e doída. — Estou no banheiro do primeiro andar.

— No banheiro? — repetiu Liz.

— Sim — disse Alecia novamente, com a mesma voz ferida. — Você pode correr, Liz? Acho que as pessoas na fila para usar o banheiro estão ficando meio... irritadas comigo. Mas não posso fazer nada. Simplesmente não posso sair daqui sozinha. Não se *ele* estiver por aí.

— Já estou chegando — disse Liz, desligando e correndo na direção da casa.

Enquanto passava pela banheira de hidromassagem, ela viu vários peitos sem camisa. Um deles pertencia a Munheca Waller.

Outro, ela viu, com uma sensação que era parecida com a de ser atropelada — ou como ela imaginava que devia ser a sensação de ser atropelada — pertencia a seu ex, Evan Connor.

Bem, e por que não? Por que Evan não voltaria para a cidade para a maior festa do ano? Ele ainda era um dos ex-alunos mais populares de Venice High de todos os tempos, um garoto de ouro que não era capaz de fazer nada errado aos olhos da maioria das pessoas. Se um carregamento de gansos de gesso roubados fosse achado no celeiro da casa de *seus* pais, todos na cidade iam apenas achar engraçado.

Liz afastou o olhar, engolindo um pouquinho de vômito com gosto de cobertura de Troy Bolton antes de abrir a porta dos fundos e entrar na casa.

Do lado de dentro, a música estava pulsando ainda mais alto e a casa estava tão cheia de pessoas segurando bebidas e se esfregando que Liz mal podia ver aonde estava indo. Ela conseguiu avistar uma fila, no entanto, e deduziu que acharia ali a porta do banheiro. Depois do que pareceu ser meia hora se acotovelando entre as pessoas, ela encontrou a porta e, do lado de fora dela, algumas garotas que pareciam extremamente irritadas, que obviamente precisavam muito fazer xixi e estavam gritando:

— Abra a porta! Precisamos ir ao banheiro!

Liz chegou até a porta do banheiro e tentou girar a maçaneta. Estava trancada, claro.

— Alecia? — gritou Liz, esperando que Alecia fosse capaz de ouvi-la apesar da música alta e das garotas que gritavam desesperadas. — Sou eu, Liz.

Imediatamente a porta se abriu um pouquinho. Liz viu Alecia, seus olhos vermelhos por trás dos óculos, olhando de volta para ela.

— Oi — disse Alecia, fungando.

Várias das garotas na fila atrás de Liz, atentas ao menor movimento da porta, empurraram, tentando entrar para usar o banheiro.

Liz, porém, as conteve, então contorceu o corpo para entrar pela fresta aberta e bateu a porta, a trancando.

Quando se virou para ficar de frente para Alecia, ela viu que a amiga tinha se sentado na borda da banheira e que apoiava a cabeça nas mãos.

Alecia, Liz viu com algum alívio, *parecia* estar bem. Ainda estava vestida e as roupas ainda estavam em bom estado. Nada estava rasgado, sujo ou manchado de sangue.

Verdade, seu longo cabelo não estava mais tão bem escovado e sedoso. Ele estava bem bagunçado, na verdade. E a camiseta da Mariah Carey, da qual Alecia tinha muito orgulho porque achava muito estilosa, estava para fora de sua saia, o que não era muito comum para Alecia.

Mas, fora isso, ela parecia perfeitamente apresentável.

— Alecia — disse Liz —, o que há de errado? O que aconteceu?

— Não posso contar — disse Alecia, o longo cabelo castanho escondendo seu rosto. — É muito vergonhoso! Ah, eu fiz a coisa mais terrível, Liz! Você vai me odiar!

Liz se ajoelhou no tapete do banheiro ao lado dos pés de sua amiga.

— Alecia — disse ela —, você tem que me contar. Eu me meti em muita encrenca para vir até aqui essa noite. Você nem acreditaria no tamanho da encrenca se eu lhe contasse. Então é melhor você me explicar exatamente o que aconteceu. Prometo que não vou odiá-la.

Alecia levantou o rosto e olhou para Liz. As lágrimas tinham embaçado as lentes de seus óculos.

— É só que... — disse Alecia, sua voz ficando mais firme. — Você conhece o Douglas, não é mesmo?

Liz franziu a testa. Levou um segundo para ela lembrar de quem Alecia estava falando.

— Você quer dizer, o Munheca?

— Douglas — disse Alecia. Ela sempre tinha se recusado a chamá-lo pelo apelido, cujas origens eram obscuras. — Bem, quando cheguei aqui, ele agiu como se estivesse muito animado por me ver. Disse que queria dançar. Então estávamos dançando. Dançando música lenta! Foi como se um sonho estivesse se realizando. Não conseguia acreditar naquilo. Douglas Waller tinha *me* convidado para dançar! Eu não sou ninguém.

— Isso não é verdade — disse Liz. Ela não conseguia evitar se lembrar de se sentir honrada da mesma forma na primeira vez que Evan a tinha escolhido... não para dançar, mas na aula de química, para ser sua parceira. Foi só depois que Liz percebeu que isso aconteceu porque ela sabia tudo de química e ele não sabia nada. — Você é alguém. Mas continue.

— Mas é verdade — disse Alecia de forma enfática. — Você só está dizendo isso porque é minha amiga. Mas, de qualquer forma, enquanto estávamos dançando, Douglas sussurrou em meu ouvido

"Você quer ir a algum lugar para que possamos ficar sozinhos?". Não sei o que passou pela minha cabeça, mas... achei que era porque ele queria me beijar. E apesar de saber que isso é errado, porque ele não conheceu meus pais e não estamos noivos nem nada assim... — Liz lutou contra seu impulso de olhar para ela com uma expressão de tédio. — Eu disse... Ah, Liz, eu disse sim! E a próxima coisa de que me dei conta era que Douglas estava me levando para um quarto. Acho que era o de Kate. Tinha um monte de ursos de pelúcia espalhados... e estávamos nos beijando e, oh, Liz, ele começou a tirar minha camisa! E eu deixei! Eu sabia que era errado, mas deixei, a sensação era tão boa!

Agora Liz sabia por que a camiseta de Alecia estava para fora. Se sentindo um pouco nauseada e não querendo escutar mais nada — mas sabendo que tinha que escutar —, Liz disse:

— Continue, Alecia.

— É então que vem a parte vergonhosa — disse Alecia, chorosa. — Embora a coisa toda seja vergonhosa, na verdade. — Ela respirou fundo, tremendo. — Assim que Douglas tirou minha camisa e eu estava parada ali de... de sutiã, ele... ele...

— Ele o que, Alecia? — perguntou Liz, preparada para o pior.

— Ele tirou uma foto com seu celular. — Alecia afundou o rosto de volta nas mãos, soluçando. — Então ele saiu correndo do quarto, rindo!

Liz estava ajoelhada ali no tapete do banheiro, olhando para a amiga, perplexa.

— Espere — disse ela. — Isso foi tudo o que ele fez? Beijou você e tirou uma foto sua de sutiã?

— O que você quer dizer com isso é *tudo*? — Alecia levantou o rosto, parecendo furiosa. Duas grandes manchas vermelhas se destacavam em suas bochechas e os olhos, atrás das lentes de seus óculos, estavam em chamas. — Ele vai mandar aquela foto para todo mundo! Vou ser humilhada diante de todos os alunos de Venice High! E o que dizer de meus pais? Quando eles descobrirem, e eles vão descobrir, vão me tirar da escola e vou voltar a estudar em casa! Estou arruinada! Você não entende? Munheca Waller me arruinou! E é tudo minha culpa por eu ser tão estúpida de achar que um cara como ele poderia gostar de uma garota como eu.

Alecia começou a chorar novamente... com soluços profundos e magoados, que Liz sentia em seu próprio coração, como os graves da música que estava tocando do lado de fora do banheiro.

Liz sentia-se aliviada que Alecia não estava ferida fisicamente.

Mas ao se lembrar do bilhete de Munheca daquela manhã — e do que aconteceu no Edmondton 212A — ela sabia que aquele tipo de ferida poderia ser tão doloroso quanto, de sua própria maneira.

Ela precisava fazer algo. O que, ela não tinha a menor ideia. Mas algo.

Porque, apesar do que Alecia achava, nada disso era culpa dela. Se era para culpar alguém, tudo o que tinha acontecido a Alecia tinha sido culpa de Liz. As palavras de Jeremy ainda a assombravam: *Acredite em mim, nada de bom vai sair de você encorajar Alecia a gostar dele.*

Uma espécie de bruma vermelha desceu sobre a visão de Liz.

Ela colocou a mão nas costas da amiga.

— Vai ficar tudo bem, Alecia — disse ela.

— Como? — gemeu Alecia em suas mãos. — *Como?* Não posso voltar a estudar em casa, Liz. Amo Venice High. Amo. Os eventos esportivos. Até mesmo a Sra. Rice. Tudo. Mas como qualquer dessas coisas vai ficar bem?

Liz não tinha a menor ideia.

— Vou cuidar disso — disse ela, como se na verdade soubesse o que estava fazendo. Talvez alguma parte dela soubesse, alguma parte que tivesse sido congelada, petrificada em um pântano desde o dia em que ela havia entrado no Edmonton 212A, uma parte que estava finalmente acordando ao ver Evan se divertindo seminu naquela banheira de hidromassagem como se nada tivesse acontecido entre eles. — Venha comigo.

Liz se levantou e foi até a porta do banheiro. Ela a destrancou e uma horda de garotas desesperadas para usar o banheiro entrou. Alecia, assustada, não teve escolha a não ser se levantar e sair correndo atrás dela.

— Liz? — falou Alecia. — Aonde... aonde estamos indo?

— Você vai ver — disse Liz com uma voz menos calma enquanto cruzava o que um dia tinha sido a sala de vídeo do Sr. e da Sra. Higgins, que no momento tinha sido destruída e vomitada por festeiros em frenesi. — Vamos apenas ter uma pequena conversa com Munheca.

— Ah, não — disse Alecia, os olhos se arregalando. — Realmente não acho que esta é a melhor ideia...

Mas Liz já estava empurrando a porta que levava ao quintal com seu punho. Do lado de fora, a lua ainda estava alta e as estrelas brilhavam friamente no céu escuro.

Porém o ar no centro de Venice não tinha cheiro de grama cortada ou de fumaça de madeira da mesma forma que na fazenda dos pais de Liz. Em vez disso ele tinha cheiro de cerveja derramada do barril no quintal de Kate Higgins e de cloro da banheira de hidromassagem da qual Liz estava se aproximando rapidamente.

— Liz — disse Alecia, nervosa. — Sério. O que você está fazendo?

— Está tudo bem — disse Liz, olhando para trás. — Estou bem.

— Não acho que você esteja bem — disse Alecia. — Eu só quero ir para casa...

— Munheca Waller — disse Liz, quando chegou à lateral da hidromassagem.

Munheca estava amontoado na banheira com cinco garotas e outros seis rapazes, entre eles Evan. A banheira de hidromassagem era feita para comportar apenas oito pessoas, então eles estavam espremidos lá dentro. Uma das garotas, vestindo um biquíni azul brilhante e segurando um copo de cerveja, era Kate Higgins.

— Ah, ei, Liz — disse Kate animada, acenando. — Estou tão feliz por você ter podido vir.

Liz a ignorou. Por que Kate estava agindo como se estivesse feliz por Liz ter vindo, quando ela nem mesmo a convidou? Kate era tão falsa! Liz ia lidar com ela outro dia.

Ela lidaria com Evan — que quase se engasgou com a cerveja e falou "L-liz?" quando notou sua presença — mais tarde também.

— Munheca Waller — disse ela novamente —, você tirou uma foto inapropriada e íntima há pouco tempo de minha amiga Alecia sem a permissão dela. Então quero que você me entregue seu celular. Agora.

Munheca, segurando o copo de cerveja bem alto para evitar que ele se enchesse de espuma dos jatos da hidromassagem, apenas riu.

— De jeito nenhum, Freelander — disse ele. — Belos mamilos, por falar nisso.

Liz não teve que se virar para ver por que todas as pessoas na banheira de hidromassagem, incluindo seu ex-namorado, tinham repentinamente começado a gritar e procurar abrigo. Ela sabia sem precisar olhar.

Foi porque um unicórnio gigante, branco como leite, empinou atrás dela, furiosamente balançando as patas dianteiras no ar. Princesa Bonitinha tinha relinchado...

Só que desta vez, aquele relincho não tinha saído com um som que lembrava sinos de igreja ou um coro de crianças.

Ele saiu com um som que lembrava todos os demônios do inferno, gritando de dor ao mesmo tempo porque alguém tinha atiçado os carvões em brasa debaixo de seus corpos contorcidos e pustulentos.

Liz tinha quase certeza de que isso tinha acontecido porque alguém tinha falado algo para irritar de verdade a dona de Princesa Bonitinha.

— Sim — disse Liz, sentindo o cabelo voar quando um daqueles colossais cascos prateados passou a centímetros de sua orelha. — Você pode querer repensar sua decisão de não entregar o celular a mim, Munheca, ou meu unicórnio vai quebrar sua cara.

Munheca ficou sentado, congelado, na banheira de hidromassagem, a única pessoa que permaneceu dentro dela. Todos os outros tinham fugido, correndo para o abrigo da casa ou se escondendo atrás de arbustos próximos. Evan estava agachado ao lado do barril, falando coisas sem sentido para si mesmo, os pés descalços enfiados em 5 centímetros de lama de cerveja.

Apenas Alecia tinha permanecido onde estava. O olhar de Alecia não estava fixo no unicórnio, mas em Munheca.

— Não é mais o todo-poderoso agora, hein, Munheca? — provocou Alecia, com uma voz que era um pouco aguda demais. — Você disse que ia guardar aquela foto minha para sua coleção e que eu não devia sair da linha, ou todos na escola iriam vê-la!

Munheca não disse nada, ainda olhava fixamente para o unicórnio. Em vez do aroma de jasmim florescendo na noite saindo de seu focinho azul macio, o odor tinha se transformado em enxofre. E os olhos lavanda de Princesa Bonitinha mudaram para um vermelho de placa de PARE.

Liz apenas balançou sua cabeça. Isso era tão triste e desnecessário.

— Alecia, vá procurar o que Munheca estava vestindo quando vocês estavam dançando e olhe no bolso de sua calça. O telefone vai estar lá.

Alecia apontou de forma nervosa para o unicórnio, que estava bufando e batendo com a pata no chão, fazendo um buraco na grama dos Higgins. O buraco não era muito diferente de um túmulo.

— Está tudo bem — garantiu Liz a ela. — Não é para você.

Alecia balançou a cabeça e partiu, andando cuidadosamente entre as poças de lama ao lado da banheira de hidromassagem. Levou apenas um segundo ou dois para ela achar o que estava procurando. Enquanto ela estava fora, Liz se viu cercada de outra nuvem com cheiro de enxofre. Ela não tirou seus olhos de Munheca, que continuava a olhar para ela aterrorizado. Ela não podia evitar se sentir irritada. Claramente unicórnios não deviam comer comida de cavalo normal. Ela precisaria entrar em contato com sua tia Jody para saber sobre os requerimentos obviamente únicos da dieta de Princesa Bonitinha.

— Aqui está — disse Alecia timidamente, entregando a Liz o telefone celular de Munheca.

— Não me dê isso — disse Liz, dando um passo ao lado. — Coloque-o ali, onde é o lugar dele.

E ela apontou para os enormes cascos dianteiros do unicórnio.

Alecia disparou outro olhar nervoso na direção de Princesa Bonitinha.

Mas o unicórnio apenas tremulou os longos cílios azuis de forma humilde, como se estivesse dizendo *Eu? Machucar você? Nunca! Sou uma dama!*

Alecia ajoelhou e colocou o telefone celular ao lado de um dos cascos prateados cintilantes.

E o unicórnio o levantou delicadamente e, com precisão cirúrgica, desceu sobre o celular, o destruindo.

— Ei! — gritou Munheca da hidromassagem.

Liz virou para ele com um olhar irritado.

— Você quer ser o próximo? — perguntou ela.

— Você não pode sair por aí fazendo isso à propriedade particular dos outros — disse Munheca, se levantando. Ele estava, ela viu, usando uma bermuda que era vermelha brilhante e larga.

Talvez fosse porque a bermuda era vermelha.

Ou talvez fosse simplesmente porque ele era Munheca Waller.

De qualquer forma, Princesa Bonitinha, assim que o telefone celular estava esmagado à sua satisfação, começou a se mover na direção dele.

— Você não pode apenas vir aqui, Freelander, e fazer com que essa aberração de circo que é seu cavalo, ou o que quer que isso seja, pise no meu telefone. — Munheca estava de pé no meio da banheira de hidromassagem, discursando para quem quisesse ouvir. — Você sabe quem é meu pai?

Foi nesse momento que Princesa Bonitinha, dando a volta por trás de Munheca, o levantou pela parte de baixo da bermuda com seu chifre lavanda de 1 metro de comprimento e começou a desfilar, com Munheca enfeitando sua testa como um adorno de capô vivo.

— Oh — gritou um dos amigos de Kate Higgins, se encolhendo enquanto eles se agachavam com Kate atrás da churrasqueira de seus pais. — Chifrada no short.

— Isso é doentio, Liz — disse Kate, balançando sua cabeça. — Você tem uma aberração de unicórnio.

— Eu sei — respondeu Liz, embora ela obviamente não fizesse ideia. Ela se sentiu orgulhosa de seu presente de aniversário.

Os convidados, começando a sair de seus esconderijos agora que perceberam que o unicórnio de Liz estava ocupado com outra coisa, pegaram os próprios celulares e começaram a tirar fotos da situação complicada de Munheca.

— Ei! — gritou Munheca. — Parem de tirar fotos! Liz! Faça seu unicórnio me colocar no chão! Essa não é a posição mais confortável do mundo. Olha, juro que não farei mais aquilo. Juro!

Liz olhou para Alecia.

— Você acha que ele aprendeu a lição?

Alecia balançou a cabeça positivamente. Ela parecia consideravelmente mais feliz. Tinha parado de chorar e havia um pequeno sorriso se formando em seus lábios.

— Acho que sim — disse ela.

Liz gritou para Princesa Bonitinha:

— Você pode colocá-lo no chão agora.

O unicórnio abaixou a cabeça e Munheca caiu no chão, dentro da cova que Princesa Bonitinha tinha cavado para ele ao lado do barril. Evan, que parecia apavorado, foi respingado pela lama. Ele olhou para Liz de forma apreensiva, certo de que seria o próximo de sua lista.

— Liz — disse ele, levantando suas mãos com as palmas à mostra em frente de seu peito nu, que estava manchado por pingos de lama molhada de cerveja. — Eu imagino o que deve ter parecido para você naquele dia no meu dormitório. Mas você foi embora ar.tes que eu pudesse dizer qualquer coisa em minha defesa. Eu estava bêbado. E ela não significou nada para mim. Você sempre foi minha úni...

— Você — interrompeu Liz — me deve 1.411 dólares.

O queixo de Evan caiu.

— O quê?

— Você me escutou — disse ela. — É isso o que você me deve. Pelo custo das mensagens de texto, passagens de ônibus e outros gastos diversos que não gostaria de discutir em público. Onde está sua carteira?

Evan balançou sua cabeça, seus olhos azuis arregalados.

— Você está louca? Eu não...

... *lhe devo nada* foi o que Liz estava praticamente certa de que ele estava prestes a dizer. Mas uma bufada de Princesa Bonitinha atrás dela o obrigou a mudar sua declaração para algo mais benigno e levemente aterrorizado.

— ... ando com essa quantidade de dinheiro.

Liz percebeu que ele estava dizendo a verdade. Ele não ia exatamente mentir quando havia um unicórnio furioso atrás dela, olhando para ele com olhos vermelhos brilhantes.

— Certo — disse ela, e apontou para seu pulso. — Isso vai ser o suficiente.

Evan olhou para seu relógio.

— Meu *TAG*? — perguntou ele.

A voz dele falhou com tristeza e descrença.

Princesa Bonitinha deu um passo ameaçador para a frente. Evan rapidamente tirou seu relógio, dizendo:

— N-não, tudo bem. Pode ficar. Você vai conseguir pelo menos esse valor por ele.

Liz tirou o relógio de sua mão e colocou em seu bolso. Ela olhou para Evan mais uma vez de forma mordaz, se perguntando como podia ter amado aquela pessoa, que não apenas era um mentiroso, mas, além disso, não tinha nenhuma honra.

Ela deve ter olhado para ele por tempo demais, porque Princesa Bonitinha deu um passo à frente, encostando o chifre na bermuda de praia dele.

— Não, não... — Liz teve que dizer aquilo, segurando o unicórnio pala crina e puxando sua cabeça para longe dele. Não que Evan não merecesse. — Eia, garota.

Evan, parecendo pálido, recuou, tropeçou em seus próprios pés e caiu na lama encharcada de cerveja, para o deleite de todos que estavam presentes.

Munheca, enquanto isso, gritava para que alguém lhe emprestasse o celular.

Ninguém emprestou. Em vez disso, todos se apressaram em tirar mais fotos de Princesa Bonitinha. Alguns até fizeram pequenos vídeos com seus telefones para colocar depois em suas contas do YouTube.

— Bem — disse Liz, consciente de que havia muito mais a fazer para se reparar com as pessoas com quem ela tinha agido de forma errada —, preciso ir. Alecia, você acha que pode chamar sua mãe para buscá-la?

— Ah, claro — respondeu Alecia. — A festa já está para acabar de qualquer forma.

Ela apontou para Munheca, que tinha conseguido pegar o celular de alguém e estava reclamando:

— Pai, uma garota fez seu unicórnio de estimação me atacar. *Não*, não andei bebendo de novo. *Não andei!* Não, não venha me buscar! Não...

Kate, escutando isso, foi correndo até onde Munheca estava e, dando um tapa em seu rosto, gritou:

— Oh, meu Deus, seu *pai* está vindo aqui? Você tem alguma ideia de quantas leis estou violando aqui? E você acabou de chamar seu pai? Você é *maluco*?

Depois da corrida desenfreada para ir embora antes que o xerife Waller aparecesse, poucos convidados restaram, com a exceção de Alecia e Liz.

Satisfeita, Liz apertou o braço de Alecia.

— Vejo você amanhã.

— Obrigada — disse Alecia, e a abraçou. — Acho que quando garotos a provocam — sussurrou ela no cabelo de Liz —, nem *sempre* quer dizer que eles gostam de você.

— Na verdade — falou Liz —, é isso que quer dizer. Só não quer dizer que eles são necessariamente bons rapazes.

Alecia se afastou e balançou a cabeça.

— Entendi agora. — Ela olhou timidamente na direção do unicórnio, cujos olhos tinham voltado à sua cor normal de lavanda cintilante. — Obrigada... hum... Qual é o nome dela?

— Princesa Bonitinha, oficialmente — disse Liz. — Mas realmente vou ter que pensar melhor sobre isso.

☆

Um punhado de pedrinhas bateu na janela do quarto de Jeremy algumas horas depois. Parecendo sonolento, seu cabelo emaranhado, com tufos pretos, ele a abriu e olhou para baixo.

— Que horas são? — perguntou ele, confuso.

— Um pouco depois de 2h — respondeu Liz animadamente. — Desça.

Jeremy esfregou os olhos.

— Essa é Princesa Bonitinha?

— Gloria — corrigiu Liz. — Mudei seu nome. Princesa Bonitinha realmente não combinava com ela.

— Gloria — disse ele, pensativo. — Por causa de Gloria Steinem, rainha das feministas da segunda geração, imagino.

Liz confirmou:

— Exatamente.

— Combina com ela — disse Jeremy.

— Desça — pediu Liz novamente, de onde ela estava sentada sobre Gloria no jardim lateral, abaixo da janela de Jeremy. — Quero lhe mostrar algo.

— Já estou descendo — disse Jeremy, e fechou a janela.

Pouco tempo depois ele estava abrindo a porta da frente de sua casa e saindo para a varanda de calça jeans e bota, enquanto abotoava uma camisa branca limpa. Liz tentou não se distrair com seu peito nu, que teve um efeito nela bem diferente da visão do peito nu de seu ex-namorado mais cedo naquela noite.

— Ei — disse Jeremy, andando para ficar ao lado dela sob o luar.

Liz fez carinho no pescoço de Gloria e o unicórnio gentilmente ajoelhou, permitindo que Liz descesse de suas costas para a grama úmida de orvalho.

— Uau — falou Jeremy, impressionado com as boas maneiras de Gloria.

— Não é mesmo? — perguntou Liz, radiante. — Ela não é maravilhosa? Ela é rápida também. Quando estávamos devolvendo os gansos...

Jeremy parecia surpreso.

— Você os *devolveu*?

— Sim — respondeu Liz. — Acabei de fazer isso. Bem, Gloria e eu fizemos isso. Foi um pouco difícil, porque eu não conseguia lembrar qual era de qual casa. Então algumas pessoas podem acabar tendo recebido gansos com trajes diferentes. Mas pelo menos elas receberam seus gansos de volta. Talvez elas todas possam se juntar e trocar. Mas isso não importa, porque tudo o que tive que fazer foi pensar nas casas e Gloria sabia exatamente aonde...

— Por que você fez isso? — quis saber Jeremy. — Devolvê-los?

— Bem, eu tinha que fazer isso — disse Liz, piscando com a luz da lua. — Realmente não posso mais me dar ao luxo de fazer a coisa errada. Ou alguém pode acabar sendo morto.

Ela olhou com sinceridade para Gloria, que estava satisfeita arrancando grandes pedaços da grama dos pais de Jeremy e os comendo.

— Ah, não — disse ela com um gemido. — Gloria! Não. Temos maçãs e feno doce para você em casa. Pare com isso! Ótimo, agora ela vai ficar soltando peidos de arco-íris a noite toda.

Jeremy balançou sua cabeça.

— Não entendi.

— Ah, certo. — Liz tirou o cartão de aniversário de tia Jody de seu bolso e o abriu. — Veja, me esqueci de ler uma parte no pé do cartão de tia Jody. Tenho que me assegurar de que tudo que ela coma seja orgânico e doce. Além disso, havia uma advertência sobre o fato de os unicórnios sentirem as emoções de seu dono. Então, tipo, se eu fico irritada, a Princesa Bonit... quer dizer, Gloria... fica irritada. Já houve um incidente mais cedo na casa de Kate Higgins...

— Espere — interrompeu Jeremy, rindo. — *Você* foi à festa de Kate Higgins?

— Sim — disse Liz, colocando o cartão de volta em seu bolso. — Tive que ir. Acabou que você estava certo sobre eu encorajar Alecia a gostar de Munheca Waller.

O sorriso de Jeremy desapareceu de seus lábios.

— Por quê? O que aconteceu?

— Vamos apenas dizer que graças a um pouco de pressão por parte de Gloria, Munheca não vai mexer com nenhuma garota por um bom tempo. — Liz deu um pigarro. — E acho que Evan Connor também não vai.

Jeremy levantou suas sobrancelhas. Mas o tom de sua voz era cuidadosamente neutro quando ele perguntou:

— Oh, Evan também estava lá?

— Sim — disse Liz —, porque ele é o tipo de cara que vai para a faculdade, mas ainda volta à cidade para festinhas do segundo grau, aparentemente. O que não deveria ser nenhuma grande surpresa para ninguém. O que pode ter sido uma surpresa para algumas pessoas é como ele ficou com medo de um pequeno unicórnio inofensivo.

— Então — disse Jeremy, sorrindo novamente —, imagino que você não vai vender Gloria no eBay depois de tudo.

O queixo de Liz caiu.

— O quê? De jeito nenhum! — Liz parecia chocada. — Por que eu faria isso? Ela é o melhor presente que já ganhei! O que me lembra de algo. Realmente adorei seu presente... — Ela segurou a chave com o laço amarrado. — Mas ainda não sei para que serve.

Seu sorriso se alargou.

— Não sabe? É para o Cutlass Supreme. Finalmente consegui fazê-lo funcionar.

— Ah, meu Deus, isso é fantástico, Jeremy!

Liz estava tão contente que não conseguiu evitar passar os dois braços em volta dele e lhe dar um grande abraço, que ele retribuiu.

Enquanto estava abraçada a ele, no entanto, Liz se tornou desconfortavelmente ciente de que não era seu velho amigo Jeremy que ela estava abraçando.

Talvez fosse por causa dos músculos nos braços que a envolviam, com os quais ela não estava acostumada.

Ou talvez fosse outra coisa. Ela não tinha certeza. O que quer que fosse, aquilo a fez se soltar dele abruptamente e dar um pequeno passo para trás, de uma hora para outra seu rosto parecendo estar pegando fogo.

— M-mas eu não posso aceitar isso. Você v-vem trabalhando nesse carro há milênios — gaguejou ela. — Por que você o daria para mim?

— Bem — disse Jeremy, com os olhos firmes nos dela —, eu apenas cheguei à conclusão de que não tenho realmente nenhum lugar aonde precise ir de carro. Tudo que sempre quis está aqui em Venice. Para falar a verdade — acrescentou ele, seu tom de voz cuidadosamente neutro novamente —, está tudo ao lado da minha casa.

A princípio Liz teve certeza de que não tinha ouvido corretamente o que ele tinha dito. Ou que talvez ela não tivesse entendido direito o que ele queria dizer. Certamente ele não tinha dito... Ele não podia estar querendo dizer que... não *daquele* jeito.

Então Liz sentiu um focinho macio — mas firme — em suas costas e foi envolvida pelo aroma de jasmim florescendo na noite.

Gloria, farta da lentidão de sua dona — e conhecendo, como ela conhecia, os verdadeiros sentimentos de Liz —, empurrou Liz para os braços de Jeremy, que a esperavam.

Foi então que Liz, olhando nos olhos dele, percebeu o que ela sempre soube, mas nunca admitiu para si mesma até aquele exato momento: tudo que *ela* sempre quis também sempre esteve ao seu lado.

Exceto, talvez, um unicórnio.

Cassandra Clare

"Mãos geladas"

Justine: Os zumbis de Cassandra Clare são mais influenciados pela tradição vodu dos mortos possuídos. Eles não se arrastam ou soltam fluidos de várias partes de seus corpos e não têm interesse em comer o cérebro de ninguém. É verdade que eles não são os melhores companheiros para uma conversa, mas são leais e não mentem. Na verdade, eles são zumbis emo que vão amá-lo para sempre. Cabe inteiramente a você decidir se isso é uma coisa boa ou não...

Acho que você também deveria notar que muitas das histórias de zumbi são histórias de amor e que muito poucas das de unicórnio são. Isso é muito revelador.

Holly: Outra história em que posso fingir que estamos falando sobre um tipo de morto-vivo do qual eu gosto. Nem tem cérebros sendo comidos! Excelente para mim!

Justine: Mais uma história em que a adoração secreta de Holly por zumbis é revelada. Sabe, Holly, você poderia simplesmente ir direto ao ponto e admitir que o Time Zumbi ganhou.

Mãos geladas
por Cassandra Clare

James era o rapaz com quem eu ia me casar. Eu o amava como nunca tinha amado nenhuma outra coisa. Tínhamos 7 anos quando nos conhecemos. Ele tinha 17 anos quando morreu. Você poderia pensar que esse foi o fim da nossa história, mas não. A morte não é o fim de nada, não em Zumbilândia.

Zumbilândia é como as outras pessoas chamam, claro. Aqueles que vivem aqui chamam a cidade pelo seu nome, Lychgate. Em inglês arcaico, "*lych*" significa "cadáver". James diz que isso significa que esta é uma cidade que sempre foi tocada pela morte, mas nem sempre foi como é agora. Lychgate já foi um bom lugar para se viver. Casas ordenadas em belos arranjos, lindas fileiras de ruas enfeitadas com flores e o palácio do duque no norte da cidade, com o morro Cadáver se elevando ao fundo. Então, um dia, no começo da manhã, quando as pessoas estavam se levantando, começando a pegar seus jornais, fazendo o café e ligando o rádio para ouvir o pronunciamento diário do duque, o morro Cadáver ganhou vida. A terra se soltou dos túmulos como pele velha. A terra foi descascada e os mortos saíram, piscando ao sol como filhotes de gato recém-nascidos. Eles capengaram, se arrastaram e rastejaram. Eles viraram suas cavidades oculares na direção do caminho que leva à cidade. E então começaram a andar.

☆

Era noite de São João — uma das quatro grandes noites festivas de nossa cidade. Todas as ruas estavam decoradas com luzes coloridas.

James e eu estávamos na parte antiga da cidade e James estava comprando flores de uma mulher morta.

Seu nome era Annie. Ela tomava conta da banquinha de flores na rua que ia até a praça principal e vendia as melhores flores da cidade. Sei o que você está pensando — é estranho que uma pessoa morta seja dona de uma barraquinha de flores. Bem, é claro que ela não podia ser a dona. Os mortos não têm direito a propriedade. Mas desde a manhã em que a Maldição se abateu, desde que os mortos começaram a voltar à cidade, a assembleia municipal tem sofrido para descobrir o que fazer com todos esses zumbis. Eles são bastante silenciosos — não falam muito —, mas se você não consegue fazer um zumbi voltar para o túmulo na primeira semana depois de sua volta, ele simplesmente vai permanecer para sempre. Então eles ficam pela cidade, sentados e olhando, bagunçando as ruas. É muito melhor lhes dar trabalhos simples como varrer o chão e coletar lixo. E vender flores.

James me entregou um buquê de rosas azuis, que são as minhas favoritas — a mesma cor dos olhos dele. Fiquei observando enquanto ele pegava um punhado de moedas, cada uma delas com o rosto do tio gravado, para pagar Annie. Os ossos de seus dedos estalaram quando ela pegou o dinheiro.

Ele se virou para mim, os olhos me examinando.

— Você gostou das flores?

Essa era uma das coisas de que eu gostava em James. Não importa há quanto tempo estávamos juntos, não importa quantas vezes ele tinha me dado presentes, ou eu tinha lhe dado — embora eu nunca pudesse igualar o que ele podia gastar —, ele sempre se preocupava se eu ia gostar de algo ou não. Ele sempre quis me agradar.

Confirmei com a cabeça e ele relaxou, começando a sorrir, e colocou sua carteira de volta no bolso. Foi então que o carro veio cantando pneu na esquina. James o viu; os olhos se arregalaram e ele me empurrou para trás, na direção da calçada; eu caí e rolei bem a tempo de ver o carro derrubá-lo e então fugir correndo, cantando pneu de novo.

Annie, a zumbi, estava enlouquecendo, fazendo aqueles barulhos estranhos que eles fazem e se arrastando para todo lado em um frenesi, derrubando flores de seu carrinho aos montes até que pétalas arrancadas cobriram a rua. Pessoas começaram a vir correndo, mas eu mal consegui notá-las. Eu rastejava na direção de James; caído parcialmente entre a rua e a calçada, suas pernas dobradas em ângulos estranhos. Eu ainda pensava que ele poderia estar bem — pernas quebradas não são letais — até que cheguei perto dele e o puxei para meu colo. Quando James olhou para mim, sangue saiu em bolhas de sua boca, então eu nunca soube quais foram suas últimas palavras.

Annie gritou e gritou quando ele morreu. Foi como se ela nunca tivesse visto alguém morrer antes.

Foi James que me contou a verdade sobre a Maldição. Todos sabem que ela começou há cerca de cem anos, com a volta dos mortos. Todos nós sabemos que ela teve algo a ver com um feiticeiro em Lychgate, alguém que invocou os mortos e então não conseguiu mandá-los de volta. O que James me contou foi que o feiticeiro era um membro da família do duque — da família de James — e que os homens mortos que ele invocou o amaldiçoaram e a sua cidade também, de lambuja.

É por isso que a Maldição se gruda aos habitantes de Lychgate como cola. Mesmo se nos mudarmos da cidade, nossos mortos vão nos seguir. Eles nos pertencem. Eles vão atrás daqueles que conheciam quando estavam vivos — seus amigos e parentes vivos. Eles querem estar com essas pessoas. É por isso que nenhuma outra cidade nos aceita. É por isso que não podemos ir embora.

Realmente não me lembro do que aconteceu depois que James morreu. Sei que vi as luzes piscantes dos carros de polícia e os paramédicos na ambulância que tentaram arrancá-lo de meus braços. Eu não queria soltá-lo. De que adiantava? Ele estava morto de qualquer forma. Não havia nada que pudessem fazer por ele.

Estavam tentando me convencer a soltá-lo quando a limusine do duque encostou. Eu tinha andado naquela limusine muitas vezes, indo a eventos no palácio do duque, algumas vezes apenas indo para casa com James depois da escola, observando a cidade passar através das janelas escuras.

A porta se abriu e o duque saiu. O tio de James, que casou com a mãe de James depois que o marido tinha morrido. Ele me conhecia desde que eu tinha 9 anos. Foi à minha festa de 16 anos. Ele tinha me dado um ursinho de pelúcia — uma coisa estranha para se dar a uma garota daquela idade, como se achasse que eu ainda era uma menininha. Ele sorriu para mim. Tinha olhos azuis como James, mas eles eram estranhamente sem vida, como olhos de boneca. James disse que era porque suas responsabilidades de ser o duque o cansavam, mas eu nunca gostei dele. Eu ficava esperando a hora em que James fizesse 18 anos, se tornasse o duque e nunca mais tivéssemos que ver o tio dele novamente.

Agora o duque Grayson olhava através de mim como se eu nem estivesse ali.

— Tirem o garoto dela — disse ele aos paramédicos, que estavam à minha volta, parecendo tristes.

— Nós tentamos. Ela não quer soltá-lo — murmuraram.

— Arranquem-no — disse o duque. — Quebrem os braços dela se for preciso.

Ele andou de volta na direção da limusine, novamente sem olhar para mim.

Foram meus pais que finalmente vieram me buscar, me colocaram no banco de trás do carro e me levaram para casa. Minha mãe se sentou ao meu lado, murmurando palavras reconfortantes; meu pai estava sentado no banco da frente, parecendo arrasado. Eu podia imaginar todos os sonhos dos dois de ver a filha se casando com o próximo duque se esvaindo, como o sangue de James fizera até o bueiro na lateral da rua.

— Foi apenas um acidente — disse minha mãe, acariciando meu cabelo. Pétalas azuis se prenderam em seus dedos. — Apenas um acidente. Pelo menos foi rápido e ele não sofreu.

— Não foi um acidente — falei friamente. Dava para ver que minha mãe estava preocupada por eu não estar chorando. — Ele foi assassinado. O duque Grayson mandou alguém matá-lo para que ele nunca completasse 18 anos.

Meu pai girou o volante com tanta força que saímos da pista e batemos no meio-fio, as rodas se arrastando. Ele se virou no banco, seu rosto branco como papel.

— Nunca mais fale isso. Você está me ouvindo, Adele? Nunca mais fale isso, para ninguém. Se você falar...

Ele deixou a frase no ar, mas nós todos sabíamos o que ele queria dizer.

Assassinatos não ocorrem em Lychgate com muita frequência. A punição é sempre a morte, e o enforcamento ou fuzilamento acontece sempre na praça da cidade. Todos vêm assistir. Trazem cestas de piquenique: sanduíches de salada de ovo em sacos de papel pardo, garrafas de refrigerante quente, barras de chocolate. E aplaudem quando o duque dá a ordem para a execução começar. Depois disso, os padres levam os corpos dos culpados até o morro Cadáver para queimá-los, o ar fica preto com a fumaça e por alguns dias as pessoas andam pela cidade com máscaras cirúrgicas para evitar o vapor e a fuligem. As outras cidades não gostam disso — pode-se ver a fumaça a distância —, mas eles sabem o que acontece em Lychgate se você não queima os mortos vingativos. Eles ouviram as histórias — portas arrancadas de suas dobradiças, famílias inteiras chacinadas, juízes e integrantes do júri arrastados até a rua por cadáveres ambulantes cujos olhos ardiam com um fogo furioso.

Assassinato não é o único crime que pode fazê-lo ser enforcado. Roubar do duque é o suficiente. Vandalizar a propriedade ducal, ou caluniar alguém da família do duque. Todos são crimes que podem ser punidos com a morte.

306 • Cassandra Clare

O duque foi à casa dos meus pais no dia seguinte. O médico tinha vindo pela manhã e me dado uma injeção que fazia com que eu me sentisse como se minha cabeça tivesse sido separada do corpo e estivesse flutuando em algum lugar. Eu não conseguia me mover de onde estava deitada na cama. Em todos os lugares à minha volta estavam as grandes fotografias de James comigo em molduras prateadas que eu vinha colecionando desde que nos conhecemos no primeiro ano. James e eu no parquinho, ainda crianças, na praia quando éramos mais velhos, segurando nossas velas do Halloween enquanto pintávamos nossos rostos para sair, de mãos dadas no Dia do Enforcamento. James com o cabelo louro, os olhos azuis e seu grande sorriso, olhando para mim de todos os lados enquanto meus pais estavam sentados no andar de baixo com o duque e a esposa, a mãe de James, escutando suas palavras tristes.

Eu sabia que eles estavam impressionados com a honra. Apesar de eu ter namorado James por tanto tempo, a ponto de todos saberem que era inevitável que nos casássemos — embora o duque, por lei, *tivesse* que se casar com uma plebeia —, minha mãe e meu pai ainda ficavam sem palavras ao pensar em receber o duque Grayson em casa. Eles simplesmente concordaram quando ele lhes disse que eu não poderia ir ao funeral.

— É apenas para a família — disse ele —, infelizmente, e a cerimônia é elaborada. Estamos preocupados que seja demais para Adele suportar.

Escutei meu pai fazer barulhos reconfortantes, lhes dizendo que ia ficar tudo bem, enquanto permaneci deitada na cama desejando poder morrer também.

Nem todo mundo que morre volta. Algumas vezes eles voltam para consertar um erro. Algumas vezes para revelar um segredo que ninguém sabe ou para contar a um integrante da família onde um tesouro estava enterrado. Algumas vezes eles simplesmente não conseguem aguentar ficar mortos. Ou, como a menina na canção cujos ossos foram transformados em harpa, eles voltam para cantar uma música sobre aquele que os matou. Esta era sempre minha canção favorita dentre as que os coros de Natal cantavam de porta em porta no inverno — especialmente a parte em que a harpa de osso fala e acusa a pessoa que a matou.

A primeira canção que a harpa tocou
"Enforquem minha irmã", ela falou.
"Porque ela me afogou no mar do além,
Deus, nunca a deixe descansar até morrer também."

A canção tinha outras partes, sobre como a irmã mais velha foi condenada à morte, mas saiu do túmulo rastejando porque sua culpa não lhe permitia descansar. Ela passou sua longa não-vida sentada nos penhascos perto da velha casa, ninando os ossos cantores da irmã morta. Então você pode ver que há muitas razões para os mortos voltarem. Algumas vezes eles voltam inclusive por amor.

Se você ama alguém, não deve querer que essa pessoa volte. É melhor um sono pacífico debaixo da terra do que a vida como zumbi — não realmente morto, nem realmente vivo. Você deve rezar por uma morte tranquila para as pessoas que ama, por um esquecimento escuro debaixo da terra. Mas eu não conseguia me convencer a rezar para que aquilo acontecesse com James. Eu o queria de volta — de qualquer forma.

O funeral foi no dia seguinte e, como o duque tinha estipulado, não recebi permissão para participar. Em vez disso, fiquei assistindo da janela do meu quarto. Mesmo de longe eu podia ver as pessoas de luto, como formigas pretas, subindo o morro Cadáver. Estava chovendo e o caminho estava escorregadio por causa da lama. Vi algumas delas escorregarem e caírem enquanto subiam e fiquei feliz. Elas mereciam aquilo, por terem recebido permissão para ir ao funeral enquanto fui deixada para trás.

Apesar de o duque ter se recusado a transmitir o evento na televisão, colocaram alto-falantes em cada esquina da cidade e estavam transmitindo o som do funeral para todos ouvirem. Imagino que não é todo dia que o príncipe da cidade morre. Dava para ver pessoas se juntando em grupos molhados, seus rostos virados para cima enquanto escutavam a voz do padre ecoando pelas ruas.

— Pois não deixarás minha alma no inferno, nem farás teu Deus ver corrupção. Vejam, lhes mostro um mistério; nem todos devemos dormir, mas devemos todos ser transformados: pois o trompete soará e os mortos se levantarão incorruptíveis e nos transformaremos. Mas seus mortos vão viver, seus corpos vão se levantar. Vocês, que vivem no pó, levantem-se e gritem de alegria. Seu orvalho é como o orvalho da manhã; a terra vai parir seus mortos.

Então o alto-falante estalou e ouvi o duque Grayson mandar o padre descer o caixão. Fechei a janela, com força, antes que pudesse ouvir o som de pedaços de terra batendo na tampa.

James não voltou no dia seguinte. Nem no dia depois desse. Esperei pacientemente pelo arrastar de seus pés sobre as pedras pavimentadas do lado de fora de minha casa. A batida fria de sua mão morta em minha porta da frente. O sussurro funéreo de sua voz.

Mas ele não veio.

Pode demorar um tempo para os mortos voltarem, me obriguei a me lembrar. Eles acordam dentro do caixão, desorientados e confusos. Eles não se lembram de ter morrido, na maioria dos casos. Eles não sabem onde estão. Nos velhos tempos, costumavam enterrar pessoas com uma corda dentro dos caixões que estava ligada a um sino acima do solo. Quando o morto se levantava, ele podia tocar o sino e os coveiros vinham, os desenterravam, jogavam sal no caixão e os enterravam novamente. Isso foi antes de começarem a enterrar os mortos em mausoléus, como se faz hoje em dia, empilhados uns sobre os outros, com os que morreram mais recentemente mantendo os outros no fundo. Penso neles algumas vezes, uns sobre os outros, sussurrando entre si através da terra e dos ossos.

☼

Por uma semana depois que James morreu, meus pais não me deixaram ir à escola. Eles estavam com medo de eu não ser capaz de suportar os sussurros e os olhares. A situação era outra quando eu era a namorada do príncipe, quando todos eles sabiam que um dia eu seria a duquesa de Lychgate. Naquela época eu tinha poder, poder suficiente para conter os olhares, para não me importar com perguntas intrometidas. Mas agora eu não era nada. Apenas mais uma plebeia que tinha conhecido o duque um dia. Uma plebeia que nunca seria alguém especial. Ouvi meu pai sussurrando para minha mãe na cozinha, tão baixo que ele achou que eu não podia ouvi-lo:

— Não podemos deixá-la voltar — disse ele. — Eles vão acabar com ela.

Finalmente convenci meus pais a me deixarem sair de casa. Eu usava um chapéu e óculos escuros para evitar que as pessoas me reconhecessem, apesar de aquilo não funcionar de verdade. Eu podia sentir seus olhos sobre mim enquanto andava pela rua. Vi um carro de reportagem diminuir a velocidade ao meu lado, a antena no topo rodando de forma preguiçosa, como se as pessoas dentro estivessem decidindo se valia a pena se dar ao trabalho de sair e começar a falar comigo. Depois de um tempo o carro se afastou.

Até os zumbis pareciam estar me encarando. Normalmente eu mal os notava enquanto eles se arrastavam silenciosamente pelas calçadas ou gemiam para si mesmos enquanto ficavam sentados encurvados em bancos ou agachados com suas tigelas de esmola na calçada. Mas eles pareciam excepcionalmente atentos hoje, virando as cabeças para me ver passar como girassóis estranhos e mortos seguindo a passagem do sol.

310 • Cassandra Clare

Mas não era aquilo que estava me fazendo me encolher enquanto eu andava, me fazendo desejar nunca ter saído de casa. Eu não parava de ver James em todos os lugares, como um fantasma, apesar de saber que fantasmas não existiam. Quando estava comprando CDs na loja de discos, fui até a cabine de audição, coloquei os fones de ouvido e ouvi sua voz. Quando fui ao supermercado, a música que tocava nos alto-falantes era James, chamando meu nome. Quando passei pela janela da loja de eletrodomésticos, as imagens cintilantes nas televisões do lado de dentro da loja eram imagens do rosto dele. Eu o ouvia no crepitar do fogo, na estática gaguejante de um telefone desligado, no sopro do vento.

Enquanto corria para casa, os alto-falantes nas esquinas das ruas ganharam vida em estalos, dizendo que o assassino do sobrinho do duque tinha sido encontrado e seria executado no próximo Dia do Enforcamento. Congelei por um momento, olhando fixamente para o morro Cadáver, ainda no crepúsculo.

Eu sabia o que tinha que fazer.

Levantei da cama à meia-noite e vesti preto. Uma calça e uma camisa preta, meu cabelo preso em um rabo de cavalo, sapatos pretos que não fariam barulho enquanto eu fazia o caminho até o cemitério. Roubei a furadeira de meu pai, uma pá e um par de luvas de jardinagem. A lua era a única luz enquanto eu andava entre os túmulos cobertos por tortuosas cortinas de névoa. Primeiro passei pelos túmulos dos pobres, marcados apenas por lajes de concreto. Aquelas vielas davam nas grandes ruas pavimentadas da área em que as famílias mais ricas eram enterradas. Aqui cada família tinha um mausoléu com seu nome marcado sobre a porta e anjos de pedra ajoelhados de cada lado.

O mausoléu do duque era de longe o maior. Ele se agigantava sobre o resto do cemitério em mármore branco e ferro fundido, com os nomes de todos os integrantes da família real gravados nas laterais. Ainda havia restos visíveis do funeral que tinha ocorrido naquela semana: pétalas de flores espalhadas pelo caminho que levava à porta da frente do mausoléu e grãos de sal cintilantes da cerimônia polvilhados como mica sobre o barro.

Coloquei minha mão no fecho da porta de ferro e ela se abriu. Do lado de dentro, a cripta estava silenciosa, mas não estava escura: tinha uma lâmpada no teto que fornecia luz suficiente para eu ver que havia uma pequena capela do lado de dentro, com bancos de mármore e cavidades de cada lado, como o interior de um cofre de banco. Havia lápides de mármore no chão também.

Fiquei ao lado da lápide com o nome de James escrito e enfiei a ponta estreita da pá no espaço entre a lápide e a próxima pedra. Empurrei com toda a minha força até a lápide começar a se mover, fazendo um som de pedra se arrastando tão alto que meus ouvidos quase sangraram. Meus ombros estavam doendo enquanto a lápide se movia lentamente. Eu a empurrei, com força, e ela deslizou para o lado, revelando o buraco quadrado escuro embaixo dela.

No buraco estava o caixão. Larguei a pá e me ajoelhei. O caixão era revestido de bronze, pesado e elegante. Peguei a furadeira de meu pai e liguei-a.

Os parafusos saíram das dobradiças do caixão facilmente, como se nunca tivessem sido apertados. Assim que tirei todos e empurrei a tampa, percebi por quê.

Deixei a furadeira no chão e fiquei olhando. Lágrimas queimavam meus olhos.

As paredes internas do caixão eram feitas de bronze, entalhado de cima a baixo com orações que tinham o objetivo de selar os laços da morte. O caixão em si estava cheio de sal; James estava deitado entre o sal como um corpo arrastado até uma praia, cercado de areia. Havia grandes aros de bronze afundados nas laterais do caixão ao lado de suas mãos e de seus pés. Eles estavam conectados por correntes grossas a grilhões em volta dos pulsos e tornozelos de James. Pensei nele acordando em seu caixão, lutando contra os grilhões que o prendiam, sufocando com o sal em sua boca. Nunca tinha visto nada tão cruel.

— James — sussurrei.

Ele abriu os olhos. Sua pele estava tão pálida quanto cinzas, os olhos azuis agora com a cor preta que os olhos dos recentemente mortos costumavam ganhar. Ele estava vestindo uma camisa branca e uma calça preta e o grande e pesado emblema da casa ducal estava em volta de seu pescoço, em uma corrente. Ele poderia ter morrido há uma hora. Seu olhar se fixou em mim enquanto eu continuava ajoelhada olhando para ele.

Ele sorriu.

— Sabia que você viria me salvar, Adele — disse ele.

Ficamos sentados na escadaria do mausoléu olhando para a cidade. Havia luzes nas ruas e uma iluminação forte no centro, onde estavam preparando o palco para amanhã, o Dia do Enforcamento.

— Acordei no caixão — disse ele. — Deve ter sido há dias. Fiz de tudo para me soltar dos grilhões, mas tudo o que aconteceu foi isso.

Ele me mostrou seus pulsos feridos. Havia ferimentos dando a volta neles, abrindo feridas, mas não ensanguentadas. Nos mortos elas nunca curam, mas também nunca sangram. Eu tinha furado o metal dos grilhões com a furadeira até eles se partirem e caírem. Fiquei me encolhendo enquanto fazia isso, apavorada com a possibilidade de feri-lo, mesmo sabendo que não seria capaz disso.

— Seu tio fez isso — falei. — Ele não queria que você voltasse para acusá-lo.

— Ele deve ter planejado isso há muito tempo. Ele tinha o caixão pronto. Os grilhões presos. Pagou à pessoa que o fez para ficar calada. Contratou um homem para me atropelar. — James estava olhando na direção da cidade. Na direção da forca e de sua brilhante iluminação. — Vão enforcá-lo amanhã, não vão?

Balancei a cabeça.

— Estão falando que era um motorista bêbado. Sua morte foi acidental, mas mesmo assim ele tem que morrer por isso.

— Não foi culpa dele — disse James de forma distante. — Ninguém diz não ao duque. — Ele se virou para mim. — Se não fosse por você, eu ainda estaria naquele caixão.

Olhei para ele. Ainda era o mesmo James, o lindo rosto praticamente o mesmo. Mas algo no fundo de seus olhos tinha ido embora, algo indefinível e estranho. Perguntei:

— Como é?

— Como é o quê?

— Estar morto.

Ele esticou o braço e encostou a palma da mão em minha bochecha. Sua mão estava gelada, muito gelada, mas me encostei a ela de qualquer forma, encaixando a curva da maçã do rosto em sua palma como tinha feito tantas outras vezes antes.

— Quando acordei, eu podia ouvir tudo. — Seus olhos negros refletiam as luzes da cidade como espelhos. — Eu podia ouvir você. Podia ouvir seu coração batendo. Mas não conseguia dormir em meu túmulo sem você.

— James... — Engoli. — Pela manhã vão saber o que aconteceu. Que eu desenterrei você. Precisamos sair daqui... fugir. Talvez possamos ir à cidade...

— Ninguém foge de Lychgate. — Ele inclinou a cabeça para o lado, lentamente. — Aonde podemos ir? Em qualquer outra cidade, quando olharem para mim, verão um cadáver ambulante. Eles nos caçarão com forcados e tochas.

— Então o que podemos fazer?

Olhei para ele. Fiquei imaginando quando o preto tinha comido o azul em seus olhos. Será que tinha sido gradual ou tudo de uma vez?

— Quero que você venha comigo — disse ele — ao Dia do Enforcamento amanhã.

— James... — Eu estava apavorada. — Seu tio vai estar lá. Se ele o vir, vai saber o que fiz. Que eu o tirei do caixão. Vou acabar na cadeia.

— Não vai, não.

Ele parecia completamente confiante.

— Você não pode ter certeza disso.

— Adele. — Ele se virou para mim. — Você confia em mim?

Hesitei. Ele ainda era James. Eu sempre tinha confiado nele. Mesmo que sua pele estivesse da cor do papel de um livro velho agora, seus olhos fossem pretos em vez de azuis e ele tivesse cheiro de pedra e terra fresca.

— Sim.

— Não vou deixar nada acontecer a você. Não enquanto eu...

Ele hesitou. Eu sabia que ele estava pronto para dizer *enquanto eu viver*. Isso era algo que ele sempre dizia.

— Não enquanto eu estiver aqui — disse ele, completando a frase.

Ele esticou o braço para segurar minhas mãos. Ele passou os dedos entre os meus. Seus dedos eram como gravetos feitos de gelo.

— Depois disso podemos fugir? — perguntei. — Para nos esconder em algum lugar onde nunca poderão nos encontrar?

Ele se inclinou para a frente e tocou seus lábios nos meus. Os lábios dele estavam gelados e tinham gosto de sal.

— Como você quiser — disse ele.

O Dia do Enforcamento começou cedo, com a multidão se juntando na praça às 9h. Eu tinha trazido para James algumas das velhas roupas que ele deixara em minha casa — uma camisa surrada e uma calça jeans que fariam com que fosse muito menos provável que ele chamasse atenção do que seu traje sombrio de enterro.

Ficamos à margem da multidão sob a sombra de um dos prédios mais altos. James manteve a cabeça abaixada, o cabelo escondendo o rosto. O retorno dos mortos do sobrinho do duque teria sido um evento capaz de tirar a atenção do Dia do Enforcamento e poderia até impedir que ele acontecesse. Ele estava totalmente calado, observando o palco, o cadafalso e o púlpito em que seu tio ia ficar. Quando ele estava vivo, eu sempre conseguia ler seu rosto, mas agora eu não conseguia imaginar em que ele estava pensando.

Lentamente a praça se encheu de gente. Adolescentes rindo em grupos, pais com os filhos nos ombros, jovens casais carregando cestas de piquenique. E, enquanto eu estava ali parada com James, vi algo que nunca tinha percebido antes. Sempre tinha ficado próxima das festividades no centro da praça. Mas agora que eu estava do lado de fora de tudo, vi que havia zumbis ali, se mantendo nas sombras, se escondendo na escuridão margeando a multidão. Eles ficavam parados com os olhos negros fixados no cadafalso, as mãos balançando vazias ao lado de seus corpos.

Nunca teria passado pela minha cabeça que zumbis gostariam do Dia do Enforcamento como todos os outros. Mas, obviamente, tínhamos sido treinados para ignorar os mortos-vivos. Para não vê-los quando eles estavam ali. Eram como lixo no bueiro; você olhava para outro lado, tentando se concentrar em coisas mais agradáveis.

Um grito partiu da multidão e olhei para ver por que estavam gritando. A limusine alongada do duque estava deslizando entre a multidão como um tubarão em águas rasas. As pessoas na multidão começaram a gritar e a acenar. Atrás da limusine vinha um camburão da polícia com grades nas janelas. Senti James, ao meu lado, ficar tão rígido quanto uma prancha de madeira.

O carro do duque se aproximou do palco e ele foi ajudado a sair da limusine por seus assistentes. A multidão estava aumentando cada vez mais; eu só conseguia ver parte do que estava acontecendo: os policiais abrindo a porta de trás do camburão, arrancando um homem que parecia aterrorizado e que estava algemado e amordaçado. Ele se sacudia e esperneava enquanto o arrastavam escada acima até o cadafalso, onde o executor estava parado, todo de preto.

O duque tomou seu lugar no púlpito. Olhou para a multidão, sorrindo, enquanto a poucos metros dali o assassino era forçado a ficar sobre um alçapão quadrado cortado no chão do palco.

316 • Cassandra Clare

— Saudações, meu bom povo de Lychgate — disse o duque, e um rugido se elevou na multidão.

A mão de James apertou a minha. De repente ele estava se movendo, me puxando e entrando na multidão. Tentei fincar os pés no chão, mas ele estava me segurando realmente com muita força.

— Hoje nos juntamos, unidos no nosso desejo por justiça — continuou o duque. — Um crime terrível aconteceu. O assassinato do meu amado sobrinho...

A voz dele foi afogada pelos gritos da multidão. Estavam gritando o nome de James. Nenhum deles notou que James estava ali entre eles, pisando em seus pés e empurrando seus cotovelos enquanto me arrastava para mais perto do palco. Ele era apenas um zumbi imundo se enfiando na multidão.

— A punição para este ato, como tenho certeza de que vocês sabem, é morte por enforcamento...

Estávamos quase no palco agora. A voz amplificada do duque estava ensurdecedora em meus ouvidos.

— O corpo será queimado e as cinzas serão espalhadas no morro Cadáver...

Havia uma barricada de policiais em volta do palco, impedindo que a multidão chegasse muito perto da escada. Enquanto nos aproximávamos, um policial abriu os braços como se quisesse nos impedir. James parou, ainda segurando minha mão, e olhou bem nos olhos do policial.

O policial abaixou o braço lentamente, parecendo estupefato.

— Vossa graça?

— E se alguém no público tiver alguma objeção, ou prova de que este homem é inocente, que as apresente agora!

A voz do duque soava como um sino. Ele era obrigado a dizer aquelas palavras; o público sempre podia se aproximar e se manifestar em prol do prisioneiro; ninguém nunca fez isso.

Exceto agora. James levantou a cabeça e, com sua voz lenta e morta, disse alto:

— Eu falo em nome do prisioneiro.

O duque parecia chocado.

— Quem foi esse? Quem falou?

— Fui eu, tio. — James deu um passo para a frente, mas o policial o bloqueou. James olhou para ele de forma inflexível. — Você não sabe quem sou?

— S-sim — gaguejou o homem. — Mas...

Você está morto. Dava para ver que ele queria dizer aquilo, mas não falou. Em vez disso, ele deu um passo para o lado e deixou James subir até o púlpito. A multidão estava gritando, observando James enquanto ele subia devagar mas com determinação até o palco.

Seu tio olhava fixamente para ele. O duque Grayson estava com uma cor de cimento, como se ele também fosse um zumbi. Ele parecia não conseguir acreditar em seus olhos.

— Mas... mas... nós o prendemos — disse ele. — Com sal e bronze...

— Bronze pode ser quebrado — disse James — e trancas podem ser abertas. Estou diante de você hoje e exijo ver meu assassino punido.

O duque Grayson apontou na direção do homem trêmulo com a corda no pescoço.

— Ele está ali, James.

James deu um sorriso frio e desagradável.

— Eu estava falando de você.

Aquilo se transformou em um caos. A multidão estava gritando, agitada. O policial que deixou James passar me pegou e me levou até a escada que dava acesso ao palco, como se estivesse preocupado que eu pudesse ser pisoteada na confusão.

O duque estava gritando:

— Não sei o que você imagina que aconteceu, James, mas nunca fiz mal a você...

— Nunca me fez mal? — rosnou James. Era assustador ver a forma como ele olhava para o tio, os dentes expostos e os olhos negros brilhando com a luz fraca de um morto-vivo furioso. — Você queria ser o duque. Você nunca quis que eu completasse 18 anos. Contratou alguém para me atropelar, então achou algum pobre nômade em quem podia botar a culpa e subornou o juiz para que ele entrasse em seu esquema. *Escutei você*, tio. Escutei você pagando ao assassino que você contratou. Escutei você depois que morri.

O duque girou na direção da multidão.

— Ele ficou louco — disse ele. — Vocês sabem que a morte pode destruir a mente dos homens.

Meu coração estava disparado. Eu não sabia o que James queria fazer ali na praça, mas não tinha imaginado um confronto direto. *Acredite em mim*, ele tinha dito. E eu acreditei. Mesmo sabendo que não havia como ele sair disso agora. Como nós sairmos disso, agora. A não ser que James soubesse de algo que eu não sabia.

— Estou muito são, no entanto — disse James.

E vi, pela forma como a multidão estava olhando para ele, que acreditavam no que ele dizia.

— A declaração de um homem morto não significa nada! — gritou o duque. — Homens, levem-no daqui!

Mas os policiais não se moveram. James era o filho do velho duque e ambos tinham sido amados em Lychgate. Eles não moveriam um dedo para feri-lo, nem depois de morto.

— O que você pode ganhar ao me acusar, garoto? — perguntou o duque a James, com uma voz baixa que era metade rosnado e metade choro. — Você perdeu o ducado. Aceite isso. Se eu morrer, não sobrará mais ninguém com o sangue dos Grayson para assumir o título de duque de Lychgate. É isso que você quer?

— Não — disse James.

— Então...

— Eu serei o duque de Lychgate — disse James.

— Mas você está *morto*. Um homem morto não pode deter um título...

— Não pode? — A fúria sumiu da expressão de James; havia um sorriso calmo e frio em seus lábios pálidos em vez disso. Ele se virou para a multidão: — Quem aqui preferiria um homem morto a um assassino como seu duque? Quem aqui quer o filho do *verdadeiro* duque Grayson como seu governante?

A multidão se agitou; dava para perceber sua indecisão. Eles adoraram James quando ele estava vivo. Sei o quanto ele tinha sido amado; eu estava lá com ele nas ruas quando eles nos paravam para lhe desejar boa saúde ou tirar fotos dele com seus telefones e câmeras. Mas agora ele estava morto e os mortos não eram como nós.

O duque Grayson tinha um sorriso tímido no rosto.

— Você não vê? — disse ele. — Eles não o querem. Homens, levem meu sobrinho...

Um burburinho foi ouvido, então uma espécie de onda sonora que cruzou a multidão. Vi a expressão do duque mudar enquanto ele olhava para o povo de Lychgate e me levantei para poder ter uma visão melhor.

Eram os zumbis. Eles estavam se aproximando, saindo das sombras, se movendo daquele jeito propositalmente lento. Sem fazer barulho, eles se embrenharam na multidão e seguiram na direção do palco, formando — pelo menos cem deles — um círculo em volta de James. A mensagem era clara. Ele não devia ser tocado.

Agora era James que estava sorrindo.

— Veja você — disse ele. — Eles me querem, sim.

— Eles estão mortos — disse o duque. — Eles não importam.

— Não importam? — perguntou James. — Acho que está na hora de pararmos de fingir. Quem entre nós não pode contar um membro da família, um filho, o pai ou a mãe, uma esposa ou marido, ou um amigo que tenha voltado dos mortos? Sabemos que chamam este lugar de Zumbilândia. Sabemos que a Maldição nos segue. Se é que isso realmente é uma maldição. Talvez devêssemos parar e nos perguntar se há alguma razão real para termos vergonha. Em outras cidades a morte é o fim. Aqui nós vemos nossos mortos. Falamos com eles. E eles nos amam.

Naquele momento, ele olhou para mim.

— Talvez — disse ele — seja o momento para Lychgate ter um duque que representa o que a cidade realmente é. Uma união entre vivos e mortos.

Ele esticou sua mão, então. Fiquei parada. Não foi como eu sempre tinha imaginado que seria. Achei que me casaria com James diante da cidade inteira, com um tapete de flores brancas estendido sob meus pés e James, lindo usando um smoking, esperando por mim nos jardins do palácio do duque. Agora ele estava me pedindo para ficar a seu lado diante de todos enquanto havia terra de túmulo debaixo de minhas unhas e presa nas solas dos meus sapatos. A terra se soltava em flocos enquanto eu cruzava a plataforma e segurava a mão dele.

Ela estava fria como gelo.

Nós nos viramos para ficar de frente para a multidão, juntos. Eu os vi. Os rostos da cidade. Eles nunca tinham sorrido quando olhavam para mim, mas agora sorriam para *nós*. Éramos jovens e apaixonados. Éramos vivos e mortos. Os rostos dos zumbis brilhavam enquanto olhavam para nós.

A multidão começou a aplaudir. Lentamente a princípio, então rápido, como um trovão. Ouvi o duque gritar. Ele se virou para correr, mas os zumbis estavam ali, bloqueando seu caminho, cercando o palco. Eles olhavam para James esperando instruções.

E ele as deu:

— O duque é de vocês — disse ele.

Os mortos subiram os degraus em conjunto, como formigas. Eles seguraram o duque Grayson e o arrastaram, se debatendo e gritando, até o alçapão. O carrasco soltou o prisioneiro inocente, que fugiu. O duque foi amordaçado e a corda foi colocada em volta de seu pescoço. Foi um dos zumbis que empurrou a alavanca que abriu o alçapão e deixou o duque cair, se contorcendo e esperneando, até seu pescoço se quebrar.

Então a cidade teve seu Dia do Enforcamento, no fim das contas.

Depois da morte do duque, os policiais nos conduziram até a limusine e nos ajudaram a entrar. O carro foi andando lentamente pela multidão, que observava enquanto passávamos — alguns aplaudindo, outros olhando com rostos silenciosos e chocados. Passei por meus pais, que estavam parados de mãos dadas, assustados como o resto das pessoas. Abaixei o vidro para acenar para eles, mas eles olharam para mim como se nunca tivessem me visto antes em suas vidas. Eu tinha me tornado outra pessoa para eles.

Não voltei para casa desde então. Moro no palácio agora, onde há um quarto preparado para mim. Porque ele é o duque, meus pais não se opõem a que eu viva lá. Eles sabem que temos que ficar juntos. A cidade aceita que seu duque esteja morto, porque *eu* estou viva. Sou um símbolo. Sou o que prova que, apesar de James estar morto, ele ainda é humano.

Ele até achou um padre para nos casar. Antigamente o casamento entre vivos e mortos era ilegal. Depois disso, não sei mais. Tudo é diferente agora. Tudo está mudando. Porque sou a noiva do duque, não preciso sofrer com os olhares curiosos do povo da cidade quando saio de casa para ir ao mercado, à praça ou ao cemitério para colocar sal nos túmulos de meus ancestrais. Ando no carro oficial e mantenho as janelas escuras fechadas até em cima para não ter que ver seus rostos quando eles olham para mim. Sei que eles ficam imaginando como é amar e ser amada pelos mortos.

Eu lhes diria que é muito parecido com o que é ser amado pelos vivos. James não é como ele era quando estava vivo. Ele é calado agora; fala muito pouco e não compartilha seus pensamentos comigo. Ele não dorme à noite e não pode sonhar. Mas muitos homens são calados e a maioria deles não compartilha seus pensamentos nem com as pessoas que amam. De muitas formas ele é exatamente igual ao James que sempre conheci.

Exceto que quando ele me toca, mesmo agora, eu não consigo deixar de tremer. Se pelo menos os mortos não tivessem mãos tão geladas...

"A Terceira Virgem"

Holly: Dizem que unicórnios possuem poderes de cura. Em particular, acredita-se que seu chifre pode remediar qualquer coisa, desde mau hálito até doenças sérias. Cálices decorados com chifres de unicórnio purificam o veneno despejado neles e candelabros feitos do próprio chifre carregam velas que possuem um brilho especial, mais forte e duradouro.

Mas, além do tão cobiçado chifre, outras partes do unicórnio também são úteis. Sapatos feitos de couro de unicórnio evitam que os pés tenham feridas e joanetes, uma manta de pele de unicórnio cura febre e vísceras moídas de unicórnio curam lepra. Unicórnios são criaturas úteis e é por isso que eles são caçados de forma tão assustadora.

"A Terceira Virgem", de Kathleen Duey, explora o que significa ter esses poderes de cura — qual é seu preço, tanto para aqueles que são curados quanto para o próprio unicórnio. Adoro essa história; ela ainda me assombra.

Justine: Uau. Obviamente, sou antiunicórnio, mas essa história me dá um tipo de munição que eu nem tinha pensado que existisse. Quem sabia que unicórnios eram tão cri-cri? (Para quem não sabe, cri-cri é aquela pessoa que reclama o tempo todo e vive na terra dos copos meio vazios. Não é a mesma coisa que ser resmungão; é muito, muito pior.) Você não vê zumbis andando por aí resmungando sobre o custo e a responsabilidade enormes que vêm do fato de eles comerem cérebros, vê?

Esta história também responde à pergunta "Unicórnios? Para que eles servem?" com um enfático "ABSOLUTAMENTE NADA".

A argumentação contra os unicórnios está encerrada e coberta de glória.

Holly: Não vou nem dizer de que o Time Zumbi está coberto. Feridas, talvez? Algum tipo de gosma? O que quer que seja, não chamaria isso de "glória".

A Terceira Virgem
por Kathleen Duey

Preciso de um virgem.

Eu sei, eu sei. Mas preciso.

Então estou escondido na floresta perto de uma escola do segundo grau.

É patético, eu sei. Mas é necessário. O virgem não pode ser um velho, uma criancinha ou um homem com espírito de criança dessa vez. Preciso de força e determinação. Será que sou o primeiro a tentar isso? É mais fácil eu ser o décimo milésimo. Mas isso não importa. Continuo a passar fome. Não sei se consigo suportar — ou se isso vai ajudar. Posso apenas torcer para que este seja o último enigma de minha vida infinita.

Não faço ideia de quando ou se nasci, nem o que me gerou. Sei quando minhas memórias começaram, porque ainda guardo cada uma delas. Foi em uma manhã quente em Cymru — o lugar que um dia decidiram chamar de País de Gales — que vi o sol nascer pela primeira vez. Depois disso, fiquei vagando.

Sempre sozinho.

Sempre faminto.

Muitas vezes ficava assustado e invejava os filhotes de cervos e raposas, com suas mães graciosas e pais atentos. Cobicei a forma como eles todos sabiam o que deveriam comer. Eu não sabia. Tentei de tudo. Cuspi gravetos e carne, vomitei pequenas frutas vermelhas e não fazia ideia do que ia aplacar minha fome. E, apesar disso, cresci.

Quando meu corpo mudou, minhas manchas se apagaram e fiquei com a pelagem branca e sedosa de adulto. Então o chifre rompeu a pele de minha testa. Isso me assustou, aquela longa e afiada lança se empurrando para fora. Tive que andar de forma diferente, deixar mais espaço à minha volta na floresta. E comecei a sentir algo que ia além da minha fome constante. Era uma dor à parte. Uma necessidade. De quê, eu não fazia ideia.

Eu era muito jovem quando descobri que não podia me ferir mais do que podia me curar. Não havia corte, hematoma ou osso quebrado que não se consertasse sozinho rapidamente. Da primeira vez, observei a mágica, os dois lados do talho lutando para se tocar, se prender, apagar o dano que eu tinha causado. Achei que todas as dores passavam rápido, que todas as feridas se curavam pela manhã — até que segui um passarinho que não conseguia voar porque estava com uma asa machucada. Comecei a observar. Nenhuma das outras criaturas se curava como eu me curava.

O primeiro ser humano que vi estava praticamente nu e imundo. Ela estava correndo, gritando e sangrando. Entendi seus gritos, mas não fazia ideia de como poderia ajudar. Fiquei escondido enquanto seus perseguidores passavam por mim. Não sei se ela morreu ou viveu, ou o que aconteceu a ela.

A Primeira Virgem:

Em uma manhã cinza e chuvosa uma menina do campo me viu entre as árvores. Ela correu na minha direção, implorando para que eu salvasse seu pai, um minerador de carvão que quase foi esmagado quando o poço em que ele trabalhava desmoronou. Seu coração era uma massa turva de emoções que tanto me animava quanto me assustava. Fugi apressado, mas podia ouvi-la atrás de mim, gritando, implorando, inconsolável. Parei e olhei para trás. Seu desespero — mesmo de longe — parecia doce. Enquanto ela se aproximava, abaixei meu chifre por instinto, apesar de não fazer ideia do que deveria fazer com aquilo.

Mas ela sabia. Ela colocou a mão trêmula em meu pescoço e me guiou pelas árvores até um chalé. Ela me persuadiu suavemente, esperando até que eu descobrisse como entrar pela porta aberta, para então cruzar a sala com meus cascos batendo nas placas de madeira. Seu pai estava morrendo. Dava para sentir aquilo. Ela ficou ao meu lado e me mostrou o que fazer, com gestos e palavras que deixavam claro que ela entendia meu medo e minha inexperiência.

Abaixei a cabeça para tocar a testa do pai dela com meu chifre. O solavanco que senti quase me fez dobrar as patas dianteiras. Alguma coisa percorreu meu corpo e a transmutei em algo que poderia devolver ao homem, mas não completamente. Roubei um pouco de sua vida, sem pensar, e minha fome estava instantaneamente aplacada. Pela primeira vez em minha vida, senti a força que vem de comer. Mas será que o homem estava curado? Será que eu tinha feito aquilo corretamente?

Ele se sentou. Flexionou as pernas. Sua filha chorosa estava sussurrando, as mãos leves em minha pele, me agradecendo, me assegurando de que eu tinha feito tudo perfeitamente. E só então percebi que *ela* podia *me* escutar; ela estava entendendo meus pensamentos. Eu tinha vivido toda minha vida tão calado quanto uma pedra, faminto, dolorido, confuso. Tudo aquilo foi embora por um tempo. Era inebriante.

Existem lendas sobre unicórnios. Pessoas me contaram — ou ouvi escondido — a maioria delas. Sei que existem pinturas e tapeçarias que nos mostram parecendo abobalhados por amor, ajoelhados, olhando para uma garota bonita. Tenho certeza de que eu parecia tão bobo quanto qualquer um deles na primeira vez.

Mas as virgens que procurei desde então não podem ser definidas da mesma forma limitada e idiota que a maioria das pessoas que usa a palavra. Existem significados mais antigos e profundos. Virgindade significa uma maravilha intocada, crença, grama verde nova, renascimento contínuo. E mesmo isso não é o suficiente para que eu seja capaz de falar, de ser ouvido. Tem também que haver uma necessidade tão aguda que eu me sinta amado, pelo menos por algum tempo.

Comecei a procurar por todo o País de Gales por pessoas para curar e virgens com quem conversar. Achei centenas dos primeiros e nenhum dos segundos. Tentei. Corações puros, esperançosos e maravilhosos são menos comuns do que a necessidade verdadeiramente aguda. E achar os dois juntos? Apenas uma pessoa muito especial pode ouvir um unicórnio. Então passei a perseguir outras intoxicações.

As histórias se espalharam e os necessitados andavam pela floresta me procurando. Eu estava roubando vida, tanto quanto dava, todas as vezes. Parecia inteiramente natural para mim, da mesma forma que balançar a cabeça com violência suficiente para quebrar o pescoço de um rato é natural para um cachorro pequeno. Lentamente comecei a entender que cabia a mim decidir qual era a proporção do que eu dava para o que eu tirava, que podia controlar aquilo. E rapidamente aprendi o seguinte: o equilíbrio entre dar e tirar impactava o primoroso trovão físico que eu sentia quando meu chifre tocava carne humana. Quanto mais eu roubava, melhor me sentia.

A princípio eu tirava mais anos de vida de crianças. Parecia justo. Eu estava salvando a maioria delas de uma morte muito prematura. Homens de barbas grisalhas e mulheres com o rosto enrugado como ameixas ficavam com mais — porque tinham menos para começo de conversa. E assim aconteceu. A princípio. Em certo momento comecei a ceder a meus caprichos. Conheci um homem humilde e bondoso cujo cão o venerava. Ele manteve a maioria de seus anos restantes. A mulher que queria que eu curasse sua varíola, mas não a de sua mãe, perdeu a maioria dos seus. No começo isso era divertido.

O dia em que a brincadeira encontrou seus limites: um velho homem bruto e fedorento deu um tapa em meu focinho quando me abaixei para tocá-lo com o chifre. Ele não fazia ideia do que estava fazendo — a doença tinha acabado com seu cérebro. Mas, ainda assim, aquilo me tirou do sério. Arranquei o último suspiro de seu peito vil e infeliz e fiquei com ele. Pareceu certo fazer aquilo. Eu não o curei. Eu o matei. E matá-lo saciou minha fome de forma que nada antes tinha conseguido. *Nunca.*

Fiquei com medo de fazer aquilo novamente. E fiz. Repetidas vezes. Roubar a vida inteira de um bebê foi a melhor coisa. O solavanco foi violento, mas a saciedade calma que veio com aquilo durou por muito tempo. Eu me odiei depois, é claro. E o ódio durou muito mais do que a satisfação. Mas essa sensação nunca me impedia. Aqui está algo estranho: os pais nunca me culpavam. Nunca era minha culpa; era sempre, de alguma forma, deles. Demoraram muito para me encontrar, usaram o cobertor errado na noite anterior, qualquer coisa. Eles queriam acreditar na magia, imagino. Aquilo fazia com que eu me sentisse imundo.

Numa manhã ensolarada olhei para meu reflexo em um lago. Os olhos estavam tão mortos quanto carvões da noite anterior. O pelo estava manchado com o sangue de uma criança que quase tinha morrido ao cair de uma viga do celeiro. Por minha causa, ela estava realmente morta agora. E percebi que, se um dia encontrasse novamente aquele tipo especial de virgem para conversar, eu só teria coisas terríveis para contar.

Naquela tarde caminhei para dentro do mar e respirei fundo debaixo d'água, enchendo meus pulmões e tentando morrer. Acordei em uma costa rochosa, um círculo de crianças humanas ao meu redor, os rostos acesos de felicidade. Saí de perto delas com dificuldade, vomitando água salgada e tossindo até sangrar. Então me curei.

Eu estava desesperado para achar outros de minha espécie, para saber se eles se sentiam como eu me sentia, se faziam o que eu fazia. Eu esperava que eles tivessem achado uma forma de parar de matar. Mas nunca vi outro unicórnio, nem mesmo de longe. Talvez eles todos tivessem achado um lugar para se esconder. Talvez eles todos estivessem mortos. Talvez exista apenas um de nós por vez. Não sei.

Continuo procurando um coração puro com uma necessidade terrível para que eu possa ter o maravilhoso alívio de ser escutado. Não consegui achar um. Passei cinquenta anos em silêncio. Então cem. Tentei me esconder. Mas tinha curado tantas pessoas que todo mundo conhecia uma história ou duas e aquelas histórias foram passadas adiante. O desfile dos feridos e doentes era infinito — e uma tentação infinita.

Eu podia ser algumas vezes mais ou menos justo por um certo tempo, mas então acabava escorregando novamente. Toda vez que pensava sobre a sensação de quando eu sugava vida de um bebê, eu tremia e desejava senti-la novamente.

Tentei mais três vezes acabar com minha vida.

Não funcionou. Fui curado.

Obviamente.

Se tivesse conseguido, não estaria observando a floresta à procura de um virgem essa manhã, estaria? E esta não é a floresta em que cresci. Fui embora do condado de Ceredigion há mais de trezentos anos, porque ouvi homens falando sobre barcos zarpando para o Novo Mundo.

Sério? Um novo mundo?

Era enorme, eles diziam, e apenas a costa leste estava ocupada de forma esparsa. Comecei a sonhar com um lugar sem pessoas. Sem bebês. Sob uma fria e amarela lua galesa, me joguei de cabeça em uma parede de pedra várias vezes, até finalmente quebrar meu chifre na base. Ele sangrou, então formou uma casca. Enquanto começava a sarar, galopei até Cardiff, para o mar. Achei um porto e esperei. Quando vi animais sendo embarcados, abaixei minha cabeça, tentando parecer digno de pena e me juntei ao grupo. Eu não estava na lista de carregamento, mas o capitão achou que poderia me vender na América, então me levou para dentro do navio.

Eu esfregava minha testa ensanguentada nas tábuas de madeira ásperas do estábulo para impedir que o chifre crescesse e escutava os marinheiros. Também escutava todas as pessoas na colônia de Virginia, onde aportamos. Elas falavam diversas línguas, mas isso não fazia nenhuma diferença — eu entendia todas.

O homem que me comprou montou em mim apenas uma vez. Arqueei meu pescoço e posei para que os amigos dele me admirassem, com a testa ferida e tudo mais. Trotamos para longe de sua mansão e os homens falavam sobre os investimentos em um assentamento francês ao lado de um rio magnífico. Então um deles disse:

— Ouvi falar que as terras do oeste são tão pouco povoadas que você pode cavalgar por anos sem ver outro ser humano.

Cheio de esperança, atirei meu cavaleiro em uma vala e galopei para longe, mais rápido do que qualquer cavalo poderia. A rédea foi fácil. Passei debaixo de um galho, prendi a tira de couro atrás de minha orelha direita em um ramo resistente e recuei. Quatro dias depois rasguei o arreio com meu chifre nascente e deixei a sela em um prado.

Segui para o oeste, sem me importar se viveria ou morreria, contanto que fizesse aquilo sozinho. Era uma viagem difícil cruzando terras selvagens, mas toda vez que me machucava, eu me curava. Um dia de manhã vi montanhas no horizonte. À noite dava para dizer que elas faziam as montanhas no País de Gales parecerem tímidas e suaves.

Parei no lindo Roaring Fork Valley, no que mais tarde seria chamado de Colorado. As pessoas que viviam ali se chamavam de nuutsiu. Eu podia entendê-las quando escutava o que elas estavam falando, de vez em quando ao longo dos anos e apenas por azar. Eu as evitava. Vivia sozinho. Completamente. Estava sempre faminto, mas eu não curava ninguém e não roubava a vida de ninguém. Meu apetite nunca diminuía. E minha outra necessidade, a dor de querer ser escutado, de não ficar sozinho, nunca se apagava também.

Trinta invernos vieram e se foram. Eu amargamente invejava cada criatura que via. Seus apetites eram naturais, não mágicos. Elas matavam honestamente, sem fingir que estavam ajudando ou curando. Mariposas sabiam que tinham que tomar cuidado com passarinhos. Passarinhos sabiam que tinham que ficar afastados de raposas. E cada criatura tinha amigos, uma família. Elas viviam, então morriam. Eu invejava aquilo mais que tudo.

Em um dia frio de outono, depois de me obrigar a passar fome por muito tempo, me senti enfraquecido. Comecei a me perguntar se poderia morrer. A ideia me trouxe felicidade. Então tentei.

Havia duas montanhas magníficas no fim daquele vale. Florestas de choupo-branco dando lugar a pinheiros, então as inclinações ficavam mais íngremes até chegar a um topo nu de pedras escorregadias e afiadas.

Subi até o pico no norte. Demorou o dia inteiro. Fiquei parado por muito tempo no topo, olhando para baixo, para aquele declive que era quase um penhasco. Então corri para a liberdade permanente, me jogando no ar sobre a borda. A queda foi tão forte que esperei que o céu fosse ficar escuro de uma vez por todas. Mas ele não ficou. Quiquei. Meu pescoço chicoteou para um lado, então de volta. Senti minha coluna estalar, então ouvi mais ossos se quebrarem quando uma pata dianteira se torceu debaixo do meu peso. Escorreguei de lado, me contorcendo, tombei sobre uma saliência, bati com força novamente e fui rolando ladeira abaixo através da série de pedras afiadas.

Parei perto do pé da montanha, um saco de sangue e fragmentos de ossos cobertos de pelo branco. Fiquei preso ao chão por uma dor maior do que sabia que poderia existir. Meu casco dianteiro direito tinha desaparecido completamente. Observei rios de sangue continuarem para baixo a jornada que tínhamos começado juntos e esperei que ainda pudesse morrer. Fechei meus olhos novamente e esperei.

Na próxima vez que os abri, percebi a pequena borda de um casco escuro e visível já começando a crescer.

Levantei minha cabeça.

Então ouvi uma voz.

Uma voz falando a língua que eu conhecia melhor.

Um galês tinha me encontrado.

O Segundo Virgem:

Seu nome era Michael. Ele tinha vindo do País de Gales com seu tio para trabalhar nas minas de carvão perto de Glenwood Springs, no fim do vale. Ele se deitou ao meu lado em seu saco de dormir, me mantendo aquecido. O que ele disse partiu meu coração.

Enquanto eu estava me escondendo dos nuutsiu, os irlandeses tinham chegado a Denver City. Havia centenas de Galleghars,

MacMahons, Gleasons e Finleys lá e em Leadville, mais para o sul. Michael sempre tinha acreditado em unicórnios, disse ele, e os mineradores e os construtores da ferrovia, em sua maioria, também acreditavam. Os construtores chineses da ferrovia me chamavam de Kilin, ele disse. Os mineradores alemães rezavam para uma virgem chamada Maria Unicornis.

— Eles todos sabem em seus corações que você é real — sussurrou. — Como eu sempre soube.

Fechei meus olhos e tentei me concentrar no calor do corpo dele e na delicadeza de suas mãos enquanto esperava a dor diminuir. Peguei no sono e, enquanto descansava, meu novo casco dianteiro cresceu e o toco fibroso sobre ele sarou, ficando perfeito e novo. Outras partes do meu corpo levariam mais tempo, eu sabia.

Michael tinha um jardim de cabelos encaracolados da cor de cevada madura. Seu coração brilhava em seus olhos. Ele era delicado, bondoso e acreditava que eu também era.

— Você é tão bonito — disse ele a mim, baixinho, sua mão firme e forte sobre meu ombro torcido. — Por favor, não morra. Por favor.

Mas eu quero morrer, falei, e deu para perceber que ele me escutou, porque com a mão ele acariciou meu ombro, parou, então começou novamente. Fui erguido pela felicidade que aquilo causava, até perceber que, se ele podia me ouvir, ele tinha uma necessidade, uma necessidade terrível e logo eu saberia qual era.

A noite seguinte foi mais fria. Ele fez uma fogueira para nos aquecer e se sentou ao meu lado cantarolando e se balançando como uma criança. Comecei a falar com ele e acabei abrindo meu coração para o dele, da minha própria maneira — lhe contei tudo, menos a verdade. Era maravilhoso não estar sozinho. Ele ficou sentado ao meu lado aquele dia todo, escutando enquanto meus ossos estilhaçados se rearranjavam e meus ferimentos sangrentos se fechavam.

Naquela noite Michael me explicou como ele teve a chance de me ver caindo. Ele estava a caminho do assentamento para buscar ajuda quando me viu cair. Seu tio estava ferido.

— Você sabe o que é um poço de sino? — perguntou ele, repentinamente.

Sim, disse a ele e escutei sua história familiar. Seu tio tinha cavado o poço procurando prata. O poço tinha desmoronado, quebrando a maioria de suas costelas e suas duas pernas. Então, quando pude andar, partimos para lá.

Michael esticou o braço mais de uma vez e colocou sua mão em meu ombro. Ele tinha uma beleza distinta e completa, cuidadoso e bondoso em tudo o que fazia, admirado ao ver a lua subir no céu. Minha pelagem branca e sedosa o fascinava. Ele amava texturas e tocar, como as crianças gostam. Nunca me senti menos sozinho.

Infelizmente, o tio moribundo de Michael era um canalha de olhar duro. Michael estava certo. As costelas do tio estavam todas quebradas e seus pobres pulmões pretos estavam parcialmente cheios de poeira de carvão galês, de seus primeiros anos nas minas do seu país. Ele mal podia respirar. Ainda assim, esticou o braço, agarrou o cabelo de Michael e o puxou, socando o rosto do rapaz com raiva porque ele tinha ficado muito tempo ausente.

— Vou deixá-lo aqui quando seguir para o noroeste — disse ele, empurrando o garoto, então se encolhendo e tossindo.

Michael correu para buscar chá. Seu tio derrubou a caneca de sua mão quando Michael a trouxe.

Abaixei meu chifre e fiz aquilo de forma mecânica, por Michael. Mas não me esforcei nem um pouco para curá-lo. Em vez disso, tirei o último fio de vida que o tio ainda tinha e então observei Michael chorar, tremer e ficar de luto. Durante aquela noite toda, disse a ele várias vezes que ele tinha feito tudo o que podia, tudo que qualquer um podia. Ele ficou muito grato de saber que aquilo, de alguma forma, não era sua culpa. Mas assim que aquilo passou, senti seu outro medo: ele nunca tinha seguido um caminho sozinho.

Ainda fiquei até a manhã, dormindo perto do coração enrijecido, me encharcando com o calor do coração, das mãos e da gratidão de Michael. Ele era o que as pessoas naquela época chamavam de tapado, claro. O primeiro assaltante ou o primeiro inverno rigoroso o mataria. Ele sabia disso. Eu estava certo de que ele ia me implorar para ficar quando acordasse. Eu quase queria que ele fizesse isso. Eu também sabia que ele contaria a todas as pessoas que conhecia sobre mim, como uma criança com um pônei.

Fiquei deitado acordado, pensando em todos os chineses, galeses e irlandeses que acabariam tentando me achar, especialmente quando suas mulheres os tivessem seguido até aqui e estivessem tendo seus bebês. Eu voltaria a fazer coisas terríveis. Estava certo disso. Então, logo antes da aurora, toquei os lábios de Michael com meu chifre. Ele acordou engasgado, seus olhos abertos e surpresos. Então eles se fecharam até a metade, para sempre.

Fiquei deitado ao seu lado um pouco mais, me sentindo cheio. Saciado. Furioso. E triste. Quando empurrei a porta de madeira e atravessei a varanda estreita com meus cascos fazendo barulho contra a madeira, sozinho novamente, pensei, noroeste? Por que não? Não importaria que direção eu tomasse. Eu estava determinado a não me alimentar novamente. *Nunca mais.*

Minha determinação durou dois dias. Meu primeiro lapso foi um rapaz com cerca de 18 anos, que tinha levado um tiro nas costas, se contorcendo de dor. Ele me agradeceu mil vezes, falando sem parar com um leve sotaque irlandês. Se soubesse que eu tinha tirado quase todos seus anos de vida e que ele teria se curado sem mim em cerca de um mês, ele teria ficado muito menos grato.

Dois dias depois encontrei uma velha senhora debilitada, deixada para trás por uma carroça cheia de parentes seus, porque ela estava quase morta de cólera. Levei sua dor e, espero, seu medo embora e lhe deixei apenas vida suficiente para que ela visse o pôr do sol. As terceira, quarta e quinta curas foram crianças morrendo por causas diversas. Sua gratidão era doce e descompromissada. Elas estavam com medo de mim, como realmente deveriam estar. Roubei muitos anos de cada uma, mas elas sobreviveram. Talvez, menti para mim mesmo, eu pudesse controlar meu apetite.

Acabei chegando a Portland, no Oregon, envergonhado, cheio de energia e vigor roubados e determinado a achar uma forma de dar um fim à minha vida. Ou pelo menos foi o que disse a mim mesmo. Estive aqui por muito tempo e até hoje não tentei me suicidar. Venho controlando meu apetite até agora.

Portland tem sido um bom lugar para um unicórnio se esconder. Dois grandes rios se encontram aqui. O clima inclui um pouco de neve, muitos dias chuvosos e verões quentes. Tudo isso encoraja a floresta de pinheiros densa que cerca a cidade. O Washington Park é minha floresta agora. São cento e sessenta hectares de trilhas, arboretos e jardins. Ele chega até o Pittock Park, que se junta ao Adams Park, então vem o Macleay e esse faz fronteira com o Forest Park, que se estende até o Linnton Park e a St. Johns Bridge. São milhares de hectares e tenho sido muito cuidadoso para não ser visto por mais de cem anos. Não quero pessoas me procurando e arruinando minha determinação.

Fiquei muito bom em escutar a conversa dos outros. Há cerca de cinco anos escutei quando um garoto ligou para um amigo para lhe dizer que ia se matar e ele obrigou seu amigo a prometer que espalharia seus ossos. Aquilo tinha um belo senso de drama e me deixou pensando. Que tipo de amigo consideraria honrar um pedido como aquele? Que tipo de amor formaria aquele tipo de laço? Alguns dias depois, me peguei observando uma mãe com seu bebê contemplando casais de mãos dadas.

No dia depois daquele comecei a busca pelo terceiro virgem.

Como as chances de encontrar um coração puro com uma necessidade enorme dentro de um corpo forte são melhores entre pessoas jovens, comecei a passar a maior parte do meu tempo no Washington Park, onde ele se encontra com a cidade. Há uma escola de segundo grau a pouco menos de 1 quilômetro daqui. Os alunos vêm aqui para caminhar, correr, se drogar, beijar, tocar e tudo mais que eles não são capazes de fazer em suas próprias casas. Não sou impaciente. Em todos os infinitos dias de minha vida, nunca fiz nada como isso. A incerteza é maravilhosa.

Tenho me escondido nos pinheiros do Washington Park durante as horas antes e logo depois da aurora, então novamente durante a noite, quando é mais difícil me verem. O resto dos meus dias passo no interior da floresta com as criaturas de que sempre tive inveja. Enquanto elas comem, brincam e constroem casas para suas famílias, eu sonho acordado. Tenho esperado por um garoto da floresta — o filho de um ávido caçador de cervos. Mas ontem de manhã vi uma garota.

A Terceira Virgem:

Ela é alta e atlética, certamente forte o suficiente e irradia tanto pureza quanto dor. Ela estava correndo sozinha e senti seu coração cuidadoso e doce — e sua necessidade — mesmo antes de ela estar perto o suficiente para eu poder ver seu rosto.

Ela está coberta de cicatrizes. O nariz está pela metade. Uma pele descolorida e muito grossa cobre a bochecha direita, faz a volta sobre sua boca e sua garganta e então desaparece debaixo de sua camiseta sem manga. Uma das mãos tem cicatrizes também.

Eu a vi através dos galhos de pinheiro e estava pensando em como ela era perfeita quando ela de repente parou, então levantou sua cabeça para vasculhar as árvores ao longo do caminho como se tivesse ouvido uma voz. Ela ouviu. A minha. Tremi de felicidade.

Eu estava espiando através de um vão do tamanho de uma maçã entre os ramos de pinheiro. Olhei fixamente para ela e tentei não pensar, mas não conseguia silenciar minha felicidade em vê-la, tão feia, magoada e solitária. Eu a vi piscar quando aquele pensamento passou pela minha cabeça. Então ela girou, saindo em uma corrida a passos largos, olhando por cima de seu ombro apenas uma vez. Quando ela já havia partido há muito tempo, galopei para longe, indo para o interior da floresta. Mas quando ficou tarde naquela noite, voltei, esperando que ela tivesse sido tão atraída por mim quanto eu estava por ela, a ponto de voltar, curiosa. Ela não voltou.

Depois daquilo, passei as horas em que sonhava acordado decidindo o que dizer — o que eu queria que ela ouvisse primeiro.

Ensaiei aquilo cem vezes, mudando um pouco as palavras, então as trocando novamente. Pensar em como fazê-la escutar, como ganhar sua pena, sua gratidão, seu amor e, um dia, sua obediência, me fez tremer. Demorou sete longos dias para ela voltar. A expectativa era maravilhosa.

Antes do nascer do sol da sétima manhã, parado no mesmo emaranhado de ramos de pinheiro, eu estava dizendo a mim mesmo que, se ela voltasse, se eu conseguisse convencê-la a fazer aquilo, eu faria daquilo uma troca igual. Queria que aquilo fosse justo, para o caso de o impossível acontecer. E, se acontecesse, eu o acolheria de bom grado.

Reconheci o ritmo de seus passos antes de vê-la. Seus passos largos, a respiração, tudo já era familiar para mim. Familiar e precioso. Todas as minhas frases de apresentação inteligentes e ensaiadas se dissolveram quando ela se aproximou. Quando ela finalmente estava perto o suficiente, pensei — alto e claro — *Por favor? Por favor. Preciso de sua ajuda.* Ela continuou, mas seu passo ficou irregular, até que diminuiu a velocidade. Quando ela parou e se virou, respirei fundo. *Preciso de ajuda. Por favor.*

Ela olhou fixamente na minha direção, os olhos arregalados. Eu sabia que ela não podia me ver. Ela se virou para olhar para a trilha e foi então que vi a faca em sua mão direita. Não era uma faca de cozinha. Era mais longa e mais pesada.

Oh, não. Oh, não, pensei. *Ainda não. Por favor. Deixe-me explicar.*

— Onde você está? — sussurrou ela.

Tinha medo de que ela fugisse se me visse, mas estava mais apavorado com a possibilidade de ela acabar com sua própria infelicidade antes de poder convencê-la a me amar. Podia sentir a raiva, a dor desesperada, a linda necessidade.

— Saia das árvores — sussurrou ela. — Fique onde eu possa vê-lo

Unicórnios são criaturas caprichosas — bonitas até. Mas ela podia achar que estava ficando louca se eu simplesmente fosse até a trilha. Hesitei. Havia outro corredor vindo. Nós o ouvimos ao mesmo tempo. Ela colocou a faca atrás das costas, deu um passo para o lado e esperou até ele passar e ficar fora do alcance de sua voz. Então ela se virou para os densos ramos de pinheiro que me escondiam.

— Por que você está se escondendo?

Era uma pergunta muito boa. Uma que eu não era capaz de responder. Ela não tinha um sussurro suave. Era mais como uma cobra sibilando, um aviso. Ela não estava com medo. Meu coração se elevou. Ela era perfeita. *Perfeita*. Esta seria uma conquista muito difícil.

— Mostre-se ou vou... — começou ela, então parou quando ouvi o som de música.

Ela enfiou a mão no bolso e pegou o telefone.

Por favor, não atenda... e, por favor, não vá embora. Realmente preciso de ajuda.

Ela olhou para o telefone, então o colocou de volta no bolso e olhou para os ramos novamente. Fiz o que tinha feito milhares de vezes com pessoas que tinham medo de mim. Dei um passo para a frente com minha cabeça abaixada — apenas o suficiente para que ela pudesse ver os galhos se mexerem e saber que eu era muito grande para ser uma pessoa, além de ter a forma diferente. Pude ouvi-la respirar fundo.

Não há motivo para ter medo. Não tenho a intenção de assustá-la.

Dei mais um passo à frente e levantei minha cabeça lentamente, arqueando meu pescoço como um cavalo de desfile. É uma pose ridícula, mas descobri há muito tempo que os humanos a adoram. Eu a ouvi arfar.

Olhando nos olhos dela, passei pelo último dos ramos de pinheiro, lentamente, lentamente, até que ela pudesse ter esticado a mão e tocado em meu chifre. *Você pode dar apenas alguns passos nesta direção? Para que eu possa continuar escondido. Se alguém me vir, vou acabar no zoológico.*

— E se eu tentar contar a alguém, podemos acabar dividindo um quarto.

Ela sorriu por um instante. Então colocou a faca em seu bolso de trás e puxou a camisa sobre ela. Fingi não perceber que ela estava me observando para ver se eu tinha percebido. Ela deu apenas um passo na minha direção. Recuei um passo e esperei por ela. Então fizemos a mesma coisa novamente, como uma aula de dança para principiantes, até que tivéssemos sido engolidos pelo emaranhado de ramos.

Olhei para ela com firmeza, mantendo a pose, tentando parecer nobre, interessante, incrível e mágico. Ela chegou mais perto, um polegar enfiado no bolso da jaqueta. Suas cicatrizes eram verdadeiramente horríveis. Ela tinha sorte de estar viva. Eu a vi enrijecer e controlei meus pensamentos. *O que você sabe sobre unicórnios?*, perguntei a ela.

Ela deu de ombros.

— Apenas que eles não são reais.

Ela sorriu novamente, outro sorriso rápido, então estava perto o suficiente desta vez para eu perceber por quê. A pele da cicatriz era esticada, grossa — provavelmente doía quando ela sorria. Uma pálpebra era mais alta que a outra. As duas eram enrugadas, descombinadas, formas estranhas de bege e rosa. Ela não tinha cílios.

— Um incêndio — disse ela, antes que eu pudesse pensar em outra coisa. — A casa inteira pegou fogo. Meu primo morava no porão de nossa casa e estava preparando metanfetamina. Eu sabia, mas simplesmente não falei nada. Então meus pais e minha irmã foram mortos junto com ele. Eu me odeio por isso. Vivo em uma clínica e odeio isso também. — Ela fez uma pausa, seu queixo virado para cima, olhando fixamente para mim. — Me esqueci de alguma coisa?

A voz dela era frágil. Quanto tempo será que ela tinha levado para preparar aquele resumo curto e furioso, pronto para ser arremessado em qualquer um que ficasse olhando? Estava trazendo à minha mente um pensamento sobre sentir muito pela sua falta de sorte, quando ela acrescentou:

— Isso aconteceu há cinco anos. A Dra. Terapeutazinha disse que eu ia começar a lidar melhor com essas coisas em cerca de três anos, mas acontece que ela era uma grande mentirosa.

Ela soava tão cansada, tão derrotada, que eu soube que estava certo em relação à faca. Ela não a tinha trazido para cortar cogumelos ou para se proteger. Por que ela havia parado para conversar comigo? Será que ela estava esperando que alguém saísse da floresta e a matasse? Eu estava pensando bem baixinho, mas ela ouviu a última parte.

— Passou pela minha cabeça — disse ela. — É bom conhecer você, no entanto, em vez de Jack, o Estripador. Ou mesmo um simples cervo branco. Mas isso deve significar que estou louca agora. Além de tudo mais.

Você não está maluca, falei para ela. *Sou real. Quero o que você quer. Se você me ajudar, ajudarei você.*

— Você quer...

Morrer. Sim. Mais do que qualquer outra coisa.

— Por quê?

Ela perguntou aquilo deixando o ar sair em um jorro, sua voz ficando aguda como a voz de uma menininha, e por um momento pude ver a criança que ela tinha sido, bonita, feliz, cheia de fé em si mesma e na vida. E eu sabia, porque ela podia me escutar, que aquela pureza infantil ainda estava dentro dela.

Amanhã de manhã, comecei, *antes de estar claro, quero que você venha comigo até a floresta, mais afastada da cidade. Vou explicar tudo e...*

— Foi o que a aranha disse à mosca — disse ela, me cortando.

Eu nunca tinha ouvido aquela expressão, mas o significado era claro. *Apenas quero ajudá-la e que você me ajude...*

— Não — interrompeu ela novamente. — Você não precisa de ajuda. Não se você está falando sério. Não se você realmente quiser morrer. Aqueles que *tentam* cometer suicídio se asseguram de que ele não dará certo, se asseguram de que alguém os encontrará. Com sorte, a pessoa que encontra se sente como um herói e permanece por perto por um tempo. Comecei assim. Fui achada duas vezes. Mas dessa vez é sério. Quero apenas ser... terminada. E não vou precisar de ajuda, obrigada.

Ela estava prestes a ir embora e eu sabia que ela não ia voltar. Então eu disse: *se suas cicatrizes desaparecessem, você ia querer viver?* E prendi a respiração.

Ela ficou em silêncio. Então deu de ombros, olhando para seus pés.

— Talvez. Porque não teria que contar a ninguém o que não quer contar. Poderia esconder isso às vezes. — Ela levantou a cabeça. — Talvez eu pudesse fazer amigos de verdade em vez de apenas um grupo rotativo de assistentes sociais inexperientes.

Posso apagar as cicatrizes.

Ela olhou para mim.

— Não brinque comigo.

Corte-me.

Ela parecia assustada. Levantei uma pata dianteira. *Não corte fundo. Só quero lhe mostrar algo.*

Ela pegou a faca em seu bolso e a segurou de forma frouxa, como alguém que já usou facas e se sente confortável com elas.

— A lâmina é afiada — disse ela, e soube que ela tinha ouvido meus pensamentos. — Era do meu pai.

Ele alguma vez a levou para caçar com ele?, perguntei, esperançoso.

— Normalmente levava. — Ela pareceu intrigada com a pergunta. — Por que você quer que eu o corte?

Para provar algo.

Apoiei meu casco em um tronco caído para facilitar. *Apenas profundo o suficiente para sangrar.* Ela olhou para mim, então passou a lâmina fina e afiada sobre minha pele. O corte era reto, com o comprimento de um dedo, e começou a jorrar sangue.

Ela olhou para cima.

— O que devo...

Apenas observe. Toquei meu chifre no local ensanguentado, por uma questão teatral e para confundi-la. Em um momento o sangramento tinha parado. As duas pontas do corte se juntaram primeiro, o pequeno ferimento diminuindo, minha pele se colando. Não consigo explicar o que eu estava sentindo. Tinha visto meu corpo se consertar milhares de vezes. Nunca tinha visto isso *com* alguém. Ela ficou olhando fixo para mim, os olhos arregalados, então olhou novamente para o corte.

Posso curá-la, exatamente assim. E vou curá-la. E então você pode me ajudar a morrer. Dava para ver que ela queria acreditar em mim. Virei de lado e abaixei a cabeça um pouco. *Por favor. Encontre-se comigo aqui amanhã. Antes do nascer do sol.*

Ela olhou para minha pata. Não havia nenhum vestígio do corte. Ela balançou a cabeça lentamente.

— Talvez.

Traga essa faca, uma serra de poda nova e uma corda forte, e coloque tudo em uma bolsa resistente. Você não vai precisar de uma pá. O rio vai cuidar do funeral.

Ela deu um passo para trás.

— Ohhh. Que medo. Um unicórnio assassino em série e comediante?

Seu queixo estava levantado, mas a voz não estava muito firme.

Não sou um assassino, menti. *Vou apagar suas cicatrizes. Então você vai me ajudar a morrer. O que você vai fazer depois disso é por sua conta.*

Ela hesitou, a língua deslizando sobre o lábio inferior. Ela estava tentando decidir. Ou foi o que pensei. Mas o que ela me perguntou foi:

— Qual é o seu nome?

Pisquei. Ninguém nunca tinha me perguntado aquilo. *Não tenho um nome. Qual é o seu?*

— É Reeym. *Ri-am* — acrescentou ela, pronunciando lenta e precisamente com um sotaque de caipira de mentira. Era outra de suas respostas ensaiadas. — Significa "unicórnio". Estranho, não? As pessoas me chamam de Ree.

Fiquei impressionado.

— Pode ser que signifique "um grande novilho" — disse ela, um pouco mais alto. — Depende de em qual estudioso da Bíblia você confia. Meus pais... — Ela parou para olhar para o céu, então de volta para mim. — Minha mãe adorava unicórnios. Ela teria desmaiado de felicidade se algum dia tivesse visto você.

As últimas três palavras saíram como um sussurro. Mantive meus pensamentos imóveis, animado por ela estar confiando em mim dessa forma, com sua tristeza, com seu coração. Ela deu de ombros.

— Minha mãe achava que esse era um nome de sorte, mágico, que ele me garantiria um caminho tranquilo. Pelo menos ela não viveu para ver isso. — Ela apontou para o próprio rosto. Então sua voz mudou, toda a dor escondida novamente. — Faca, corda, serra, em uma bolsa resistente. Você precisa que eu traga alguma coisa a mais?

Coragem.

Ela deu um passo para a frente e me deu um tapa. Tomei um susto tão grande que empinei, como um cavalo. Aquilo me envergonhou. Ela estava recuando, falando rápido:

— Amanhã, enquanto o céu ainda estiver cinza — disse ela. — Se você mudar de ideia, não venha. Vou apenas fazer o que queria fazer hoje.

Estarei aqui.

Ela não respondeu. Então se virou e saiu correndo, sem olhar para trás.

Entrei mais na floresta, meu coração batendo forte. Nunca tinha esperado que as coisas progredissem tão rápido, que ela acreditasse em mim tão prontamente. Galopei até o prado escondido com seu pequeno córrego veloz, a cerca de vinte passos do rio Willamette.

Eu tinha achado esse lugar há anos.

Ainda era perfeito.

Cheguei perto da água e esperei. Não podia parar de imaginar o rosto de Ree quando lhe explicasse o que precisaria que ela fizesse. Ela iria ficar agoniada por causa daquilo. Mas também me seria grata por curar suas cicatrizes. Então talvez ela fizesse. Talvez eu soubesse qual era a sensação de ser amado.

De manhã, parti no escuro. Na metade do caminho senti o cheiro de uma fogueira. Eu pegaria um caminho diferente para voltar para não tropeçarmos em um grupo de pessoas que estava dormindo ilegalmente aqui. Tropeçarmos? Nós? A palavra se agitava em meus pensamentos enquanto eu desviava para seguir trilhas menos usadas, algumas vezes apenas cortando a floresta.

Cheguei lá quando o céu estava começando a ficar cinza. Estabeleci uma posição para esperar, saboreando meu medo de que ela não chegasse. Mas ela chegou, em poucos minutos.

Ela apareceu, com os ombros levantados, andando depressa e confiante.

Meu coração inchou. Eu adorava sua firmeza e as cicatrizes — sem elas, ela nunca teria falado comigo. Ela estava com a faca, em uma bainha desta vez, e me mostrou o que chamou de "podador", junto com o resto. Olhei para ela mais de perto. Não. Ela não tinha descoberto. Ela achou que cortaríamos os galhos que estivessem interferindo, que faríamos uma forca na árvore.

Ela olhou para mim.

— Você tem certeza de que...

Sim.

— Tem certeza realmente?

Ouvi dúvida em sua voz. Tinha planejado conversar com ela enquanto andávamos pela floresta, para convencê-la lentamente, para lhe dar tempo para se acostumar à ideia. Mas talvez isso lhe desse muito tempo para pensar sobre a situação — para desistir. Balancei a crina e bati com a pata no chão, o que a fez rir. *Você já montou um cavalo?*

Ela confirmou com a cabeça.

— Meu pai tinha três appaloosas e uma mula de carga.

Em um instante ela estava nas minhas costas, segurando a bolsa de lona. *Você pode segurar em minha crina se precisar...*

— Não vou precisar — interrompeu ela.

Comecei lentamente, para o caso de ela estar blefando. Então acelerei o passo até um meio-galope — e acabamos galopando. Ela manteve o peso centrado e quase não a senti. Mas ainda era muito estranho. Quando finalmente parei, ela deslizou de cima de mim instantaneamente, tão inquieta com aquilo quanto eu. Minha pele estava suada e quente onde suas pernas haviam encostado.

O sol estava se elevando e o dia estava clareando. Ela olhou em volta da clareira e foi até o córrego, ajoelhando depois de um momento para lavar suas mãos e molhar seu rosto. Quando voltou, ela estava tremendo um pouco.

— Você já escolheu sua árvore? — sussurrou ela. — Descobri como fazer ontem à noite e pratiquei o nó de forca.

Virei para o outro lado e escondi minha gratidão por ela ter tentado tornar as coisas mais fáceis para nós dois — e meu medo de que a verdade a faria fugir. Olhando para as árvores, expliquei, rapidamente, o que eu precisava que ela fizesse como se aquilo fosse um detalhe, não algo que pudesse fazê-la mudar de ideia. Depois fiquei em silêncio por um momento, antes de perguntar se ela faria aquilo por mim. E então prendi a respiração.

— Isso não é o que achei que seria — disse ela, muito quieta.

Minha respiração ficou pesada. Ela soltou o ar demoradamente e se aproximou o suficiente para se apoiar em mim. Eu podia sentir seu coração batendo e tinha certeza de que ela podia sentir o meu.

Eu sei, falei para ela.

Ela deu um tapa em meu ombro.

— Você não pode se curar? Você não pode se fazer se sentir mais feliz de alguma forma?

Não.

— Por quê? — Ela estava irritada. — Eu entendo que você esteja se sentindo sozinho, mas você poderia fazer amigos. Você é bonito, forte e mágico. Você pode fazer muitas coisas boas se você...

Não, falei, para interrompê-la, e então falei a verdade. *Não posso. Nunca fiz. Eu mereço isso. Mereço algo muito pior.*

Ela balançou a cabeça e eu podia sentir ela se afastando emocionalmente. Ela não acreditava em mim. Ela achava que eu só queria que ela me fizesse desistir daquilo e isso a enfurecia. Ela estava a duas palavras e vinte batimentos de coração de mudar de ideia. Eu não podia deixar aquilo acontecer. Eu queria me sentir amado mais do que já tinha desejado qualquer coisa. E se eu morresse provando para mim mesmo que o amor é real, seria um fim perfeito para minha vida dolorosa.

Eu roubei as vidas de pessoas, falei. *Muitas.*

Sua boca se abriu. Nada saiu.

Descrevi — tão bem quanto podia — como era a sensação do solavanco, aquela estranha mistura de medo, necessidade e esperança que vinha me encharcando. Eu lhe contei como tinha usado as pessoas que tinham vindo até mim procurando ajuda. Não lhe falei sobre os bebês. Queria que ela me amasse, tivesse pena de mim, não que me odiasse.

— Você era um viciado — disse ela, quando finalmente terminei. — Essa é a forma como meu primo costumava falar sobre a metanfetamina. Ele se odiava por ser tão viciado, mas toda vez que via a agulha, ele simplesmente a enfiava em seu braço e então dizia a si mesmo que aquela era a última vez. Ele disse que já havia tido centenas de "últimas vezes".

Suspirei, como se a comparação fosse justa, embora eu soubesse que não era. Quantos bebês o viciado em metanfetamina matou de propósito?

— Talvez outros unicórnios tenham resolvido esse problema — disse ela.

Nunca vi outro.

— Mas se você está aqui, devem existir...

Ree?

Ela olhou em meus olhos e menti novamente.

Não consigo achar outros unicórnios. Passei mais de quinhentos anos procurando.

Ela inspirou como se estivesse prestes a falar algo, então soltou o ar. E inspirou novamente.

— A maioria das pessoas adoraria viver tanto quanto você viveu. Se você quiser mudar de ideia, vou enten...

Não. Fique firme. Acredite em mim.

Cheguei mais perto, arqueando o pescoço para fazer estilo, andando um pouco empertigado. Ela sorriu, um de seus sorrisos rápidos e doloridos, quando levantei o chifre bem alto. Então ela inclinou a cabeça para trás e fechou os olhos, como se estivesse esperando ser beijada por alguém muito mais alto que ela. Abaixei a cabeça para que a ponta do meu chifre tocasse os lábios dela. O solavanco foi o melhor e mais doce que eu já tinha sentido, apesar de eu não ter tirado nem um segundo de sua vida. Quando recuei, vacilei um pouco.

Ela abriu os olhos.

Sorria, Ree.

Ela parecia intrigada.

Sorria. Não vai doer.

Ela mexeu as bochechas e um sorriso glorioso levantou seus lábios. Lágrimas encheram os olhos dela enquanto tocava o próprio rosto.

Fiz uma reverência de cavalo adestrado e ela riu, alto e de forma frívola. Ela era linda. Correu até o córrego e o usou como um espelho desbotado, então voltou correndo até meu lado, levantando a camisa. Sua barriga estava macia e lisa. Ela se virou de costas para mim e tirou a camisa, o queixo abaixado enquanto olhava para os seios. Ela colocou a camisa de volta, então se sentou no chão e enrolou a barra da calça jeans, passando a mão nas panturrilhas. Era maravilhoso observá-la — flexível, forte e adorável. E feliz.

Quando ela se virou para mim, o rosto estava contorcido de emoção, as bochechas molhadas pelas lágrimas.

— Obrigada. Oh, obrigada.

Apenas queria estar lá naquela noite e..., parei abruptamente. Aquela era uma coisa estúpida de se falar. Eu poderia ter ajudado. Ou poderia ter decidido não chamuscar meus pelos. E se eu tivesse salvado todos, quem sabe por quanto tempo mais qualquer um deles teria vivido?

Ela chegou perto de mim e passou os braços em volta do meu pescoço. Seu cabelo tinha o cheiro da floresta, como resina de pinheiro e terra úmida. Quando ela recuou, estava secando os olhos.

— Você ainda poderia pensar sobre isso por um tempo e...

Isso é tudo o que tenho pensado, falei depois de uma pequena pausa dramática. Era isso. O teste. Se ela não me amasse, ela nunca iria até o fim com aquilo.

Preciso que você me ajude.

Ela respirou e os ombros se levantaram em movimento resignado. Então cruzou a clareira e trouxe a bolsa para o lugar onde estávamos parados.

— Por que a corda? Apenas para me enganar?

Sim. E porque achei que assim que você se livrasse de boa parte do peso, talvez você pudesse içar o que sobrou de mim. Isso poderia facilitar as coisas.

Ela tremeu.

— Quantos pedaços para me assegurar?

Eu a amei ainda mais naquele instante. *Tantos quanto você conseguir suportar*, falei para ela. *Alguns no rio. Outros no córrego. Leve o que você conseguir carregar e espalhe pelo caminho.*

Ela balançou a cabeça e cerrou os dentes.

— Agora?

Sim.

Ela apontou. A voz era um sussurro.

— Você poderia ficar perto daquela árvore, para o caso de eu decidir usar a corda?

Fui na frente e ela me seguiu, carregando a bolsa. Ela a colocou de um lado e quando se virou na minha direção, ela tinha a faca em sua mão e lágrimas escorrendo pelas bochechas.

— Se eu cortar sua garganta, você não deve sentir nada depois disso.

Eu sabia que ela estava errada, mas tinha certeza de que poderia ficar parado o suficiente para ela pensar que era verdade — e eu queria que ela achasse, pelo menos a princípio. Depois eu testaria os limites de seu amor, de sua gratidão. E a deixaria viver. Talvez.

— Certo — disse ela. — Você está pronto?

O medo e a determinação na voz dela eram tão equivalentes, tão crus, tão honestos, que não reagi além de levantar bem a cabeça e fechar os olhos. A faca, quando veio, estava fria e foi certeira. Senti o sangue se esvaindo de meu corpo. O ferimento doía, mas meus pensamentos estavam calmos e claros. Deitei para facilitar as coisas para ela e observar seu rosto.

Ela estava tremendo quando pegou a serra. Fiquei admirado com o que vi em seus olhos. O cuidado, a profundidade de sua gratidão e do amor que sentia por mim, a ponto de fazer algo tão horripilante porque eu tinha pedido a ela que fizesse — todas essas coisas me tocaram profundamente.

Ela começou com meu casco dianteiro direito.

A determinação em seus olhos me deixou muito feliz.

Eu estava flutuando em um oceano de dor quando ouvi um clique metálico e vi o podador. Fechei meus olhos, escutando o som de aço afiado se encontrando com meu osso, então um som grave. Dava para ouvi-la chorando. Sofrimento. Ela estava sofrendo por *mim*. Aquilo era delicioso. Suspirei, de um jeito demorado e calmo.

Ela repentinamente se levantou e andou para longe, carregando a bolsa até o declive para o rio. Bom. Um casco era um começo. Mais tarde eu sugeriria um pedaço maior. Ela ficou afastada por muito tempo, então passou por mim sem falar quando voltou. Será que estava indo até o córrego para se lavar, então começar novamente? Não queria me mover para não assustá-la. Então esperei, torcendo para ela se apressar. Por uma pequena fresta aberta em um olho eu podia vê-la andando de um lado para o outro, então se sentando perto do córrego. Mantive meus pensamentos tão silenciosos quanto pude.

O tempo estava passando. Muito tempo.

Ela finalmente voltou, se ajoelhou e olhou para minha pata dianteira direita. Senti que ela tocou o corte que tinha feito. Ela soltou o ar, ficou de pé e se afastou novamente. Eu sabia o que ela vira. O ferimento ensanguentado estava quase fechado. Eu estava me curando. Quando ela voltou, carregando a bolsa, senti minha felicidade se dissipar. E então senti suas mãos, não a serra ou o podador, mas as mãos nuas, macias, quentes e delicadas juntando a pele rasgada e as pontas de meus ossos. Ela não tinha jogado nada no rio.

Por favor, não faça isso, implorei a ela. *Preciso da sua ajuda.*

Ela estava produzindo pequenos sons que eu não conseguia identificar. Amor? Angústia?

Fiquei deitado de lado no chão e fechei os olhos, cansado da dor, sentindo meu corpo se recuperar, decepcionado por ela não ter se esforçado mais. Quando abri meus olhos novamente era noite. Eu tinha certeza de que ela teria partido. Mas ela não tinha. Eu podia sentir seu calor.

Ree estava dormindo, um braço sobre minhas costas, a cabeça descansando sobre meu pescoço. Ela estava roncando baixinho. Apenas fiquei deitado ali.

Então.

Tinha acabado.

Não tinha durado nem de perto tanto quanto eu tinha desejado, mas as emoções tinham sido extraordinárias, ainda melhores do que eu tinha desejado. Virei a cabeça para observá-la enquanto dormia. Ela parecia muito diferente agora. Eu quis ir embora, mas me pareceu indelicado abandoná-la aqui. Ela poderia se perder na floresta. E eu não poderia me levantar sem acordá-la. Será que ela contaria a alguém sobre isso? Sobre *mim*? Ela acabaria contando. A algum rapaz bonito? Eu seria apenas mais uma história para contar enquanto eles trocavam segredos. Será que alguém acreditaria nela? Fiquei deitado imóvel. Eu sabia o que devia fazer.

Ela se mexeu.

Eu te amo, falei para ela quando senti seu corpo se sentando. E aquilo parecia quase verdade, na forma de quinhentos anos de solidão, egoísta e parasita.

— Aonde devemos ir? — sussurrou ela. — British Columbia é para o nordeste daqui. Dizem que é bonito.

Nós?, eu ainda podia sentir o formato quente do corpo dela contra minha pele. *Você deveria ficar aqui.*

— E explicar minha súbita falta de cicatrizes? Primeiro aos médicos e depois aos repórteres?

Fiquei pensando naquilo, mantendo os pensamentos muito silenciosos. Talvez ela pudesse achar pessoas que merecessem e eu roubaria apenas um pouco de suas vidas, apenas o suficiente para sentir o solavanco. Isso poderia ser mais fácil se ela me ajudasse. Mas mesmo enquanto eu pensava nisso, eu sabia que ia querer ficar sozinho quando começasse a matar novamente — e alguma hora eu ia recomeçar. Achar pessoas dignas, virgens, inventar formas de ser amado — tudo isso era muito difícil. Matar estranhos era muito fácil.

Ela se levantou e deu dois passos, então olhou para mim.

— Não se preocupe. Não falei aquilo sério. Sei que você não se importa nem um pouco comigo.

Levantei a cabeça. *Sim, me importo.*

Ela tocou o próprio rosto.

— Você não quer morrer. Você queria apenas fingir que alguém o ama. Você *gostou* de toda essa merda.

Ser cortado? Aquilo doeu. Eu sabia que essa era uma resposta estúpida, mas não conseguia pensar em nada melhor. Ela estava andando de um lado para o outro, com as pernas tensas, quase rígida de raiva. Eu podia ver a faca de seu pai, de volta em sua bainha, saindo do bolso.

— Na primeira vez que cortei os pulsos — disse ela, sem olhar para mim —, calculei o tempo perfeitamente... por volta de três minutos antes de minha colega de quarto voltar. Ela ligou para a emergência, foi na ambulância, começou a me vigiar. E quando ela arrumou um namorado, comprei mais lâminas. Mas ela se atrasou para chegar em casa naquela noite, então me arrastei até o corredor. O rapaz que me encontrou achou que me amava por um bom tempo.

Ela soltou o ar e gesticulou para o chão ensanguentado.

— Você não é mágico. Você é viciado em... coisas terríveis. — Vi pena nos olhos dela. — Talvez os outros unicórnios pudessem perceber — disse ela. — Talvez eles tenham se escondido.

Então, antes que eu pudesse reagir, ela correu.

Quis persegui-la.

Mas enquanto eu dormia, ela tinha usado a corda e todos os nós especiais que tinha aprendido. Eles se apertavam enquanto eu me debatia, então tive tempo para pensar.

E ela viveu. Não vou tentar achá-la. Nunca mais quero vê-la.

Porque ela tinha razão.

Sobre tudo.

Acho que vou seguir para o nordeste. Por que não?

"A noite do baile"

Justine: Um fim adequado a esta antologia é uma das histórias mais assustadoras do livro. Eu poderia dizer muito mais, mas não quero estragar a surpresa. Leia, divirta-se e aprecie o quão mais rica e poética é uma história de zumbis do que uma história de — bem, acho que já falei o suficiente sobre *aquele* assunto.

Holly: "A noite do baile" me deixou toda arrepiada. Você sabe do que eu preciso? De uma bela história de unicórnios para tirar o gosto de zumbis da minha boca!

Justine: Vou ignorar a incapacidade de Holly de apreciar uma das melhores histórias da antologia. Nunca é educado estender-se sobre a completa falta de bom gosto de uma pessoa. Em vez disso, gostaria de agradecer àqueles de vocês que se torturaram lendo as terríveis histórias de unicórnio além das brilhantes histórias de zumbis.

Sei que você poderia ter facilmente pulado as histórias com aquele horrível ícone de unicórnio. Mas você não fez isso, provando que é feito de material mais resistente do que a maioria de nós. (Estou incluída. Vou admitir agora que apenas passei os olhos naquelas histórias.) Você chegou mais alto e mais longe do que a responsabilidade de qualquer leitor. Estou orgulhosa de você. Como recompensa, posso sugerir um festival de filmes de George A. Romero? Vamos lá, você sabe que merece.

A noite do baile
por Libba Bray

O horizonte era uma longa abrasão, o sol poente transformando tudo em um vermelho furioso enquanto deslizava atrás da cadeia de montanhas manchada pelo crepúsculo. Tahmina estava parada sobre a plataforma de segurança e levantou o binóculo até os olhos. Um crânio humano apareceu, as cavidades oculares absurdamente grandes até que ela ajustou a ampliação, encolhendo o crânio e trazendo o pedaço de deserto para um foco mais abrangente.

— Ei, tenho uma nova para você — disse o parceiro, Jeff. — Qual é a diferença entre um morto-vivo e meu último namorado?

— Não sei. Qual?

— Um é uma besta do inferno sugadora de almas e o outro é um morto-vivo.

— Essa é boa. — Tahmina passou o binóculo pela paisagem inóspita até achar a pessoa que se movia rapidamente na direção da cerca eletrificada. — Consegue vê-lo?

— Sim. A cerca de 50 metros? — perguntou Jeff.

— Quarenta, eu diria.

— Caramba. Aquele é... Puta merda. Ele mesmo. Connor Jakes. Parece que ele não chegou a Phoenix no fim das contas.

— Parece que não.

A pessoa no deserto ainda não estava muito perto do fim. A pele era cinzenta, mas estava intacta em sua maior parte, com apenas algumas feridas no rosto. Os olhos estavam leitosos, no entanto. E pela boca ensanguentada, dava para dizer que ele tinha feito um banquete recentemente.

Jeff abaixou o binóculo e apoiou o rifle no ombro.

355

— Cara, ele era tão gato! Tinha várias fantasias de masturbação com ele.

— Nem tantas agora, espero.

— Não. Posso muito bem dizer que isso coloca uma bala *naquele* lugar feliz.

— Pronto?

— Nasci pronto. — O rifle de Jack quebrou o silêncio do crepúsculo e a cabeça do comedor de carne humana explodiu. O corpo caiu, tremeu por um minuto e ficou imóvel. — E isso coloca uma bala na cabeça de Connor Jakes. A-há! Toca aqui, garota!

Tahmina manteve os olhos e o rifle apontados para o corpo caído a 3 metros da cerca eletrificada.

— Nada de comemorar até ver se ele vai se reanimar.

— Cara, aquele foi um tiro frontal. Ele já era — disse Jeff, um pouco magoado. Eles esperaram por um minuto ou dois. O corpo de Connor Jakes não se moveu. — Não disse?

Satisfeita, Tahmina apoiou seu rifle no ombro e os dois desceram lentamente a escada de madeira até o chão. Ela pegou a chave que estava pendurada no pescoço, abriu o pequeno armário de suprimentos e pegou dois pares de luvas de borracha e um saco de lixo extragrande de uso industrial, que ela jogou para Jeff.

— Ei, o que você achou daquela frase? "Nasci pronto" — perguntou Jeff, prendendo o saco debaixo de um braço.

— Não é exatamente original.

Tahmina lhe entregou um par de luvas e ele enfiou os dedos dentro da borracha casualmente.

— Estou falando. Podemos levar essa merda para a TV.

— Não existe TV, Jeff.

— É o que estou lhe dizendo, parceira. Quando ela começar novamente, vão precisar de talentos e programas. Poderíamos ser as novas estrelas de um reality show: *Esquadrão Zumbi!*

— Ahã.

Tahmina colocou as luvas.

— Deveríamos investir nessa merda.

— Você está carregado?

— Totalmente.

Tahmina cortou a eletricidade da cerca e eles empurraram a porta de metal que os levava até o corredor protegido por placas de aço.

— Você sabe que hoje é a noite do baile. Vai ser uma loucura — disse Jeff, passando seus olhos ao longo dos cortes finos do metal, vasculhando. — Ouvi falar que o clube de xadrez resolveu usar uns smokings loucos.

Tahmina soltou uma pequena risada enquanto também continuava vigiando.

— Oh, meu Deus. Não aqueles azul-claros dos anos 1970?

— Esses mesmo. Com camisas com babados. Duas palavras: horrivelmente maravilhoso. É uma pena que não vai ter um anuário. Essa seria uma ótima foto.

— Sem dúvida. Certo. Lá vamos nós... atenção.

Tahmina se abaixou para posição de tiro. Jeff virou as quatro trancas no portão. Ele o empurrou e virou seu rifle para a esquerda e para a direita. Nada. Ele cutucou o corpo dizimado com a arma. O cadáver não se mexeu.

— Alguma coisa? — perguntou Tahmina. Ela estava com o rifle apontado para Jeff, só por precaução.

— Nada. Está tudo bem. Vamos.

Trabalhando rapidamente, eles manejaram o cadáver cada vez mais cinzento de Connor Jakes para cima do saco. Um dedo solto caiu e Tahmina o jogou sobre o corpo. Ela prendeu as tiras e ajudou Jeff a levantar o embrulho até uma plataforma suspensa de pedras bem à sua direita. Era um trabalho duro e o deserto estava quente e com muito vento. Ele soprava a fuligem do fogo sagrado nos olhos de Tahmina e ela piscava furiosamente para fazer a dor passar.

— Vamos levá-lo para a torre agora — disse Jeff, ofegante.

Tahmina balançou a cabeça.

— Na luz do dia. Tem que ser na luz do dia. Além disso, pode ser que apareçam mais hoje à noite.

Tahmina vasculhou o deserto novamente. Nada. Nem uma lebre ou uma bola de feno. Eles tiraram as luvas, as jogaram na lata de cinzas para queimar e fecharam o portão e as quatro trancas. Jeff eletrificou a cerca. Tahmina pegou a prancheta e anotou a hora. Eram 20h, o começo do turno de dez horas. Pela manhã, quando o sol abrisse suas asas furiosas sobre a terra, eles jogariam o corpo de Connor Jakes no Hummer do treinador Digger, o mesmo que ele costumava usar para ir aos jogos em outras cidades para intimidar os outros times. Eles transportariam o corpo por 8 quilômetros até a Torre do Silêncio, uma montanha pequena e plana com um buraco profundo no centro, perto da base da cadeia de montanhas. Lá, de acordo com os costumes da fé de Tahmina, eles o deitariam e o amarrariam à superfície plana distante o suficiente da cidade para que o cadáver não pudesse corromper a terra. Os abutres viriam. Eles o limpariam até os ossos, que o sol trataria de assar para livrar das impurezas. O que sobrasse do corpo seria empurrado para o buraco no centro para ser enterrado. Tahmina faria suas orações. Era tudo que lhes restava. Nada mais tinha contido a infecção.

Robin Watson emergiu das sombras. Ela estava enrolada no suéter grande demais para ela de sua mãe sobre um vestido formal branco. O cabelo tinha sido obviamente preso com bobes; o rosto estava molhado de lágrimas.

— Aquele era o Connor, não era?

— Sim — respondeu Jeff, sem olhar para ela.

— Você atirou nele, não atirou?

— Sinto muito. Não tive escolha.

O choro se transformou em soluços.

— Ele era meu namorado!

Tahmina desinfetou a mão e checou a arma.

— Não é mais.

Na radiopatrulha caindo aos pedaços, Tahmina e Jeff desciam ruas iluminadas irregularmente pelos poucos postes de luz que ainda funcionavam. A sirene permanecia desligada. Usá-la poderia atrair atenção indesejada. O mesmo se aplicava às luzes vermelhas e brancas da viatura. Dessa forma, eles mantinham o uso de eletricidade no mínimo. O corte de energia era obrigatório depois das 21h. No Wal-Mart saqueado, fogo queimava em uma lata de lixo. Alguém estava tocando o terror esta noite. Alguém sempre estava tocando o terror.

Na esquina da Monroe com a Main, eles pararam em um sinal vermelho. Respeitar as leis do trânsito era tolice — o carro azul e branco em que eles estavam era um dos poucos na rua, por causa do racionamento de gasolina. Mas a lei era a lei, e era necessária ordem em um mundo de caos. Alguém tinha que garantir o cumprimento da lei agora que os adultos tinham todos partido, mortos ou mortos-vivos. Jeff e Tahmina tinham se tornado policiais à revelia. Eles tinham sido do conselho estudantil da Buzz Aldrin High School. Ele tinha sido tesoureiro; ela, a vice-presidente. Durante o verão, quando a infecção foi anunciada na internet, um medo distante atacando lugares que eram apenas tachinhas no mapa da escola, Tahmina e Jeff se encontravam e faziam planos para o próximo ano letivo: um musical de rock para substituir aquela porcaria de Rodgers & Hammerstein que já tinha cansado, uma revisão da equipe de debate, noites de RPG, talvez até um desafio de bandas. Nada daquelas breguices de bazar de bolos e feiras de artesanato. Em julho eles organizaram um evento de patinadores que lavavam carros que arrecadou quinhentos dólares para o baile. Aquele seria o melhor último ano de todos os tempos. Eles nem ficaram preocupados quando a infecção se alastrou para o oeste e os adultos construíram a cerca.

Do outro lado do viaduto, o complexo de cinemas se agigantava. O letreiro estava com algumas letras queimadas, o deixando parecido com a boca de um aluno banguela do primeiro ano do ensino fundamental.

Jeff bateu com seu dedo contra a janela.

— Fico imaginando o que está passando.

— A mesma coisa que estava passando semana passada, na semana antes daquela e há dez meses.

Jeff virou uma lata de Pepsi quente.

— Será que essa merda não poderia ter esperado até depois de termos o novo filme dos X-Men?

Tahmina pensou sobre a última vez que foi ao cinema. Havia sido em setembro. Ela tinha ido com três amigas. Elas dividiram uma pipoca grande. O filme era sobre vampiros; o ator principal era incrivelmente lindo e elas ficavam se cutucando e suspiravam durante as cenas de beijo. Elas não tinham dever de casa naquele fim de semana. A professora de inglês, a Sra. Hawley, não estava bem e havia faltado a semana toda. Naquele domingo, ela morreu. Na segunda, durante a necrópsia, ela acordou repentinamente e afundou os dentes pontudos no braço do legista, o arrancando. Então, antes que o assistente apavorado pudesse impedi-la, ela partiu seu crânio e comeu o cérebro dele. Foi necessária uma rajada de balas para destruir a Sra. Hawley de vez, mas ela já tinha passado a doença para a filha mais velha, Sally, que um dia tinha sido babá de Tahmina. Tahmina se lembrava dela na mesa da cozinha, as duas jogando Banco Imobiliário segundo suas próprias regras, Sally dando escondido a ela notas de cem dólares. Tiveram que atear fogo a Sally quando ela se reanimou. O padre O'Hanlon tinha ateado gasolina sobre o corpo. Outra pessoa jogou o pano em chamas. O cabelo dela pegou fogo primeiro, um halo de fogo que rapidamente envolveu o corpo todo. Tahmina não tinha noção de como uma pessoa podia pegar fogo tão rápido. Sally Hawley se debatia e se contorcia, soltando um grito agudo que se transformou no final em algo que quase parecia humano.

A doença então se alastrou de casa em casa, sempre se enraizando nos adultos, que as levariam diretamente para seus filhos. Na quarta semana, as crianças tiveram que deixar os adultos de quarentena, os empurrando para o deserto. Algumas famílias acharam que era melhor morrerem juntos do que se separar. Eles encheram os carros e fugiram no meio da noite, deixando seus lares para trás, acusadores silenciosos. Quando vai de carro até a torre, Tahmina vê alguns daqueles mesmos carros no deserto, cobertos de areia, manchados de sangue, com as portas abertas, uma boneca ou um sapato parcialmente enterrado por perto. Alguns adolescentes tinham fugido para procurar os pais, mas quando esses mesmos adolescentes começaram a voltar à cidade, famintos por carne humana, os sobreviventes tiveram que deixar todo mundo trancado. Ninguém entrava ou saía, com exceção do transporte dos corpos ao local de sepultamento. Era a única forma de se manter em segurança. Tahmina achava em horas como essa que era estranho ter que bancar a policial com os amigos. Era como algum experimento de julgamento de mentira na aula de estudos sociais em que cada pessoa interpretava um papel e alguém sempre saía do personagem porque começava a rir. Ninguém ria mais hoje em dia.

O rádio estalou com estática, seguido pela voz profunda e distorcida da despachante, uma garota gótica que tinha sido da turma de geometria de Jeff.

— E aí, Zé Polícia. Recebi uma ligação. Possíveis travessuras ilícitas no posto de gasolina na Pima Boulevard. Alguém está negociando remedinhos. Positivo?

Jeff pegou o receptor do rádio e apertou o botão lateral para falar:

— Positivo. Estamos a caminho.

— Câmbio e desligo. Que a força esteja com você.

— Câmbio e desligo — disse Jeff, rindo. Ele colocou o receptor de rádio de volta no lugar. — Viu, é isso que quero dizer com frases de efeito curtas. Deveríamos usar isso em nosso programa.

— Como você quiser, Holmes.

A luz ficou verde. Tahmina ligou a seta por reflexo e virou à esquerda na Pima.

Desde a infecção, drogas eram uma mercadoria valorizada. Agora que os bancos eram inúteis, que os caixas eletrônicos tinham secado e todas as melhores coisas tinham sido saqueadas das lojas, dinheiro não servia para nada; permutar remedinhos era uma forma de poder. Traficantes em potencial arrombavam farmácias ou assaltavam os armários de remédios dos pais e trocavam as drogas por peças de carro, comida, sexo, geradores, qualquer coisa de que precisassem ou que quisessem. Tahmina tinha que ficar de olho nas drogas. Não se podia contar com adolescentes viciados para montar um contra-ataque. Eles poderiam fazer algo estúpido como se eletrocutar nas cercas ou possivelmente se tornar mais vulneráveis à infecção. Percocet e OxyContin seriam necessários se alguém quebrasse a perna ou tivesse que arrancar um dente. E se as coisas ficassem realmente feias, eles precisariam do suficiente para acabar com tudo.

O cascalho fez barulho sob os pneus gastos da radiopatrulha enquanto ela entrava lentamente no estacionamento do posto de gasolina. Os faróis iluminaram as imagens fantasmagóricas de vários garotos agrupados próximos a um freezer enferrujado. Ao primeiro sinal das luzes os garotos se espalharam, menos os dois traficantes, que tinham deixado cair todo o seu precioso carregamento e estavam correndo para pegar as pílulas do chão.

— Parados! — gritou Jeff.

Os dois rapazes se levantaram, com as mãos nas costas. Eles eram jovens, Tahmina pensou. Deviam estar no primeiro ou segundo ano.

— O que vocês estão fazendo aqui?

— Nada — disse o mais baixo, com o cabelo castanho comprido.

Suas palavras tinham o som esganiçado da voz de um garoto que virava adolescente. Nem mesmo do segundo grau. Ensino fundamental. O garoto mais alto ainda usava aparelho. Ele ficaria com aquele aparelho enquanto a infecção perdurasse.

— Não me venha com gracinhas — disse Jeff. — Mostre suas mãos.

Quando os garotos não mostraram, Tahmina repetiu a ordem.

O garoto mais baixo tinha um sorriso maldoso.

— O que você é, a putinha dele?

Jeff acertou a cabeça do garoto com a palma da mão.

— Cuidado com o que você fala, seu merdinha.

— Ei, isso é abuso policial!

— Certo. Faça uma queixa. Se você conseguir encontrar alguém para recebê-la.

— Parceiro — advertiu Tahmina, balançando a cabeça. — O que vocês estão segurando?

O garoto mais alto, que seguia o outro, mostrou sua palma cheia de pílulas brancas redondas.

— Essa merda é minha. Recebi esses comprimidos quando passei por uma cirurgia no ano passado. Então por que não posso fazer o que quiser com eles?

— Porque o nome disso é tráfico de drogas e isso é ilegal — disse Tahmina. — Além disso, não sabemos por quanto tempo a infecção vai durar. Podemos precisar delas.

O garoto menor sorriu de forma maldosa.

— Eu preciso é de dinheiro. Então serei o dono dessa porra de cidade.

Tahmina riu. Ela apontou para as janelas quebradas do posto de gasolina abandonado, para as lâmpadas queimadas na rua, para o lixo se acumulando no estacionamento, para o gato quase morto de fome passando sorrateiramente pela lata de lixo.

— Vá em frente. Candidate-se a prefeito.

— Que se dane — disse o garoto. — Quem morreu e a transformou em Deus?

— Todo mundo — respondeu Tahmina. Ela olhou de um garoto para o outro. Não havia nenhum remorso em seus rostos. Nenhum medo e nenhuma esperança. Apenas uma necessidade implacável, uma vontade furiosa que nunca seria satisfeita independente de quantas pílulas eles vendessem. — Apenas me dê essas drogas e caia fora daqui.

— Arrependam-se! Os dias finais estão chegando e precisamos ser purificados pelo fogo sagrado!

O vulto pegou Tahmina e Jeff desprevenidos.

— Que porra é essa? — falou Jeff, arfando, se atrapalhando para pegar sua arma.

Os garotos aproveitaram a oportunidade e atravessaram correndo o campo aberto, levando o carregamento de pílulas com eles.

— Ei! — gritou Tahmina para eles, mas aquilo não valia a pena e ela sabia. — Droga!

— O fogo do céu vai salvar todos nós — disse o vulto, se aproximando.

Era um rapaz alto e magro de bermuda e um boné da ASU. Ele tinha um cartaz enorme pendurado com um barbante em seu pescoço.

— É nosso velho amigo Zeke. Deve estar fazendo propaganda — disse Jeff, botando a pistola no coldre. Ele se aproximou de Zeke cautelosamente. — Ei, Zeke. Qual é, amigo?

Tahmina conseguia ler o cartaz de Zeke agora: ARREPENDÃO-SE DE CEUS PECADOS! A IRA DE DEUS SE VOUTARÁ CONTRA VOCEIS! A ortografia de Zeke não se comparava a seu fervor.

— Os dias finais chegaram. Temos que nos arrepender, nos arrepender.

Os olhos de Zeke vasculhavam a rua constantemente, incapazes de se fixar em algum ponto. Ele tinha a aparência de alguém que não dormia há dias e Tahmina ficou imaginando se ele tinha parado de tomar seu Risperdal para a esquizofrenia que o psiquiatra em Phoenix tinha diagnosticado quando ele estava no terceiro ano. Duas latas vermelhas de gasolina estavam a seus pés, apesar de Tahmina saber que as bombas do posto estavam vazias. A única que ainda tinha gasolina era a que ficava no distrito de polícia para abastecer o Hummer. Aquelas latas eram provavelmente uma sobra da empresa de manutenção de gramados de sua família.

— Zeke, o que tem nas latas?

— O fogo do céu. Ele vai purificar a terra. Não como vocês estão fazendo na montanha. Aquilo é abominável.

— Aquilo é... Que se dane. Deixa pra lá.

Explicar zoroastrismo a Zeke ia dar mais trabalho do que valia a pena e Tahmina precisava guardar suas energias. Era a noite do baile, afinal. Não dava para saber o que vinha pela frente.

— Ei, amigo, quer dar uma volta conosco? Vamos lá. Vamos dar um belo passeio de carro — disse Jeff, como se estivesse falando com uma criança rabugenta.

— Não! Tenho que me purificar! — Zeke andava em ziguezague pelo estacionamento vazio. Ele pisou em uma embalagem de Twinkie achatada e deixou um rastro do recheio cremoso pelo asfalto com a sola do sapato. — Você não entende? Isso é uma punição para nós. Temos que ser purificados. Então isso vai parar. Ouvi as vozes. Elas me dizem isso.

— Qual é o motivo da punição, então? — perguntou Tahmina, de forma incisiva. — O que você, eu ou o Jeff fizemos a qualquer pessoa desta cidade para merecer isso?

— Nossos pais, todos os adultos, eles lutaram nas guerras, arruinaram a terra e exploraram uns aos outros.

— E o que nós fizemos? — insistiu Tahmina.

— Nós os mandamos para o deserto para morrer!

— Eram eles ou nós — começou Tahmina. — Tenho certeza de que eles teriam desejado que nós...

Zeke levantou os braços na direção do céu.

— Foi errado! Quando Abraão ofereceu Isaac na montanha, Deus o perdoou. Talvez Deus estivesse nos testando. Nossos pais nos dão proteção e devemos obediência a eles.

— Não quando eles estão tentando nos comer. É só o que tenho a dizer — retrucou Jeff.

Tahmina sacudiu as latas de gasolina. Elas estavam quase vazias, mas ela podia sentir o cheiro da gasolina e mesmo uma pequena quantidade de combustível era perigosa.

— Sinto muito, Zeke. Você não pode ficar com isso. Precisamos dela.

Zeke ficou parado bem na frente de Tahmina, os olhos examinando os dela.

— Para quê? Para que estamos guardando isso? Não há ajuda a caminho. É como o último mês de aulas *o tempo todo*.

Tahmina não conseguiu evitar rir. De certa forma essa era a pior parte da infecção: a espera infinita, o tédio absoluto e esmagador de tudo aquilo.

— Vou salvá-los — sussurrou Zeke, os olhos imensos. — Vou salvar a todos.

De repente, ele segurou uma das latas. Ele correu até o fim do terreno, abriu a tampa e derramou o que tinha sobrado da gasolina sobre seu corpo.

— Puta merda! — gritou Jeff.

Ele e Tahmina correram na direção de Zeke e o empurraram no chão. Tahmina prendeu as mãos de Zeke com as algemas e eles o arrastaram, gritando, para a radiopatrulha.

— Vou morrer por vocês! Deixem-me morrer por vocês! — gritou ele.

— Não hoje à noite — respondeu Jeff, e trancou Zeke no banco de trás. Ele cheirou a manga da camisa e fez uma careta. — Merda. Agora estou cheirando a gasolina.

— Vamos deixá-lo na delegacia, então checamos o perímetro — disse Tahmina.

A última vez que Tahmina tinha ido à Torre do Silêncio foi na segunda-feira. Ela e Jeff tinham levado o corpo de um soldado anônimo em quem Tahmina tinha atirado quando ele tentava cavar um túnel por debaixo da cerca com as mãos que lembravam garras. Eles também tinham levado um cachorro quase morto de fome, que não estava infectado, que eles não tinham como alimentar. Jeff foi dirigindo e pela grade de metal sobre o para-brisa (ela tinha sido preparada pelos garotos do clube automotivo na oficina da escola), Tahmina mantinha vigília, deixando o marasmo desbotado pelo sol do deserto embalar seus devaneios. O pai de Tahmina tinha construído a torre, e foi ele que a ensinou a fazer as orações, que tinha lhe mostrado como manter o fogo aceso por três dias.

— Você precisa ser a lei agora, Mina — dissera ele, pressionando as palmas da mão contra as bochechas dela como se quisesse memorizar a geografia daquele rosto.

Ela tinha tentado honrar as tradições, mas estava ficando mais difícil. Enquanto Tahmina executava os ritos, Jeff montava guarda com o rifle e coquetéis molotov para o caso de uma emboscada. Uma vez dois mortos-vivos estavam esperando na base da torre quando eles chegaram lá e Jeff teve que arrancar suas cabeças com seu facão. Tahmina mantinha o fogo sagrado em uma lata de lixo logo do lado de dentro da cerca, o alimentando com pequenos pedaços de madeira, as roupas dos mortos e caixas de cereal usadas. Na semana anterior, quando eles tinham achado Leonard Smalls enforcado em uma viga de sua garagem com o rádio do carro tocando Metallica a todo volume (se não fosse pelo barulho, eles poderiam não tê-lo encontrado por dias), eles tinham levado a mobília da casa, as molduras dos quadros e até o bilhete de suicídio que dizia apenas *Estou muito cansado dessa merda*. O novo combustível ia durar um bocado, então lá estava o fogo, pelo menos. A fumaça e a fuligem eram severas, no entanto, e Tahmina vivia com uma irritação quase constante nos olhos, no nariz e na garganta, como se o corpo quisesse expelir algo, mas não conseguisse.

Agora, enquanto levavam Zeke à delegacia, eles passaram por bairros com casas às escuras. À esquerda, uma placa indicava o local onde seria construído o Bliss Valley, um condomínio fechado com um campo de golfe. As casas semiconstruídas se agigantavam como esqueletos. Cerca de uma dúzia de adolescentes andava de mãos dadas pela beira da rua, indo na direção do estádio da escola, onde o baile aconteceria. Alguém cantava uma canção que tinha sido popular no verão passado. No banco traseiro Zeke atacou com um monólogo de orações.

Jeff começou novamente:

— É isso o que eu digo, tipo, essa cena aqui... você, eu, Zeke dando uma de maluco no banco de trás. Isso daria um programa de TV excelente. Quero dizer, a radiopatrulha já está até equipada com uma câmera. Só precisamos recuperar as imagens.

— Lembre-me de fazer exatamente isso — resmungou Tahmina.

— Ei, não seja do contra — disse Jeff. — Quem é minha parceira? Quem é minha copiloto?

— Sou eu — disse Tahmina. — Sou sua parceira.

— Prometo que, se você se transformar, vou enfiar uma bala em sua cabeça sem pensar duas vezes.

— Uau, obrigada. Muito gentil.

— Eu faria isso por você. Você faria isso por mim?

— Você nunca vai se transformar — disse Tahmina.

— Qualquer um pode ser transformado — retrucou Jeff.

Algumas vezes Jeff começava com esse papo e Tahmina tinha que mudar de assunto. Em todos os programas de TV e filmes os parceiros se apoiavam e ela e Jeff eram parceiros. Nos últimos seis meses eles tinham passado por muita coisa juntos. Jeff tinha estado presente quando Tahmina teve que envolver o corpo decapitado de seu pai em uma lona e levá-lo à Torre do Silêncio. Ele manteve a vigília enquanto ela lia as orações do Avesta e esperava os pássaros limparem os ossos de seu pai e o sol escaldante do deserto livrá-los de impurezas para que a alma pudesse se juntar a Zaratustra. Tahmina tinha ficado sentada ao lado de Jeff na noite em que ele teve que enfiar uma bala na testa da mãe e outras duas na de seu irmão, que estava deitado doente no sofá, insistindo que ia melhorar e ficava pedindo para Jeff, por favor, por favor, por favor, pelo amor de Deus, guardar a arma. Depois disso, Jeff ficou tão bêbado que vomitou duas vezes no tapete e o cheiro foi horrível. Tahmina limpou a bagunça e queimou os vestígios da família dele. No dia seguinte ela o levou para o velho Sheraton, que tinha uma piscina muito boa. Jeff gostava de nadar.

Na esquina o grupo de adolescentes esperava. Do banco traseiro, Zeke gritou para que eles se arrependessem de seus pecados e eles riram. Um rapaz alto com uma cartola ridícula lhe mostrou o dedo médio. Robin Watson pairava ao redor do grupo, seu vestido branco tremulando com o vento quente. Duas linhas grossas de rímel marcavam suas bochechas. Algumas das outras garotas a abraçavam e uma delas estava carregando uma garrafa de bolso, se recusando a pegá-la de volta até que Robin tivesse bebido um belo gole do líquido ilícito dentro dela. Tahmina fez sinal para eles atravessarem, esperando enquanto eles passavam em linhas de cores, smokings e vestidos provavelmente roubados no shopping. A noite do baile. Não havia nenhum pai para tirar fotos ou se preocupar com a posição do buquê. Na verdade, não havia nenhum buquê, pois a floricultura estava escura e as flores do lado de dentro já tinham secado há muito tempo em seus baldes de plástico compridos. Tansey Jacobsen esbarrou no carro enquanto cambaleava até o outro lado da rua de saltos altos. Ela havia prendido uma rosa laranja de papel machê em seu minivestido prateado cintilante. Os faróis do carro fizeram a flor iluminar a noite como uma chama, antes de ser engolida pela escuridão novamente. Robin ia andando atrás dos outros, seu rosto misterioso no brilho dos faróis.

O distrito estava bastante silencioso quando eles chegaram — apenas alguns adolescentes auxiliando. Jeff levou Zeke para uma cela e saiu em busca de um Valium para ajudá-lo a dormir. De outra forma, ele passaria a noite gritando. No balcão de recepção a despachante gótica tirou os olhos de seu Sudoku.

— Tem alguém aqui para vê-la.

Tahmina imediatamente pensou na mãe e seus batimentos cardíacos se aceleraram. Mas então ela viu Steve Konig sentado do outro lado de sua mesa, com uma energia tensa, como um boneco em que alguém tinha dado corda e estava apenas esperando para soltar.

— Merda — resmungou Tahmina. — Ei, Steve. O que posso fazer por você?

— Quero fazer uma queixa de atividade suspeita, possível infecção — cuspiu ele.

Ele estava usando a camisa do time principal de beisebol dos Mustangs. Se existisse uma temporada, ele provavelmente teria sido escolhido o MVP, o jogador mais valioso, e também teria conseguido uma boa bolsa de estudos. Ele tinha engordado um pouco, Tahmina percebeu pela barriga.

Ela se sentou e abriu seu bloco.

— Qual é a reclamação?

— É Javier Ramirez. Ele mora na casa ao lado da minha.

— Sim, eu sei. — Tahmina resistiu à tentação de olhar para ele com impaciência. — O que o faz acreditar que ele está infectado?

Desde que eles expulsaram os adultos, não tinha ocorrido nenhum caso de infecção entre eles.

— Ele tem agido de forma estranha.

Ela bufou.

— Isso descreve Javier em um bom dia.

— Eu o vi xeretando as latas de lixo. Ele me disse que comeu um tatu. Aquelas coisas podem estar completamente infectadas. — Ele bateu com o dedo no bloco. — Você não deveria estar anotando isso? Não é isso que vocês deveriam fazer?

Tahmina levantou a sobrancelha.

— Steve, qual é? Javier está apenas provocando você. Isso é o que ele faz. Isso é o que ele vem fazendo desde o oitavo ano. Se você quer saber, acho que isso é a coisa mais normal que ouvi sobre ele desde, sei lá, sempre.

— Certo. Que tal isso? Ele está estocando. Não sei o que, mas o vi arrastando caixas. Quem sabe o que é aquilo ou o que ele está planejando fazer?

Tahmina bateu com o lápis na coxa, pensando. Steve e Javier tinham uma rixa desde o oitavo ano, quando Steve tinha batido em Javier na aula de educação física e Javier tinha retaliado criando um site em que chamava Steve de babaca do ano. Tahmina investigou o rosto de Steve e tentou determinar se isso era vingança ou algo mais. Finalmente ela disse:

— Certo. Vamos falar com ele depois de checarmos o perímetro.

— Você devia prendê-lo — disse Steve.

— Estamos todos presos — murmurou ela e jogou o bloco de lado.

Tahmina e Jeff seguiram a Diné Road até o limite na Bald Eagle, uma rua cheia de picapes, carros esportivos e pequenas casas surradas dos anos 1970. Antigamente aconteciam festas nessa rua. O pai de Javier tocava em uma banda chamada Los Muchachos, um conjunto popular de música mexicana, e a rua se enchia com o som alegre e vivo dos violões e dos instrumentos de sopro. Depois que a mãe tinha morrido, a família de Javier tentara fugir da infecção. O pai e as duas irmãs tinham partido para Tucson, para a casa de alguns primos, enquanto Javier tinha ficado para trás para receber a ligação deles se eles conseguissem chegar. A ligação nunca veio.

— Vou dar uma olhada na garagem — disse Jeff, e deu a volta pela lateral da casa.

A campainha estava quebrada, então Tahmina bateu na porta. Alguns minutos depois Javier abriu a porta. O cabelo estava preso em um rabo de cavalo. Ele estava usando short e tinha uma toalha pendurada em volta dos ombros nus.

— Ei. Desculpe. Acabei de sair do banho. O que houve?

— Posso entrar? — perguntou Tahmina, embora os dois soubessem que não era realmente um pedido.

Javier a deixou passar. Ele tinha cheiro de sabão e desodorante masculino picante. A Tahmina do primeiro ano do ensino médio tivera uma queda por Javier, mas ele tinha saído com Marcy Foster em vez dela. Cinco semanas depois do começo da infecção, a mãe de Marcy começou a se sentir enjoada. Naquela noite ela matou todos os três filhos em suas camas e então apontou a arma para si mesma.

— Então, o que houve? — perguntou Javier, cruzando os braços.

A casa brilhava com a luz de velas. Um pano de prato mal escondia três caixas de papelão empilhadas ao lado de um aparelho de som no canto da sala.

— O que tem naquelas caixas? — perguntou Tahmina.

Javier não se moveu.

— Apenas algumas coisas velhas. Andei fazendo faxina.

Ele sorriu. Ele sempre teve dentes bonitos. Por um segundo, Tahmina se imaginou com um vestido azul-claro, dançando música lenta com Javier sob os lustres do Sheraton enquanto um DJ tocava músicas no começo da manhã.

Ela pigarreou e balançou a cabeça.

— Você pode abrir uma delas, por favor?

Javier riu e passou a mão no braço dela.

— Qual é, Mina. Dá um tempo.

Os olhos de Tahmina arderam.

— Com licença — disse ela e abriu a caixa de cima. Do lado de dentro havia cerca de duas dúzias de morteiros. — O que você está planejando fazer com isso?

Javier enfiou as mãos nos bolsos de trás e balançou sobre os calcanhares.

— Falei para você... faxina. Isso são sobras do último Dia da Independência. Eu e meus tios costumávamos vendê-los no acostamento da I-10.

— Você sabe que não pode ficar com eles, Javier. É muito perigoso.

— Qual é, cara. São apenas busca-pés. Se lembra? Busca-pés? Verão? Bons tempos?

— Busca-pés chamam atenção. Não queremos chamar atenção. E se houver um incêndio acidental, estamos ferrados.

O rosto de Javier entristeceu.

— Sim, eu sei — disse ele suavemente. — Apenas... sinto falta dessas coisas. Sabe?

Eles ficaram parados de forma desconfortável por um minuto. Tahmina apontou com a cabeça para o terno de estilo do Oeste pendurado do lado de dentro da porta.

— É seu?

— Era do meu pai. Ele costumava usá-lo com sua banda. O baile é hoje.

— Foi o que ouvi falar.

— Você não vai?

Ele passou um braço em volta da cintura dela e tentou fazê-la girar. Ela o empurrou.

— Estou trabalhando.

— Algum morto-vivo essa noite?

— Um. Connor Jakes.

Ele assobiou, baixinho.

— Que droga.

— É mesmo.

— Alguém contou a Robin?

— Ela sabe.

Ele se encolheu.

— Droga. E logo no dia do baile. Ainda assim, esse é o único em dois dias. Na última semana tivemos apenas quantos, três? Talvez esteja parando.

— Talvez. — Tahmina passou a mão no saco da lavanderia sobre o terno. — Você realmente comeu um tatu?

— O quê? Ah, espera. Agora entendi. — A vela tremulou com a risada de Javier. — Devia ter desconfiado que o babaca do ano ia fazer queixa.

Tahmina estava sorrindo sem querer. Steve Konig era, com toda certeza, um babaca. Isso era algo constante, portanto um conforto.

— Que se dane. Faça-me um favor, certo? Tente não irritá-lo.

Javier abriu os braços como se aquilo fosse uma afronta à sua inocência.

— Eu?

— Sim. Você.

Ele colocou as mãos na boca em forma de concha e gritou na direção da casa de Steve:

— Babaca! Você é o Babaca do Ano!

Tahmina riu com vontade e Javier se juntou a ela.

— Você sempre teve a melhor risada, garota.

Javier passou um braço em volta da cintura de Tahmina, a puxando para mais perto, e por um segundo ela só conseguia sentir o cheiro de Javier e não da fumaça do fogo constante para os mortos. Ele cantou uma das canções de seu pai, exagerando as partes sensuais para fazê-la rir, mas então cantou de verdade, suavemente e baixinho em espanhol. Ele balançava os quadris lentamente de um lado para o outro, a conduzindo pela sala em uma dança lenta. A boca dele estava quente e tinha um sabor que lembrava hortelã.

— Tem certeza de que não quer ser meu par hoje à noite? — sussurrou ele.

Tahmina pensou no armário da mãe, o lindo vestido com contas pendurado lá dentro. E ficou imaginando se algum dia veria a mãe novamente.

— Sinto muito — disse ela, se afastando. — Estou trabalhando.

— Policial Hassani, mantendo o mundo a salvo dos mortos-vivos.

— É por aí. Vou levar isso.

Tahmina confiscou as caixas de busca-pés.

— Maldade, Hassani.

— Estou apenas fazendo meu trabalho, Ramirez — disse ela, partindo na direção da porta. — Divirta-se no baile.

Javier riu de forma amarga.

— É. Foda-se você também.

Por volta de meia-noite eles checaram o lado leste da cidade para se assegurar de que as cercas não tinham sofrido nenhum dano. Tahmina colocou os óculos de visão noturna sobre os olhos e o deserto apareceu para ela em preto e verde.

— Alguma coisa? — perguntou Jeff depois de alguns minutos.

— Não. Hoje a noite está bastante tranquila.

— É legal da parte deles nos deixar ter o baile sem confusão. É um pouco engraçado. Se eles estivessem aqui, haveria acompanhantes procurando por bebida e separando os casais dançando de forma mais sensual.

— Sim. É aquela história de ver o lado bom das coisas.

— Viu? Esse foi um bom papo de policiais. Temos que nos lembrar disso quando tivermos nosso programa, cara.

— Anotado.

Tahmina olhou mais uma vez na direção da Torre do Silêncio, seguindo a trilha que estava gasta pelas viagens do Hummer.

— Está tudo bem? — perguntou Jeff.

Ela observou a paisagem por mais um minuto, debatendo internamente se devia ou não contar a ele o que ela sabia. Ele era seu parceiro. Parceiros não deveriam manter segredos entre si.

— Tahmina? O que houve?

— Nada — disse ela, arrancando os óculos. Ela torceu para que Jeff não pudesse ouvir a preocupação em sua voz. A brisa trouxe uma baforada fresca de fumaça até que aquele cheiro era tudo que ela podia sentir. — Preciso de um café.

A única lanchonete que ficava aberta até tão tarde era o Denny's, ao lado da escola. Os pais de Roxie Swann tinham sido donos dele e ela o manteve funcionando. Ao primeiro sinal de infecção — um conjunto de feridas no pescoço e febre acompanhada de tremedeira — a mãe de Roxie tinha entrado no freezer da lanchonete e pedido a Roxie para trancar a porta, esperando que o frio fosse matá-la ou curá-la. Nenhuma das duas coisas aconteceu. Quando Roxie abriu a porta três dias depois, sua mãe a atacou e Roxie descarregou a arma como tinha sido instruída a fazer. Mas Roxie jurou que, logo antes da mãe atacar, ela fez uma pausa como se a reconhecesse. Como se tivesse tentado parar.

— Noite louca para vocês — disse Roxie com um sorriso.

Ela lhes serviu um café fraco e duas fatias finas de torta. As fatias tinham ficado menores. A farinha estava acabando. Tudo estava acabando: remédios, gasolina, comida. Eles ainda tinham água, que era fervida antes de ser usada, por precaução. Mas não havia como dizer o quanto aquilo ia durar. Eles não recebiam um sinal de rádio há muito tempo. Nenhum avião voava sobre suas cabeças. Não havia barulho de trânsito. Foi por isso que eles tinham começado a mandar voluntários para o lado de fora, dois por mês nos últimos três meses, para o sul, na direção de Tucson, para o leste, no Novo México, para o oeste, na Califórnia e para o norte, para Flagstaff. Ninguém tinha voltado até Connor Jakes naquela noite.

Um grupo de pessoas que ia ao baile estava sentado na cabine do canto, dividindo uma porção de tortilla chips com salsa e discutindo a respeito de que músicas eles iam pedir quando chegassem ao estádio dos Pima Panthers. Alguém começou a cantar "Rehab" e todos se juntaram na parte do "No, no, no".

— Dá um tempo — murmurou Tahmina, mexendo com um cravo cor-de-rosa de plástico enfiado em uma garrafa de Coca ao lado do porta-guardanapos vazio.

— OK. Sério. O que há com você? Você está com um humor capaz de sugar a alegria dos outros hoje. — Jeff roubou um pedaço de sua torta intocada. — Você queria ir ao baile? É isso? Porque eu posso levá-la com certeza, se você quiser. Você pode ser meu bofe.

Tahmina esfregou os olhos, mas não adiantou. Eles continuavam a arder.

— Estou apenas pensando em algo que minha mãe disse uma vez sobre como nunca me abandonaria. Não sei. Estava apenas pensando se é possível existir alguma parte do coração humano que não pode ser corrompida. Poderia haver uma cura ali.

Jeff bufou.

— Hora de voltar à realidade: vi pais destroçarem os filhos e comerem a merda de suas entranhas antes de os expulsarmos. O amor dos pais não se compara ao poder daquela infecção. Aquelas coisas vagando no deserto só nos veem como presas.

— E se você estiver errado?

— Não estou.

— Mas e se aquela parte deles ainda estiver viva lá no fundo e ainda puder ser alcançada? Minha mãe costumava dizer que nada, nem meu pior comportamento, nem mesmo a morte, poderia acabar com o amor de um pai ou uma mãe...

Jeff bateu com o punho na mesa, fazendo os talheres não muito limpos chacoalharem.

— Pare com isso, certo? Apenas pare. — A lanchonete ficou em silêncio e Jeff respirou fundo e esperou o pessoal do baile voltar a cantar e rir. Finalmente ele continuou: — Veja. Quando eu era pequeno e íamos ao mercado, minha mãe dizia que, se nos separássemos, eu devia apenas esperar por ela. Que ela sempre me procuraria. Sempre. Bem, adivinhe o que aconteceu? Ela me procurou... e não foi porque ela me amava. Foi porque ela se tornou uma porra de um animal que teria comido meu cérebro se eu não a tivesse matado. Não tinha sobrado nada humano. Tive que matá-la antes que ela me matasse. Então, entenda, qualquer conceito que você tenha de amor incondicional, ou Deus, ou lei, ou humanidade, ou sentido, esqueça essa merda. — Os olhos de Jeff estavam vermelhos e Tahmina sabia que não era por causa da fuligem ou da poeira do deserto. — Quer saber? Não quero mais falar sobre isso. É muita realidade para nosso reality show. Preciso dar uma mijada — disse ele e se afastou.

Tahmina ficou olhando para o próprio reflexo na superfície preta do café. Foi sua mãe quem a ensinou a amar café. Pela manhã ela bebia o seu sem açúcar e forte em xícaras delicadas que tinha conseguido contrabandear de seu antigo país, escapando através de um túnel secreto que se esticava por quilômetros sob a cidade.

— Hum, vejo seu futuro — dizia a mãe alegremente enquanto examinava os restos do café como uma antiga vidente persa.

— Qual é meu futuro? — perguntava Tahmina, cheia de crença.

A mãe inclinava a xícara manchada de café na direção dela.

— Breve, muito breve, você vai lavar a louça.

A mãe de Tahmina costumava dar aula na faculdade três vezes por semana, se deslocando uma hora para ir e outra para voltar. Quando as estradas tinham ficado mais perigosas, Tahmina tinha implorado para a mãe ficar em casa. Mas a mãe tinha dito que era importante manter os centros de aprendizado abertos. Fechar as escolas era admitir que a esperança tinha acabado. Ela viu aquilo acontecer em sua terra natal e não ia ver aquilo acontecer no país em que tinha escolhido viver.

— Mas e se algo acontecer a você? — tinha perguntado Tahmina, com lágrimas nos olhos, enquanto a mãe dava ré com o carro para sair da garagem.

— Nunca vou abandoná-la — tinha prometido, e Tahmina tinha visto o carro ficar cada vez menor enquanto ela se afastava.

Naquela noite a mãe não voltou. Houve relatos de que o campus tinha sido invadido por mortos-vivos. A infecção estava por todos os lados. Em pânico, Tahmina ligou para o celular da mãe e a ligação caiu direto na caixa postal. Ela ligou a noite toda e no dia seguinte, mas a mãe nunca atendeu.

— Aceite a verdade — tinha dito o pai, abraçando-a enquanto ela gritava e chorava.

Mas Tahmina não conseguia aceitar aquilo. Se ela tivesse visto a mãe morrer, teria sido uma coisa. O que perturbava Tahmina era não saber. Será que a mãe ainda estava lá fora, não infectada, mas talvez ferida ou escondida em um lugar seguro, incapaz de voltar para casa? Algumas vezes essas ideias desciam sobre ela como uma enxurrada, inundando-a com tanta ansiedade que ela tinha que ir até o estande de tiro e descarregar a pistola até o tambor girar vazio. Algumas noites ela ainda ligava para o celular da mãe apenas para escutar sua voz.

Jeff se jogou na cabine novamente, com um sorriso que pedia desculpas em seu rosto.

— Desculpe por ter demorado tanto. Mas você sabe o que dizem... quanto mais tempo sem ir, mais tempo demora. — Ele bebeu um gole de seu café. — Você está bem?

378 • Libba Bray

— Sim. Claro.

— Claro, claro?

— Claro, claro. — Tahmina deu um sorriso falso. — Ei, e aquele vestido horrível que Tansey estava usando?

— Oh... Meu... Deus... — disse Jeff e riu. — Você viu aquela merda? Como a união profana da Hot Topic com a mãe da noiva.

Tahmina tinha achado o vestido bonito, mas sabia que Jeff iria esculachá-lo.

— É uma pena que a infecção não tenha sido capaz de fazer algo útil como eliminar sua cafonice — disse Jeff.

Roxie deixou a conta na mesa. Onde estava escrito "Total" na parte de baixo, ela tinha escrito *Qualquer coisa*.

— Vocês se importam de pagar a conta? Estou pensando em fechar cedo para poder ir ao baile.

— Sem problema. De que você precisa? — perguntou Tahmina.

Roxie riu.

— De tudo. Vocês podem passar um pano no chão nos fundos, consertar a torneira da pia ou me arranjar mais grãos de café.

— Vou dar uma olhada na torneira — disse Jeff e se dirigiu à cozinha.

Tahmina seguiu a fila de pessoas que estavam indo ao baile até o estacionamento e ficou esperando na radiopatrulha. Do outro lado da rua as luzes do estádio estavam fracas, era o melhor que se podia fazer. Dentro da lanchonete Roxie pendurou a placa de fechado e carregou o vestido do baile até o banheiro. Um minuto depois Jeff saiu, cantando uma velha canção de que sua mãe gostava.

— Você consertou a torneira?

— Com certeza. Mais ou menos. Tudo bem, na verdade, não. Mas eu tentei.

Ele tirou o cravo cor-de-rosa de seu bolso e o entregou a Tahmina.

— Para que é isso? — perguntou ela.

— Para o baile. Nós vamos.

— Certo. — Tahmina riu. E então, um segundo depois, ela percebeu. — Você está falando sério.

— Com certeza.

Jeff abriu a mala do carro e pegou um chapéu panamá de palha. Ele dobrou as mangas de seu uniforme, expondo as curvas musculosas de seus bíceps.

— Não podemos ir. Somos a polícia.

Jeff apontou para o estacionamento vazio.

— Quem está lá para policiarmos? Todo mundo está no estádio.

Tahmina olhou para a calça azul-marinho de seu uniforme de policial, amarrotada e muito apertada, e para os tênis pretos bojudos. Ela não estava usando maquiagem e o cabelo sujo estava preso em um rabo de cavalo baixo. Ela cheirava a fumaça, gasolina derramada e suor. Não era como ela tinha imaginado um baile.

Jeff abriu a porta do carona com um floreio.

— Só por pouco tempo.

Tahmina entrou no carro, prendeu a flor de plástico atrás de sua orelha e Jeff fechou a porta. Por diversão ele ligou as luzes, deixando o vermelho e branco caleidoscópico anunciar sua chegada em grande estilo.

O campo de futebol americano estava tomado por garotos de todas as idades. Tahmina escutou um grupo de rapazes do último ano reclamando que pirralhos do oitavo ano tinham invadido o baile, mas não havia ninguém para impedir que eles viessem, e os rapazes voltaram a passar a garrafa de vodca em volta da roda, pois não havia ninguém lá para impedir isso também. No meio do campo, alguém tinha montado um kit de caixas de som alimentadas por pilhas para tocar as músicas. As caixas de som eram muito pequenas, no entanto, e o som tinha sido engolido pelo espaço aberto gigantesco. Garotas tinham tirado os sapatos para dançar, para que os saltos não ficassem presos na grama sintética. Uma fila de garotas da equipe de dança, obviamente bêbadas, todas com as mãos nos ombros da menina da frente, fazia uma coreografia com um chute alto que terminou quando elas caíram uma em cima da outra rindo de forma histérica. Na arquibancada bem iluminada, adolescentes se sentavam em grupos. Eles pareciam um daqueles jogos de estratégia com as peças abandonadas no meio da partida.

Robin Watson tinha ficado mais bêbada. Seu vestido estava manchado de grama e salpicado de terra. Ela se movia de forma vacilante de pessoa em pessoa, segurando seus rostos nas mãos.

— Sinto muito — dizia ela, antes de continuar seu caminho e repetir o gesto e a desculpa.

A maioria das pessoas ria dela. Algumas garotas a abraçaram. Um dos garotos passou a mão na bunda dela e comemorou com os amigos. Robin continuava a trilhar seu caminho pela multidão como uma diretora de funerária muito devotada.

— Ei, parceira! — gritou Jeff. Ele tinha achado um grupo de pessoas dançando e estava pulando dentro da roda que elas formaram. — Arraste a bunda até aqui e dance.

— Desculpe, parceiro — gritou Tahmina de volta. — Não posso competir com seus passos maravilhosos. Vou fazer uma ronda.

— Quer que eu vá com você?

— Que nada. Está tudo bem. Fique dançando.

— Você é demais, parceira. Isso seria uma boa cena de policiais confraternizando para nosso programa de TV — gritou Jeff.

— Vocês têm um programa? — perguntou uma garota a ele.

— Ainda não, mas quando as coisas voltarem ao normal...

Tahmina se afastou da dança, da música, do romance, das pequenas ilhas de drama se desenrolando no campo e da missa fúnebre de Robin Watson. Debaixo da arquibancada, ela passou pelos dois traficantes de drogas que eles tinham abordado mais cedo. Já estavam de volta aos negócios. O mais baixo a viu olhando e soltou um sorriso debochado. Tahmina deixou passar. Ela andou até a cerca e ficou olhando para o deserto. O vento tinha mudado de direção e a fumaça não estava tão forte. O ar da noite estava limpo e um pouco frio. Ela ficou imaginando se devia voltar e acabar com o negócio das drogas. Afinal de contas, ela era a lei. A lei era uma mentira, ela sabia agora, mas uma mentira necessária, uma construção de que se precisava para que todo mundo se sentisse seguro. Como ter pais. Acreditar que eles o protegeriam independente de qualquer coisa, que eles aumentariam a inconcebível distância entre você e a morte o quanto pudessem. Mas não havia mais pais e todo mundo dançando naquele campo de futebol americano tinha visto a morte de perto. Eles tinham visto que ela nem sempre era o fim e que havia coisas muito piores para se temer do que ela, coisas que não iam apenas parar só porque você fazia suas orações, alimentava o fogo e cumpria as leis.

Tahmina pegou os óculos de visão noturna no bolso e os colocou. Ela enfiou a cabeça na gaiola de metal e olhou na direção da Torre do Silêncio, onde os túneis estavam. Ela os tinha notado pela primeira vez há três semanas, cicatrizes desbotadas se ramificando do local de sepultamento em diferentes direções, todas elas se contorcendo na direção da cidade. Em visitas subsequentes ela tinha visto que eles estavam se movendo, chegando mais perto. Em mais duas semanas, talvez menos, os túneis os alcançariam. Ela não tinha mencionado isso a ninguém, nem mesmo a Jeff. De que adiantava? A lei era uma ilusão. Tahmina manteria aquela ilusão viva o máximo que pudesse.

Um estalo forte deu um susto em Tahmina. Ela ouviu o grito de uma garota seguido de uma sucessão de pipocos fortes como uma rajada de tiros. Com a arma empunhada, Tahmina correu para o campo de futebol americano. Ela perdeu o fôlego quando olhou para cima. O céu da noite estava pegando fogo com estranhas flores chorosas de luz colorida. Os busca-pés ziguezagueavam no escuro com um chiado audível antes de explodir em pontos vermelhos, azuis, verdes e brancos que estouravam mais uma vez em faíscas ondulantes. A multidão mostrava sua aprovação aos berros.

— Esperem. Estamos apenas começando a festa! — gritou Javier mais alto que o barulho. Sorrindo, ele olhou nos olhos de Tahmina.
— Sinto muito. Eu tinha uma caixa extra debaixo da cama. Você vai me prender, policial Hassani?

Todo mundo se virou para olhar para ela. Tahmina balançou a cabeça.

— É o baile.

E então todos estavam aplaudindo e gritando "É isso aí!". Alguns dos jogadores de futebol americano que estavam perto dela a abraçaram e lhe ofereceram uma cerveja, que ela recusou. Tansey Jacobsen jogou os braços em volta do pescoço de Javier e o beijou com vontade na boca, deixando uma mancha de batom vermelha brilhante sobre a bochecha dele quando se afastou.

— Preparem-se! Esse é o melhor de todos até agora.

Javier se afastou e acendeu o pavio de outro busca-pé. Ele subiu imediatamente. Por uma fração de segundo nada aconteceu. Tahmina entortou o pescoço para olhar para o céu, ansiosa pelo estalo causado pelo calor, pelo momento de encanto. Ela não conseguia suportar a espera.

— Sinto muito — disse Robin Watson no insuportável silêncio. — Sinto muito.

E então o céu explodiu com a nova luz.

Sobre os Autores

LIBBA BRAY é a autora da trilogia Gemma Doyle, que figura na lista dos mais vendidos do *New York Times*, e é a vencedora do prêmio Michael L. Printz de 2010 por *Louco aos poucos*. Ela vive no Brooklyn com o marido, seu filho e dois gatos de inteligência questionável. Ela sempre achou que zumbis são companhias amplamente divertidas para jantares, já que comem simplesmente qualquer coisa, enquanto unicórnios são criaturas entediantes e insípidas que reclamam muito e nunca trazem um bom vinho. Você pode visitá-la na internet em LibbaBray.com.

MEG CABOT (seu sobrenome rima com a palavra em inglês para hábito, *habit* — como na frase "seus livros ajudam a criar o hábito da leitura") é a autora, no primeiro lugar da lista dos mais vendidos do *New York Times*, de mais de 25 séries e livros tanto para adultos quanto para pré-adolescentes e adolescentes, vendendo mais de 15 milhões de exemplares no mundo todo. Visite seu website em MegCabot.com.

CASSANDRA CLARE é a autora que figura na lista dos mais vendidos do *New York Times*, *Wall Street Journal* e *USA Today* da coleção de fantasia urbana para jovens adultos *Os instrumentos mortais*. Ela também é a autora da trilogia *As peças infernais*. Ela vive no oeste de Massachusetts com seu noivo e dois gatos. Ela uma vez foi engrupida por um unicórnio em um golpe imobiliário na Flórida e agora não confia neles. Para visitá-la na internet vá até CassandraClare.com.

KATHLEEN DUEY cresceu nas montanhas do Colorado e agora vive no sul da Califórnia. A trilogia de Kathleen para jovens adultos, A Resurrection of Magic, começou com *Skin Hunger*, um finalista do National Book Award em 2007. O segundo livro, *Sacred Scars*, foi finalista do Cybils de 2009. Ambos foram escolhidos pela *Kirkus Reviews* entre os melhores para jovens adultos, foram mencionados na *Locus* e estão em várias listas de Literatura Adolescente. Kathleen está trabalhando no terceiro livro da série agora. Você pode saber mais em KathleenDuey.com.

ALAYA DAWN JOHNSON vive e escreve em Nova York, cujos muitos atrativos não incluem seus cheiros ou seu clima. Ela é a autora da trilogia Spirit Binders, cujos dois primeiros livros são chamados *Racing the Dark* e *The Burning City*. (O terceiro livro está sendo preparado.) Ela também escreveu um romance de vampiros da década de 1920, chamado *Moonshine*, que não tem nenhuma relação com a trilogia. Você pode descobrir mais sobre ela em seu website: AlayaDawnJohnson.com.

MAUREEN JOHNSON figura nas listas de mais vendidos com diversos romances para jovens adultos, incluindo *Suite Scarlett*, *Scarlett Fever*, *Devilish*, *13 Little Blue Envelopes* e sua sequência, *The Last Little Blue Envelope*. Ela mora em Nova York, onde espera ansiosamente pelo apocalipse zumbi. Você pode visitá-la na internet em MaureenJohnsonBooks.com.

MARGO LANAGAN escreveu três coleções de contos: *White Time*, *Black Juice* e *Red Spikes*; um romance, *Tender Morsels*, e um conto, "Sea-Hearts", publicado na antologia *X6*, editada por Keith Stevenson. Ela ganhou três prêmios World Fantasy, foi duas vezes honrada com o Printz, quatro prêmios Aurealis e quatro prêmios Ditmar, além de se encontrar entre os finalistas de numerosos outros prêmios, incluindo o Hugo, Nebula, Tiptree e Shirley Jackson. Margo mora em Sydney, na Austrália, e está atualmente trabalhando em outro romance e uma quarta coleção. Ela pode ser encontrada na internet em AmongAmidWhile.blogspot.com.

Os romances de **GARTH NIX** incluem as fantasias vencedoras de prêmios *Sabriel*, *Lirael* e *Abhorsen* e o romance de ficção para jovens adultos *Shade's Children*. Seus livros de fantasia para crianças incluem *The Ragwitch*; os seis livros da série A Sétima Torre e os sete livros da série As Chaves do Reino. Seus livros apareceram nas listas de mais vendidos do *New York Times*,

Publishers Weekly, do *Guardian*, do *Sunday Times* e do *Australian* e sua obra foi traduzida para 38 idiomas. Ele vive em um subúrbio praiano de Sydney com sua esposa e seus dois filhos. Descubra mais em GarthNix.com.

NAOMI NOVIK é a autora que figura na lista dos mais vendidos do *New York Times* da série Temeraire e vencedora do prêmio Campbell. Ela estudou literatura americana e ciência da computação antes de escrever *O dragão de sua majestade*, o primeiro dos romances de Temeraire. Seu mais recente, *Tongues of Serpents*, é o sexto. Naomi mora em Nova York com seu marido e ~~seis~~ oito um grande número de computadores. Seu website e LiveJournal estão em Temeraire.org

DIANA PETERFREUND é a autora de quatro livros da série Ivy League, assim como *Rampant* e *Ascendant*, dois livros sobre unicórnios assassinos e as garotas incríveis que os caçam. Ela vive em Washington, D.C., então tem a informação em primeira mão de que os zumbis não são tão assustadores quanto as pessoas acham que eles são. Visite seu website: DianaPeterfreund.com.

CARRIE RYAN é a autora de dois romances que se passam décadas depois do apocalipse zumbi: *A Floresta de Mãos e Dentes* e *The Dead-Tossed Waves*. O terceiro da trilogia, *The Dark and Hollow Places*, foi recentemente lançado no exterior. Ela vive com seu marido em Charlotte, na Carolina do Norte, e eles não estão nem um pouco preparados para o inevitável levante zumbi. Visite seu website: CarrieRyan.com.

SCOTT WESTERFELD é autor de muitos romances tanto para adultos quanto para adolescentes, incluindo as séries Feios, Midnighters e Leviatã e dois volumes sobre o apocalipse de vampiros e zumbis, *Os primeiros dias* e *Os últimos dias*. Ele mantém *bunkers* bem estocados tanto em Nova York quanto em Sydney, na Austrália. Para visitá-lo na internet vá até ScottWesterfeld.com.

Este livro foi composto na tipologia Adobe Garamond, corpo 12/16, e
Helvetica LT Std, corpo 10/16, e impresso
no Sistema Digital Instant Duplex da Divisão Gráfica da
DISTRIBUIDORA RECORD DE SERVIÇOS DE IMPRENSA S.A.
Rua Argentina, 171 - Rio de Janeiro/RJ - Tel.: (21) 2585-2000